suhrkamp taschenbuch 1014

J(ames) G(raham) Ballard wurde 1930 in Shanghai geboren, wo er bis zum Alter von sechzehn Jahren lebte. Während des Zweiten Weltkrieges war er in einem japanischen Zivilgefangenenlager interniert. 1946 kehrte die Familie nach England zurück. Ein Medizinstudium hat Ballard nicht abgeschlossen, seit 1956 veröffentlicht er seine Erzählungen. Zu seinen bekanntesten Büchern zählen *The Drowned World, The Four-Dimensional Nightmare, The Terminal Beach* und *Crystal World*.

Diese acht Erzählungen, darunter so berühmte wie »Chronopolis«, »Die Stimmen der Zeit«, »Der Sandkäfig« und »Die Wachttürme«, stellen erneut die unerschöpfliche Phantasie und sprühende Originalität Ballards unter Beweis. In ihnen beschwört der Autor die beklemmende Atmosphäre der modernen technischen Welt. Die Menschen sind nicht mehr Herren ihres eigenen Schicksals. Ständig fühlen sie sich von Mächten eingekreist und bedroht, die sich ihrem Zugriff entziehen. Geheimnisvolle Wachttürme halten sie unter Kontrolle; bedrohliche Menschenmassen brechen in ihr abgeschiedenes Dasein ein; kosmische Signale beeinflussen ihr Leben nachhaltig. Am nachhaltigsten wirkt sich die Tyrannei der vierten Dimension – der Zeit – aus. Unter ihrem übermächtigen Druck zerbricht die mühsam bewahrte menschliche Persönlichkeit.

J. G. Ballard
Der vierdimensionale Alptraum

Science-fiction-Erzählungen

Phantastische Bibliothek
Band 127

Suhrkamp

Redaktion und Beratung: Franz Rottensteiner
Titel der im Verlag Jonathan Cape, London, erschienenen
Originalausgabe: *The 4-Dimensional Nightmare*
Aus dem Englischen von Wolfgang Eisermann
Umschlagbild von Tom Breuer

suhrkamp taschenbuch 1014
Erste Auflage 1984

Satz: IBV Lichtsatz KG, Berlin
Druck: Nomos Verlagsgesellschaft, Baden-Baden
Printed in Germany
Umschlag nach Entwürfen von
Willy Fleckhaus und Rolf Staudt

1 2 3 4 5 6 – 89 88 87 86 85 84

Inhalt

Die Stimmen der Zeit

1.

Später dachte Powers häufig an Whitby und die merkwürdigen Furchen, die der Biologe scheinbar willkürlich über den ganzen Boden des leeren Schwimmbeckens gezogen hatte. Zweieinhalb Zentimeter tief und sechs Meter lang, ineinander verschachtelt, so daß sie ein kunstvoll gearbeitetes graphisches Symbol wie ein chinesisches Schriftzeichen bildeten, hatten sie Whitby den ganzen Sommer über beschäftigt, und er hatte wohl kaum an etwas anderes gedacht, während er die langen, einsamen Nachmittage hindurch unermüdlich arbeitete. Powers hatte ihn von seinem Büro im entlegenen Flügel der Neurologischen Abteilung aus beobachtet, wie er sorgfältig Nägel einschlug, Drähte spannte und die Zementkrümel in einem Segeltuchbehälter wegschaffte. Nach Whitbys Selbstmord hatte sich niemand groß um die Furchen gekümmert, doch Powers lieh sich häufig den Schlüssel vom Aufseher, ließ sich in das nicht mehr benutzte Becken hinab und betrachtete das Labyrinth der zerbröckelnden Rinnen, die halb mit aus dem Chlorinator sickernden Wasser gefüllt waren – ein Rätsel, das für immer ungelöst bleiben mußte.

Zunächst war Powers allerdings zu beschäftigt gewesen, seine Arbeit an der Klinik zu beenden und den eigenen, endgültigen Rückzug vorzubereiten. Nach der anfänglichen Bestürzung und Verzweiflung hatte er es über sich gebracht, einen unbehaglichen Kompromiß zu akzeptieren, der es ihm gestattete, seine mißliche Lage mit jenem gleichgültigen Fatalismus zu betrachten, den er früher für seine Patienten gezeigt hatte. Glücklicherweise ging es körperlich wie geistig gleichzeitig mit ihm bergab – Lethargie und Trägheit stumpften seine Beklemmungen ab, ein verminderter Stoffwechsel machte es ihm nur bei angestrengter Konzentration möglich, einen zusammenhängenden Gedankengang zu verfolgen. Tatsächlich waren die immer ausgedehnteren Zeitspannen, in denen er traumlos schlief, schon beinahe erholsam. Er bemerkte, wie er sich auf sie freute, und gab sich keine Mühe, früher als lebenswichtig aufzuwachen.

Anfangs hatte er einen Wecker neben seinem Bett gehabt und sich bemüht, so viel Aktivität wie möglich in die kürzer werdenden

Stunden des Bewußtseins zu packen. Er hatte seine Bibliothek geordnet, war jeden Morgen in Whitbys Laboratorium gefahren, um den neuesten Stapel Röntgenplatten zu untersuchen, und hatte jede Minute und jede Stunde wie die letzten Tropfen Wasser in einer Feldflasche eingeteilt.

Glücklicherweise hatte Anderson, ohne es zu wollen, ihn erkennen lassen, wie sinnlos solche Lebensweise war.

Nachdem Powers aus der Klinik ausgeschieden war, fuhr er auch weiterhin noch einmal in der Woche hin, obwohl die Überprüfung jetzt nur wenig mehr als eine Formalität war. Bei der, wie sich herausstellte, letzten Gelegenheit hatte Anderson flüchtig sein Blutbild untersucht und dabei Powers' schlafferen Gesichtsmuskel, seine schwächer werdenden Pupillenreflexe und seine unrasierten Wangen bemerkt.

Anderson lächelte Powers über den Schreibtisch hinweg teilnahmsvoll an. Was sollte er ihm sagen? Einst hatte er seinen intelligenteren Patienten ermunternd Hoffnung vorgetäuscht und sogar versucht, ihnen eine Art von Erklärung zu geben. Doch Powers war schwierig zu greifen – ein außergewöhnlicher Nervenchirurg, der menschlich immer an der Peripherie blieb und ohne Mühe nur mit unbekannten Materialien zu arbeiten verstand. Anderson dachte bei sich: *Es tut mir leid, Robert. Was kann ich schon sagen – »Selbst die Sonne kühlt ab?«* Er sah zu, wie Powers unruhig mit den Fingern auf die Emailletischplatte trommelte, wie seine Augen zu den Schaubildern mit den Rückgratwirbeln schweiften, die im ganzen Büro herumhingen. Trotz der ungepflegten Erscheinung – er hatte dasselbe ungebügelte Hemd und die schmutzigweißen Turnschuhe schon vor einer Woche angehabt – sah Powers gelassen aus. Er schien selbstbeherrscht und mit seiner Schwächung mehr oder weniger versöhnt, wie ein Strandläufer von Conrad.

»Was machst du denn so, Robert?« fragte er. »Gehst du immer noch rüber in Whitbys Labor?«

»So oft ich kann. Ich brauche eine halbe Stunde, um über den See zu kommen, und verschlafe nach wie vor den Wecker. Vielleicht gebe ich meine Wohnung auf und ziehe da für immer hin.«

Anderson runzelte die Stirn. »Hat das viel Zweck? Soweit ich herausbekommen konnte, war Whitbys Arbeit doch ziemlich spekulativ –« Er brach ab, weil er sich der Kritik an Powers' unheilvoller Arbeit in der Klinik bewußt wurde, die seine Worte durchblicken ließen, aber Powers schien das zu ignorieren; er prüfte interessiert die Schattenmuster an der Decke. »Na, das tut ja nichts zur Sache, nur, wäre es nicht besser, wenn du bliebest, wo du bist, inmitten deiner eigenen Sachen, wenn du Toynbee und Spengler noch einmal lesen würdest?«

Powers lachte kurz auf. »Das wäre wirklich das allerletzte, was ich tun würde. Ich will Toynbee und Spengler *vergessen* und versuchen, nie mehr an sie zu denken. Um ehrlich zu sein, Paul, am liebsten möchte ich alles vergessen. Allerdings weiß ich nicht, ob ich dazu noch genug Zeit habe. Wieviel kann man denn in drei Monaten vergessen?

»Alles, nehme ich an, wenn man es darauf anlegt. Versuch aber nicht, mit der Zeit um die Wette zu laufen.«

Powers nickte schweigend mit dem Kopf, die letzte Bemerkung in Gedanken wiederholend. Mit der Zeit um die Wette laufen – genau das hatte er getan. Als er aufstand und sich von Anderson verabschiedete, beschloß er plötzlich, seinen Wecker wegzuwerfen, der nichtigen Besessenheit von der Zeit zu entkommen. Zum Zeichen dafür band er seine Armbanduhr ab, verstellte die Zeiger und steckte sie in die Hosentasche. Auf dem Weg zum Parkplatz dachte er über die Freiheit nach, die dieser einfache Akt ihm gab. Von nun an würde er die seitlichen Verästelungen erforschen, die – wie die Dinge lagen – Seiteneingänge in den Korridoren der Zeit. Drei Monate konnten eine Unendlichkeit sein.

Er machte seinen Wagen in der Parkreihe aus und schlenderte hinüber, eine Hand über die Augen gelegt, um sie vor dem blendenden Sonnenlicht zu schützen, das über die parabolische Wölbung des Hörsaaldachs herniederbrannte. Er wollte einsteigen, da bemerkte er, daß in den Staub, der wie eine Kruste auf der Windschutzscheibe lag, mit Fingerschrift geschrieben stand:

96.688.365.498.721

Er blickte sich über die Schulter um und erkannte den weißen Pakkard, der neben ihm parkte. Er spähte hinein und sah einen jungen Mann mit hagerem Gesicht, blondem, von der Sonne gebleichtem Haar und hoher Denkerstirn, der ihn hinter dunklen Brillengläsern beobachtete. Am Steuer, neben ihm, saß ein Mädchen mit rabenschwarzem Haar, das er schon häufig in der Nähe der psychologischen Abteilung gesehen hatte. Sie hatte intelligente, doch irgendwie ziemlich falsche Augen. Powers fiel ein, daß die jüngeren Ärzte sie »das Mädchen vom Mars« genannt hatten.

»Hallo, Kaldren«, sagte er zu dem jungen Mann. »Folgen Sie mir noch immer überallhin?«

Kaldren nickte. »Meistens schon, Doktor.« Er starrte Powers durchtrieben an. »In letzter Zeit haben wir ja nicht viel von Ihnen gesehen, wenn ich ehrlich sein soll. Anderson meinte, Sie seien ausgeschieden, und wir haben bemerkt, daß Ihr Laboratorium geschlossen ist.«

Powers zuckte mit den Schultern. »Ich hatte das Gefühl, ich müßte mich mal ausruhen. Sie werden verstehen, daß vieles neu überdacht werden muß.«

Kaldren runzelte halb spöttisch die Stirn. »Tut mir leid, das zu hören, Doktor. Lassen Sie sich von diesen temporären Rückschlägen bloß nicht deprimieren.« Er sah, wie das Mädchen Powers beobachtete. »Coma ist eine Verehrerin von Ihnen. Ich habe ihr Ihre Aufsätze im *American Journal of Psychiatry* gegeben, und sie hat den ganzen Ordner durchgelesen.«

Das Mädchen lächelte Powers freundlich an. Für einen Moment zerstreute es die Feindseligkeit zwischen den beiden Männern. Als Powers ihr zunickte, neigte sie sich über Kaldren hinweg ihm zu und sagte: »Jetzt habe ich gerade Noguchis Autobiographie gelesen – das ist dieser große japanische Arzt, der die Spirochäten entdeckt hat. Irgendwie erinnern Sie mich an ihn – in den Patienten, mit denen Sie sich befaßt haben, steckt so viel von Ihnen.«

Powers warf ihr ein mattes Lächeln zu; dann wandte er den Blick ab, und seine Augen blieben unfreiwillig an denen Kaldrens hängen. Sie starrten sich einen Moment lang finster an. Ein kleiner Tic in Kaldrens rechter Wange fing auf irritierende Weise an zu zukken. Er konzentrierte sich auf seine Gesichtsmuskeln und brachte sie nach ein paar Sekunden nur mit Mühe wieder unter seine Kontrolle. Daß Powers zum Zeugen dieser vorübergehenden Störung geworden war, ärgerte ihn offensichtlich.

»Wie war es heute in der Klinik?« fragte Powers. »Hatten Sie wieder diese... Kopfschmerzen?«

Kaldrens Mund schnappte zu. Plötzlich sah er gereizt aus. »In wessen Behandlung bin ich denn, Doktor? In Ihrer oder in Andersons? Ist das eine Frage, die Sie ausgerechnet jetzt stellen müssen?«

Powers machte eine flehende Geste. »Eigentlich nicht.« Er räusperte sich. Die Hitze schwemmte das Blut aus seinem Kopf. Er fühlte sich müde und wollte fort. Er wandte sich nach seinem Wagen um, machte sich dann jedoch klar, daß Kaldren ihm wahrscheinlich folgen und versuchen würde, ihn entweder in den Graben abzudrängen oder nicht überholen zu lassen, wodurch er gezwungen wäre, den ganzen Weg bis zum See in Kaldrens Staubfahne zu fahren. Kaldren war zu jeder Verrücktheit fähig.

»Tja, ich muß gehen und noch etwas abholen«, sagte er und fügte mit festerer Stimme hinzu: »Setzen Sie sich trotzdem mit mir in Verbindung, wenn Sie Anderson nicht erreichen können.«

Er winkte und ging hinter der Wagenreihe davon. Aus der Spiegelung in den Fensterscheiben ersah er, daß Kaldren sich umgedreht hatte und ihm aufmerksam nachblickte. Er betrat den Flügel, in dem die Neurologie untergebracht war, verharrte dankbar im kühlen Foyer und nickte den beiden Schwestern und dem bewaffneten Wächter am Empfangsschalter zu. Aus irgendeinem Grund zogen die Dauerschläfer, die in dem angrenzenden Schlafhaus schliefen, Scharen von angeblichen Touristen an, von denen die meisten Spinner mit irgendeinem magischen Belebungsmittel oder nichts als müßige Neugierige waren, doch befand sich darunter auch eine erhebliche Anzahl ganz normaler Menschen, die oft über viele Tausende von Kilometern angereist kamen und sich mit einem eigenartigen Instinkt zur Klinik hingezogen fühlten, wie Tiere, die sich zu einer Vorbesichtigung der Friedhöfe ihrer Rasse versammeln.

Er ging durch den Korridor zum Büro des Aufsehers, von dem aus man die Aufenthaltsräume überblicken konnte, lieh sich den Schlüssel aus und machte sich an den Tennisplätzen und Gymnastikeinrichtungen vorbei auf den Weg zum umzäunten Schwimmbecken am äußeren Ende des Geländes. Es war seit Monaten nicht mehr in Benutzung, und nur Powers Besuche ließen das Schloß nicht einrosten. Er trat durch die Pforte, schloß sie hinter sich und ging an den Holzkabinen vorbei zum Becken für Schwimmer.

Einen Fuß aufs Sprungbrett gesetzt, sah er auf Whitbys Ideogramm hinunter, das zum Teil von modrigen Blättern und Papierschnipseln verdeckt, doch in seinen Umrissen gerade noch zu erkennen war. Es füllte fast den ganzen Boden des Beckens. Auf den ersten Blick schien es eine gewaltige Sonnenscheibe darzustellen, von der vier strahlenförmige, wie Diamanten geformte Ausleger abgingen, eine grobe Jungsche Mandala.

Während er sich überlegte, was Whitby wohl dazu veranlaßt haben mochte, das Sinnbild noch vor seinem Tod in den Boden zu meißeln, sah Powers im Schutt im Zentrum der Scheibe eine Bewegung. Ein schwarzes, etwa dreißig Zentimeter langes Tier mit horniger Schale bahnte sich vorsichtig einen Weg durch den Matsch und hielt sich nur mühsam auf seinen müden Beinen. Seine Schale war scharf gegliedert und ließ entfernt an ein Gürteltier denken. Als es den Rand der Scheibe erreicht hatte, blieb es stehen, zögerte und zog sich langsam wieder ins Zentrum zurück, denn anscheinend war es nicht bereit oder nicht in der Lage, den schmalen Graben zu überqueren.

Powers blickte sich um, betrat schließlich eine Umkleidekabine und riß einen kleinen Kleiderkasten aus seiner rostigen Verankerung in der Wand. Mit ihm unter dem Arm stieg Powers über die Chromleiter ins Becken hinab und ging über den schlüpfrigen Boden behutsam auf das Tier zu. Als er sich ihm näherte, stahl es sich davon, doch konnte Powers das Tier ohne Schwierigkeiten in die Enge treiben, und er hob es mit dem Kastendeckel schließlich in die Schachtel.

Das Tier war schwer, mindestens so schwer wie ein Ziegelstein. Powers klopfte ihm mit dem Knöchel auf den massiven, olivschwarzen Rückenschild. Ein dreieckiger, warziger Kopf wie der einer Schildkröte sprang unter dem Saum des Schildes hervor. Powers bemerkte die verdickten Polster unter den ersten Zehen der fünfzehigen Vorderbeine.

Die dreilidrigen Augen blinzelten ihn vom Boden des Kastens her ängstlich an.

»Du erwartest wohl wirklich heißes Wetter, was?« murmelte er. »Nun, dieser bleierne Schirm, den du mit dir herumträgst, müßte dich eigentlich kühl halten.«

Er klappte den Deckel zu, stieg aus dem Becken heraus und ging zum Büro des Aufsehers zurück; dann trug er die Schachtel zu seinem Wagen.

»...*Kaldren macht mir weiterhin Vorwürfe* (schrieb Powers in sein Tagebuch). *Aus irgendeinem Grund scheint er sich nicht bereit zu finden, seine Isolierung hinzunehmen, hat eine Reihe von privaten Ritualen ausgearbeitet, um die fehlenden Stunden Schlaf zu ersetzen. Vielleicht sollte ich ihm sagen, daß ich mich selbst dem Nullpunkt nähere, doch wahrscheinlich würde er es als die allerletzte, unerträgliche Beleidigung betrachten, daß ich im Überfluß haben sollte, wonach ihn so verzweifelt verlangt. Gott weiß, was passieren könnte. Zum Glück scheinen die alptraumartigen Visio-*

nen für den Augenblick in den Hintergrund getreten zu sein ...«

Powers schob das Tagebuch von sich und beugte sich über den Schreibtisch vor, um durchs Fenster auf den weißen Grund des Seebettes zu starren, das sich am Horizont entlang auf die Hügel erstreckte. In drei Kilometer Entfernung, am gegenüberliegenden Ufer, konnte er die kreisrunde Schale des Radioteleskops sehen, das sich langsam in der reinen Luft des Nachmittags drehte, während Kaldren unermüdlich den Himmel einfing und Millionen kubischer Parallaxen sterilen Äthers einschleuste, so wie die Nomaden das Meer an den Küsten des Persischen Golfes eingefangen hatten.

Hinter ihm summte leise die Klimaanlage, die halb im Dämmerlicht verborgenen blaßblauen Wände kühlend. Draußen war die Luft hell-leuchtend und bedrückend, die Hitzewellen kräuselten sich von den zusammengeballten Gruppen gülden getönter Kakteen hoch, welche die scharfgeschnittenen Terrassen des zwanziggeschossigen Neurologieblocks verschwommener erscheinen ließen. Dort, in den stillen Schlafsälen hinter den abgedichteten Jalousien, schliefen die Dauerschläfer ihren langen, traumlosen Schlaf. Es waren ihrer jetzt schon mehr als fünfhundert in der Klinik, die Vorhut einer gewaltigen Somnambulistenarmee, die sich zum letzten Marsch formierte. Nur fünf Jahre waren verstrichen, seit die ersten Betäubungssyndrome erkannt worden waren, doch bereits jetzt wurden im Osten riesige Regierungshospitäler für Neuzugänge fertiggestellt, deren Zahl in die Tausende ging, zumal mehr und mehr Fälle ans Licht kamen.

Powers fühlte sich plötzlich müde und blickte auf seine Armbanduhr, denn er wollte wissen, wieviel Zeit ihm noch blieb bis um acht Uhr, seine Schlafenszeit für schätzungweise die nächste Woche. Die Abenddämmerung erlebte er bereits nicht mehr; bald würde er zu seinem letzten Sonnenaufgang erwachen.

Die Uhr steckte in der Hosentasche. Powers fiel der Entschluß ein, seine Zeitfetzen nicht mehr zu benutzen. Er lehnte sich zurück und starrte auf die Bücherregale neben dem Tisch. Reihenweise standen darin die grüngebundenen Veröffentlichungen der Atomenergiekommission, die er aus Whitbys Bibliothek hergebracht hatte, Schriften, in denen der Biologe seine Arbeit nach den H-Bombentests im Pazifik beschreibt. Viele davon kannte Powers beinahe auswendig, hatte er Hunderte von Malen in dem Bemühen studiert, Whitbys Schlußfolgerungen zu begreifen. Toynbee würde wahrscheinlich leichter zu vergessen sein.

Seine Augen wurden vorübergehend trübe, als die hohe, schwarze Wand im Hintergrund seines Geistes ihren großen Schatten über sein Gehirn warf. Er griff nach dem Tagebuch und erinnerte sich an das Mädchen in Kaldrens Wagen – er hatte sie Coma genannt, noch einer von seinen verrückten Späßen – und an ihre Anspielung auf Noguchi. Eigentlich hätte sie Noguchi mit Whitby vergleichen müssen, nicht mit ihm; nichts weiter als zersplitterte Spiegel von Whitbys Verstand waren die Monstren im Labor, beispielsweise jener groteske Frosch mit dem Strahlenschutzschild, den er am Morgen im Schwimmbecken gefunden hatte.

In Erinnerung an das Mädchen Coma und ihr ermutigendes Lächeln, das sie ihm geschenkt hatte, trug er ein:

Um 6.33 Uhr morgens aufgewacht. Letzte Unterredung mit Anderson. Er hat mir deutlich zu verstehen gegeben, daß er mich nicht mehr sehen will, und von jetzt an bleibe ich lieber allein. Ins Bett um 8.00 Uhr? (Diese Countdowns entsetzen mich.)

Er überlegte einen Augenblick und fügte dann hinzu:

Leb wohl, Eniwetok!

II.

Am nächsten Tag sah er das Mädchen in Whitbys Laboratorium wieder. Nach dem Frühstück war er mit seinem neuen Fund hinübergefahren, um ihn so rasch wie möglich, bevor er einginge, im Vivarium unterzubringen. Der einzige Mutant, dem er früher schon einmal begegnet war, hätte ihn fast das Leben gekostet. Als er vor ungefähr einem Monat über die Uferstraße gejagt war, hatte er ihn mit der Außenkante des Vorderrads gestreift und damit gerechnet, das kleine Geschöpf würde plattgedrückt zurückbleiben. Statt dessen hatte sein harter, bleigefüllter Rückenpanzer dem Gewicht des Wagens standgehalten, obwohl der Organismus darunter zu Brei zerquetscht worden war, und den Wagen mit voller Wucht in den Graben geschleudert. Powers war zurückgelaufen, um den Panzer aufzuheben, und hatte ihn im Laboratorium gewogen: er enthielt über 600 Gramm Blei.

Zahlreiche Pflanzen und Tiere bauten Schwermetalle als radiologische Schutzschilde auf. In den Hügeln hinter dem Haus am Ufer erneuerten Schürfer aus der alten Zeit die herrenlosen Geräte zur Aufbereitung von Goldsand, die seit über achtzig Jahren dort herumlagen. Ihnen war die leuchtendgelbe Färbung der Kakteen aufgefallen, und sie hatten eine Analyse angestellt. Die Pflanzen hatten Gold in gewinnbringenden Mengen angereichert – allerdings würde es wegen der hochgradigen Verunreinigung kaum zu bearbeiten sein. Oak Ridge zahlte am Ende also doch noch eine Dividende!!

Zehn Minuten später als am Vortag, um dreiviertel sieben, wachte er morgens auf; als er aus dem Bett stieg, stellte er das Radio an und hörte eines der regulären Morgenprogramme. Er nahm lustlos ein leichtes Frühstück zu sich und verpackte anschließend eine Stunde lang Bücher seiner Bibliothek in Lattenkisten und versah die Kisten mit der Anschrift seines Bruders.

Eine halbe Stunde später erreichte er Whitbys Labor. Es war in einem dreißig Meter breiten geodätischen Gewölbe untergebracht, das er neben seinem Landhaus am Westufer des Sees etwa einen Kilometer von Kaldrens Sommerhaus entfernt errichtet hatte. Nach Whitbys Selbstmord war das Landhaus verriegelt worden, und viele der Versuchspflanzen und -tiere waren eingegangen, ehe es Powers gelungen war, die Erlaubnis zur Benutzung des Labors zu erhalten.

Als er in die Einfahrt einbog, sah er das Mädchen oben auf dem gelbgeriffelten Gewölbe stehen; ihre schlanke Gestalt hob sich als Silhouette gegen den Himmel ab. Sie winkte ihm zu, begann, über die Glaspolyeder nach unten zu steigen, und sprang schließlich behende neben dem Wagen auf den Weg.

»Hallo«, sagte sie und lächelte ihn zur Begrüßung an. »Ich bin herübergekommen, um mir Ihren Zoo anzusehen. Kaldren sagte, Sie würden mich nicht reinlassen, wenn er mitkäme. Deshalb habe ich ihn überredet, mich allein gehen zu lassen.«

Sie wartete darauf, daß Powers etwas sagen würde, während er seine Schlüssel suchte, und schlug ihm schließlich vor: »Wenn Sie wollen, wasche ich Ihr Hemd.«

Powers grinste. Er warf einen zerknirschten Blick auf seine staubverkrusteten Manschetten. »Keine schlechte Idee. Ich habe mir auch schon gedacht, daß ich allmählich ein bißchen vernachlässigt aussehe.« Er schloß die Tür auf, nahm Comas Arm. »Ich habe keine Ahnung, warum Kaldren Ihnen das gesagt hat – er ist hier jederzeit willkommen.«

»Was haben Sie denn da drin?« fragte Coma und zeigte, als sie zwischen den vollgestellten Bänken hindurchgingen, auf den Holzkasten, den er trug.

»Einen entfernten Verwandten. Ich habe ihn gefunden. Interessanter kleiner Bursche. Ich mache Sie gleich mit ihm bekannt.«

Verschiebbare Trennwände unterteilen das Gewölbe in vier Kammern. Zwei davon waren Vorratsräume; sie waren voll von überflüssigen Wasserbehältern, Apparaturen, Kartons mit Tierfutter und Testvorrichtungen. Sie schritten durch die dritte Kammer, die beinahe völlig von einem kräftigen Projektor für Röntgenbilder ausgefüllt wurde, einem gewaltigen G. E. Maxitron von 250 Ampère, um den herum Abschirmblöcke aus Beton lagen, einsatzbereit, wie überdimensionale Mauersteine. Zur leichteren Handhabung war der Projektor auf einen Drehtisch montiert.

Die vierte Kammer enthielt Powers' Zoo, das Vivarium. Auf den Bänken und in den Ausgüssen war es zusammengedrängt, große bunte Papptabellen und Notizen waren an den Abzugshauben darüber mit Reißzwecken befestigt, ein Gewirr von Gummischläuchen und Stromkabeln zog sich über den Fußboden hin. Als sie an der Reihe der Wasserbehälter entlanggingen, veränderten verschwommene Formen hinter dem Milchglas ihre Lage. In einem großen Käfig am Ende des Ganges gleich neben Powers' Schreibtisch war ein plötzliches Getrippel zu hören.

Den Holzkasten auf den Schreibtischsessel stellend, nahm er ein Päckchen Erdnüsse vom Tisch und trat an den Käfig heran. Ein kleiner, schwarzhaariger Schimpanse, den verbeulten Helm eines Düsenpiloten auf dem Kopf, hangelte sich geschickt an den Gitterstäben zu ihm hoch, piepste glücklich und sprang an die Miniaturausgabe einer Bedienungstafel, die an der Rückwand des Käfigs angebracht war. Mit rasender Geschwindigkeit drückte er auf eine Reihe von Knöpfen und Kippschaltern, nacheinander gingen wie in einem Musikautomaten bunte Lichter an, und zwei Sekunden lang schrillte Musik mit voller Lautstärke auf.

»Braver Kerl«, sagte Powers ermutigend, kraulte dem Schimpansen den Rücken und schüttete ihm Erdnüsse in die Hände. »Für dieses Ding da bist du schon viel zu gewitzt, nicht wahr?«

Der Schimpanse warf sich die Erdnüsse mit der glatten und geschickten Bewegung eines Taschenspielers ins Maul und plapperte im Singsang auf Powers ein.

Coma lachte und nahm Powers ein paar Erdnüsse aus der Hand. »Er ist süß. Ich glaube, er spricht mit Ihnen.«

Powers nickte. »Stimmt, das tut er. Er besitzt tatsächlich ein Vokabular von zweihundert Wörtern, doch seine Stimmröhre bringt alles durcheinander.« Er öffnete einen kleinen Kühlschrank neben dem Tisch, entnahm ihm ein halbes Päckchen Brot und reichte dem Schimpansen ein paar Scheiben hin. Der Schimpanse hob einen elektrischen Toaster vom Fußboden auf, stellte ihn auf einen wackeligen Tisch in der Mitte des Käfigs und schob die Scheiben in die Röstschlitze. Powers drückte einen Stecker an der Schalttafel außerhalb des Käfigs, und der Toaster begann leise zu knistern.

»Er ist einer von den Klügsten, die wir je hier gehabt haben, ungefähr so intelligent wie ein fünfjähriges Kind, dabei in vieler Hinsicht aber viel unabhängiger.« Die beiden Brotscheiben wurden aus den Schlitzen herausgeschleudert, und der Schimpanse fing sie geschickt auf, nicht ohne dabei lässig auf seinen Helm zu schlagen, dann schlenderte er gemächlich in eine kleine, baufällige Hütte, legte sich auf den Rücken, ließ einen Arm aus dem Fenster baumeln und schob sich den Toast Stück für Stück ins Maul.

»Die Hütte hat er selbst gebaut«, fuhr Powers fort und schaltete den Toaster aus. »Wirklich keine schlechte Arbeit.« Er deutete auf einen gelben Kunststoffkübel neben dem Hütteneingang, aus dem eine arg mitgenommene Geranie herausragte. »Er kümmert sich um diese Pflanze, macht den Käfig sauber, stößt einen endlosen Strom von witzigen Bemerkungen aus. Drolliges Kerlchen, in jeder Hinsicht.«

Coma lächelte breit in sich hinein. »Warum denn der Raumfahrerhelm?«

Powers zögerte. »Ach, der – äh – der ist für seinen eigenen Schutz da. Manchmal kriegt er ziemlich schlimme Kopfschmerzen. Alle seine Vorgänger –« Er brach ab und drehte sich um. »Kommen Sie, sehen wir uns noch ein paar von den anderen Mitbewohnern an.«

Powers ging an den Behältern entlang und winkte Coma, ihm zu folgen. »Wir fangen vorn an.« Von einem Behälter hob er den Glasdeckel hoch, und Coma blinzelte auf ein flaches Wasserbad herab, wo ein kleiner, runder Organismus mit schmächtigen Ranken sich in einen Steingarten aus Muschelschalen und Kieselsteinen schmiegte.

»Seeanemone. Zumindest wars einmal eine. Ein einfaches Hohltier mit am Ende offener Körperhöhlung.« Er wies auf den verdickten Körperwulst am unteren Ende hin. »Sie hat die Höhlung abgedichtet und den Kanal in einen rudimentären Rückenstrang umgewandelt; sie ist die erste Pflanze, die jemals ein Nervensystem ausgebildet hat. Später verknoten sich die Ranken zu einem Ganglion, doch die Farben können sie jetzt schon empfinden. Sehen Sie mal.« Er bat Coma um das lila Taschentuch in ihrer Brusttasche und breitete es über den Behälter. Die Ranken bogen sich und wurden steif. Sie flochten sich zusammen, als wollten sie sich in einem Brennpunkt vereinigen.

»Seltsamerweise sind sie gegen weißes Licht völlig unempfindlich. Gewöhnlich registrieren die Ranken Druckveränderungen, etwa wie die Trommelfellmembranen in Ihren Ohren es tun. Jetzt aber ist es fast, als könnten sie Primärfarben *hören*. Das legt den Schluß nahe, daß sie sich wieder an eine nicht ans Wasser gebundene Existenz in einer statischen Welt voll heftiger Farbkontraste angleichen.«

Coma schüttelte verwundert den Kopf. »Aber warum?«

»Warten Sie noch einen Moment. Ich will Sie zuerst ins Bild setzen.« Sie gingen zu einer Reihe von trommelförmigen Käfigen aus einem moskitonetzähnlichen Drahtgeflecht. Über dem ersten hing ein großer weißer Pappschirm mit einem vergrößerten Mikrofoto von einer schlanken, pagodeähnlichen Kette. Darüber stand: »Drosophila: 15 Röntgen/Min.«

Powers pochte gegen ein kleines Plexiglasfenster in der Trommel. »Taufliege. Ihre übergroßen Chromosomen machen sie zu einem nützlichen Testvehikel.« Er beugte sich nieder und zeigte auf eine graue, V-förmige Honigwabe, die vom Deckel in den Käfig hing. Ein paar Fliegen kamen aus Löchern hervor, hasteten geschäftig hin und her. »Gewöhnlich ist sie ein Einzelgänger, ein nomadischer Aasfresser. Jetzt ordnet sie sich in wohlgefügte soziale Gruppen ein und hat damit begonnen, eine dünne, süße Lymphe abzusondern, etwas in der Art wie Honig.«

»Was ist das hier?« fragte Coma, auf den Pappschirm tippend.

»Das Schema des Schlüsselgens bei der Operation.« Er wies mit dem Finger auf ein Bündel von Pfeilen, die von einem Glied in der

Kette ausgingen. Die Pfeile waren beschriftet: »Lymphdrüse« und unterteilt in »Schließmuskel, Deckgewebe, Träger.«

»Es ist fast so, wie bei den perforierten Blechplatten, die in einem elektrischen Klavier die Musik liefern«, erklärte Powers, »oder wie bei einem Lochband im Computer. Ein Bindeglied mit Hilfe eines Röntgenstrahls auslöschen, eine Eigenschaft verlieren, das Ergebnis ändern.«

Coma blickte durchs Fenster in den nächsten Käfig und verzog das Gesicht. Über ihre Schulter hinweg sah Powers, daß sie ein riesiges, spinnenartiges Insekt betrachtete, groß wie eine Hand, dunkle, haarige Beine so dick wie Finger. Die Facettenaugen waren vergrößert worden, so daß sie wie riesengroße Rubine aussahen.

»Sie sieht unfreundlich aus«, äußerte Coma. »Was ist das für eine Art Strickleiter, die sie da spinnt?« Als Coma einen Finger an den Mund hob, kam Leben in die Spinne, sie zog sich in den Hintergrund des Käfigs zurück und fing an, einen festen Strang aus zusammenhängenden grauen Fäden auszuspeien, den sie in langen Schlingen am Dach des Käfigs aufhängte.

»Ein Spinnengewebe«, erklärte Powers. »Nur daß es aus Nervengewebe besteht. Die Leitern formen einen externen Neuralplexus, ein ausziehbares Gehirn, um genauer zu sein, das die Spinne der jeweiligen Situation entsprechend aufpumpen kann. Ein wirklich vernünftiges Arrangement, weitaus besser als unser eigenes.«

Coma trat ein paar Schritte zurück. »Grauenhaft. Ich würde sie wahnsinnig ungern in ihrem Salon besuchen.«

»Oh, sie ist gar nicht so schrecklich, wie sie aussieht. Jene riesigen Augen, die Sie anstarren, sind nämlich blind. Oder, genauer gesagt, ihr optisches Empfindungsvermögen hat sich verlagert, die Netzhäute registrieren nur noch Gammastrahlen. Ihre Armbanduhr hat Leuchtzeiger. Als Sie sie am Fenster vorbeibewegten, hat die Spinne zu denken angefangen. Der vierte Weltkrieg würde sie mit Sicherheit in ihr Element bringen.«

Sie schlenderten zu Powers' Schreibtisch zurück. Er stellte einen Kaffeetiegel über einen Bunsenbrenner und schob Coma einen Stuhl hin. Dann öffnete er den Holzkasten, hob den gepanzerten Frosch heraus und setzte ihn auf einen Bogen Löschpapier.

»Erkennen Sie ihn wieder? Ihren alten Freund aus Kindertagen, den gewöhnlichen Frosch? Er hat sich einen ziemlich festen, kleinen Luftschutzbunker gebaut.« Powers trug das Tier zu einem

Ausguß, drückte den Stöpsel rein und ließ langsam Wasser über den Rückenpanzer rieseln. Seine Hände am Hemd abwischend, kam er an den Schreibtisch zurück.

Coma strich sich das lange Haar aus der Stirn und betrachtete ihn neugierig.

»Nun, wie lautet das Geheimnis?«

Powers steckte sich eine Zigarette an. »Es gibt kein Geheimnis. Teratologen haben jahrelang Monstren ausgebrütet. Haben Sie jemals von dem ›stummen Paar‹ gehört?«

Sie schüttelte den Kopf.

Powers starrte einen Moment lang trübsinnig auf die Zigarette und ließ sich von der berauschenden Wirkung treiben, die ihm die erste Zigarette des Tages jedesmal verschaffte. »Das sogenannte ›stumme Paar‹ gehört zu den ältesten Problemen der modernen Genetik, das scheinbar verblüffende Geheimnis von den zwei inaktiven Genen, die in einem kleinen Prozentsatz aller lebenden Organismen vorkommen und anscheinend keine klare Rolle in ihrer Struktur oder Entwicklung spielen. Schon seit geraumer Zeit haben Biologen sie zu aktivieren versucht. Aber da gibt es einmal Schwierigkeiten, die stummen Gene in den befruchteten Keimzellen von Eltern zu identifizieren, in denen sie bekanntermaßen enthalten sind. Und dann gelingt es eben kaum, einen derart scharfen Röntgenstrahl zu bündeln, der den übrigen Bestandteilen des Chromosoms keinen Schaden zufügen würde. Nach etwa zehnjähriger Arbeit hat Dr. Whitby jedoch eine auf den ganzen Körper ausgerichtete Bestrahlungstechnik entwickelt, die auf seinen auf Eniwetok gemachten Beobachtungen strahlungsbiologischer Schädigung beruht.«

Powers hielt einen Moment lang inne. »Er hat festgestellt, daß nach den Tests mehr biologische Schädigungen auftraten – das heißt, ein größerer Energietransport –, als auf direkte Strahlung zurückgeführt werden konnten. Die Proteingitter in den Genen bauten Energie auf, indem jede vibrierende Membrane beim Mitschwingen Energie speichert – Sie erinnern sich wahrscheinlich an die Brücke, die unter dem Gleichschritt der Soldaten einstürzt. Da kam ihm ein Gedanke. Wenn er zuerst die kritische Resonanzfrequenz der Gitter in jedem einzelnen stummen Gen feststellen könnte, dann ließe sich anschließend der ganze lebende Organismus bestrahlen, also nicht einfach die Keimzellen, und zwar mit einem niedrigen Feld, das selektiv auf die stummen Gene einwirken würde, ohne zugleich das übrige Chromosom zu beschädigen, dessen Gitter lediglich bei anderen spezifischen Frequenzen kritisch mitschwingen würde.«

Powers deutete mit der Zigarette im Labor herum. »Einige Früchte seiner ›Schwingungsübertragungs‹-Technik sehen Sie dort. Schauen Sie sich um.«

Coma nickte. »Bei denen sind die stummen Gene also aktiviert?«

»Ja, bei allen. Dies sind nur ein paar von den Tausenden von Exemplaren, die durch dieses Labor gegangen sind. Wie Sie gesehen haben, sind die Ergebnisse ziemlich dramatisch.«

Er griff nach oben und zog einen Teil des Vorhangs zum Schutz gegen die Sonne herunter. Sie saßen direkt unter dem Scheitelpunkt des Kuppeldachs, und die höher steigenden Sonnenstrahlen hatten ihn zu irritieren begonnen.

Es war verhältnismäßig dunkel geworden. Coma bemerkte in einem Behälter am Ende der Bank hinter ihr ein Stroboskop, das langsam blinkte. Sie stand auf, trat näher heran und besah sich aufmerksam eine hochgewachsene Sonnenblume mit einem verdickten Stamm und einem weitgehend vergrößerten Fruchtboden. Rings um die Blume herum, so daß nur ihr Kopf herausragte, war ein Schornstein aus grauweißen Steinen aufgerichtet, die fein säuberlich verkittet und beschriftet waren: *Kreidekalk: 60 Millionen Jahre.*

Daneben erhoben sich auf der Bank drei weitere Schornsteine; sie trugen folgende Aufschriften: *Devonischer Sandstein: 290 Millionen Jahre, Asphalt: 20 Jahre* und *Polyvinylchlorid: 6 Monate.*

»Können Sie jene feuchten weißen Scheiben auf den Kelchblättern erkennen?« fragte Powers. »Sie regulieren in gewisser Weise den Stoffwechsel der Pflanze. Sie kann Zeit sprichwörtlich *sehen*. Je älter ihre Umgebung, desto träger ihr Stoffwechsel. Beim Asphaltschornstein durchläuft sie ihren jährlichen Zyklus in einer Woche, bei dem aus PVC in ein paar Stunden.«

»Die Zeit sehen«, wiederholte Coma verwundert. Sie blickte zu Powers auf und kaute nachdenklich auf ihrer Unterlippe. »Das ist phantastisch. Sind dies die Geschöpfe der Zukunft, Doktor?«

»Ich weiß es nicht«, gestand Powers. »Doch wenn sie es sind, dann muß ihre Welt eine monströs surrealistische sein.«

III.

Er kehrte zum Schreibtisch zurück, holte zwei Tassen aus der Schublade und schenkte, nachdem er den Bunsenbrenner abgestellt hatte, Kaffee ein. »Einige Forscher haben die Vermutung geäußert, daß Organismen, die das stumme Paar Gene in sich tragen, Vorläufer eines massiven Aufschwungs auf der evolutionären Leiter sind. Die stummen Gene wären also eine Art Kode, eine göttliche Botschaft, die wir niederen Organismen für unsere höher entwickelten Nachkommen austragen. Das mag durchaus stimmen – vielleicht haben wir den Kode aber zu früh entschlüsselt.«

»Warum sagen Sie das?«

»Nun, wie Whitbys Tod beweist, haben alle Experimente in diesem Labor ein ziemlich unglückliches Ende gefunden. Die Organismen, die wir bestrahlt haben, sind ohne Ausnahme in eine Schlußphase total desorganisierten Wachstums eingetreten und haben Dutzende von speziellen Sinnesorganen hervorgebracht, deren Funktion wir nicht einmal erraten können. Die Resultate sind katastrophal – die Seeanemone wird im wahrsten Sinne des Wortes explodieren, die Taufliegen werden Kannibalen und fressen sich gegenseitig auf, und so fort. Ob die Zukunft, die in diesen Pflanzen und Tieren enthalten ist, jemals stattfinden wird, oder ob wir einfach nur extrapoliert haben – ich habe keine Ahnung. Manchmal glaube ich allerdings, daß die neuentwickelten Sinnesorgane Parodien auf ihre wahren Bedeutungen sind. Die Exemplare, die Sie heute zu Gesicht gekriegt haben, befinden sich ausnahmslos in einem frühen Stadium ihres sekundären Wachstumszyklus. Später beginnen sie entschieden bizarr auszusehen.«

Coma nickte. »Ein Zoo ist nicht vollkommen ohne den, der ihn unterhält«, meinte sie. »Was ist mit dem Menschen?«

Powers zuckte mit den Schultern. »Etwa einer von hunderttausend – das ist der übliche Durchschnitt – trägt das stumme Paar in sich. Vielleicht haben Sie es – oder ich. Bis jetzt hat sich noch niemand freiwillig zur Verfügung gestellt, um die Bestrahlung des ganzen Körpers über sich ergehen zu lassen. Man würde das wohl als Selbstmord einstufen. Und wenn man diese Exemplare hier als Hinweis nehmen will, wäre es brutal und gewalttätig.«

Er nippte an dem dünnen Kaffee, fühlte sich müde und auch irgendwie gelangweilt. Er spürte es. Die Arbeit im Labor hatte ihn erschöpft.

Das Mädchen beugte sich vor. »Sie sehen schrecklich blaß aus«, sagte es besorgt. »Schlafen Sie nicht gut?«

Powers brachte ein kurzes Lächeln zustande. »Zu gut«, bekannte er. »Das ist für mich kein Problem mehr.«

»Ich wünschte, das könnte ich auch von Kaldren sagen. Ich glaube kaum, daß er auch nur annähernd genug schläft. Die ganze Nacht über höre ich ihn im Zimmer auf und ab gehen.« Sie fügte dann aber nachdenklich hinzu: »Nun, das ist wahrscheinlich immer noch besser, als ein Dauerschläfer zu sein. Sagen Sie mal, Doktor, würde es sich nicht lohnen, diese Bestrahlungstechnik einmal auf die Schläfer in der Klinik anzuwenden? Vielleicht würden sie dadurch vor dem Ende aufgeweckt. Ein paar von ihnen müßten doch eigentlich die stummen Gene in sich tragen.«

»Sie *alle* haben die stummen Gene«, erläuterte Powers. »Die beiden Phänomene hängen in der Tat sehr eng miteinander zusammen.« Weiter sprach er nicht. Müdigkeit hatte seinen Geist erschöpft. Er überlegte, ob er das Mädchen nicht bitten sollte, ihn allein zu lassen, erhob sich jedoch vom Tisch und holte hinter sich ein Tonbandgerät hervor.

Er ließ das Band auf Null zurücklaufen und regulierte die Lautstärke.

»Whitby und ich haben das oft durchgesprochen. Gegen Ende habe ich alles aufgenommen. Er war ein großer Biologe. Wollen wir also mal seine Worte hören. Das führt uns mitten in die Sache.«

Ruckartig drückte er den Schalter nieder und fügte hinzu: »Ich habe es mir wohl an die tausendmal vorgespielt; die Bandqualität hat ziemlich darunter gelitten.«

Die scharfe, leicht gereizte Stimme eines älteren Mannes tönte über einem verzerrenden Surren auf, doch Coma konnte sie deutlich vernehmen.

Whitby: ... *um Himmels willen, Robert, sieh dir doch mal die Statistiken der Welternährungsorganisationen an. Trotz einer jährlichen Zunahme der Anbaufläche um fünf Prozent, verteilt über die letzten fünfzehn Jahre, sind die Weltweizenerträge weiterhin um etwa zwei Prozent gesunken. Dieselbe Geschichte wiederholt sich* ad nauseam. *Getreide- und Knollenfruchterträge, Molkereiprodukte, Rinderfruchtbarkeit – alles ist gesunken. Bring dies mit einer Vielzahl paralleler Symptome in Verbindung, nimm, was du willst, von den veränderten Wanderungsrouten bis zu längeren*

Winterschlafperioden, und das Gesamtschema ist unstreitig.

Powers: *Allerdings zeigen die Bevölkerungsziffern für Europa und Nordamerika keinen Rückgang.*

Whitby: *Natürlich nicht. Das betone ich ja immer wieder. Ein derartiges Nachlassen der Fruchtbarkeit auf einzelnen Sektoren wird erst nach hundert Jahren Auswirkungen auf Gegenden haben, in denen eine umfangreiche Geburtenkontrolle ein künstliches Reservoir schafft. Man muß sich die fernöstlichen Länder ansehen, besonders jene, in denen die Kindersterblichkeit weder gesunken noch gestiegen ist. Die Bevölkerung von Sumatra ist beispielsweise in den letzten zwanzig Jahren um mehr als fünfzehn Prozent geschrumpft. Ein ungeheurer Rückgang! Ist dir klar, daß die Neo-Malthusianer noch vor zwei oder drei Jahrzehnten von einer »weltweiten Bevölkerungsexplosion« sprachen? Tatsächlich handelt es sich um eine Implosion. Ein weiterer Faktor –*

An dieser Stelle war das Band geschnitten und gekürzt worden, und Whitbys Stimme hob wieder an, jetzt aber weniger quengelig.

...sag mir mal ganz ehrlich, es interessiert mich einfach: Wie lange schläfst du jede Nacht?

Powers: *So genau weiß ich das nicht. Ungefähr acht Stunden, nehme ich an.*

Whitby: *Die sprichwörtlichen acht Stunden. Du kannst fragen, wen du willst, jeder sagt ganz automatisch »acht Stunden«. In Wahrheit schläfst du etwa zehneinhalb Stunden, wie die Mehrzahl aller Menschen. Ich habe mir bei einer Reihe von Gelegenheiten mal deine Zeit notiert. Ich selbst schlafe elf Stunden. Doch vor dreißig Jahren haben die Leute tatsächlich nur acht Stunden geschlafen, und hundert Jahre davor nur sechs oder sieben Stunden. In Vasaris »Lebensbeschreibungen« liest man über Michelangelo, er hätte nur vier oder fünf Stunden geschlafen, im Alter von achtzig Jahren den ganzen Tag über gemalt und nachts an seinen anatomischen Skizzen gearbeitet, wobei er sich eine Kerze auf die Stirn band, um besser sehen zu können. Jetzt wird er als Wunder bestaunt, doch zu seiner Zeit war das durchaus nicht bemerkenswert. Was meinst du wohl, wie die großen Meister – von Plato bis Shakespeare, von Aristoteles bis Thomas von Aquin – es schafften, derart viel Arbeit in ihr Leben zu packen? Einfach deshalb, weil ihnen täglich sechs oder sieben Stunden mehr zur Verfügung standen. Unsere Arbeit leidet heute natürlich unter einem zweiten Nachteil, nämlich der niedrigeren Grundstoffwechselrate – auch so eine Sache, die niemand erklären kann.*

Powers: *Es ließe sich wohl behaupten, daß die verlängerten Schlafintervalle ein Kompensationsmittel sind, eine Art neurotischer Versuch der Massen, dem entsetzlichen Druck des urbanen Lebens im späten 20. Jahrhundert auszuweichen.*

Whitby: *Könnte man behaupten. Es wäre aber ein Irrtum. Der Grund ist biochemischer Art. Die Ribonucleinsäureschablonen, die in allen lebenden Organismen die Proteinketten entwirren, sind abgenützt, die Stempel, die die protoplasmatische Signatur prägen, sind abgestumpft. Schließlich sind sie ja auch schon seit mehr als tausend Millionen Jahren in Benutzung. Es wird Zeit zum Nach-Schneiden. So wie ein individueller Organismus eine begrenzte Lebensdauer hat, selbst eine Hefekolonie, so ist auch das Leben einer biologischen Gattung insgesamt nur von bestimmter Dauer. Bisher hat man immer angenommen, daß die Evolutionskurve stetig nach oben verläuft, in Wirklichkeit ist der Gipfel jedoch bereits erreicht, und jetzt verläuft der Pfad abwärts, hinunter zum üblichen biologischen Grab. Das ist eine verzweifelte Vision von der Zukunft, die heute noch keiner akzeptieren will. Es ist aber die einzige. Wahrscheinlich werden unsere Nachkommen in fünftausend Jahren, anstatt Stars mit Multigehirnen zu sein, nackte Idioten mit vorstehenden Backenknochen und einer behaarten Stirn sein, die ihren Weg wie Menschen aus der Jungsteinzeit durch die Überreste dieser Klinik grunzen, Opfer einer makabren Umkehrung der Zeit. Glaub mir, leid tun sie mir, ebenso wie ich mich bedaure. Mein totales Versagen, mein absoluter Mangel an jeglichem moralischen oder biologischen Existenzrecht steckt in jeder Zelle meines Körpers...*

Hier endete das Tonband. Die Spule lief noch eine Weile frei und kam zum Stillstand. Powers klappte den Deckel über das Gerät und massierte sein Gesicht. Coma saß schweigend da, beobachtete ihn und lauschte zu dem Schimpansen hin, der mit einer Schachtel voll Puzzlesteinen spielte.

»Soweit Whitby das feststellen konnte«, meinte Powers, »repräsentieren die stummen Gene ein letztes verzweifeltes Bemühen des biologischen Lebens, den Kopf über den steigenden Wassern zu halten. Die totale biologische Lebensspanne wird von der Strahlungsmenge determiniert, die von der Sonne ausgeht. Wenn diese einen gewissen Punkt erreicht hat, ist die Grenz-Linie, die den sicheren Tod bedeutet, überschritten. Der Untergang läßt sich dann nicht mehr vermeiden. Zum Ausgleich aber sind in diesen Vorgang Signale eingebaut, welche die Form des Organismus verändern und ihn zu einem Leben in heißerem Strahlungsklima befähigen. Weichhäutige Organismen entwickeln harte Schalen, die Schwermetalle als Strahlungsschutz enthalten. Auch Wahrnehmungsorgane entwickeln sich. Whitby meinte zwar, das sei auf lange Sicht alles umsonst – doch ich bin mir da manchmal nicht so sicher.«

Er lächelte zu Coma hinüber und zuckte mit den Schultern. »Doch lassen Sie uns von etwas anderem sprechen. Wie lange kennen Sie eigentlich Kaldren?«

»Seit ungefähr drei Wochen. Mir kommt es vor, als wären es schon tausend Jahre.«

»Wie finden Sie ihn denn jetzt? Unser Kontakt ist seit einiger Zeit nicht mehr besonders eng.«

Coma grinste. »Ich kriege von ihm auch nicht viel zu sehen. Er läßt mich die ganze Zeit schlafen. Kaldren hat viele seltsame Talente, er lebt aber nur für sich selbst. *Sie* bedeuten ihm sehr viel, Doktor. Im Grunde sind Sie mein einziger ernsthafter Rivale.«

»Ich dachte, er könnte meinen Anblick nicht ertragen.«

»Oh, er tut nur so nach außen hin. Er denkt wirklich fortgesetzt an Sie. Deshalb verbringen wir unsere ganze Zeit damit, Ihnen auf Schritt und Tritt zu folgen.« Sie blickte Powers durchtrieben an. »Ich glaube, er hat aus irgendeinem Grunde ein Schuldbewußtsein.«

»Er fühlt sich schuldig?« rief Powers erstaunt. »*Er?* Ich müßte derjenige sein, der sich schuldig zu fühlen hat.«

»Warum?« bedrängte sie ihn. Sie zögerte und meinte schließlich: »Sie haben irgendeine experimentelle Operationstechnik an ihm ausprobiert, nicht wahr?«

»Ja«, gab Powers zu. »Es war nicht gerade ein großartiger Erfolg, wie anscheinend so vieles von dem, mit dem ich zu tun habe. Vielleicht fühlt Kaldren sich schuldig, weil er das Gefühl hat, er müßte einen Teil der Verantwortung auf sich nehmen.«

Er sah zu dem Mädchen nieder, das ihn eindringlich mit klugen Augen beobachtete. »Aus diesem oder jenem Grund mag es nötig sein, daß Sie Bescheid wissen. Sie bemerkten, Kaldren laufe die ganze Nacht auf und ab und bekomme nicht genügend Schlaf. Die Sache ist die, daß er gar nicht schlafen *kann*.«

Das Mädchen nickte. »Sie haben …« Sie machte eine zupackende Bewegung mit der Hand.

»… diese Fähigkeit betäubt«, beendete Powers den Satz. »Vom

chirurgischen Standpunkt aus war das ein großer Erfolg, man könnte sich sehr wohl einen Nobelpreis dafür teilen. Normalerweise reguliert der Hypothalamus die Periode des Schlafes, hebt die Schwelle des Bewußtseins, um die venösen Kapillaren im Gehirn zu entspannen und ihnen die angesammelten Giftstoffe zu entziehen. Wenn man jedoch bei einem Menschen einige der Kontrollwindungen abriegelt, so ist er nicht mehr in der Lage, das Stichwort ›Schlafen‹ zu empfangen, und die Kapillaren werden gereinigt, während er noch bei vollem Bewußtsein ist. Er spürt lediglich eine vorübergehende Lethargie, aber die ist nach drei oder vier Stunden weg. Physisch gesprochen wurde Kaldrens Leben um zwanzig Jahre verlängert. Doch scheint die Psyche aus nur ihr bekannten Gründen Schlaf zu brauchen; infolgedessen erlebt Kaldren von Zeit zu Zeit Ausbrüche, die ihn zerrütten. Die ganze Sache war ein tragischer Fehler.«

Coma runzelte nachdenklich die Stirn. »So etwas Ähnliches hatte ich vermutet. In Ihren Aufsätzen in den neurochirurgischen Zeitschriften ist von dem Patienten K. die Rede. Ein Stück Kafka, der zur Realität geworden ist.«

»Ich gehe vielleicht für immer von hier weg, Coma«, sagte Powers. »Achten Sie darauf, daß Kaldren regelmäßig zur Nachuntersuchung in die Klinik geht. Ein Teil des vernarbten Gewebes muß noch entfernt werden.«

»Ich werde mir Mühe geben. Manchmal habe ich das Gefühl, ich wäre auch nur eins von seinen Schlußdokumenten.«

»Was ist das denn?«

»Haben Sie noch nichts davon gehört? Kaldrens Sammlung letzter Feststellungen über den *homo sapiens*. Die Gesammelten Werke Freuds, Beethovens letzte Quartette, Abschriften vom Nürnberger Prozeß, ein automatischer Roman, und so weiter.« Sie brach ab. »Was malen Sie denn da?«

»Wo?«

Coma wies auf die Schreibunterlage hin, und Powers sah, daß er unbewußt ein kunstvolles Gekritzel gezeichnet hatte – Whitbys vierarmige Sonne. »Ach, das ist gar nichts«, wich er aus. Die Zeichnung hatte jedoch auf merkwürdige Weise eine unwiderstehliche Kraft.

Coma stand auf. Sie wollte gehen. »Sie müssen uns mal besuchen kommen, Doktor. Kaldren hat Ihnen so viel zu zeigen. Er ist gerade an eine alte Kopie der letzten Signale herangekommen, die die

Sieben von der Mercury vor zwanzig Jahren bei der Landung auf dem Mond ausgesandt haben, und nun hat er nichts anderes mehr im Kopf. Sie erinnern sich doch an die seltsamen Botschaften, die sie vor ihrem Tode aufnahmen, voll von poetischen Abschweifungen über die weißen Gärten. Wenn ich heute darüber nachdenke, dann haben sie sich in vieler Hinsicht benommen wie die Pflanzen hier in Ihrem Zoo.«

Sie steckte die Hände in die Taschen und zog plötzlich etwas heraus. »Übrigens, Kaldren hat mich gebeten, Ihnen dies hier zu geben.«

Es war eine alte Indexkarte aus der Bibliothek des Observatoriums. In der Mitte stand mit Schreibmaschine die Zahl

96.688.365.498.720.

»Es wird ziemlich lange dauern, bis man auf diese Art Null erreicht«, bemerkte Powers trocken. »Wenn wir damit fertig sind, werde ich eine ganz schöne Kollektion zusammen haben.«

Er warf die Karte in den Papierkorb, als sie gegangen war, blieb sitzen und starrte eine Stunde lang das Ideogramm auf der Schreibunterlage an.

Auf halbem Wege zu seinem Haus am See bog links eine Abzweigung von der Uferstraße ab, die als enger Hohlweg zwischen den Hügeln durchführte, bis man schließlich auf einem der entlegenen Salzseen zu einem aufgegebenen Waffenübungsgelände der Luftwaffe gelangte. Da sah man zunächst eine Reihe kleiner Bunker und Kameratürme, eine oder zwei Blechhütten und einen flachen Lagerhangar. Die weißen Hügel zogen sich um das ganze Gelände herum und schlossen es von der Außenwelt ab. Powers lief gern zu Fuß an den Schießschneisen entlang, die über die ganze Länge des Sees – zwei Kilometer – bis zu den Betonschießscheiben am anderen Ende abgesteckt waren. In dem abstrakten Muster kam er sich wie eine Ameise auf einem knochenweißen Schachbrett vor, wobei die rechteckigen Scheiben auf der einen und die Türme und Bunker auf der anderen Seite die einander gegenüberstehenden Figuren abgaben.

Die Unterredung mit Coma hatte Powers plötzlich das Gefühl der Unzufriedenheit mit seinem Leben während der letzten Monate gegeben. *Leb wohl, Eniwetok!* hatte er in sein Tagebuch notiert. In Wirklichkeit aber war der Versuch, systematisch alles zu vergessen, dasselbe wie sich zu erinnern – ein umgekehrtes Katalogisieren, ein Aussortieren aller Bücher in der geistigen Bibliothek und Einordnen an den richtigen Platz, allerdings verkehrt herum.

Powers stieg auf einen der Kameratürme, lehnte sich aufs Geländer und blickte an den Schneisen entlang zu den Schießscheiben. Abprallende Geschoßhülsen und Raketen hatten große Stücke aus den kreisrunden Betonbändern herausgerissen, welche die Zielpunkte umgaben, doch die Umrisse der gewaltigen, hundert Meter breiten, abwechselnd roten und blauen Scheiben waren noch zu erkennen. Eine halbe Stunde lang starrte er sie bewegungslos an. Ideen schossen ihm durch den Kopf, ohne Form anzunehmen. Abrupt und gedankenlos trat er dann vom Geländer zurück und stieg durch die Dachluke nach unten. Der Lagerhangar war ungefähr fünfzig Meter entfernt. Er schritt schnell hinüber, trat in den kühlen Schatten und blickte sich aufmerksam zwischen den rostigen Elektrokarren und Leuchttrommeln um. Weiter hinten, hinter einem Haufen Gerümpel und Drahtballen, lag ein Stapel ungeöffneter Zementsäcke, ein schmutziger Sandberg und eine alte Mischmaschine.

Wiederum eine halbe Stunde später setzte er seinen Buick rückwärts in den Hangar und hängte die Betonmischmaschine an der hinteren Stoßstange an, nachdem er sie mit Sand, Zement und Wasser gefüllt hatte, das er aus den draußen herumliegenden Tonnen zusammentrug. Weitere Zementsäcke verstaute er im Kofferraum und auf dem Rücksitz. Schließlich suchte er noch ein paar gerade Holzlatten zusammen, schob sie durchs Fenster und fuhr über den See zur mittleren Zielscheibe.

Die nächsten zwei Stunden arbeitete er ununterbrochen im Zentrum der großen blauen Scheibe, mischte den Zement mit der Hand, schleppte ihn zu den rohen Holzformen, die er aus den Latten zusammengebunden hatte, und drückte ihn fest, so daß eine etwa fünfzehn Zentimeter hohe Mauer auf der Außenkante der Zielscheibe entstand. Pausenlos rührte er den Zement mit einem Wagenheber und schaufelte ihn mit einer Radkappe, die er von einem der Räder abmontiert hatte.

Als er schließlich einhielt und wegfuhr – die Ausrüstung ließ er zurück, wo sie stand – hatte er einen neun Meter langen Abschnitt der Mauer errichtet.

IV.

7. Juni: Bin mir zum erstenmal der Kürze eines jeden Tages bewußt. Solange ich noch über zwölf Stunden wachblieb, habe ich meine Zeit am Mittag orientiert, Morgen und Abend gaben ihr den herkömmlichen Rhythmus. Jetzt, wo ich kaum mehr als elf Stunden bewußt erlebe, bilden sie eine Aneinanderreihung von Abständen, ähnlich die einer Tonbandspule. Ich kann genau sehen, wieviel noch auf der Spule ist, ich kann aber kaum etwas tun, um das Tempo zu beeinflussen, mit dem sie sich abwickelt. Verbringe die Zeit damit, allmählich die Bibliothek zu verpacken. Die Kisten kann ich nicht von der Stelle rücken, sie sind zu schwer und bleiben stehen, wo ich sie vollgepackt habe.

Zellenstand auf 400 000 gesunken.

Um 8.10 Uhr erwacht. Zu Bett um 7.15 Uhr. (Scheine meine Uhr verloren zu haben, ohne es zu merken. Mußte in die Stadt fahren und mir eine neue kaufen.)

14. Juni: 9½ Stunden. Die Zeit rast, huscht vorbei wie eine Schnellstraße. Immerhin, die letzte Urlaubswoche vergeht immer schneller als die erste. Wenn es in diesem Tempo weitergeht, blieben nur noch 4–5 Wochen. Heute früh habe ich mir vorzustellen versucht, wie etwa die letzte Woche – die endgültig letzte, 3,2,1 aus – sein würde, empfand plötzlich aus schierer Angst ein Frösteln, habe so etwas vorher noch nie erlebt. Brauchte eine halbe Stunde, um mich so weit zu beruhigen, daß ich mir eine intravenöse Spritze geben konnte.

Kaldren verfolgt mich wie mein lumineszierender Schatten, hat mit Kreide »96.688.365.498.702« ans Tor geschrieben. Dürfte den Briefträger verwirren.

Um 9.05 Uhr erwacht. Zu Bett um 6.36 Uhr.

19. Juni: 8¾ Stunden. Anderson hat heute früh angerufen. Ich hätte beinahe den Hörer aufgelegt, brachte es aber fertig, so zu tun, als wäre ich dabei, die letzten Arrangements zu treffen. Er gratulierte mir zu meinem Stoiszismus, gebrauchte sogar das Wort »heroisch«. Spüre davon nichts. Verzweiflung zerfrißt alles – Mut, Hoffnung, Selbstdisziplin, all die besseren Qualitäten. Es ist so verdammt schwierig, jene unpersönliche Attitüde der passiven Hinnahme zu ertragen, die mit der wissenschaftlichen Tradition verbunden ist. Ich bemühe mich, an Galilei vor der Inquisition zu denken, an Freud, wie er die endlosen Schmerzen bei seiner Kieferkrebsoperation überwindet.

Habe Kaldren in der Stadt getroffen, lange Diskussion über die Sieben der Mercury. Er ist überzeugt, daß sie sich weigerten, den Mond freiwillig zu verlassen, nachdem die »Empfangsparty«, die sie begrüßte, sie über den Zustand des Kosmos ins Bild gesetzt hatte. Die geheimnisvollen Emissäre vom Orion hätten ihnen mitgeteilt, eine Erforschung der Weltraumtiefen wäre sinnlos, sie kämen zu spät, da der Bestand des Universums inzwischen faktisch vorbei sei!!! Laut K. gibt es bei der Luftwaffe Generäle, die diesen Unsinn für bare Münze nehmen, doch ich glaube eher, es handelt sich einfach um einen obskuren Versuch K.s, mich zu trösten.

Muß das Telefon abschalten lassen. Irgendein Lieferant ruft mich pausenlos wegen der Bezahlung von 50 Säcken Zement an und behauptet, ich hätte sie vor zehn Tagen bei ihm abgeholt. Meint, er selbst hätte mir beim Aufladen geholfen. Ich bin mit Whitbys kleinem Lieferwagen in der Stadt gewesen, aber nur, um ein paar Bleiabfälle zu besorgen. Was glaubt er wohl, was ich mit dem ganzen Zement anfangen sollte? Man rechnet nicht damit, daß solch ein dummes Ärgernis einem den endgültigen Abgang überschattet. (Moral: Versuche nicht, Eniwetok auf Teufel komm raus zu vergessen.)

Um 9.40 Uhr erwacht. Zu Bett um 4.15 Uhr.

25. Juni: $7^{1}/_{2}$ Stunden. Kaldren hat heute wieder beim Labor herumgeschnüffelt. Rief mich dort an, und als ich den Hörer abnahm, sprudelte eine Tonbandstimme, die er zusammengebastelt hatte, eine lange Zahlenreihe herunter, wie ein verrückter Super-Tim. Diese Schabernacks von ihm werden allmählich zermürbend. Ich muß wohl schon bald mal zu ihm gehen und mich mit ihm ins Benehmen setzen, so sehr mir auch davor graust. Na, Miss Mars ist immerhin ein erfreulicher Anblick.

Eine Mahlzeit reicht jetzt, habe sie durch eine Traubenzuckerinjektion gekrönt. Schlaf ist noch immer »schwarz«, vollkommen unerquicklich. Letzte Nacht habe ich die ersten drei Stunden auf einen 16-mm-Film aufgenommen, habe ihn mir heute morgen im Labor vorgeführt. Der erste wahre Horrorfilm, sah aus wie ein Halbtoter. Um 10.25 Uhr erwacht. Zu Bett um 3.45 Uhr.

3. Juli: $5^{3}/_{4}$ Stunden. Heute kaum etwas getan. Lethargie nimmt zu, habe mich ins Labor geschleppt, wäre zweimal fast von der

Straße abgekommen. Konnte mich soweit konzentrieren, wenigstens den Zoo zu versorgen und die Eintragungen auf den neuesten Stand zu bringen. Habe zum letztenmal die Operationsprotokolle durchgelesen, die Whitby hinterlassen hat, habe mich zu einer Erlösungsrate von 40 Röntgen/Min. entschlossen, Zielentfernung 350 cm. Jetzt ist alles bereit.

Um 11.05 Uhr erwacht. Zu Bett um 3.15 Uhr.

Powers rekelte sich, schob seinen Kopf langsam über das Kissen, ganz auf die Schatten konzentriert, welche die Jalousie an die Decke warf. Dann blickte er auf seine Füße und sah Kaldren am Bettende sitzen, der ihn schweigend beobachtete.

»Hallo, Doktor«, sagte Kaldren, seine Zigarette ausdrückend. »Spät ins Bett gekommen? Sie sehen müde aus.«

Powers richtete sich mühsam auf einem Ellbogen hoch und schaute auf die Uhr. Es war kurz nach elf. Für einen Augenblick herrschte in seinem Gehirn ein völliges Durcheinander. Er schwang die Beine aus dem Bett und setzte sich auf die Bettkante, die Ellbogen auf die Knie gestützt, etwas Leben in sein Gesicht massierend.

Er bemerkte, daß das Zimmer verraucht war. »Was machen Sie denn hier?« fragte er Kaldren.

»Ich bin rübergekommen, um Sie zum Essen einzuladen.« Er zeigte auf das Telefon neben dem Bett. »Ihr Anschluß war tot, deshalb bin ich hergefahren. Hoffe, Sie nehmen es mir nicht übel, daß ich eingestiegen bin. Eine halbe Stunde lang habe ich geklingelt. Ich bin überrascht, daß Sie das nicht gehört haben.«

Powers nickte. Er stand auf und bemühte sich, seine verknitterte Baumwollhose glattzustreichen. Er schlief damit schon seit über einer Woche, ohne sie einmal zu wechseln. Sie war klamm und muffig.

Als Powers zur Badezimmertür ging, zeigte Kaldren auf das Kamerastativ auf der anderen Seite des Bettes. »Was ist das? Sind Sie ins Pornofilm-Geschäft eingestiegen, Doktor?«

Powers beäugte ihn einen Augenblick lang düster, starrte wortlos auf das Stativ und bemerkte sein geöffnetes Tagebuch auf dem Nachttisch. Hatte Kaldren wohl die letzten Eintragungen gelesen? Powers ging zurück, nahm es an sich, trat ins Badezimmer und schloß hinter sich die Tür.

Er holte eine Spritze und eine Ampulle aus dem Spiegelschrank.

Nach der Injektion lehnte er sich an die Tür und wartete auf das Einsetzen der Wirkung.

Kaldren war in der Eingangsdiele und las die Etiketts auf den Kisten, die mitten im Raum herumstanden.

»Also gut«, sagte Powers zu ihm. »Ich komme zum Essen.« Er blickte Kaldren prüfend an. Er sah gezähmter aus als gewöhnlich, fast war ein Anflug von Ehrerbietung bei ihm zu erkennen.

»Gut«, sagte Kaldren. »Übrigens, wollen Sie weg?«

»Interessiert Sie das?« fragte Powers bissig. »Ich dachte, Sie wären bei Anderson in Behandlung, oder?«

Kaldren zuckte mit den Schultern. »Wie Sie wollen. Kommen Sie so gegen zwölf vorbei.« Er fügte spitz hinzu: »Das läßt Ihnen Zeit, sich zu waschen und umzuziehen. Was haben Sie denn da alles auf Ihrem Hemd? Sieht aus wie Kalk.«

Powers blickte an sich herab, fuhr mit der Hand über die weißen Streifen. Nachdem Kaldren gegangen war, warf er die Sachen weg, duschte und packte einen sauberen Anzug aus einem der großen Koffer aus.

Bis zu seiner Liaison mit Coma hatte Kaldren in dem alten, abstrakten Sommerhaus am Nordufer des Sees allein gelebt. Dabei handelte es sich um eine siebenstöckige Ausgefallenheit, die sich ein reicher exzentrischer Mathematiker in Form eines spiralförmigen Betonstranges gebaut hatte, der sich wie eine irre Schlange um sich selbst wand und dabei Wände, Fußböden und Decken bildete. Nur Kaldren hatte das Gebilde – ein geometrisches Modell von $\sqrt{-1}$ deuten können, und es war ihm daher möglich gewesen, es zu einem niedrigen Preis zu mieten; der Makler war froh, einen Mieter zu finden. Powers hatte Kaldren abends häufig vom Labor aus ruhelos von einer Etage in die nächste umherwandeln sehen können: durch das Labyrinth von Schächten und Terrassen schwang er sich aufs Dach, wo seine schlanke, knochige Gestalt sich wie ein Galgen gegen den Himmel abhob und seine einsamen Augen Funkwege für die Fallen des nächsten Tages ausmachten.

Dort oben, fünfzig Meter über der Erde auf einem Sims balancierend, das Gesicht theatralisch dem Himmel zugewandt, sah Powers ihn, als er sich um zwölf Kaldrens Haus näherte.

»Kaldren!« schrie er plötzlich in die Stille hinein, nicht ganz ohne die Hoffnung, der andere würde vor Schreck das Gleichgewicht verlieren.

Kaldren schreckte aus seiner Träumerei hoch und schaute in den Hof hinab. Mit schiefem Grinsen winkte er Powers zu. Der rechte Arm vollzog dabei einen langsamen Halbkreis.

»Kommen Sie herauf«, rief er zurück und wandte sich wieder dem Himmel zu.

Powers lehnte sich an den Wagen. Einmal, es lag schon ein paar Monate zurück, hatte er die gleiche Einladung angenommen, war durch den Eingang gegangen und hatte sich binnen drei Minuten in einer Sackgasse im zweiten Stock verloren. Es dauerte eine halbe Stunde, bevor Kaldren ihn fand.

Powers wartete, während Kaldren sich aus seinem Horst niederschwang, durch die Schächte und über Treppen sprang, und dann fuhr er mit ihm im Fahrstuhl ins Penthouse hinauf.

Sie trugen ihre Cocktails in ein weites, glasüberdachtes Studio. Die gewaltigen weißen Betonstränge umschlangen sie wie Zahnpasta, die aus einer riesigen Tube gequetscht worden war. Auf den bühnenartigen Erhebungen, die parallel zu ihnen und an ihnen entlang verliefen, standen abstrakte Möbelstücke in Grau, an winkligen Zwischenwänden hingen übergroße Fotografien, auf niedrigen Tischchen lagen sorgfältig etikettierte Ausstellungsstücke. Überragt wurde alles von sechs Meter hohen Buchstaben an der hinteren Wand, die ein einziges, ungeheueres Wort ergaben:

DU

Kaldren zeigte darauf. »Was man als überschwelligen Annäherungsversuch bezeichnen könnte.« Er bedeutete Powers verschwörerisch, näher zu treten, und trank sein Glas in einem Zug leer. »Dies ist *mein* Laboratorium, Doktor«, sagte er. Stolz klang in seiner Stimme auf. »Es ist viel bedeutsamer als Ihres, glauben Sie mir.«

Powers lächelte schmerzlich in sich hinein und betrachtete das erste Ausstellungsstück, ein altes EEG-Tonband, über das sich eine Reihe von verblichenen Tintenkringeln hinzogen. Auf dem Etikett stand: »Einstein, A.; Alphawellen, 1922.«

Er folgte Kaldren, der ihn herumführte, nippte langsam an seinem Glas, das kurze Gefühl der Munterkeit genießend, das ihm die Amphetamininjektion vermittelt hatte. Zwei Stunden später würde es vorüber sein, und sein Gehirn würde erneut wie ein Stapel Löschpapier sein.

Kaldren schwatzte drauflos, die Bedeutung der sogenannten Endzeit-Dokumente erläuternd. »Das sind End-Drucke, Powers, abschließende Feststellungen, die Produkte totaler Zertrümmerung. Wenn ich genügend beieinander habe, baue ich mir daraus eine neue Welt ganz für mich.« Er nahm einen dicken Pappband von einem der Tischchen, blätterte darin herum. »Assoziationstests der Zwölf von Nürnberg. Ich muß sie aufnehmen in...«

Powers schlenderte abwesend weiter und hörte nicht mehr hin. Hinten in der Ecke standen Maschinen, die aussahen wie Börsentelegraphen, lange Papierstreifen hingen aus ihren Öffnungsschlitzen heraus. Sollte Kaldren so fehlgeleitet sein und an der Börse spielen, wo die Kurse seit zwanzig Jahren langsam, aber stetig gesunken waren?

»Powers«, hörte er Kaldren sagen. »Ich habe Ihnen von den Sieben der Mercury erzählt.« Er deutete auf ein paar Zettel, die mit Reißzwecken an eine Wand geheftet waren und auf denen etwas mit Schreibmaschine geschrieben stand. »Das sind die Abschriften ihrer letzten Signale, die von den Speichergeräten zur Erde gefunkt wurden.«

Powers sah sich die Zettel neugierig an und las wahllos eine Zeile durch.

»...BLAUE... PERSONEN... KEHREN WIEDER... ORION... TELEMETER...«

Powers nickte unverbindlich. »Interessant. Was hat es mit den Börsentelegraphen da drüben auf sich?«

Kaldren grinste. »Seit Monaten warte ich darauf, daß Sie mich das fragen. Schauen Sie sie an.«

Powers ging hinüber und nahm einen der Papierstreifen auf. An der Maschine stand: »Auriga 225-G. Abstand: 69 Stunden.«

Der Streifen las sich folgendermaßen:

96.688.365.498.695
96.688.365.498.694
96.688.365.498.693
96.688.365.498.692

Powers ließ ihn aus der Hand sinken. »Sieht ziemlich bekannt aus. Was soll die Zahlenfolge bedeuten?«

Kaldren zuckte mit den Schultern. »Das weiß kein Mensch.«

»Wie meinen Sie das? Sie muß doch irgend etwas darstellen.«

»Ja, das tut sie auch. Eine abnehmende mathematische Reihe. Einen Countdown, wenn Sie so wollen.«

Powers ergriff den Papierstreifen, der aus der Maschine rechts davon herausragte. Ihre Bezeichnung lautete: »Aries 44R951. Abstand: 49 Tage.«

In diesem Fall lief die Reihenfolge so:

876.567.988.347.779.877.654.434
876.567.988.347.779.877.654.433
876.567.988.347.779.877.654.432

Powers sah sich um. »Wie lange braucht ein Signal jeweils, bis es durchkommt?«

»Nur ein paar Sekunden. Es ist lateral natürlich unwahrscheinlich verkürzt. Ein Computer im Observatorium zerlegt die Signale. Zum erstenmal wurden sie vor zwanzig Jahren in Jodrell Bank aufgefangen. Jetzt gibt sich niemand mehr damit ab, auf sie zu hören.«

Powers wandte sich dem letzten Streifen zu.

6.554
6.553
6.552
6.551

»Das nähert sich dem Ende«, bemerkte er. Er blickte auf das Schild auf der Haube; darauf stand: »Unidentifizierte Funkquelle, Canes Venatici. Abstand: 97 Wochen.«

Er hielt Kaldren den Streifen hin. »Wird bald vorbei sein.«

Kaldren schüttelte den Kopf. Er nahm einen schweren, telefonbuchgroßen Band von einem Tisch, wog ihn in der Hand. Sein Gesicht hatte auf einmal einen melancholischen und gequälten Ausdruck. »Das bezweifele ich«, sagte er. »Da sind nur die letzten vier Ziffern aufgeführt. Die ganze Zahl besteht aus mehr als fünfzig Millionen.«

Er händigte den Band Powers aus, der sich dem Titel zuwandte. »Gesamtreihe von periodisch ausgestrahlten Signalen, aufgefangen vom Radio-Observatorium Jodrell Bank, Universität Manchester, England, 0012.59 Uhr, 21.5.72. Herkunft: NGC 9743, Canes Venatici.« Er blätterte den dicken Stapel eng bedruckter Seiten durch, Millionen von Ziffern, wie Kaldren gesagt hatte, die sich über tausend fortlaufende Seiten auf und ab zogen.

Powers schüttelte den Kopf, nahm den Papierstreifen noch einmal in die Hand und starrte ihn nachdenklich an.

»Der Computer stößt nur die letzten vier Ziffern aus«, erklärte Kaldren. »Die ganze Reihe kommt jeweils in einem 15-Sekunden-Block durch, aber IBM hat immerhin mehr als zwei Jahre gebraucht, um einen davon zu entschlüsseln.«

»Erstaunlich«, bemerkte Powers. »Doch worum handelt es sich?«

»Um einen Countdown, wie Sie sehen können. NGC 9743, irgendwo in Canes Venatici. Die großen Spiralen dort lösen sich auf und verabschieden sich. Gott weiß, wofür sie uns halten, doch sie lassen es uns trotzdem wissen, strahlen es über Hydrogenleitung aus, damit jedermann im Universum es hören kann.« Er schwieg einen Moment lang. »Einige Leute haben sie anders interpretiert, aber es gibt ein Beweisstück, das alles andere widerlegt.«

»Und das wäre?«

Kaldren deutete auf den letzten Streifen von Canes Venatici. »Man hat geschätzt, daß es mit dem Universum vorbei sein wird, wenn diese Zahlenreihe bei Null ankommt.«

Nachdenklich ließ Powers den Papierstreifen durch die Finger gleiten. »Wie fürsorglich von ihnen, uns wissen zu lassen, was die Stunde wirklich geschlagen hat«, bemerkte er.

»Ja, das finde ich auch«, sagte Kaldren mit tonloser Stimme. »Wenn man die quadratische Umkehrung anwendet, sendet die Signalquelle mit einer Stärke von etwa drei Millionen Megawatt hundertfach verstärkt. Das ist in etwa die Stärke des gesamten Sternbildes. Fürsorglich ist das richtige Wort.«

Plötzlich packte er Powers am Arm, ganz fest, und blickte ihm tief in die Augen, während er mit bewegter Stimme sagte: »Sie sind nicht allein, Powers, denken Sie das nicht. Dies sind die Stimmen der Zeit, und sie alle verabschieden sich von Ihnen. Sehen Sie sich im größeren Zusammenhang. Jedes Teilchen Ihres Körpers, jedes Sandkorn, jede Galaxie trägt dieselbe Signatur. Wie Sie eben gesagt haben: Sie wissen, was die Stunde geschlagen hat, was spielt der Rest also für eine Rolle? Es ist nicht nötig, weiterhin auf die Uhr zu sehen.«

Powers nahm seine Hand und drückte sie fest. »Danke, Kaldren. Ich freue mich, daß Sie verstehen.« Er trat ans Fenster, blickte über den weißen See. Die Spannung zwischen ihm und Kaldren hatte sich gelöst. Er hatte das Gefühl, allen Verpflichtungen ihm gegenüber schließlich doch gerecht geworden zu sein. Jetzt wollte er so schnell wie möglich gehen und ihn vergessen, so wie er die zahllosen anderen Patienten vergessen hatte, deren freigelegte Gehirne er unter den Händen gehabt hatte.

Er trat an die Börsentelegraphen, riß die Papierstreifen ab und verstaute sie in den Hosentaschen. »Die nehme ich mit, als Gedächtnisstütze. Würden Sie Coma bitte Lebewohl sagen von mir?«

Er ging auf die Tür zu, drehte sich, als er sie erreicht hatte, um und sah Kaldren im Schatten der beiden riesigen Buchstaben an der hinteren Wand stehen, den Blick teilnahmslos auf die Füße gerichtet.

Beim Davonfahren beobachtete Powers Kaldren, der wieder aufs Dach gestiegen war. Bis der Wagen hinter einer Biegung verschwand, konnte er ihn im Rückspiegel ruhig winken sehen.

V.

Der Außenring war bereits fast fertig. Noch fehlte ein kurzes Zwischenstück, ein Bogen von etwa drei Meter Länge, ansonsten aber verlief die Umgrenzungsmauer gleichmäßig in einer Höhe von etwa fünfzehn Zentimetern rings um die äußere Linie des Zielfeldes, den gewaltigen Rebus in sich einschließend. Durch drei Meter breite Zwischenräume voneinander getrennt, bildeten drei konzentrische Kreise, von denen der größte einen Durchmesser von zirka neunzig Metern hatte, den Rahmen des Sinnbildes, welches in sich durch die Streben eines übergroßen Kreuzes in vier Abschnitte unterteilt war; die Streben gingen von der Mitte des Bildes aus, wo eine kleine, runde Plattform sich etwa dreißig Zentimeter über den Boden erhob.

Powers arbeitete flink, schüttete Sand und Zement in die Mischmaschine, goß Wasser dazu, bis sich ein zäher Brei bildete, den er dann zu den Holzformen schleppte und darin feststampfte.

Er war nach zehn Minuten fertig, nahm rasch die Formen ab, bevor der Zement hart geworden war, und verstaute die Latten auf dem Rücksitz seines Wagens. Er wischte sich die Hände an der Hose ab und ging zur Mischmaschine; er schob sie etwa fünfzig Meter weit in die langen Schatten der den Platz umgebenden Hügel.

Ohne sich Zeit zu nehmen, das gigantische Monogramm, an dem er viele Nachmittage so beharrlich gearbeitet hatte, noch einmal zu betrachten, stieg er in den Wagen und fuhr, die Fladen indigofarbener Schatten aufbrechend, auf einer Woge knochenweißen Staubes davon.

Er kam um drei Uhr im Labor an, sprang aus dem Wagen, der vom Bremsen noch wippte. Drinnen schaltete er als erstes das Licht an, dann eilte er herum, zog die Vorhänge zum Schutz gegen die Sonne herunter und klemmte sie in die Fußbodenritzen, wodurch er das Gewölbe in ein stählernes Zelt verwandeln konnte.

Die Pflanzen und Tiere in den Behältern hinter ihm bewegten sich in Reaktion auf die plötzliche Flut kalten, fluoreszierenden Lichtes. Nur der Schimpanse nahm keinerlei Notiz. Er hockte in seinem Käfig auf der Erde und drückte nervös die Puzzlesteine in den Kunststoffkübel, wobei er, wenn sie nicht passen wollten, hin und wieder in plötzliche Wut ausbrach.

Powers trat an den Käfig heran und bemerkte die zertrümmerten Fiberplatten, die von dem zerbeulten Helm abgeplatzt waren, den sie eigentlich hätten verstärken sollen. Das Gesicht und die Stirn des Schimpansen bluteten bereits von den Schlägen, die er sich selbst beigebracht hatte. Powers hob die Überreste der Geranie auf, die vor dem Käfig lagen, lenkte damit die Aufmerksamkeit des Schimpansen auf sich und warf ihm eine schwarze Pille zu, die er aus einer Röhre in der Schreibtischschublade genommen hatte. Der Schimpanse fing sie mit einer flinken Handbewegung auf, jonglierte mit ihr und einigen Steinen herum, ohne sich vom Puzzlespiel ablenken zu lassen, schnappte sie dann aber mitten im Flug und schluckte sie hinunter.

Flugs schlüpfte Powers zu seiner Jacke und trat auf die Röntgenapparaturen zu. Er zog die hohen Schiebetüren zurück und legte die lange, glasartig-metallische Vorderfront des Maxitron frei, dann begann er, die bleiernen Schutzschilde an der Hinterwand aufzustapeln.

Ein paar Minuten später kam summend Leben in den Generator.

Die Seeanemone regte sich. Sich in dem warmen, unterschwelligen Strahlensee aalend, der um sie herum aufwuchs, angetrieben von den zahllosen Erinnerungen ans Meer, griff sie zögernd durch den Behälter und tastete sich blind auf die blasse, mütterliche Sonne zu. Ihre Ranken bogen sich, die Tausende von ruhenden Nervenzellen gruppierten sich neu und vervielfältigten sich in ihren Spit-

zen, wobei jede die freiliegenden Energien ihres Kerns nutzbar machte. Ketten schmiedeten, Gitter schichteten sich zu multi-facettierten Linsen übereinander, die sich langsam auf die lebhaften Spektralumrisse der Geräusche richteten, welche wie phosphoreszierende Wellen in dem abgedunkelten Gewölbe herumtanzten.

Photons murmelten. Gleichmäßig, während sie die flackernden Geräuschwände um sie herum beobachtete, dehnte die Anemone sich weiterhin aus. Ihr Ganglion verknüpfte sich, sie gab mit den empfindlichen Membranen in der Krone ihres Rückenstranges auf eine neue Reizquelle acht. Die stummen Umrisse des Laboratoriums hallten leise wider, Wogen lautloser Geräusche sanken von den Bogenlampen herab und kamen als Echo von den Bänken und anderen Einrichtungsgegenständen wieder zurück. Ächzend unter den Klängen, schwangen ihre eckigen Formen mit scharfen, beharrlichen Obertönen mit. Die Stühle mit dem Plastikgeflecht waren ein Gesumm von abgehackten Mißklängen, der Tisch mit den quadratischen Seitenflächen ein ununterbrochener Doppelton.

Diese Geräusche ignorierend, wenn sie sie erst einmal aufgenommen hatte, wandte die Anemone sich dem Dach zu, welches wie ein Schild von den Klängen nachhallte, die ohne Pause aus den fluoreszierenden Röhren hervordrangen. Durch ein schmales Deckenlicht strömend, die Stimme klar und fest, durchwoben von zahllosen Obertönen, sang die Sonne...

Es war wenige Minuten vor Sonnenaufgang, als Powers das Laboratorium verließ und in seinen Wagen stieg. Hinter ihm blieb das große Gewölbe in der Dunkelheit schweigend unter den dünnen Schatten der weißen, vom Mond beschienenen Hügel zurück. Powers ließ den Wagen die lange, gewundene Auffahrt zur Uferstraße im Leerlauf hinunterrollen und horchte dem Geräusch der Reifen auf dem blauen Kies nach; dann kuppelte er aus und ließ den Motor an.

Während der Fahrt – die Kalksteinhügel zu seiner Linken waren in der Dunkelheit halb verborgen – wurde ihm zunehmend klarer, daß er sich unterschwellig, gewissermaßen indirekt, der Formen und Umrisse der Hügel noch bewußt war, obwohl er längst schon nicht mehr zu ihnen hinsah. Es war ein vages, dabei jedoch sicheres Gefühl, ein eigenartiger, fast visueller Eindruck, der überaus eindringlich von den tiefen Klüften und Schluchten ausging, die sich zwischen den einzelnen Felsen auftaten. Powers ließ das Gefühl ein paar Minuten lang auf sich wirken, ohne den Versuch zu unternehmen, es zu identifizieren, und ein Dutzend merkwürdiger Bilder durchzogen sein Gehirn.

Die ansteigende Straße wand sich um eine Gruppe von Landhäusern am Seeufer herum, wodurch der Wagen unmittelbar in den Windschatten der Hügel geriet. Da spürte Powers auf einmal, wie das gewaltige Gewicht des Steilabbruchs gleich einem leuchtenden Kalkfelsen in den dunklen Himmel wuchs, und ihm ging die Bedeutung des Gefühls auf, das nunmehr in ihm mit Macht zum Ausdruck kam. Er konnte den Steilabbruch nicht nur sehen, er war sich auch seines enormen Alters bewußt, spürte deutlich die unzähligen Jahrmillionen, seit er aus dem Magma der Erdkruste aufragte. Die schartigen Bergrücken hundert Meter über ihm, die dunklen Rinnen und Spalten, die glatten Gesteinsbrocken am Fuße des Felsens neben der Straße – sie alle verdichteten sich ihm zu einem deutlichen Bild, zu tausend Stimmen, die vereint von der totalen Zeit sprachen, die im Leben des Steilabbruchs verstrichen war – ein psychisches Bild, so klar und deutlich wie das visuelle, das ihm seine Augen vermittelten.

Unwillkürlich hatte Powers Gas weggenommen, und als er seinen Blick von den Hügeln abwandte, spürte er eine zweite Zeitwoge die erste überschwappen. Die Vorstellung war intensiver, doch nicht so weitreichend – sie ging strahlenförmig von der weiten Scheibe des Salzsees aus, brach über die uralten Kalksteinfelsen wie flache Brecher, die gegen eine aufragende Landzunge klatschten.

Mit geschlossenen Augen lehnte sich Powers zurück und lenkte den Wagen zwischen den beiden Zeitfronten hindurch. Die Eindrücke vertieften sich in ihm und wurden stärker. Das enorme Alter der Landschaft, der unhörbare Chor von Stimmen, der vom See und von den weißen Hügeln widerhallte, sie schienen ihn durch die Zeit, durch endlose Gänge zurückzutragen zu den Anfängen der Welt.

Er verließ die Straße und bog in den Weg ein, der zum Schießstand führte. Die Felswände zu beiden Seiten des Hohlwegs hallten und dröhnten von riesigen, unergründlichen Zeitfeldern, wie gigantische gegeneinander gestellte Magneten. Als er den Hohlweg schließlich hinter sich gelassen hatte und auf der flachen Oberfläche des Sees anlangte, glaubte Powers ein jedes Sandkorn und Salzkristall, das ihn vom umliegenden Hügelkranz aus anrief, in seiner besonderen Eigenart erspüren zu können.

Er stellte den Wagen neben dem Mandala ab und ging langsamen Schrittes auf das äußere Betonband zu, das sich in die Schatten ausdehnte. Über sich konnte er die Sterne vernehmen, eine Million kosmischer Stimmen, welche sich von einem Horizont zum anderen am Himmel drängten und einen regelrechten Zeitbaldachin bildeten. Wie drängelnde Funksignale, deren lange Schneisen in unendlichen Winkeln ineinander verzahnt waren, tauchten sie aus den geheimsten Ecken des Weltraums in den Himmel ein. Er sah die mattrote Scheibe des Sirius, vernahm seine uralte, unermeßliche, Jahrmillionen alte Stimme, gedämpft durch die gewaltigen Spiralnebel in der Andromeda, ein gigantisches Karussell versunkener Universen, deren Stimmen nahezu bis auf den Ursprung des Kosmos selbst zurückgingen. Powers erschien der Himmel wie ein endloses Stimmengewirr, der Zeitgesang von tausend Galaxien, die sich in seinem Kopf überlagerten. Als er langsam aufs Zentrum des Mandala zuging, wandte er den Kopf dem glitzernden Querbalken der Milchstraße zu und betrachtete das Durcheinander lärmender Nebel und Sternbilder.

Er trat in den inneren Kreis des Mandala, wenige Meter von der Plattform entfernt, die sich in seiner Mitte abhob. Der Tumult begann sich zu legen. Eine einzelne, lautere Stimme erhob sich und übertönte die anderen. Er stieg auf die Plattform, hob den Blick zum dunkler gewordenen Himmel und ließ ihn über die Sternbilder zu dem dahinter liegenden Milchstraßensystem gleiten. Die dünnen, archaischen Stimmen, die ihn über die Jahrtausende hinweg erreichten, wurden deutlich vernehmbar. Er fühlte die Papierstreifen in seinen Taschen und drehte sich um, um das entfernte Diadem von Canes Venatici zu entdecken, dessen große Stimme in seinem Kopf anwuchs.

Wie ein Fluß ohne Ende, so breit, daß seine Ufer hinter den Horizonten lagen, strömte sie ununterbrochen auf ihn zu, ein ungeheurer Zeitlauf, der sich ausdehnte, um den Himmel und das Universum auszufüllen und alles zu umfassen. Die Strömung war ruhig. Die Vorwärtsrichtung ihres majestätischen Stroms war kaum wahrnehmbar, ihre Quelle, das erkannte Powers, mußte die Quelle des Kosmos sein. Als sie ihn erreichte, spürte er ihre magnetische Anziehungskraft; er ließ sich davon ansaugen und sanft auf ihrem starken Rücken tragen. Ruhig trug sie ihn davon, und er drehte sich langsam mit dem Blick in Richtung der Strömung. Die

Konturen der Hügel und auch der See rings um ihn herum waren verschwunden, doch wie eine kosmische Uhr blieb ihm das Bild des Mandala vor Augen stehen und erleuchtete die breite Oberfläche des Stroms. Während er seine Augen nicht von ihm hob, wurde er die allmähliche Auflösung seines Körpers gewahr, seine Physis ging in dem unermeßlichen Gleichmaß der Strömung auf, die ihn in die Mitte des großen Bettes hinaustrug, über die Hoffnung hinaus, doch endlich zur Ruhe hingeleitete, die ausgedehnteren Gefilde des Stroms der Ewigkeit abwärts.

Als die Schatten schwanden und in die Hügelhänge zurücktraten, stieg Kaldren aus seinem Wagen aus. Zögernd schritt er auf das äußere Betonband zu. Etwa fünfzig Meter entfernt, im Zentrum, kniete Coma neben Powers' Körper und drückte ihre kleinen Hände auf sein totes Gesicht. Eine Windbö wirbelte den Sand auf und trieb einen Papierstreifen vor sich her auf Kaldren zu. Er bückte sich und hob ihn auf, dann rollte er ihn sorgfältig auf und steckte ihn in die Tasche. Die Morgenluft war kühl. Er stellte den Kragen seiner Jacke hoch und schaute Coma teilnahmslos an.

»Es ist sechs Uhr«, wandte er sich nach ein paar Minuten an sie. »Ich hole die Polizei. Du bleibst hier bei ihm.« Er hielt inne, und dann fügte er hinzu: »Paß auf, daß sie die Uhr nicht kaputtmachen.«

Coma drehte sich um und sah ihn an. »Kommst du nicht zurück?«

»Ich weiß nicht.« Er nickte ihr zu und schwang sich hinters Steuer.

Er gelangte auf die Uferstraße. Fünf Minuten später parkte er den Wagen in der Auffahrt zu Whitbys Laboratorium.

Das Gewölbe lag im Dunkeln. Alle Fensterläden waren geschlossen, doch im Röntgenraum summte noch der Generator. Kaldren trat ein und knipste das Licht an. In dem Röntgenraum berührte er die Schutzgitter des Generators, befühlte den warmen Zylinder des Austrittsfensters aus Beryllium. Der kreisförmige Targettisch rotierte langsam; er war auf eine Umdrehung pro Minute eingestellt. Wenige Schritte davon entfernt, im Halbkreis, standen fast alle Behälter und Käfige, wahllos übereinandergeschichtet. In einem davon hatte eine riesengroße, tintenfischartige Pflanze es beinahe geschafft, aus ihrem Vivarium herauszuklettern. Ihre langen, durchscheinenden Ranken klebten an den Kanten des Behälters, doch ihr Stamm war in eine gallertartige Lache kugelförmigen

Schleims zerborsten. In einem anderen Behälter hatte eine gewaltige Spinne sich in ihrem eigenen Netz gefangen, in krampfhaften Zuckungen hing sie hilflos in der Mitte eines großen, dreidimensionalen Labyrinths aus phosphoreszierenden Fäden.

Alle experimentellen Pflanzen und Tiere waren tot. Der Schimpanse lag inmitten der Trümmer des Verschlags auf dem Rücken, sein Helm war ihm über die Augen gerutscht. Kaldren sah ihn sich einen Moment lang an, dann setzte er sich an den Schreibtisch und nahm den Telefonhörer ab.

Beim Wählen bemerkte er auf der Schreibtischunterlage eine Filmspule. Er starrte eine Weile auf das Etikett und steckte die Spule dann zu dem Papierstreifen in die Tasche.

Nachdem er mit der Polizei gesprochen hatte, löschte er das Licht und ging zu seinem Wagen hinaus und fuhr langsam die Auffahrt hinunter.

Als er am Sommerhaus ankam, brach das Licht der Morgensonne über die strangähnlichen Balkone und Terrassen herein. Er fuhr mit dem Fahrstuhl zum Penthouse hinauf, wandte sich geradewegs ins Museum. Er öffnete, eine nach der anderen, die Jalousien und ließ das Sonnenlicht über die Ausstellungsstücke spielen. Schließlich zog er einen Stuhl an ein Seitenfenster, lehnte sich zurück und blickte in das Licht, das in den Raum fiel.

Zwei oder drei Stunden später hörte er draußen Coma nach ihm rufen. Nach einer halben Stunde ging sie davon, doch kurz darauf rief eine zweite Stimme nach ihm. Er stand auf, schloß alle Jalousien an den Fenstern, die auf den vorderen Hof hinausgingen, und wurde von da an nicht mehr gestört.

Kaldren ging zu seinem Stuhl zurück und machte es sich bequem. Er ließ seinen Blick über die Reihen der Ausstellungsstücke schweifen. Von Zeit zu Zeit beugte er sich schläfrig vor und regulierte den Lichteinfall durch die Jalousien, während seine Gedanken – und das würde sich in den vor ihm liegenden Monaten auch nicht ändern – bei Powers und seinem merkwürdigen Mandala weilten, bei den Sieben und ihrer Reise zu den weißen Gärten des Mondes und bei den blauen Personen, die vom Orion gekommen waren und ihnen poetisch von uralten, wunderschönen Welten hinter goldenen Sonnen aus inselartigen Galaxien erzählt hatten, entschwunden auf ewig in den unzähligen Toden des Kosmos.

Der Garten der Zeit

Gegen Abend, als der große Schatten der palladianischen Villa die Terrasse ausfüllte, verließ Graf Axel seine Bibliothek und begab sich über die ausladenden Rokokostufen unter die Zeitblumen. Hochgewachsen und gebieterisch von Gestalt, in einer schwarzen Samtjacke, eine goldene Krawattennadel unter dem George-v.-Bart glänzend, den Spazierstock steif in der Hand, die im weißen Handschuh steckte, musterte er ohne Bewegung die erlesenen Kristallblumen und lauschte den Klängen des Cembalos, auf dem seine Frau im Musikzimmer ein Rondo von Mozart spielte, durch die die halb durchsichtigen Blumenblätter hallten und vibrieren.

Der Garten der Villa dehnte sich vor der Terrasse gute zweihundert Meter weit aus, fiel zu einem von einer weißen Brücke überspannten Miniatursee ab, an dessen anderem Ufer sich ein schmächtiger Pavillon erhob. Axel wagte sich nur selten bis zum See vor; die meisten der Zeitblumen wuchsen gleich unterhalb der Terrasse in einem kleinen Hag, geschützt von einer hohen Mauer, die das ganze Anwesen umgab. Von der Terrasse aus konnte er die Ebene übersehen, die sich hinter der Mauer ausdehnte, ein weites, offenes Gelände, das wie eine ausladende Dünung bis zum Horizont rollte, wo es noch einmal sanft anstieg, bevor es den Blicken endgültig entschwand. Das Haus war auf allen Seiten von der Ebene umgeben, deren eintönige Leere die Entrücktheit und heitere Erhabenheit der Villa noch verstärkte. Hier im Garten schien die Luft klarer, die Sonne wärmer zu sein, während die Ebene immer dumpf und unnahbar war.

Ehe er sich zu seinem abendlichen Spaziergang aufmachte, blickte Graf Axel wie gewöhnlich über die Ebene zu der letzten Anhöhe hin, wo der Horizont wie eine ferne Bühne von der untergehenden Sonne erleuchtet wurde. Während die unter den begnadeten Händen seiner Frau hervorströmenden Mozartschen Klänge ihn sanft umspielten, fiel ihm auf, daß die vorrückende Kolonne einer gewaltigen Armee sich langsam über den Horizont schob. Auf den ersten Blick schienen die langen Reihen sich in geordneten Linien voran zu bewegen, doch bei näherem Hinsehen wurde deutlich, daß die Armee, wie das unauffällige Detail einer Landschaft von Goya, sich aus einem gewaltigen Menschengewimmel zusammensetzte, aus Männern und Frauen, hier und da ein paar

Soldaten in abgerissenen Uniformen darunter, die in einer aufgelösten Flut vorwärts drängten. Einige mühten sich unter schweren Lasten ab, welche an primitiven Jochen, die ihnen im Genick lagen, hingen; andere kämpften mit schwerfälligen Holzkarren, zerrten mit den Händen an den Radspeichen; ein paar stampften mühsam allein dahin; doch alle bewegten sich im selben Schritt, die gekrümmten Rücken von der untergehenden Sonne erleuchtet.

Die vorrückende Menge war so weit weg, daß man sie kaum erkennen konnte, aber selbst während Axel mit reserviertem, doch aufmerksamem Gesichtsausdruck hinsah, kam sie merklich näher: diese Vorhut eines riesigen Pöbelhaufens, der da am Horizont auftauchte. Schließlich, als das Licht des Tages zu schwinden begann, erreichte die Spitze der Menge die Kuppe der ersten Anhöhe unterhalb des Horizontes, und Axel wandte sich von der Terrasse ab und erging sich unter den Zeitblumen.

Die Blumen waren fast zwei Meter hoch, ihre schlanken Stengel, Gerten aus Glas ähnlich, trugen ein Dutzend Blätter, deren einstmals durchsichtige Struktur durch die erstarrten Blattnerven wie mit Reif überzogen wirkte. An der Spitze eines jeden Stengels saß die Zeitblüte, groß wie ein Pokal. Ihre undurchsichtigen äußeren Blütenblätter umschlossen das Kristallherz. Dessen diamantener Glanz enthielt wohl tausend Gesichter, das Kristall schien die Luft ihres Lichts und ihrer Bewegung zu berauben. Als die Blumen sanft im Abendwind hin und her schwangen, erglühten sie wie flammende Speerspitzen.

Viele der Stengel trugen keine Blüte mehr; Axel besah sie sich sorgfältig, und während er nach weiteren Knospen suchte, leuchtete von Zeit zu Zeit ein Hoffnungsschimmer in seinen Augen auf. Schließlich wählte er eine große Blüte aus, die auf dem der Mauer am nächsten wachsenden Stengel saß, zog die Handschuhe aus und knipste sie mit seinen starken Fingern ab.

Als er die Blüte auf die Terrasse trug, begann sie zu funkeln und zu zergehen, denn das Licht, das sie in ihrem Herzen eingeschlossen hatte, wurde endlich wieder frei. Das Kristall löste sich nach und nach auf, nur die äußeren Blütenblätter blieben erhalten, und die Luft rings um Axel wurde klar und leuchtend, erfüllt mit schrägen Strahlen, die ins schwingende Licht der Sonne davonzuckten. Merkwürdige Veränderungen verwandelten für einen Augenblick den Abend, auf subtile Weise seine Dimensionen von Zeit und Raum ändernd. Der nachgedunkelte Säulengang des Hauses, seiner Patina entblößt, wurde in einer eigenartig geisterhaften Weiße sichtbar, wie wenn er plötzlich in einem Traum erinnert würde.

Axel hob den Kopf und spähte noch einmal über die Mauer. Nur der entfernteste Saum des Horizontes wurde von der Sonne noch erhellt, und die große Menschenmenge, die sich zuvor schon fast über ein Viertel der Ebene ergossen hatte, hatte sich bis jetzt an den Horizont zurückgezogen, der ganze Strom hatte in einem Zeitumschwung abrupt kehrtgemacht und schien stillzustehen.

Die Blüte in Axels Hand war zur Größe eines gläsernen Fingerhutes zusammengeschrumpft, und die Blütenblätter hatten sich um das dahinschwindende Herz gelegt. Ein schwaches Funkeln flakkerte in der Mitte auf und erlosch, und Axel fühlte die Blüte wie einen eiskalten Tautropfen in seiner Hand zerfließen.

Abenddämmerung senkte sich auf das Haus, dehnte ihre langen Schatten weit in die Ebene aus, und der Horizont ging in den Himmel über. Das Cembalo schwieg, und die Zeitblumen, die seine Klänge nicht länger reflektierten, standen regungslos wie ein einbalsamierter Wald.

Für einige Minuten sah Axel auf sie herab und zählte die verbleibenden Blüten, dann begrüßte er seine Frau, die ihm über die Terrasse entgegenkam und ihr brokatenes Abendkleid über die kunstvoll mit Ornamenten verzierten Fliesen rascheln ließ.

»Was für ein herrlicher Abend, Axel!« Sie sprach gefühlvoll, wie wenn sie ihrem Gatten für den großen, reich verzierten Schatten auf dem Rasen und für die dunkle, glänzende Luft persönlich danken wollte. Sie hatte ein heiteres und aufgewecktes Gesicht, ihr Haar, das am Hinterkopf von einer mit Juwelen besetzten Spange zusammengehalten wurde, war von Silberfäden durchzogen. Ihr Kleid, vorn tief ausgeschnitten, ließ ihren langen, schlanken Hals und ihr hohes Kinn zur Geltung kommen. Axel betrachtete sie mit zärtlichem Stolz. Er bot ihr seinen Arm, und gemeinsam schritten sie die Stufen in den Garten hinab.

»Einer der längsten Abende dieses Sommers«, pflichtete Axel ihr bei und fügte hinzu: »Ich habe eine vollendete Blüte gepflückt, meine Liebe, ein Juwel. Wenn wir Glück haben, kommen wir damit mehrere Tage aus.« Er zog die Augenbrauen leicht zusammen und sah unwillkürlich zur Mauer hinüber. »Sie scheinen jetzt von Mal zu Mal näher zu kommen.«

Seine Frau lächelte ihm ermutigend zu und zog seinen Arm fester an sich.

Sie beide wußten, daß der Zeitgarten einging.

Drei Abende später, wie er geschätzt hatte (wenn auch früher, als er insgeheim gehofft), pflückte Graf Axel noch eine Blüte im Zeitgarten.

Als er zuvor über die Mauer sah, füllte der näherkommende Pöbelhaufen die hintere Hälfte der Ebene aus und war wie ein dichter Wirrwarr über den Horizont gebreitet. Er vermeinte die leisen, bruchstückhaften Geräusche der Stimmen zu hören, die durch die leere Luft zu ihm drangen, ein dumpfes Gemurmel, unterbrochen von Schreien und Rufen, sagte sich aber schnell, daß er sie sich nur eingebildet hätte. Es war ein Glück, daß seine Frau am Cembalo saß, und die prächtigen kontrapunktischen Strukturen einer Bachfuge ergossen sich schwerelos über die Terrasse, jegliche anderen Geräusche verdeckend.

Zwischen Haus und Horizont war die Ebene durch vier große Anhöhen unterteilt, und der höchste Punkt jeder einzelnen war deutlich im schräg darauffallenden Licht zu erkennen. Axel hatte sich geschworen, sie niemals zu zählen, doch ihre Zahl war zu gering, als daß sie nicht ins Auge gesprungen wäre, zumal daran das Vorwärtskommen der heranrückenden Armee so eindeutig abzulesen war. Im Augenblick hatte die vorderste Linie die erste Anhöhe hinter sich gelassen und die zweite fast erreicht; der Hauptteil der Masse drängte nach und verdeckte den Kamm sowie das womöglich noch gewaltigere Gewimmel, das sich vom Horizont her ausbreitete. Als er den Blick vom mittleren Trupp weg nach links und nach rechts wandte, konnte Axel das offenbar unbegrenzte Ausmaß der Armee erkennen. Was sich anfangs wie die Hauptmasse ausgenommen hatte, war nicht mehr als ein unbedeutender Vorraustrupp einer von vielen ähnlichen Armeen, die über die Ebene ausgriffen. Der eigentliche Mittelpunkt war noch gar nicht aufgetaucht, doch nach allem, was bereits in Sicht war, schätzte Axel, daß er, wenn er schließlich die Ebene erreicht haben würde, jeden Zentimeter Boden vollkommen ausfüllen würde.

Axel hielt nach irgendwelchen großen Fahrzeugen oder Maschinen Ausschau, aber alles war chaotisch und durcheinander wie immer. Es gab weder Banner oder Fahnen, noch Maskottchen oder Lanzenträger. Den Kopf gesenkt, drängte die Menge voran, des Himmels nicht achtend.

Auf einmal, kurz bevor Axel sich abwandte, erschien die vorderste Reihe der Masse auf dem Kamm der zweiten Anhöhe und schwärmte in die Senke hinab. Was Axel in Erstaunen versetzte, war die unglaubliche Entfernung, die sie zurückgelegt hatte, solange sie seinen Blicken entzogen war. Die Gestalten waren jetzt doppelt so groß, jede einzelne klar zu erkennen.

Eilig verließ Axel die Terrasse, wählte im Garten eine Zeitblüte aus und brach sie vom Stengel ab. Als sie ihr verdichtetes Licht freigab, kehrte er auf die Terrasse zurück. Nachdem die Blüte in seiner Hand zu einer frostigen Perle zusammengeschrumpft war, blickte er wieder auf die Ebene hinaus und stellte mit Erleichterung fest, daß die Armee sich erneut bis an den Horizont zurückgezogen hatte.

Dann bemerkte er, daß der Horizont viel näher gerückt war als vorher und daß das, was er als Horizont angesehen hatte, die erste Anhöhe war.

Als er sich der Gräfin zu ihrem gemeinsamen Abendspaziergang anschloß, erwähnte er ihr gegenüber nichts davon, doch sie durchschaute seine lässige Unbekümmertheit und tat, was sie konnte, um seine Sorgen zu zerstreuen.

Von der Treppe aus deutete sie auf den Zeitgarten. »Was für eine herrliche Pracht, Axel. Es sind noch so viele Blüten da.«

Axel nickte und lächelte insgeheim über den Versuch seiner Frau, ihn zu beruhigen. Sie hatte »noch« gesagt und dadurch unbewußt ihre Vorahnung vom Ende enthüllt. Tatsächlich war ein bloßes Dutzend von den vielen Hunderten von Blüten übriggeblieben, die es im Garten gegeben hatte, und mehrere davon waren kaum mehr als Knospen – lediglich drei oder vier waren voll erblüht. Als sie so auf den See zugingen und das Kleid der Gräfin über den kühlen Rasen raschelte, versuchte er zu entscheiden, ob er die größeren Blüten zuerst pflücken oder bis zuletzt aufsparen sollte. Genaugenommen wäre es besser, den kleineren Blüten noch mehr Zeit zu lassen, zu wachsen und sich zu entwickeln, denn dieser Vorteil wäre dahin, wenn er die größeren Blüten bis zuletzt zurückhielt, für die allerletzte Abwehr, wie er es am liebsten tun würde. Allerdings wurde ihm klar, daß es keine Rolle spielte, weder so noch so; der Garten würde ohnedies bald absterben, und die kleineren Blüten brauchten weit mehr Zeit, als er ihnen zugestehen konnte, um ihre verdichteten Zeitherzen aufzuladen. Während seines ganzen Lebens hatte er nicht das geringste Anzeichen für das Wachstum der Blumen feststellen können. Die größeren Blüten waren schon immer voll entwickelt gewesen, und keine der Knospen hatte je die geringste Entwicklung gezeigt.

Sie überquerten den See, und er und seine Frau betrachteten ihre Spiegelbilder auf dem ruhigen, schwarzen Wasser. Abgeschirmt vom Pavillon auf einer Seite, von der hohen Gartenmauer auf der anderen, die Villa in einiger Entfernung, fühlte Axel sich gefaßt und sicher und empfand die Ebene mit ihrer unberechtigt eindringenden Masse als einen Alptraum, aus dem er ohne Schaden zu nehmen erwacht war. Er legte einen Arm um die geschmeidige Hüfte seiner Frau und zog sie zärtlich an seine Schulter, wobei ihm einfiel, daß er sie schon seit mehreren Jahren nicht mehr umarmt hatte, obgleich ihr gemeinsames Leben zeitlos gewesen war und er sich erinnern konnte, als wäre es erst gestern gewesen, wie er sie zum erstenmal in die Villa gebracht hatte, um dort mit ihr zu leben.

»Axel«, bat seine Frau plötzlich mit ernster Stimme, »bevor der Garten eingeht... darf ich da die letzte Blüte pflücken?«

Er verstand ihre Bitte und nickte langsam.

Eine nach der anderen brach er an den folgenden Abenden die restlichen Blüten und ließ eine einzige kleine Knospe, die unmittelbar unterhalb der Terrasse wuchs, für seine Frau übrig. Er nahm die Blüten wahllos, lehnte es ab, sie zu zählen oder einzuteilen, ja wenn nötig, pflückte er zwei oder drei von den kleineren Knospen gleichzeitig. Die anrückende Horde hatte inzwischen die zweite und dritte Anhöhe erreicht, eine gewaltige Masse aus tätigen Menschen, die den Horizont verdunkelte. Von der Terrasse aus konnte Axel deutlich die schwerfällig schlurfenden, bis zum äußersten angestrengten Reihen sehen, wie sie sich in die Senke ergossen und auf die letzte Anhöhe zubewegten, und gelegentlich wurden die Geräusche ihrer Stimmen zu ihm getragen, vermischt mit Wutschreien und Peitschenknallen. Die Holzkarren schwankten auf schiefen Rädern von einer Seite zur anderen, die sie lenkten, hatten alle Mühe, sie unter Kontrolle zu halten. Soweit Axel das beurteilen konnte, hatte kein einziger aus der Menge eine Ahnung, in welcher Richtung man sich bewegte. Vielmehr schritt ein jeder blind aus und blieb unmittelbar auf den Fersen desjenigen vor ihm; der einzige Zusammenhalt war der der allgemeinen Richtung. Axel hoffte grundlos, daß das eigentliche Zentrum, das noch weit hinter dem Horizont war, sich in eine andere Richtung bewegen möge und daß die Menge allmählich ihren Kurs ändern, sich von der Villa und von der Ebene zurückziehen würde, wie eine Flut, die zurückweicht.

An dem letzten Abend, da er die Zeitblüte pflückte, hatte die vorderste Linie der Menge die dritte Anhöhe erreicht und schwärmte weiter vor. Während er auf die Gräfin wartete, betrachtete Axel die beiden Blüten, die noch übriggeblieben waren, beides erst kleine Knospen, welche die Menge am nächsten Abend lediglich für ein paar Minuten zurückdrängen würden. Die Glasstengel der toten Blumen ragten steif auf, doch der ganze Garten hatte seinen Glanz verloren.

Den nächsten Vormittag verbrachte Axel geruhsam in seiner Bibliothek, wo er die kostbareren seiner Manuskripte in die Glasschränke zwischen den Galerien verschloß. Er ging langsam durch den Garten mit den Porträts, jedes der Bilder sorgfältig säubernd, dann brachte er seinen Schreibtisch in Ordnung und schloß die Tür hinter sich ab. Den Nachmittag über beschäftigte er sich in den Salons; er half seiner Frau unaufdringlich dabei, ihren Schmuck zu reinigen, und richtete Vasen und Büsten.

Als es Abend war und die Sonne hinter dem Haus unterging, waren sie beide müde und staubig, und den ganzen Tag über hatte keiner von ihnen ein Wort mit dem anderen geredet. Als seine Frau auf das Musikzimmer zuging, rief Axel sie zurück.

»Heute pflücken wir die Blüten gemeinsam, meine Liebe«, sagte er gelassen zu ihr. »Für jeden eine.«

Er warf nur einen kurzen Blick über die Mauer. Weniger als einen halben Kilometer entfernt konnten sie das gewaltige, dumpfe Brüllen der Lumpenarmee hören, das Klirren von Metall und das Peitschengeknall, das auf das Haus zudrängte.

Axel pflückte rasch eine Blüte, eine Knospe erst, nicht größer als ein Saphir. Während sie sanft flackerte, wurde der Lärm draußen vorübergehend schwächer, dann begann er wieder zu wachsen.

Axel verschloß seine Ohren davor und ließ seinen Blick über die Villa schweifen, zählte die sechs Säulen des Säulenganges, starrte lange über den Rasen zur Silberscheibe des Sees hinüber, in der sich das letzte Abendlicht spiegelte, ließ die Blicke dann schweifen bis zu den Schatten, die sich zwischen den hohen Bäumen bewegten und auf dem mürben Torf länger wurden. Er ließ den Blick bei der Brücke verweilen, wo er und seine Frau so viele Sommer Arm in Arm gestanden hatten –

»Axel!«

Draußen erhob sich der Lärm in die Luft, wohl tausend Stimmen brüllten nur zwanzig oder dreißig Meter entfernt. Ein Stein flog über die Mauer, landete zwischen den Zeitblumen und knickte mehrere der zerbrechlichen Stengel. Die Gräfin eilte zu ihm, als noch ein Steinhagel gegen die Mauer prasselte. Dann wirbelte ein schwerer Ziegelstein über ihre Köpfe hinweg durch die Luft und krachte in eines der Wintergartenfenster.

»Axel!« Er legte die Arme um sie und strich seine Seidenkrawatte glatt, nachdem sie sie leicht mit der Schulter zwischen den Jackenaufschlägen verschoben hatte.

»Rasch, meine Liebe, die letzte Blüte!« Er führte sie die Stufen hinunter in den Garten. Den Stengel mit ihren juwelenbesetzten Fingern umfassend, knipste sie sie säuberlich ab und barg sie zwischen den Handflächen.

Für einen Moment ließ der Lärm etwas nach, und Axel faßte sich. In dem lebhaften Licht, das aus der Knospe aufflackerte, sah er die weißen, ängstlichen Augen seiner Frau. »Halte sie, so lange du kannst, meine Liebe, bis der letzte Funke erloschen ist.«

Zusammen standen sie auf der Terrasse, und die Gräfin hielt die glitzernde vergehende Perle mit den Händen umschlossen, und als sich draußen die Stimmen wieder erhoben, wurden sie von dem Geräusch eingehüllt. Der Pöbel schlug heftig gegen die schweren Eisentore, und die ganze Villa erbebte unter dem Ansturm.

Als der letzte Lichtschimmer davonzuckte, streckte die Gräfin ihre Hände in die Höhe, als würde sie einen unsichtbaren Vogel freilassen, dann legte sie ihre Hände in einem letzten Anflug von Mut in die ihres Mannes, und ihr Lächeln war strahlend wie die entschwundene Blüte.

»Oh, Axel!« rief sie.

Wie ein Schwert stürzte die Dunkelheit über sie herein. Keuchend und fluchend erreichten die vorderen Reihen der Menge die kniehohen Überreste der Mauer, die das zerstörte Grundstück umgaben, zerrten die Karren hinüber und die staubigen Fahrspuren entlang, die einstmals eine reich geschmückte Auffahrt gewesen waren. Die Ruine, früher eine geräumige Villa, unterbrach kaum den endlosen Lauf der Menschheit. Der See war leer, umgebrochene Bäume vermoderten auf seinem Grund, auf dem eine alte Brücke verrostete. Zwischen dem langen Gras des Rasens gedieh Unkraut, es überwucherte die kunstvoll angelegten Gartenpfade und in Stein gehauenen Zwischenwände.

Die Terrasse war zum größten Teil zerbröckelt, und der Hauptstrom der Masse zog quer über den Rasen an der ausgeraubten Villa vorbei, doch ein oder zwei von den Neugierigeren kletterten hinein und durchwühlten die Ruine. Die Türen waren in den Angeln gefault, die Fußböden eingebrochen. Im Musikzimmer war ein altes Cembalo zerhackt worden, doch ein paar Tasten lagen noch in der Asche. In der Bibliothek hatte man alle Bücher aus den Regalen gezerrt und die Gemälde zerschlitzt; vergoldete Rahmen lagen auf dem Fußboden herum.

Als der Hauptteil der Menge beim Haus ankam, fing er an, die Mauer an allen Enden zu übersteigen. Zusammengedrängt stolperten die Leute in den ausgetrockneten See, schwärmten über die Terrasse und schoben sich durch das Haus auf die offenen Türen der Nordseite zu.

Nur ein Fleckchen widerstand dem endlosen Ansturm. Gleich unterhalb der Terrasse, zwischen dem zertrümmerten Balkon und der Mauer, befand sich ein dichtes, fast zwei Meter hohes Dornengestrüpp. Das mit Widerhaken versehene Blattwerk bildete eine undurchdringliche Masse, und die vorüberziehenden Menschen machten vorsichtig einen Bogen drum herum und bemerkten die umschlungene Tollkirsche zwischen den Zweigen. Die meisten von ihnen waren zu sehr darauf konzentriert, ihren Weg zwischen den umgekippten Steinplatten zu finden, als daß sie in die Mitte des Dornengestrüpps geblickt hätten, wo zwei in Stein gehauene Statuen Seite an Seite standen und von ihrem geschützten Aussichtspunkt aus über die Gegend starrten. Die größere der Figuren war das Abbild eines bärtigen Mannes, der eine Jacke mit hohem Kragen und einen Spazierstock unter dem Arm trug. Neben ihm stand eine Frau in einem vollendet gearbeiteten, bodenlangen Kleid, das schmale, heitere Gesicht von Wind und Regen nicht beeinträchtigt. In der linken Hand hielt sie zart eine einzelne Rose, deren grazil geformte Blütenblätter so dünn waren, daß man sie schon beinahe durchsichtig nennen konnte.

Als die Sonne hinter dem Haus versank, leuchtete ein einzelner Lichtstrahl durch das zerborstene Dachgesims und traf die Rose, wurde vom Wirtel der Blumenblätter zu den Statuen geworfen und erleuchtete den grauen Stein, so daß man ihn für einen flüchtigen Moment nicht vom längst vergangenen Fleisch derjenigen unterscheiden konnte, die die Statuen einst gewesen waren.

Der Sandkäfig

Bei Sonnenuntergang, als der zinnoberrote Schein, welchen die am Horizont ausgestreckten Dünen reflektierten, die weißen Fassaden der verlassenen Hotels unregelmäßig beleuchtete, trat Bridgman auf den Balkon hinaus und blickte über die weiten Flächen abkühlenden Sandes, über die sich langsam Fluten von purpurnem Schatten ausbreiteten. Zögernd streckten die Schatten ihre schlanken Finger über die flachen Bergsättel und Bodensenken und rückten so eng zusammen, daß sie aussahen wie riesige Kämme, zwischen deren Zinken einen Moment lang ein paar phosphoreszierende Obsidiansporen eingeschlossen waren, ehe sie schließlich verschmolzen und in einer zusammenhängenden Woge die halbversunkenen Hotels überfluteten. Hinter den schweigenden Fassaden, in den hügeligen, versandeten Straßen, in denen einstmals Cocktailbars und Restaurants ihren Glitzer verbreitet hatten, war es bereits Nacht. Mondlichtige Heiligenscheine schmückten die Laternenpfähle mit silbrigem Tau und drapierten die zerbrochenen Fensterscheiben und heraushängenden Rahmen wie mit erstarrtem Leuchtgasreif.

Während Bridgman hinsah, die mageren, von der Sonne gebräunten Arme auf das rostige Geländer gestützt, versanken die letzten Lichtspiralen in einem kirschroten Trichter und zogen sich hinter den Horizont zurück, und der erste Wind bewegte sich über den leblosen Marssand. Hier und da wirbelten Miniaturzyklone über ein Sandbrett hinweg und zogen schwirrende Federn mondgebadeten Staubs davon ab, weiße Staubschwaden fegten über die Dünen hinweg und gingen in den Bodensenken und Löchern nieder. Stück um Stück wuchsen die Verwehungen und schoben sich auf die ehemalige Küstenlinie unterhalb des Hotels zu. Die untersten vier Etagen des Gebäudes waren bereits versandet, und inzwischen war der Sand nur noch einen knappen halben Meter von Bridgmans Balkon entfernt. Nach dem nächsten Sandsturm würde er wohl wieder eine Etage höher ziehen müssen.

»Bridgman!«

Die Stimme zerteilte die Dunkelheit wie ein Speer. Etwa fünfzig Meter rechts von ihm, am Rande der zerfallenen Sperre gegen den Sand, die er einmal vor dem Hotel zu errichten versucht hatte, winkte eine kantige, untersetzte Gestalt in ausgefransten Baumwollshorts zu ihm hinauf. Das Mondlicht unterstrich den breiten, kräftigen Brustkasten und die stämmigen, krummen Beine, die beinahe bis zu den Waden in den losen Marssand eingesunken waren. Der Mann war ungefähr fünfundvierzig Jahre alt, sein nicht mehr dichtes Haar so kurz geschoren, daß es den Anschein hatte, als hätte er eine Glatze. In der rechten Hand trug er eine große Reisetasche aus Segeltuch.

Bridgman lächelte in sich hinein. Wie er da so geduldig am Fuße des verfallenen Hotels im Mondlicht stand, erinnerte Travis ihn an einen verspäteten Touristen, der erst Jahre nach der Vernichtung in einem Geisterkurort eintrifft.

»Bridgman, kommen Sie?« Und während der Angesprochene noch auf das Balkongeländer gelehnt dastand, fügte Travis hinzu: »Die nächste Konjunktion ist morgen.«

Bridgman schüttelte den Kopf, ein Anflug von Verdruß verzerrte seinen Mund. Er haßte diese zweimonatlichen Konjunktionen, wenn alle sieben der aufgegebenen Satellitenkapseln, die die Erde noch umkreisten, gemeinsam über den Himmel zogen. In solchen Nächten blieb er stets in seinem Zimmer und spielte sich die alten Bandaufzeichnungen vor, die er aus den verschütteten Landhäusern und Motels weiter hinten am Strand geborgen hatte (das hysterische: »Hier spricht Mamie Goldberg, 62955 Cocoa Boulevard. Ich muß doch wirklich gegen diese schwachsinnige Evakuierung protestieren...«; oder das resignierte: »Hier ist Sam Snade. Das Pontiaccabrio in der hinteren Garage gehört jedem, der es ausbuddeln kann.«) In den Nächten des Zusammentreffens kamen Travis und Louise Woodward immer in das Hotel – es war das höchste Gebäude am Ort, von dem aus man ungehindert von Horizont zu Horizont blicken konnte – und verfolgten die sieben konvergierenden Sterne, wie sie ihrem endlosen Kurs um den Globus folgten. Beide waren dann für alles andere blind, was auch die Wächter nur zu gut wußten und aus diesem Grund die alle zwei Monate wiederkehrende Gelegenheit wahrnahmen, das Sandmeer sorgfältiger als sonst abzusuchen. Stets war Bridgman gezwungen, sich als Beobachtungsposten für die beiden anderen zu betätigen.

»Ich war letzte Nacht unterwegs«, rief er zu Travis hinunter. »Kommen Sie der nordöstlichen Einfriedung beim Cape nicht zu nahe. Die werden damit zu tun haben, die Fahrbahn zu reparieren.«

Die meisten Nächte verbrachte Bridgman damit, in den verschütteten Motels nach Vorratslagern zu graben (die früheren Bewohner waren davon ausgegangen, daß die Regierung den Aussiedlungsbefehl bald wieder rückgängig machen würde) und die einzelnen Teilstücke der Metallstraße, die für die Jeeps der Wächter durch die Wüste verlegt worden war, voneinander zu lösen. Jedes der Teilstücke aus Drahtgeflecht hatte eine Seitenlänge von ungefähr fünf Metern und wog mehr als drei Zentner. Wenn er die Verbindungsdrähte durchgeschnitten, die Teilstücke weggeschleppt und in den Dünen vergraben hatte, war er erschöpft und verbrachte den größten Teil des folgenden Tages damit, seine strapazierten Hände und Schultern zu pflegen. Einige Abschnitte des Fahrweges waren inzwischen mit Hilfe dicker Stahlpflöcke verankert, und früher oder später, soviel war ihm klar, würden sie nicht mehr in der Lage sein, die Ankunft der Wächter zu verzögern, indem sie die Straße unterbrachen.

Travis zögerte, zuckte nichtssagend mit den Schultern und verschwand zwischen den Dünen, die schwere Werkzeugtasche schlenkerte an seinem kräftigen Arm hin und her. Trotz der mageren Kost, die ihn am Leben erhielt, schienen seine Energie und Entschlossenheit ungebrochen – in einer einzigen Nacht hatte Bridgman beobachtet, wie er zwanzig Teilstücke der Fahrstraße demontiert und zu einer Schleife neu zusammengesetzt hatte, wodurch ein ganzer Konvoi von sechs Fahrzeugen in die Einöde im Süden irregeleitet worden war.

Bridgman wandte sich um und wollte vom Balkon gehen, blieb dann aber stehen, denn er hatte in der kühlen Luft einen schwachen Geruch nach Salzwasser wahrgenommen. In zehn Kilometer Entfernung, verborgen hinter Reihen von Dünen, lag das Meer, brachen die langen, grünen Brecher des mittleren Atlantik gegen den roten, von Marssand gebildeten Strand. Als er vor fünf Jahren an die Küste gekommen war, war nie auch nur der schwächste Geruch nach Salzwasser über die meilenweiten Sandflächen gedrungen. Doch allmählich drängte der Atlantik die Küste wieder dahin zurück, wo sie früher einmal verlaufen war. Der unermüdliche Anprall des Golfstroms hämmerte auf den lockeren Marsstaub ein und schichtete die Dünen zu grotesk verschnörkelten Riffen auf, die der Wind in das Sandmeer davontrug. Der Ozean kehrte schrittweise zurück, verlangte sein großes und abgerundetes Bekken wieder, siebte den schwarzen Quarz und den Obsidian vom Mars aus, welche niemals vom Wind weggeweht werden würden, und zog sie in seine Tiefen hinab. Immer häufiger hing der Salzwassergeruch in der Abendluft und erinnerte Bridgman daran, weshalb er ursprünglich an die Küste gekommen war und nichts mehr davon wissen wollte, jemals wieder fortzugehen.

Vor drei Jahren hatte er versucht, das Ausmaß der Küstenwanderung zu messen, indem er an der Wasserlinie eine Reihe von Stäben in den Sand gerammt hatte, doch die ständig ihre Konturen ändernden Dünen hatten die bunten Pfähle fortgerissen. Später hatte er das Vorgebirge auf Cape Canaveral als Anhaltspunkt benutzt, wo die alten Abschußgerüste und Landerampen wie verrottete Teile einer überdimensionalen Skulptur in den Himmel ragten, und mit Hilfe der Trigonometrie errechnet, daß das Meer wenig mehr als deißig Meter im Jahr vordrang. Bei dem Tempo – ohne es zu wollen, hatte er die Berechnung automatisch angestellt – würde der Atlantik erheblich mehr als fünfhundert Jahre brauchen, ehe er sein früheres Ufer an der Cocoa Beach erreicht haben würde. Wenngleich sie ermutigend langsam vonstatten ging, so war die Bewegung doch vorwärts gerichtet, und Bridgman war glücklich, durch zehn Kilometer Dünen vom Meer getrennt in seinem Hotel auszuharren und seiner Ankunft die wenigen Jahre zuzugestehen, die ihm noch blieben.

Kurz nach der Ankunft von Louise Woodward hatte er mit dem Gedanken gespielt, eines der Motelhäuschen auszugraben und sich eine kleine Unterkunft am Wasser zu bauen. Doch die Küste war zu trostlos und gefährlich gewesen. Die großen roten Dünen mit ihrem Auf und Ab, die halb den Himmel verdeckten, zogen sich meilenweit dahin und lösten sich unter dem Anprall des schiefergrünen Wassers langsam auf. Eine regelrechte Gezeitenlinie gab es nicht, nur einen steilen Küstensockel, übersät mit Quarzbrokken und rostenden Bruchstücken von Marsgestein, das an Schotter erinnerte. Er hatte einige Tage in einer Höhle unter einem aufgetürmten Sandriff verbracht und zugesehen, wie die langen Stollen im verfestigten Staub einbrachen und verschwanden, ausgespült von der kalten Atlantikströmung, wie sie gleich verzierten Säulenschiffen einer barocken Kathedrale in sich zusammensanken. Im Sommer wurde die Hitze von dem heißen Sand zurückgeworfen, als handelte es sich dabei um die Schlacke irgendeiner geschmolzenen Sonne, sie verbrannte die Gummisohlen seiner Stiefel, und die blankgewaschenen Quarzkiesel, die überall verstreut lagen, flimmerten grell wie Diamanten. Bridgman war in das Hotel zurückgekehrt, dankbar für das Zimmer, das auf die stillen Dünen hinausging.

Er verließ den Balkon, den süßen Geruch von Salzwasser noch in der Nase, und trat an den Schreibtisch. Ein kleiner Lichtkegel aus einer abgeschirmten Lampe fiel über das Tonbandgerät und den Ständer mit den Spulen. Das ungedämpfte Motorengeheul warnte ihn mindestens fünf Minuten vor der Ankunft der Wächter, und er hätte durchaus noch eine Lampe im Zimmer anbringen können – zwischen dem Hotel und dem Meer gab es keine befahrbaren Straßen, und aus der Ferne konnte man einen Lichtschein, der auf den Balkon fiel, nicht von dem flimmernden Phosphorleuchten unterscheiden, das wie Myriaden von Leuchtkäfern über dem Sand hing. Bridgman zog es jedoch vor, in dem abgedunkelten Raum zu sitzen, umgeben von den Büchern auf den behelfsmäßigen Regalen, und die von Schatten erfüllte Luft die lange Nacht hindurch um seine Schultern fächeln zu lassen, während er mit den alten Bandaufnahmen spielte, den Fragmenten einer entschwundenen und unbedauerten Vergangenheit. Am Tage ließ er stets die Jalousien herunter, um so in einer Welt ständigen Halbdunkels leben zu können.

Bridgman hatte sich leicht mit der selbst auferlegten Isolierung abgefunden, hatte sich bald ein System täglicher Routinen ausgearbeitet, das ihm ein Maximum an Zeit für seine privaten Träumereien ließ. Um ihn herum waren eine Reihe sehr großer Lichtpausen und architektonischer Zeichnungen mit Reißzwecken an die Wände geheftet, die die verschiedenen Aufrisse einer phantastischen Marsstadt zeigten, die er einmal entworfen hatte und deren spitz zulaufende Glasdächer und Blendwände wie bläulich-rote Juwelen aus der zinnoberroten Öde aufragten. In der Tat war die ganze Stadt ein gewaltiges Schmuckstück, jeder Aufriß ergab ein großartiges Bild, war aber genauso symmetrisch – und letzten Endes genauso leblos – wie ein Diadem. Bridgman überarbeitete die Zeichnungen fortgesetzt, fügte immer mehr Einzelheiten ein, so daß sie schon fast aussahen wie Fotografien von einem Original.

Die meisten Hotels in der Stadt – eines von einem Dutzend ähnlicher Erholungszentren, die unter dem Sand begraben waren und die früher einmal im Süden von Cape Canaveral einen ohne Unterbrechung dreißig Kilometer langen Streifen aus Motels, Landhäusern und Fünf-Sterne-Hotels gebildet hatten – waren mit Konservenvorräten wohlversorgt, die man zurückgelassen hatte, als das

Gebiet geräumt und eingezäunt worden war. Geräumige – noch gefüllte – Wasserspeicher und Zisternen waren vorhanden, daneben an die tausend intakte Cocktailbars zwei Meter unter dem Sand. Ein Dutzend von ihnen hatte Travis auf der Suche nach seinem alten Lieblingsbourbon ausgegraben. Wenn man hinter der Stadt durch die Wüste ging, konnte es passieren, daß man plötzlich vor ein paar Stufen stand, die in den ausgeglühten Sand gegraben waren, und unter einem den Weg versperrenden Schild mit der Aufschrift »Satelliten-Bar« oder »Zur Umlaufbahn« hindurch in das Allerheiligste kriechen konnte, wo eine chromblitzende Theke bis an die rautenförmigen Spiegelscheiben mit den Flaschenreihen und Figürchen freigelegt worden war. Bridgman hätte es gefreut, wenn sie unberührt geblieben wären.

Der ganze Kitsch der Vergnügungshallen und billigen Bars in den Außenbezirken der Seebäder warf ein deprimierendes Licht auf die ersten Weltraumflüge und degradierte sie zu monströsen Episoden am Rande eines Karnevals.

Vor seinem Zimmer klangen Tritte durch den Korridor, kamen langsam die Treppe hoch und hielten auf jedem Absatz einige Sekunden lang inne. Bridgman ließ die Hand, in der er ein Tonband hielt, sinken und lauschte den vertrauten, müden Schritten. Das war Louise Woodward, die – wie jeden Abend – zum zehn Stockwerke höher gelegenen Dach hinaufstieg. Bridgman warf einen Blick auf den Zeitplan an der Wand. Nur zwei der Satelliten würden zu sehen sein, zwischen 0.25 und 0.35 Uhr, in einer Höhe von 62 Grad im Südwesten, wenn sie zwischen Cetus und Eridanus hindurchfliegen, und in keinem von beiden würde ihr Mann sitzen. Obwohl es noch zwei Stunden hin war, nahm sie ihren Beobachtungsposten bereits ein und würde sich bis zum Morgengrauen nicht von der Stelle rühren.

Trübe lauschte Bridgman, wie die Schritte oben verhallten. Die ganze Nacht hindurch würde die Frau, mager und mit bleichem Gesicht, unter dem mondhellen Himmel sitzen, um sie her, getragen vom dunklen Wind, würde der weiche Marssand rieseln, den zu erreichen ihr Mann sein Leben gelassen hatte, und wie eine trauernde Seemannsfrau, die darauf wartet, daß das Meer den Leichnam ihres Mannes freigibt, würde sie durch ihr fahles Haar streichen. Gewöhnlich leistete Travis ihr zu vorgerückter Stunde Gesellschaft, und die beiden saßen Seite an Seite ans Fahrstuhlhäuschen gelehnt da, um sich herum wie Fragmente eines zerstükkelten Tierkreiszeichens die Milchglasbuchstaben des Neonzeichens vom Hotel, und wenn dann der Tag anbrach, stiegen sie gemeinsam in die von Schatten erfüllten Straßen hinab und zogen sich in ihren Unterschlupf in einem der nahe gelegenen Hotels zurück.

Anfangs hatte Bridgman häufig an ihrer Nachtwache teilgenommen, doch nach ein paar Nächten fing er an, ihre mystische Versenkung in die Sterne abstoßend, wenn nicht gar teuflisch zu finden. Das lag nicht an dem makabren Schauspiel, das die toten Astronauten boten, die in ihren Raumkapseln um die Erde kreisten, sondern an dem eigenartigen Gefühl von unausgesprochener Gemeinsamkeit zwischen Travis und Louise Woodward, die sich schon fast so ausnahm, als gäben sie sich einem privaten Ritual hin, in das Bridgman niemals eingeweiht werden würde. Welches ursprünglich ihre Gründe auch gewesen sein mochten, manchmal hatte Bridgman den Verdacht, daß sie inzwischen von anderen, persönlichen verdeckt worden waren.

Vorgeblich beobachtete Louise Woodward den Satelliten ihres Mannes, um die Erinnerung an ihn lebendig zu halten, doch Bridgman vermutete, daß sie im Grunde nur die Erinnerungen an sich selber vor zwanzig Jahren unbewußt fortleben lassen wollte, als ihr Mann noch eine Berühmtheit und sie von Illustriertenschreibern und Fernsehreportern umschwärmt gewesen war. Nach seinem Tod – Woodward war ums Leben gekommen, als er eine neuartige, leichte Abschußrampe testen wollte – hatte sie fünfzehn Jahre lang ein Nomadendasein geführt, war in ihrem billigen Auto ruhelos quer durchs Land von einem Motel zum anderen gereist, dem Stern ihres Mannes folgend, während er in der östlichen Nacht verschwand, und schließlich hatte sie sich in Cocoa Beach mit Blick auf die verrosteten Gerüste auf der anderen Seite der Bucht niedergelassen.

Travis' wahre Motive waren vermutlich komplexer. Nachdem sie einander schon eine Reihe von Jahren kannten, hatte er Bridgman anvertraut, daß er sich durch eine Ehrenschuld verpflichtet fühle, die toten Astronauten weiterhin im Auge zu behalten, und zwar weil sie ihm als Kind ein Beispiel für Mut und Opferbereitschaft gegeben hätten (obgleich die meisten von ihnen ihre Raumschiffwracks schon seit fünfzig Jahren vor Travis' Geburt lenkten), und daß er jetzt, da sie buchstäblich vergessen seien, ganz allein die vergehende Flamme zu ihrer Erinnerung am Leben erhalten müsse. Bridgman war von seiner Aufrichtigkeit überzeugt.

Doch später, als er einen Stapel alter Nachrichtenmagazine im Kofferraum eines Wagens durchblätterte, den er auf dem Parkplatz eines Motels ausgegraben hatte, stieß er auf ein Foto, das Travis in einem Druckanzug aus Aluminium zeigte, und erfuhr etwas mehr über seine Vergangenheit. Anscheinend war Travis früher einmal selbst Astronaut gewesen – oder vielmehr ein angehender Astronaut. Als Testpilot für eines der privaten Unternehmen zur Einrichtung von orbitalen Relaisstationen, hatten seine Nerven ein paar Sekunden vor dem letzten »Stop« beim Countdown versagt, er hatte regelrecht und unerwartet ›Schiß‹ bekommen, was seine Firma runde fünf Millionen Dollar gekostet hatte.

Offenbar war es seine Unfähigkeit, mit diesem charakterlichen Versagen fertig zu werden, das sich unglücklicherweise erst herausgestellt hatte, als er bereits sechzig Meter über der Abschußrampe auf einem seiner Körperform angepaßten Liegesitz flach auf dem Rücken lag, die Travis nach Canaveral, dem verlassenen Mekka der ersten Raumfahrthelden, gebracht hatte.

Bridgman hatte sich taktvoll zu erklären bemüht, niemand würde ihm wegen dieses Nervenversagens Vorwürfe machen, daß weniger er, sondern vielmehr diejenigen dafür verantwortlich seien, die ihn für den Flug ausgewählt hatten, oder daß es doch zumindest das Ergebnis einer unglücklichen Verkettung von vieldeutig gefaßten Fragen sei, auf die man viele Antworten geben könne (Kreuzchen in den falschen Kästchen, an einigen trug man schwerer als an anderen, konnte sie schlechter öffnen als andere! wie Bridgman zynisch bei sich gewitzelt hatte). Doch Travis schien zu einer eigenen Entscheidung über sich gekommen zu sein. Nacht für Nacht beobachtete er, wie der funkelnde Begräbniszug seinen geschmückten Pfad der aufgehenden Sonne entgegen zog, und beschönigte sein eigenes Versagen, indem er es mit dem größeren – doch schuldlosen – Versagen der sieben Astronauten gleichsetzte. Travis trug seine Haare immer noch in der vorschriftsmäßigen »Mohikaner«-Fasson der Raumfahrer, hielt sich durch Übungen, wie er sie vor seinem mißlungenen Flug hatte machen müssen, immer noch in tadelloser körperlicher Verfassung. Gestützt von dem persönlichen Mythos, den er sich geschaffen hatte, war er jetzt mehr oder weniger unerreichbar.

»Lieber Harry! Ich hatte den Wagen und die Geldkassette genommen. Es tut mir leid, daß es so zu Ende gehen soll…«

Gereizt stellte Bridgman das Tonband und die Wiederholung irgendeiner dreißig Jahre zurückliegenden Belanglosigkeit ab. Aus irgendeinem Grund schien er nicht in der Lage zu sein, Travis und Louise Woodward hinzunehmen wie sie waren. Er mochte diesen Mangel an Mitgefühl nicht, den nagenden Zwang, die Motive anderer Leute zu entlarven und die isolierenden Hüllen von ihren nackten Nervensträngen abzureißen, besonders weil seine eigenen Motive, aus denen er auf Cape Canaveral war, derart fragwürdig waren. Warum war *er* hier, welches Versagen versuchte *er* zu sühnen? Und warum ausgerechnet Cocoa Beach als Büßerstrand? Drei Jahre lang hatte er sich diese Fragen so oft gestellt, daß sie schon keinerlei Bedeutung mehr hatten, so wenig wie ein starrer Katechismus oder die schonungslosen Selbstbeschuldigungen eines Wahnsinnigen.

Er hatte seine Stellung als Chefarchitekt eines großen Unternehmens für die Weltraumentwicklung aufgegeben, nachdem ein umfangreicher Regierungsauftrag, von dem die Firma abhing – es ging um den Entwurf der ersten Wohnsiedlung auf dem Mars –, einem Konkurrenzunternehmen zugefallen war. Insgeheim war er sich allerdings darüber im klaren, daß sein Ausscheiden nur das Zeichen für sein unbewußtes Eingeständnis gewesen war, trotz seiner großen erfinderischen Gaben der besonderen und eher nüchternen Aufgabe des Entwurfs der Siedlung nicht gewachsen zu sein. Am Zeichenbrett – wie überall sonst – würde er eben doch immer mit der Erde verbunden bleiben.

Seine Träume, mit Abschußrampen und Kontrollbrücken eine neue Gotik zu errichten, der Frank Lloyd Wright und Le Corbusier der ersten Stadt außerhalb der Erde zu sein, zerstoben für immer, doch fortan war es ihm unmöglich, die Alternative zu akzeptieren, nämlich endlose Pläne für billig zu erstellende Krankenhäuser in Ecuador und Wohnsiedlungen in Tokio zu entwickeln. Ein Jahr lang war er ziellos umhergetrieben, doch ein paar Farbfotos von den zinnoberroten Sonnenuntergängen in Cocoa Beach und ein Bericht über die Einsiedler, die noch in den verschütteten Motels lebten, waren ein kräftiger Anstoß gewesen.

Er legte das Tonband in eine Schublade und gab sich Mühe, Louise Woodward und Travis als das zu akzeptieren, was sie waren – eine Frau, welche die Totenwache bei ihrem gestorbenen Mann hält, und ein alter Astronaut, der das Andenken seiner verlorenen Waffengefährten einsam bewahrt.

In fünfzehn Meter Entfernung – und sein weißer Vinylanzug war in den Staubwolken kaum zu sehen – kam einer der Wächter langsam auf sie zu, das Lasso lässig in der Hand. Ein paar Schritte hinter ihm kam noch ein Wächter, der die Fenster des Wohnblocks mit dem Feldstecher absuchte.

Bridgman und Louise zogen sich, rückwärts unter einem Querbalken hindurchkriechend, in die Küche zurück. Dort ging ein Fenster in den sandgefüllten Hof, und sie rannten durch den Staub davon, der zwischen den Gebäuden aufgewirbelt wurde.

Plötzlich, als sie um eine Ecke blickten, bemerkten sie die Reihe der Wächter eine Seitenstraße hinabziehen. Das Sandauto folgte ihnen im Schrittempo. Ehe Bridgman sich abstützen konnte, durchzuckte ein krampfartiger Schmerz seine rechte Wade und schnürte ihm den Magen zusammen; er sank auf ein Knie. Louise Woodward zog ihn an die Hauswand zurück, dann deutete sie auf eine untersetzte, krummbeinige Gestalt, die auf der gewundenen Straße in die Stadt schleppenden Schrittes auf sie zukam.

»Travis –«

Die Werkzeugtasche schlenkerte an seiner rechten Hand hin und her, und seine Schritte klapperten verhalten auf der Maschendrahtstraße. Er hielt den Kopf gesenkt und hatte die Wächter, die hinter einer Kurve verborgen waren, anscheinend nicht bemerkt.

»Kommen Sie!« Ungeachtet des geringen Sicherheitsabstandes richtete Bridgman sich auf und lief ungestüm mitten auf die Straße. Louise versuchte, ihn zurückzuhalten, und sie hatten kaum zehn Meter zurückgelegt, als die Wächter sie bemerkten. Ein Warnruf erklang, und der Scheinwerfer warf seinen gewaltigen Lichtkegel auf die Straße. Das Sandauto drängte vorwärts, seine Ketten krallten sich in den Sand, es sah aus wie ein riesiger, staubbedeckter Stier.

»Travis!« Als Bridgman bei der Kurve ankam, zehn Meter hinter sich Louise Woodward, sah Travis aus seiner Träumerei hoch, warf sich die Werkzeugtasche über die Schulter und rannte vor ihnen her auf das Durcheinander der Moteldächer zu, die auf der anderen Straßenseite aufragten. Bridgman, der hinter den anderen zurückblieb, spürte erneut den Krampf sein Bein durchzucken und konnte nur noch unter Schmerzen voranschlurfen. Als Travis zu ihm zurückkam, versuchte Bridgman, ihn mit einer Geste zum Weiterlaufen anzuhalten, doch Travis packte ihn von hinten am Ellbogen und schob ihn wie ein Krankenwärter, der einem Patienten den Arm einkugelt, vor sich her.

Umwirbelt von Staubwolken, gelang es ihnen, durch die kaum noch auszumachenden Straßen in die Wüste zu entkommen; die Rufe der Küstenwächter verloren sich im Brüllen und Lärmen des bellenden Motors. Um sie herum, wie die eigenartig metallische Flora irgendeines außerirdischen Gartens, ragten die alten Neonzeichen aus dem Marssand – »Satelliten-Motel«, »Planeten-Bar«, »Motel Merkur«. Sie benutzten sie als Deckung und erreichten die von Gestrüpp überwucherten Dünen am Rande der Stadt, und von dort aus benutzten sie einen der Pfade, die zwischen den Sanddächern wegführten. Dort, in den tiefen Höhlen unter festem Sand, die sich wie auf den Kopf gestellte Paläste ausnahmen, warteten sie ab, bis der Sandsturm abflauen würde. Kurz vor Sonnenaufgang gaben die Wächter die Suche auf; es war ihnen nicht möglich, mit dem schweren Auto auf die unterspülte Sandfläche zu fahren.

Ungeachtet der Wächter suchte Travis Treibholz zusammen, das sich in den Rinnen angesammelt hatte, und entzündete mit dem Feuerzeug ein Feuer. Bridgman hockte sich daneben und wärmte seine Hände daran.

»Heute haben sie zum erstenmal das Auto verlassen«, meinte er zu Travis. »Damit dürfte wohl klar sein, daß sie den Befehl haben, uns einzufangen.«

Travis zuckte mit den Schultern. »Mag sein. Sie ziehen den Zaun ja jetzt auch am Wasser entlang. Wahrscheinlich haben sie vor, uns hier für alle Ewigkeit einzuzäunen.«

»Was?« Bridgman stand mit einem Gefühl plötzlicher Unruhe auf. »Warum sollten sie das tun? Sind Sie sicher? Ich meine, was hätte das denn für einen Sinn?«

Travis sah zu ihm auf, einen Anflug von unverhohlener Heiterkeit auf dem staubweißen Gesicht. Rauchfetzen umkräuselten seinen Kopf, kringelten sich an den gewundenen Säulen der Grotte empor, dem gezackten Himmelsausschnitt dreißig Meter über ihnen entgegen. »Bridgman, entschuldigen Sie, wenn ich das sage, aber wenn Sie hier weg wollen, dann sollten Sie das jetzt tun. In einem Monat werden Sie dazu nicht mehr in der Lage sein.«

Bridgman überging diese Bemerkung und blickte forschend zu dem Spalt dunklen Himmels auf, der das Sternbild des Skorpion einrahmte, als hoffte er, eine Spiegelung des fernen Meeres zu sehen. »Die müssen verrückt sein. Wieviel von diesem Zaun haben Sie denn gesehen?«

»Ungefähr achthundert Meter. Es dauert nicht mehr lange, dann sind sie fertig. Die einzelnen Teilstücke sind vorfabriziert, etwa zwölf Meter hoch.« Er lächelte ironisch über Bridgmans Unbehagen. »Beruhigen Sie sich, Bridgman. Wenn Sie raus wollen, können Sie sich jederzeit ein Loch buddeln und unter dem Zaun durchkriechen.«

»Ich will nicht raus«, erwiderte Bridgman kühl. »Zum Teufel mit ihnen, Travis, die machen die Gegend zu einem Zoo. Wenn erst ringsherum ein Zaun steht, wissen Sie, dann ist das hier auch nicht mehr dasselbe.«

»Ein Fleckchen Erde, das für immer Mars ist.« Unter der hohen Stirn blickten Travis' Augen scharf und aufmerksam hervor. »Ich kann Sie verstehen. Bis jetzt hat es noch keinen folgenschweren Unfall gegeben« – er sah zu Louise Woodward hinüber, die zwischen den Säulen hin und her schlenderte – »seit fast zwanzig Jahren. Und Passagierraketen sollen so sicher wie Vorortzüge sein. Sie sperren die Vergangenheit in aller Ruhe aus, Louise, mich und Sie mit. Ich finde es ziemlich rücksichtsvoll von ihnen, daß sie den Ort nicht einfach mit Flammenwerfern ausräuchern. Das Virus wäre immerhin eine hinreichende Entschuldigung dafür. Schließlich sind wir drei vermutlich die einzigen Träger, die es auf dem ganzen Planeten noch gibt.« Er nahm eine Handvoll roten Staub auf und betrachtete die feinen Kristalle mit melancholischem Blick. »Nun, Bridgman, was werden Sie tun?«

Wie flackernde Signalfeuer zuckten die Gedanken durch seinen Kopf, und Bridgman ging ohne zu antworten davon.

Im Hintergrund wanderte Louise Woodward in den tiefen Gängen der Grotte herum und summte zum seufzenden Rhythmus des wirbelnden Sandes leise vor sich hin.

Am nächsten Morgen kehrten sie in die Stadt zurück, wateten durch die hohen Sandwehen, die sich wie frisch gefallener, roter Schnee zwischen den Hotels und Geschäften auftürmten und im strahlenden Sonnenlicht funkelten. Travis und Louise Woodward zogen sich in ihre Unterkünfte in den Motels weiter unten am Strand zurück. Bridgman durchforschte die ruhige, kristallklare Luft nach irgendwelchen Anzeichen der Wächter, doch das Sandauto war weggefahren, seine Spur vom Wind getilgt.

In seinem Zimmer fand er ihre Visitenkarte.

Eine riesige Staubwoge war durch die Balkontür gedrungen und hatte den Tisch und das Bett unter sich begraben, an der Rückseite des Zimmers türmte sie sich fast einen Meter hoch. Draußen war die Sandsperre überflutet, die Konturen der Wüste hatten sich völlig verändert, ein paar Obsidianspitzen bezeichneten ihr vorheriges Aussehen wie Bojen auf dem den Gezeiten unterworfenen Meer. Bridgman verbrachte den Vormittag damit, seine Bücher und Einrichtungsgegenstände auszugraben, die elektrischen Leitungen und die dazugehörigen Batterien freizulegen und alles in das eine Etage höher gelegene Zimmer zu tragen. Er wäre ja gern ganz oben ins Penthouse gezogen, doch hätte man nachts sein Licht dann meilenweit gesehen.

Er richtete sich in seiner neuen Unterkunft ein, schaltete das Tonband an und hörte eine kurze verstümmelte Botschaft von der energischen Stimme ab, die am Abend vorher den Wächtern Befehle zugerufen hatte. »Bridgman, hier spricht Major Webster, der Stellvertretende Kommandant des Cocoa-Beach-Reservats. Nach den Bestimmungen des Seuchen-Unterausschusses der UNO-Vollversammlung richten wir jetzt einen durchgehenden Zaun um das Küstengebiet herum auf. Wenn er fertig ist, wird niemand mehr herausgelassen, und jeder, der zu fliehen versucht, wird umgehend wieder ins Reservat verbracht. Geben Sie auf, Bridgman, ehe –«

Bridgman stoppte das Band, ließ die Spule zurücklaufen und löschte die Botschaft, wobei er das Gerät ärgerlich ansah. Er war unfähig, sich an die Aufgabe zu machen, die Leitungen im Zimmer zu verlegen, lief auf und ab und fummelte an den architektonischen Zeichnungen herum, die an die Wand gelehnt dastanden. Er fühlte sich unruhig und übermäßig erregt, vielleicht weil er – wenngleich nicht sehr erfolgreich – versucht hatte, genau jene Zweifel zu verdrängen, an die Webster ihn nun erinnert hatte.

Er trat auf den Balkon hinaus und blickte über die Wüste, über die roten Wellen, die bis zum Fenster direkt unter ihm wogten. Zum viertenmal war er ein Stockwerk höher gezogen, und die Abfolge genau gleicher Zimmer, die er bewohnt hatte, glich verdrängten Bildern von sich, gesehen durch ein Prisma. Ihr gemeinsamer Brennpunkt, diese schwer faßbare, endgültige Definition seiner selbst, nach der er so lange gesucht hatte, mußte erst noch gefunden werden. Zeitlos schwemmte der Sand auf ihn zu, bildete mit seinen sich ständig verändernden Konturen eine Landschaft, in der man eher als in jeder anderen, die er erlebt hatte, den physischen Nullpunkt erreichen konnte, die seine früheren Mißerfolge und Unsicherheiten umhüllte und unter ihrem rätselhaften Schutzdach verbarg.

Bridgman sah zu, wie der rote Sand im Licht der höhersteigenden Sonne flimmerte und schillerte. Den Mars würde er nun niemals zu Gesicht bekommen und auch nicht das absolute Versagen seines Talentes wiedergutmachen, doch die Küstenzone barg in sich eine formbare Nachbildung des Planeten.

Mehrere Millionen Tonnen der Marsoberfläche waren vor mehr als fünfzig Jahren als Ballast hertransportiert worden, als man befürchtete, das ständige Abschießen von planetarischen Forschungssatelliten und Raumschiffen sowie der Transport umfangreicher Vorräte und Ausrüstungen zum Mars könne die Gravitationsmasse der Erde teilweise verändern und sie in eine engere Umlaufbahn um die Sonne treiben. Obgleich es dabei um wenig mehr als ein paar Millimeter ging und keine Gefahr bestand, daß die Temperatur der Atmosphäre sich ändern würde, hätte es im Verlaufe einer längeren Zeit doch dazu kommen können, daß sich die dünnen Schichten der äußeren Atmosphäre – ebenso wie der Strahlungsschutzschleier, der die Biosphäre erst bewohnbar macht – in den Raum verlieren.

Für mehr als zwanzig Jahre war eine Flotte großer Frachtraketen zwischen Mars und Erde hin- und hergependelt und hatte den Ballast in der Nähe der Landeanlagen auf Cape Canaveral ins Meer geschüttet. Zur gleichen Zeit hatten die Russen einen kleinen Teil des Kaspischen Meeres aufgefüllt. Der Ballast, so die Absicht, sollte von den Wassern des Atlantik und des Kaspischen Meeres verarbeitet werden, doch dann stellte sich nur zu bald heraus, daß die mikrobiologische Analyse des Sandes vom Mars unzureichend gewesen war.

An den Polkuppen des Mars, wo der ursprünglich in der Atmosphäre vorhandene Wasserdampf kondensiert war, bestand die Oberfläche aus Überresten uralter organischer Stoffe, die zu einem feinen, sandigen Löß geworden waren und die versteinerten Sporen gigantischer Flechten und Moose enthielten, den seit Jahrmillionen letzten lebenden Organismen auf dem Planeten.

Eingebettet in diese Sporen lagerten die Kristallanordnungen der Viren, ehemaliger Schmarotzer an den Pflanzen, und Spuren davon wurden mit dem Ballast eingeschleppt.

Einige Jahre später stellte man eine drastische Zunahme einer Vielzahl von Pflanzenkrankheiten in den Südstaaten der USA und den Sowjetrepubliken Kasachstan und Turkmenistan fest. In ganz Florida flammte die Trockenfäule und die Mosaikkrankheit wieder auf, Orangenplantagen verdorrten, Palmen verkümmerten und brachen auseinander wie vertrocknete Bananenschalen, Riedgras verwandelte sich in der Sommerhitze zu steifen Papierspeeren. Schon nach wenigen Jahren war die ganze Halbinsel eine einzige Wüste. Die Everglades, sumpfige Urwälder, wurden weiß und trockneten aus, die Flüsse wurden zu rissigen Schalen, übersät von schimmernden Krokodil- und Vogelskeletten, Wälder zu Stein.

Das ehemalige Abschußgelände bei Canaveral wurde geschlossen, kurze Zeit später das Erholungsgebiet von Cocoa Beach abgesperrt und evakuiert, Grundstücke im Wert von Milliarden fielen dem Virus zum Opfer. Glücklicherweise stellte es für menschliche und tierische Träger keine Gefahr dar, sein Einfluß blieb auf den Löß beschränkt, aus dem es hervorgekommen war, es sei denn, es wurde vom menschlichen oder tierischen Organismus aufgenommen und verband sich mit den Bakterien der Darmflora, was für den Träger zwar gutartig verlief und ihm sogar gänzlich unbekannt blieb, für die Vegetation Tausende von Kilometern von Canaveral entfernt jedoch verheerende Folgen haben konnte, falls es wieder in die Erde zurückgelangte.

Trotz der schlaflos verbrachten Nacht konnte Bridgman nicht zur Ruhe kommen und spielte gereizt mit dem Tonbandgerät. Fast hatte er gehofft, gefangen zu werden, als sie den Wächtern nur mit knapper Not entkommen waren. Der mysteriöse Beinkrampf war eindeutig psychogener Natur gewesen. Auch wenn er die Logik von Websters Argumentation nicht akzeptieren wollte, hätte er sich doch willig in das *fait accompli* der Gefangennahme ergeben, hätte sich dankbar der einjährigen Quarantäne im Parasitologischen Institut in Tampa unterzogen und anschließend wieder seiner Karriere als Architekt gewidmet, beschämt zwar über sein Versagen, doch bereit, es zu tragen.

Aber bis jetzt hatte sich noch keine Gelegenheit zum Nachgeben geboten. Travis hatte seine ambivalente Haltung offenbar durchschaut, denn Bridgman war aufgefallen, daß er und Louise Woodward keine Anstalten gemacht hatten, sich mit ihm für den Abend zu verabreden, um gemeinsam die fällig Konjunktion zu beobachten.

Am frühen Nachmittag ging er auf die Straße, bahnte sich mühsam einen Weg durch die roten Sandwehen und folgte den Spuren von Travis und Louise, die sich durch Seitenstraßen wanden und schließlich zwischen den rauheren, kieselartigen Dünen nahe den verschütteten Motels im Süden der Stadt verschwanden. Hier gab er die Verfolgung auf und kehrte durch die leeren, schattenlosen Straßen zum Hotel zurück, von Zeit zu Zeit etwas in die Luft rufend und dem sich zwischen den Dünen aufschwingenden Echo lauschend.

Später dann wanderte er planlos nach Nordosten; sorgfältig wählte er seinen Weg durch die Senken und Mulden und verkroch sich in den Schattentümpeln, wann immer der Wind den fernen Lärm des Bautrupps an der Umzäunung zu ihm trug. Rings um ihn her, in den großen Staubbecken, funkelten die roten Sandkörner wie Diamanten. Verrostete Metallsplitter ragten hier und da aus den Abhängen hervor, Überreste von Marssatelliten und Abschußeinrichtungen, die in die Marswüste gefallen und dann zur Erde zurücktransportiert worden waren. Ein Trümmerstück, an dem er vorüberkam, das erhaltene Stück einer Außenhautplatte, geformt wie ein konkaver Schild, trug noch einige Ziffern einer Identifizierungsnummer und stand wie eine Tür ins Nichts aufrecht im Sand.

Kurz vor Einbruch der Dunkelheit gelangte er an einen hohen Obsidianbrocken, der wie der Turm einer zerstörten Kirche in den kirschrot gefärbten Himmel ragte, stieg, sich an den vorspringenden Simsen festhaltend, hinauf und blickte über zwei oder drei Meilen Dünen hinweg zur Umzäunung hinüber. Die Metallgitter, vom letzten Licht des Tages angestrahlt, umgab ein rosa Glanz und ließ sie wie märchenhafte Fallgitter am Rande einer verzauberten See aussehen. Vom Zaun war schon mindestens ein halber Kilometer fertig, und gerade wurde ein weiteres der gewaltigen vorfabrizierten Teilstücke in die Luft gehoben und in die Erde gerammt. Der östliche Horizont war von dem anmaßenden Zaun bereits abgeschnitten, was Marssand und Kies zu Spreu auf dem Boden eines Käfigs degradierte.

Auf dem Stein hockend, spürte Bridgman, wie sich durch ein warnendes Zucken in der rechten Wade erneut ein Krampf ankündigte. Er sprang in den aufwirbelnden Staub und machte sich, ohne sich noch einmal umzusehen, zwischen den Dünen und Sandplatten davon.

Später, als die letzten verschnörkelten Spiralen der untergehenden Sonne hinter dem Horizont verschwunden waren, wartete er auf dem Dach seines Hotels auf Travis und Louise Woodward und starrte voller Ungeduld in die leeren, mondgefüllten Straßen.

Kurz nach Mitternacht nahm in einer Höhe von 35 Grad im Südwesten, zwischen Aquila und Ophiuchus, die Konjunktion ihren Anfang. Bridgman suchte weiterhin die Straßen ab und ignorierte die sieben dahinsausenden Lichtpunkte, die vom Horizont her wie eine Invasion aus dem tiefen Weltraum auf ihn zugerast kamen. Nichts deutete darauf hin, daß ihre Bahnen im Raum sich überschneiden und sie schon bald wieder Tausende von Meilen auseinanderreißen würden; vielmehr hatte es den Anschein, als würden sich die Satelliten immer in dieser Formation voranbewegen, die Bridgman seit seiner Kindheit kannte, einem untergegangenen Sternbild gleich, das sich aus der himmlischen Sphäre gelöst hatte und nun verzweifelt und bis in alle Ewigkeit an seinen Platz zurückzukehren versuchte.

»Travis! Zum Teufel mit dir!« Mit wütendem Knurren wandte Bridgman sich ab und trat ans Geländer hinter dem Fahrstuhlhäuschen. Daß er von Travis und Louise Woodward wie ein Paria gemieden wurde, zwang ihn zu der Einsicht, kein wahrer Küstenbewohner mehr zu sein und von nun an zwischen ihnen und den Wächtern im Niemandsland zu leben.

Die sieben Satelliten kamen näher, und Bridgman sah flüchtig zu ihnen auf. Sie waren in einer deutlich zu erkennenden, doch ungewöhnlichen Formation angeordnet; sie erinnerte an den griechischen Buchstaben Chi, an ein hinkendes Kreuz, dessen einer Querbalken aus vier Kapseln eine mehr oder weniger gerade Linie bildete – das waren Connolly, Tkatschew, Merril und Majakowsky – und diese wurde durchschnitten von drei anderen – Pokrowsky, Woodward und Brodisnek, die zusammen mit Tkatschew ein in die Länge gezogenes Z ergaben. Die Formation war verschiedentlich als Hammer und Sichel, als Adler, Hakenkreuz und Taube und als eine Vielzahl von religiösen und runenartigen Symbolen gedeutet worden, Deutungen allesamt, die aufgrund der zunehmenden Neigung der älteren Kapseln zum Verglühen nach und nach hinfällig wurden.

Überhaupt waren sie nur wegen der langsam fortschreitenden Zersetzung ihrer Aluminiumaußenhaut sichtbar – häufig war schon darauf verwiesen worden, daß der Betrachter auf der Erde nicht eigentlich die Kapseln sah, sondern einen Schweif aus verglühendem Aluminium und ionisiertem Hydrogensuperoxydgas aus den zerborstenen Einstellungsdüsen, der inzwischen bis zu einer Länge von einem halben Kilometer hinter jeder der Kapseln herzog. Woodwards Kapsel, als letzte in den Weltraum geschossen, war lediglich ein schwacher Lichtpunkt, kaum zu erkennen. Nach und nach lösten sich die Raumschiffwracks mit ihrer vollkommen erhaltenen menschlichen Fracht auf, und hinter Merril und Pokrowsky (1998 und 1999) öffnete sich als Scheinwolke ein weiter Fächer aus Silberdunst, was den Anschein erweckte, als handele es sich um einen Doppelstern, der sich im Zentrum eines Sternbildes in eine Nova verwandelt. Mit abnehmender Masse sanken die Kapseln in Umlaufbahnen, die der Erde immer näher kamen, und es war abzusehen, daß sie bald in die dünneren Schichten der Atmosphäre eintreten und abstürzen würden.

Bridgman sah die Satelliten auf sich zukommen. Sein Zorn auf Travis war verraucht. Wie immer war er von dem grausigen, doch auf merkwürdige Weise heiteren Schauspiel bewegt, das der geisterhafte Konvoi auf seiner endlosen Kreisbahn über das dunkle Meer des mitternächtlichen Himmels bot, wie die seit langer Zeit toten Astronauten zum zehntausendsten Mal zu ihrem kurzen Rendezvous zusammentrafen und sich anschließend wieder auf ihre einsamen Flugwege um den Außenrand der Ionosphäre begaben, den Gezeitenrand der Küstenstraße in den Weltraum, welcher sie erneut zurückverlangte.

Er hatte nie so recht verstanden, wie Louise Woodward es ertragen konnte zuzusehen, wie ihr Mann dort oben vorbeisauste. Kurz nach ihrer Ankunft hatte er sie einmal ins Hotel eingeladen und dabei bemerkt, man hätte von dort aus einen großartigen Blick auf die wunderschönen Sonnenuntergänge, und spitz und voller Bitterkeit hatte sie ihm erwidert: »Wunderschön? Können Sie sich vorstellen, wie mir zumute ist, wenn ich einen Sonnenuntergang betrachte und gleichzeitig meinen Mann in seinem Sarg vorbeirasen sehe?«

Seit die ersten Astronauten zu Tode gekommen waren, nachdem sie es nicht geschafft hatten, auf den Landerampen in der Umlaufbahn niederzugehen, war das fast zu einem geflügelten Wort geworden. Als diese neuen Sterne im Westen aufgingen, wurde der Versuch gemacht, sie abzuschießen, zumal die Aussicht, im Verlaufe der nächsten tausend Jahre könnte der Himmel durch Abfälle in der Umlaufbahn verunreinigt werden, als beunruhigend empfunden wurde, doch dann beließ man sie schließlich auf diesem natürlichen Friedhof, auf dem sie sozusagen ihr eigenes Denkmal abgaben.

Wegen der Staubwolken, die der Sandsturm in die Luft hob, funkelten die Satelliten kaum heller als Sterne zweiter Größe; das Licht, das von ihnen ausging, flackerte, denn Streifen hoher Cirruswolken zerhackten es. Die diffuse Lichtwoge im Kielwasser von Merril und Pokrowsky, hinter der die anderen Kapseln meistens verschwanden, schien kleiner geworden zu sein, zum erstenmal seit mehreren Monaten waren die Kapseln von Majakowsky und Brodisnek wieder deutlich zu sehen. Bridgman fragte sich, wer wohl als erster aus der Umlaufbahn fallen würde, Merril oder Pokrowsky, und sah aufmerksam zum Zentrum des Kreuzes auf, als die Formation über ihn hinwegflog.

Er pfiff durch die Zähne und warf den Kopf in den Nacken. Überrascht stellte er fest, daß einer der vertrauten Lichtpunkte im Zentrum der Gruppe fehlte. Er hatte angenommen, die einander überlappenden Leuchtschweife wären durch Staubwolken verdeckt, doch nun bemerkte er auf einmal, daß eine der Kapseln – und zwar die von Merril, die dritte in der vordersten Reihe – aus ihrer Umlaufbahn gefallen war.

Gebannt verfolgte er den Konvoi mit dem Blick, wie er sich auf den östlichen Horizont zubewegte, schritt langsam seitwärts übers Dach, ertastete sich den Weg zwischen den rostenden Neonzeichen hindurch. Da sie nicht länger durch die Leuchtspur von Merrils Kapsel verdeckt war, strahlte die von Woodward sehr viel intensiver, sie schien geradezu die Stelle der ersteren eingenommen zu haben, obwohl nicht anzunehmen war, daß sie vor Ablauf der nächsten hundert Jahre aus ihrer Umlaufbahn fallen würde.

Irgendwo in der Ferne heulte ein Motor auf. Einen Augenblick später drang aus einer anderen Richtung der schwache Schrei einer Frau zu ihm. Bridgman trat ans Geländer; weit hinten, auf dem Fahrstuhlhäuschen eines Wohnblocks, hoben sich zwei Gestalten gegen den Himmel ab; wieder schrie Louise Woodward auf. Sie hatte beide Arme dem Himmel entgegengestreckt, das Haar war ihr ins Gesicht geweht; es war nicht zu verkennen, daß Travis darum bemüht war, sie zu beruhigen. Blitzartig war Bridgman klargeworden, daß sie Merrils Absturz für den ihres Mannes hielt. Er kletterte auf die Brüstung und beobachtete gebannt die rührende Szene auf dem anderen Dach.

Und wieder heulte irgendwo zwischen den Dünen ein Motor auf. Ehe Bridgman sich abwandte, zerteilte im Südwesten ein blendender Lichtstrahl den Himmel. Wie ein stürzender Komet, hinter sich, ausgestreckt bis an den Horizont, einen glühenden Schweif, kam er auf einer deutlich abwärts gerichteten Flugbahn auf den Ort zu. Der Konvoi der anderen Kapseln verschwand eben zwischen den Sternen am östlichen Horizont, da war der geschweifte Lichtpunkt nur noch wenige Kilometer von der Erdoberfläche entfernt.

Bridgman konnte den Blick nicht abwenden; offenbar stürzte der Satellit direkt auf das Hotel zu. Sein Schweif wurde immer breiter und erhellte wie eine gigantische Signalfackel die Dächer, selbst die Buchstaben der Neonzeichen auf den Motels in den Randbezirken der Stadt waren gestochen deutlich zu erkennen. Bridgman eilte die Treppe nach unten, durch die Treppenfenster sah er den Schein der abstürzenden Kapsel die schattigen Straßen wie hundert Monde ausfüllen. Von seinem Zimmer aus nahmen sich die Sandberge vor dem Hotel wie ein ausgeleuchtetes Bühnenbild aus. In dreihundert Meter Entfernung wurde der flache, getarnte Rumpf des Strandautos sichtbar; es schwebte auf einer Anhöhe, das bläßliche Licht seiner Scheinwerfer wirkte durch den strahlenden Glanz, den die Kapsel verbreitete, zusätzlich gedämpft.

Mit einem dumpfen, metallischen Seufzer huschte der brennende Sarg des toten Astronauten über das Hotel hinweg, aus seinem Rumpf quoll eine Kaskade verglühenden Metalls und erfüllte den Himmel mit grellem Licht. Über die Wüste hin zog sich eine lange, mehrere hundert Meter breite Lichtspur auf das Meer zu, es sah aus, als würden die Scheinwerfer eines Flugzeugs eine Landepiste ausleuchten. Dann, Bridgman hatte eine Hand über die Augen gelegt, um nicht geblendet zu werden, wurde der Sand von einer ungeheuren Explosion erschüttert. Ein gewaltiger Vorhang aus weißem Staub hob sich in die Luft und sank langsam auf die Erde zurück. Der Explosionsknall rollte auf das Hotel zu, wie ein anhaltendes Crescendo trommelte er gegen die Fenster. Ungezählte kleinere Explosionen zuckten wie schillernde Fontänen in die Höhe, und überall dort in der Wüste, wo Bruchstücke der Kapsel niedergegangen waren, flackerten Brände auf. Dann legte der Lärm sich; über der Absturzstelle hing eine schillernde Wolke aus phosphoreszierendem Gas wie ein Silberschleier, in dem Funken perlten und flimmerten.

Zweihundert Meter davon entfernt rannte Louise Woodward durch den Sand, zwanzig Schritte hinter ihr Travis. Bridgman sah sie hinter Dünen verschwinden und wieder zum Vorschein kommen, und plötzlich traf der kalte Lichtstrahl des Scheinwerfers am Küstenauto sein Gesicht und erleuchtete den Raum hinter ihm taghell. Das Auto kam direkt auf ihn zu, zwei Wächter, Netz und Lasso in der Hand, standen außen auf den Trittbrettern.

In aller Eile schwang Bridgman sich über die Balkonbrüstung, sprang in den Sand und hetzte die erste Düne hinauf. Er duckte sich und rannte in der Dunkelheit weiter, während der Scheinwerfer die Leere absuchte. Die schillernde Wolke löste sich langsam auf, die glühenden Metallfunken sanken auf den dunklen Marssand herab. Die letzten Echos des Aufpralls verhallten in der Ferne zwischen den Hotels der Strandkolonien näher der Küste zu.

Fünf Minuten später hatte Bridgman Louise Woodward und Travis eingeholt. Durch die Wucht des Aufpralls waren eine ganze Reihe von Dünen flachgedrückt worden, an ihrer Stelle war ein seichtes Becken von etwa vierhundert Meter Durchmesser entstanden, dessen Böschung von glühenden Funken übersät war, die wie vergehende Augen flackerten. Vierhundert bis fünfhundert Meter hinter Bridgman brummte irgendwo das Strandauto; er war erschöpft und fiel in Schrittempo. Neben Travis blieb er stehen. Travis kniete auf der Erde und rang keuchend nach Luft. Fünfzig Meter von ihnen entfernt rannte Louise Woodward auf und ab und starrte wie von Sinnen auf die glühenden Metallstücke. Einen Moment lang strahlte der Scheinwerfer des nahenden Strandautos sie an, dann rannte sie zwischen den Dünen davon. Bridgman hatte gerade noch den untröstlichen Schmerz wahrgenommen, der sich auf ihrem Gesicht abzeichnete.

Travis kniete immer noch auf der Erde. Er hatte ein Stück oxydiertes Metall aufgehoben und preßte es mit beiden Händen zusammen.

»Um Himmels willen, Travis, so sagen Sie es ihr doch! Dies hier war Merrils Kapsel, daran besteht doch gar kein Zweifel! Woodward ist noch da oben!«

Travis blickte schweigend zu ihm auf, forschend ließ er den Blick über Bridgmans Gesicht wandern. Schmerz zuckte um seinen Mund und verzerrte ihn, und da bemerkte Bridgman, daß der Metallsplitter, den er so ehrfürchtig mit beiden Händen umklammert hielt, vor Hitze noch glühte.

»Travis!« Bridgman versuchte, ihm die Hände auseinanderzureißen, und ein beißender Gestank nach verbranntem Fleisch stieg ihm in die Nase, doch Travis drehte sich unwirsch von ihm weg. »Lassen Sie sie, Bridgman! Gehen Sie mit den Wächtern weg.«

Bridgman zog sich vor dem nahenden Strandauto zurück. Es war nur noch dreißig Meter entfernt, das Licht seiner Scheinwerfer erhellte das Becken. Louise Woodward suchte immer noch auf den Dünen herum. Travis rührte sich nicht vom Fleck, als die Wächter vom Trittbrett sprangen und mit ihren Fangnetzen auf ihn zugingen; die blutigen Hände hatte er in die Hüften gestemmt, und der Metallsplitter blitzte wie ein Dolch auf. Die Wächter wurden angeführt von einem schmucken, hübsch gebauten Mann mit gespanntem, ernstem Gesicht, der als einziger keine Schutzmaske trug. Das war wohl, so vermutete Bridgman, Major Webster, er nahm an, die Küstenwacht hatte von dem bevorstehenden Absturz gewußt und gehofft, sie, besonders aber Louise Woodward, noch vorher einfangen zu können.

Bridgman stolperte zu der Böschung des Beckens zurück. Kurz bevor er den obersten Rand der Böschung erreicht hatte, verfing er sich mit einem Fuß in einer halbkreisförmigen Metallplatte und setzte sich hin, um sich zu befreien. Es war deutlich zu erkennen, daß es sich bei der Platte um ein Stück von einem Armaturenbrett handelte, die kreisrunden Löcher für die Instrumente waren noch gut erhalten.

Die schillernde Dampfwolke hatte sich nach Nordosten verzogen, das Licht, das sie ausstrahlte, erleuchtete jetzt die rostenden Gerüste der ehemaligen Abschußbasis von Cape Canaveral. Ein paar flüchtige Sekunden lang schienen die Aufbauten von Silberglanz umhüllt zu sein, verklärt vom verglühten Körper des Astronauten, als würde er ihnen ein letztes Lebewohl zuwinken, ehe er sich über ihnen zerstreute, heimgekehrt endlich zu der Anlage, von der aus er vor nunmehr hundert Jahren in den Tod aufgebrochen war. Dann versanken die Aufbauten wieder in ihren schroffen Schatten, und die Wolke zog wie eine riesige Geistererscheinung weiter, dem Meer zu, vom Funkeln der Sterne kaum noch zu unterscheiden.

Inzwischen hatten die Wächter Travis eingekreist. Er hopste wie eine wild gewordene Krabbe auf allen vieren herum und bewarf seine Häscher mit virusverseuchtem Sand. Diese, sich hinter ihren Masken verkriechend, gingen unschlüssig um ihn herum, Netze und Lassos einsatzbereit in der Hand. Eine zweite Gruppe war auf dem Weg zu Bridgman.

Er hob eine Handvoll dunklen Marssand auf und fühlte, wie die glühenden Kristalle seine Handfläche wärmten. Im Geiste sah er noch die in Silberglanz gehüllten Aufbauten der Abschußrampe auf der anderen Seite der Bucht vor sich, die sich durch eine eigenartige Illusion wie die Marsstadt ausnahmen, die er vor vielen Jahren entworfen hatte. Er sah die Wolke über dem Meer verschwinden, dann blickte er um sich und betrachtete die Trümmer von Merrils Kapsel, die auf der Böschung verstreut lagen. Hoch in der westlichen Nacht, zwischen Pegasus und Cygnus, schimmerte die ferne Scheibe des Planeten Mars, der für ihn wie für den toten Astronauten so lange Zeit hindurch als Symbol für unerreichbare Wünsche gedient hatte. Weich fuhr der Wind über den Sand, kühlte diese Nachbildung des Planeten ab, die rings um ihn herum passiv dalag, und endlich begriff er, warum er an die Küste gekommen und nicht imstande gewesen war, sie zu verlassen.

In zwanzig Meter Entfernung von ihm wurde Travis wie ein tollwütiger Hund weggeschleppt, sein Körper zuckte in einem Knäuel aus Netzen und Lassos. Louise Woodward lief durch die Dünen aufs Meer zu, der entschwindenden Wolke nach.

In einem plötzlichen Ausbruch von wiedergefundenem Selbstvertrauen stieß Bridgman eine Faust in den dunklen Sand, grub den Unterarm wie einen Grundpfeiler darin ein. Ein heißes Metallstückchen versengte sein Handgelenk, band ihn an den Geist des toten Astronauten. Verstreut im Marssand, hatte Merril den Planeten schließlich doch noch erreicht.

»Verdammt noch mal!« rief Bridgman sich triumphierend zu, als die Lassos der Wächter sich schmerzhaft um seinen Hals und die Schultern legten. »Wir haben es geschafft!«

Die Wachttürme

Am nächsten Tag nahm plötzlich aus irgendeinem Grunde die Aktivität in den Wachttürmen zu. Es begann in der zweiten Hälfte des Vormittags und schien gegen Mittag, als Renthall das Hotel verließ, um Mrs. Osmond einen Besuch abzustatten, seinen Höhepunkt erreicht zu haben. Zu beiden Seiten der Straße standen Leute an den Fenstern und Balkontüren, flüsterten hinter Gardinen aufgeregt miteinander und deuteten zum Himmel hinauf.

Renthall versuchte gewöhnlich, die Wachttürme zu ignorieren; er weigerte sich, auch nur die kleinste Konzession an die Tatsache ihres Vorhandenseins zu machen, doch am Ende der Straße, im Schatten eines der Häuser, blieb er stehen und legte den Kopf in den Nacken, um den nächsten Turm in Augenschein zu nehmen.

Dreißig Meter von ihm entfernt hing er über der Öffentlichen Bibliothek, sein spitzes Endstück schwebte nicht mehr als sechs Meter über dem Dach. Die verglaste Kabine in der untersten Etage war offenbar voll von Beobachtern, die die Fenster auf- und zumachten und – jedenfalls hielt Renthall sie dafür – riesige optische Geräte hin- und herschoben. Er sah sich nach den anderen Türmen um, die im Abstand von ungefähr hundert Metern überall vom Himmel herabhingen, und bemerkte, wie gelegentlich ein Lichtstrahl aufzuckte, wenn ein Fenster bewegt wurde und das Sonnenlicht reflektierte.

Ein ältlicher Mann in einem schäbigen schwarzen Anzug, anstelle der Krawatte eine Fliege, der gewöhnlich vor der Bibliothek herumlungerte, kam über die Straße auf Renthall zu und stellte sich neben ihn in den Schatten.

»Die haben mit Sicherheit was vor.« Er legte die Hände über die Augen und spähte besorgt zu den Wachttürmen hinauf. »Wie lange ich auch zurückdenke, so habe ich sie noch nie erlebt.«

Aufmerksam blickte Renthall ihm ins Gesicht. Wie sehr er auch aufgeschreckt sein mochte, es war nicht zu verkennen, daß er über die Anzeichen von Geschäftigkeit erleichtert war. »Ich würde mir da an Ihrer Stelle keine übertriebenen Sorgen machen«, riet Renthall ihm. »Es ist mal etwas anderes, wenn man sieht, daß überhaupt was passiert.«

Noch ehe der andere etwas erwidern konnte, machte er auf dem Absatz kehrt und ging auf dem Gehweg davon. Er brauchte zehn

Minuten, bis er in der Straße ankam, in der Mrs. Osmond wohnte, und er hielt die Augen gesenkt und beachtete die wenigen Passanten nicht. Wenngleich von den Wachttürmen beherrscht – vier hingen in einer Reihe genau über der Straßenmitte herunter –, machte diese Straße beinahe einen ausgestorbenen Eindruck. Die Hälfte der Häuser war unbewohnt und verfiel, so daß man sie in absehbarer Zeit nicht mehr würde reparieren können. Gewöhnlich taxierte Renthall jedes Anwesen eingehend und rang mit dem Entschluß, aus dem Hotel auszuziehen und sich in eines dieser Häuser einzumieten, doch die Bewegung in den Wachttürmen hatte ihn besorgter gestimmt, als zuzugeben er bereit war, und so ließ er heute die Häuserreihe unbeachtet. Das Haus von Mrs. Osmond lag etwa auf halber Höhe der Straße, die Gartentür schwang locker in den rostigen Angeln. Renthall zögerte unter dem flachen Baum am Rande des Gehsteigs, durchquerte dann den schmalen Vorgarten und trat schnell ins Haus.

Mrs. Osmond verbrachte ihre Nachmittage grundsätzlich auf der Veranda, wo sie in der Sonne saß und das Unkraut im Garten hinter dem Haus betrachtete. Heute jedoch hatte sie sich in eine Ecke des Wohnzimmers zurückgezogen. Sie ordnete einen Koffer mit alten Papieren, als Renthall eintrat.

Er machte keine Anstalten, sie zu umarmen, sondern trat ans Fenster. Mrs. Osmond hatte die Vorhänge halb zugezogen, und er zog sie auf. In fünfundzwanzig Meter Entfernung war ein Wachtturm, beinahe direkt gegenüber. Er hing über den Häusern auf der anderen Straßenseite. Die Reihe der Türme zog sich schräg von links nach rechts auf den Horizont zu. Teilweise war sie von dem leuchtenden Dunstschleier verdeckt.

»Hältst du es für richtig, daß du heute gekommen bist?« fragte Mrs. Osmond und rückte ihre plumpen Hüften nervös im Sessel hin und her.

»Warum denn nicht?« erwiderte Renthall und tastete, die Hände locker in den Taschen, die Türme mit den Blicken ab.

»Na, wenn sie uns jetzt näher im Auge behalten, werden sie merken, daß du hergekommen bist.«

»Ich würde an deiner Stelle nicht alle Gerüchte glauben, die man so hört«, riet Renthall ihr gelassen.

»Was hat es denn deiner Meinung nach zu bedeuten?«

»Ich habe nicht die leiseste Ahnung. Ihre Bewegungen sind vielleicht genauso willkürlich und ohne Bedeutung wie unsere.« Renthall zuckte mit den Schultern. »Vielleicht nehmen sie uns näher unter die Lupe. Was tut's schon, wenn sie nichts weiter machen als gaffen?«

»Dann darfst du nicht mehr herkommen!« begehrte Mrs. Osmond auf.

»Warum denn nicht? Ich glaube kaum, daß sie durch Mauern gucken können.«

»Die sind nicht so blöde«, sagte Mrs. Osmond ärgerlich. »Bald rechnen sie sich zwei und zwei zusammen, wenn sie es nicht schon längst getan haben.«

Renthall wandte den Blick vom Turm ab und sah geduldig auf Mrs. Osmond hinunter. »Meine Liebe, dieses Haus ist nicht angezapft. Die können doch gar nicht wissen, ob wir vielleicht gemeinsam unsere Gebetsteppiche stopfen oder das endokrine System des Bandwurms diskutieren.«

»Nicht bei dir, Charles«, erwiderte Mrs. Osmond und lachte kurz auf. »Nicht, wenn sie dich kennen.« Über diesen geistreichen Einwurf offensichtlich erfreut, lehnte sie sich bequem zurück und nahm aus einer Schachtel auf dem Tisch eine Zigarette.

»Vielleicht kennen sie mich nicht«, sagte Renthall trocken. »Ich bin sogar ziemlich sicher, daß sie mich nicht kennen. Denn wenn das der Fall wäre, wäre ich, wie ich mir vorstellen könnte, nicht mehr hier.«

Er merkte, wie er nachgab, ein verläßliches Zeichen, daß er besorgt war, und ging zum Sofa.

»Fängt die Schule morgen an?« erkundigte sich Mrs. Osmond, nachdem er seine langen, dünnen Beine unter dem Tisch verstaut hatte.

»Sie müßte eigentlich«, meinte Renthall. »Hanson war am Vormittag im Rathaus, doch wie üblich hatten die keine Ahnung, was los ist.«

Er knöpfte seine Jacke auf und zog aus der Innentasche eine alte, doch säuberlich zusammengelegte Frauenzeitschrift hervor.

»Charles!« rief Mrs. Osmond aus. »Woher hast du die?«

Sie nahm Renthall die Illustrierte aus der Hand und fing an, durch die schmutzigen Seiten zu blättern.

»Eine meiner Quellen«, meinte Renthall. Vom Sofa aus konnte er immer noch den Wachtturm über den gegenüberliegenden Häusern sehen. »Georgina Simons. Sie hat sie alle gesammelt.«

Er stand auf, trat ans Fenster und zog die Vorhänge zu.

»Charles, bitte. Ich kann ja gar nichts sehen.«

»Lies später«, verlangte Renthall. Er setzte sich wieder aufs Sofa. »Kommst du heute nachmittag zum Konzert?«

»Ist das denn nicht abgesagt worden?« fragte Mrs. Osmond und legte die Illustrierte widerstrebend aus der Hand.

»Nein, natürlich nicht.«

»Charles, ich glaube, ich habe keine Lust.« Mrs. Osmond runzelte die Stirn. »Welche Platten will Hanson denn spielen?«

»Irgendwas von Tschaikowsky. Und Grieg.« Er bemühte sich, es interessant klingen zu lassen. »Du mußt kommen. Wir können nicht einfach nur so herumsitzen und in diesen Zustand von Langeweile und Nutzlosigkeit absacken.«

»Ich weiß«, sagte Mrs. Osmond mürrisch. »Aber ich habe keine Lust. Nicht heute. Diese ganzen Schallplatten langweilen mich. Ich habe sie schon so oft gehört.«

»Mich langweilen sie auch. Aber zumindest hat man was zu tun.« Er legte einen Arm um Mrs. Osmonds Schultern und fing an, mit den dunkleren, ungebleichten Haaren hinter ihren Ohren zu spielen, schnippte gegen die großen Nickelohrringe, die sie trug, und lauschte, wie sie klirrten.

Als er ihr eine Hand aufs Knie legte, stand sie auf, lief ziellos im Zimmer herum und strich ihren Rock glatt.

»Julia, was ist denn los mit dir?« fragte Renthall gereizt. »Hast du Kopfschmerzen?«

Mrs. Osmond stand am Fenster und blickte zu den Wachttürmen auf. »Meinst du, daß sie herunterkommen werden?«

»Natürlich nicht!« brauste Renthall auf. »Wie kommst du denn bloß auf die Idee?«

Plötzlich fühlte er sich unerträglich verbittert. Die Enge des staubigen Wohnzimmers schien jegliche Vernunft zu ersticken. Er stand auf und knöpfte die Jacke zu. »Ich treffe dich heute nachmittag im Institut, Julia. Das Konzert fängt um drei Uhr an.«

Mrs. Osmond nickte unentschlossen, machte die Verandatür auf und schlenderte gemächlich durch die Veranda ins Blickfeld der Wachttürme. Der glasige Ausdruck auf ihrem Gesicht ließ sie wie eine demütige Nonne aussehen.

Wie Renthall erwartet hatte, fing die Schule am nächsten Tag nicht an. Als sie keine Lust mehr hatten, vor dem Hotel herumzuhängen, gingen er und Hanson zum Rathaus. Das Gebäude war fast leer, und der einzige Beamte, den sie auftreiben konnten, nicht gerade hilfreich.

»Wir haben gegenwärtig keinerlei Instruktionen«, erklärte er ihnen, »doch sobald der Unterricht beginnt, werden Sie verständigt. Soweit ich allerdings gehört habe, ist der Beginn auf unbestimmte Zeit verschoben worden.«

»Ist das eine Ausschußentscheidung?« fragte Renthall. »Oder lediglich wieder eine der brillanten Improvisationen des Herrn Syndikus?«

»Der Schulausschuß tritt nicht mehr zusammen«, sagte der Beamte. »Der Syndikus ist heute leider nicht hier.« Und ehe Renthall etwas erwidern konnte, fügte er hinzu: »Ihr Gehalt werden Sie selbstverständlich weiterhin beziehen. Vielleicht möchten Sie bei der Finanzverwaltung vorsprechen, bevor Sie gehen?«

Renthall und Hanson gingen und sahen sich nach einem Café um. Schließlich fanden sie eins, das geöffnet hatte, ließen sich unter der Markise nieder und blickten unbeteiligt zu den Wachttürmen auf, die ringsum über den Hausdächern hingen. Seit dem Vortag hatte die Aktivität in ihnen beträchtlich nachgelassen. Der nächste Turm war nur fünfzehn Meter von ihnen entfernt, hing unmittelbar über dem unbenutzten Bürogebäude auf der anderen Straßenseite. Die Fenster in der Beobachtungskabine blieben geschlossen, aber Renthall bemerkte, daß sich hinter den Scheiben alle paar Minuten ein Schatten bewegte.

Nach geraumer Zeit kam eine Kellnerin zu ihnen hinaus, und Renthall bestellte Kaffee.

»Ich glaube, ich muß ein paar Stunden geben«, bemerkte Hanson. »Diese Freizeit wird allmählich ein bißchen zuviel des Guten.«

»Das ist eine Idee«, stimmte Renthall ihm zu. »Wenn man jemanden findet, der daran interessiert ist. Es tut mir leid, daß das Konzert gestern ein derartiger Reinfall war.«

Hanson zuckte mit den Schultern. »Ich will mal sehen, ob ich nicht ein paar neue Platten auftreiben kann. Übrigens, ich fand, Julia sah sehr hübsch aus.«

Renthall nahm das Kompliment mit einem leichten Neigen des Kopfes zur Kenntnis. »Ich würde sie gern öfter ausführen.«

»Hältst du das für klug?«

»Warum denn nicht, um alles in der Welt?«

»Nun, ausgerechnet jetzt, weißt du?« Hanson wies mit dem Finger auf die Wachttürme.

»Ich sehe nicht ein, weshalb das eine besondere Rolle spielen sollte«, meinte Renthall. Er verabscheute Vertraulichkeit und wollte gerade das Thema wechseln, als Hanson sich über den Tisch vorbeugte.

»Vielleicht nicht, aber mir ist zu Ohren gekommen, daß man bei der letzten Ratssitzung über euch gesprochen hat. Ein oder zwei Teilnehmer haben sich ziemlich kritisch über eure kleine *ménage à deux* geäußert.« Er warf Renthall, der sich stirnrunzelnd über seinen Kaffee gebeugt hatte, ein schwaches Lächeln zu. »Schiere Bosheit, zweifellos, doch euer Benehmen ist ein bißchen sonderbar.«

Sich beherrschend, schob Renthall die Kaffeetasse von sich. »Würdest du mir bitte mal sagen, was die das eigentlich angeht, verdammt noch mal?«

Hanson lachte. »Natürlich nichts, wirklich. Nur daß sie eben die exekutive Gewalt sind und wir uns nach ihnen zu richten haben.« Renthall bedachte diese Worte mit einem wütenden Schnauben, und Hanson fuhr fort: »Falls es dich interessiert: in den nächsten Tagen bekommst du wahrscheinlich eine offizielle Rüge.«

»Eine *was*?« brauste Renthall auf. Er lehnte sich zurück und schüttelte ungläubig den Kopf. »Meinst du das ernst?« Als Hanson nickte, fing er rauh an zu lachen. »Diese Idioten! Ich weiß wirklich nicht, warum wir die so gelassen hinnehmen. Manchmal finde ich ihre Blödheit wahrhaft erschütternd.«

»Beruhige dich«, protestierte Hanson. »Ich kann sie verstehen. Im Hinblick auf die große Aufregung in den Wachttürmen gestern sind die Ratsherren vermutlich der Meinung, wir sollten alles vermeiden, was sie aufbringen könnte. Man weiß ja nie, vielleicht handeln sie sogar nach offiziellen Anweisungen.«

Renthall warf ihm einen verächtlichen Blick zu. »Glaubst du denn wirklich diesen Unsinn, daß der Rat mit den Wachttürmen in Verbindung steht? Das mag ja ein paar Schwachköpfen ein Gefühl der Geborgenheit geben, aber versuch doch um Himmels willen nicht, mir das einzureden. Meine Geduld ist nachgerade erschöpft.« Er beobachtete Hanson aufmerksam und fragte sich, welches der Ratsmitglieder ihm die Information wohl gegeben haben mochte. Der Mangel an Finesse deprimierte ihn in schmerzlicher Weise. »Na, jedenfalls Dank für deine Warnung. Ich nehme an, man wird sich allgemein vor Verlegenheit winden, wenn Julia und ich morgen ins Kino gehen?«

Hanson schüttelte den Kopf. »Nein. Die Vorstellung ist nämlich abgesetzt worden. Wegen der gestrigen Störungen.«

»Aber warum –?« Renthall lehnte sich mit einem Ruck zurück. »Sind die denn zu blöde, um zu begreifen, daß wir genau in einer solchen Zeit jedes nur mögliche gesellschaftliche Beisammensein brauchen, das wir auf die Beine stellen können? Die Leute verstekken sich ja in ihren hinteren Schlafzimmern wie eine Horde erschreckter Gespenster. Wir müssen sie nach draußen holen, ihnen was bieten, damit sie sich zusammenreißen.«

Nachdenklich blickte er zu dem Wachtturm auf der anderen Straßenseite hinauf. Hinter den Milchglasscheiben der Ausguckfenster bewegten sich Schatten hin und her. »Irgendeine Art Galaveranstaltung, sagen wir mal, oder ein Gartenfest. Die Frage ist nur, wer könnte das organisieren?«

Hanson schob seinen Stuhl zurück. »Vorsicht, Charles. Ich weiß nicht, ob der Rat dem überhaupt zustimmen würde.«

»Bestimmt nicht, dessen bin ich sicher.« Nachdem Hanson gegangen war, blieb er am Tisch sitzen und kehrte zu seinen einsamen Betrachtungen über die Wachttürme zurück.

Eine halbe Stunde lang saß Renthall an dem Tisch, spielte abwesend mit der leeren Kaffeetasse und betrachtete die wenigen Leute, die auf der Straße vorübergingen. Niemand sonst besuchte das Café, und er war froh, seinen Gedanken ungestört nachhängen zu können, hier, in diesem kleinen städtischen Vakuum, wo nichts zwischen ihm und den Reihen von Wachttürmen vermittelte, die sich über den Hausdächern in den Dunst erhoben.

Mit Ausnahme von Mrs. Osmond hatte Renthall buchstäblich keine engen Freunde, denen er vertrauen konnte. Aufgrund seiner scharfen Intelligenz und weil er ungeduldig wurde, wenn jemand triviales Zeug redete, war Renthall einer jener Männer, in deren Gesellschaft andere es schwer finden, sich gehenzulassen. Eine gewisse angeborene Herablassung, eine zurückhaltende, doch unverkennbare Haltung von Überlegenheit hielt sie von ihm fern, wenngleich nur wenige Leute mehr als einen schäbigen Lehrer in ihm sahen. Im Hotel sonderte er sich ab. Unter den Gästen bestand wenig gesellschaftlicher Kontakt; in der Lounge und im Speisesaal saßen sie in ihre alten Zeitungen und Zeitschriften versunken da und flüsterten nur gelegentlich miteinander. Die einzige Sache, die eine vorübergehende Gemeinsamkeit unter den Gästen mobilisieren konnte, war eine bedrohliche Geschäftigkeit in den Wachttürmen, und bei solchen Gelegenheiten befleißigte Renthall sich stets absoluter Schweigsamkeit.

Als er eben aufstehen wollte, näherte sich auf der Straße eine untersetzte, stämmige Gestalt. Renthall erkannte den Mann, und er wollte schon seinen Stuhl herumrücken, um ihn nicht grüßen zu müssen, doch etwas an seinem Ausdruck veranlaßte ihn dazu, sich vorzulehnen. Feist und mit dunklem Schimmer auf den Wangen, ging der Mann mit lockerem, wiegendem Gang. Sein zweireihiger, karierter Mantel war offen und ließ einen wohlgerundeten Bauchansatz erkennen. Das war Victor Boardman, der Besitzer des örtlichen Flohkinos, zeitweiliger Schnapsschmuggler und Geschäftemacher auf allen Gebieten.

Renthall hatte noch nie ein Wort mit ihm gewechselt, war sich aber bewußt, daß Boardman mit ihm den Ruf teilte, beim Rat in Ungnade zu stehen. Hanson behauptete, der Rat hätte Boardman seine unlauteren Geschäftchen vermasselt, doch dessen permanente Zurschaustellung selbstgefälliger Verachtung für den Rest der Welt schien das Lügen zu strafen.

Im Vorübergehen wechselten sie Blicke, und auf Boardmans Gesicht erschien einen Moment lang ein wissendes Grinsen. Es bezog sich eindeutig auf Renthall und verriet, daß er seine eigene Meinung über ein Ereignis habe, von dem Renthall bis jetzt noch gar keine Ahnung hatte, vermutlich seiner bevorstehenden Auseinandersetzung mit dem Rat. Offenbar vermutete Boardman, er würde ohne zu murren vor dem Rat kapitulieren.

Angewidert wandte Renthall ihm den Rücken zu und sah ihm über die Schulter nach, wie er seinen Weg die Straße hinunter fortsetzte, wobei seine hängenden Schultern von einer Seite zur anderen schwankten.

Am nächsten Tag hatte die Aktivität in den Wachttürmen völlig aufgehört. Der blaue Dunst, aus dem sie herausragten, war strahlender, als er es in den letzten Monaten je gewesen war, und die Luft in den Straßen schien von dem Licht zu funkeln, das von den Ausguckfenstern reflektiert wurde. Es gab keinerlei Anzeichen für eine Geschäftigkeit dahinter, und der Himmel hatte ein starres, uniformes Aussehen, das eine unendliche Ruhe anzuzeigen schien.

Aus irgendeinem Grunde war Renthall jedoch nervöser, als er seit langem gewesen war. Die Schule hatte noch nicht wieder angefangen, dennoch empfand er eine eigenartige Abneigung dagegen, Mrs. Osmond zu besuchen, und so blieb er den ganzen Vormittag über im Haus und vermied es, auf die Straße zu gehen, als wolle er einem unsichtbaren Schatten von Schuld ausweichen.

Die langen Reihen der Wachttürme, die sich von Horizont zu Horizont hinzogen, brachten ihm ins Gedächtnis, daß er schon bald damit rechnen konnte, die »Rüge« des Rates zu empfangen – Hanson hatte bestimmt nicht nur rein zufällig davon gesprochen –, und es war stets in Zeiten der Ruhe gewesen, daß der Rat am intensivsten damit beschäftigt war, seine Position zu festigen und eine Flut von kleinlichen Verordnungen und Nachtragsgesetzen zu verabschieden.

Renthall hätte die Machtstellung des Rates gern in irgendeiner formalen Angelegenheit, die nichts mit ihm persönlich zu tun hatte, in Frage gestellt – zum Beispiel den Wert einer der städtischen Verordnungen, derzufolge öffentliche Versammlungen auf der Straße untersagt waren –, doch der Gedanke an alle die Intrigen, die er anzetteln müßte, um die notwendige Unterstützung zu erhalten, langweilte ihn schrecklich. Obgleich keiner den Rat herauszufordern wagte, wären die meisten Leute doch froh gewesen, wenn er gestürzt worden wäre, doch war ihre Opposition offenbar auf keinen gemeinsamen Nenner zu bringen. Abgesehen von der Furcht, der Rat könnte mit den Wachttürmen in Kontakt stehen, würde niemand für Renthalls Recht aufstehen, sein Verhältnis mit Mrs. Osmond forzusetzen.

Sie schien – und das war ziemlich eigenartig – von diesen Gegenströmungen keine Ahnung zu haben, als er sie am Nachmittag besuchte. Sie hatte das Haus gründlich geputzt und war bester Laune; die Fenster standen weit offen und ließen die klare Luft hereinströmen.

»Charles, was ist denn los mit dir?« tadelte sie ihn, als er sich träge in einen Sessel plumpsen ließ. »Du siehst aus wie eine brütende Henne.«

»Ich war heute vormittag ziemlich abgespannt. Das liegt wahrscheinlich an der Hitze.« Als sie sich auf die Sessellehne setzte, legte er ihr lustlos eine Hand auf die Hüfte und versuchte, seine Energien zusammenzuraffen. »Seit kurzem habe ich da eine *fixe idée* in bezug auf den Rat, ich mache wohl eine Vertrauenskrise durch. Ich brauche irgendeine Methode, um mich wieder aufzumuntern.«

Mrs. Osmond strich ihm mit ihren kühlen Fingern tröstend durchs Haar, ihr Blick ruhte zärtlich auf ihm. »Was du brauchst, Charles, ist ein bißchen mütterliche Liebe. Du lebst so isoliert in diesem Hotel, zwischen all den alten Leuten. Warum mietest du dir nicht eines der Häuser in dieser Straße? Dann könnte ich mich doch um dich kümmern.«

Renthall warf ihr einen zynischen Blick zu. »Vielleicht könnte ich hier einziehen?« fragte er, doch sie warf den Kopf mit höhnischem Schnauben in den Nacken und ging ans Fenster.

Sie spähte zu dem nächsten, dreißig Meter entfernten Wachtturm hinüber, dessen Fenster geschlossen und ruhig waren und dessen gewaltiger Schaft im Dunst verschwand. »Was meinst du wohl, worüber sie nachdenken?«

Renthall schnippte abschätzig mit den Fingern. »Wahrscheinlich über nichts. Manchmal frage ich mich, ob überhaupt jemand drin ist. Vielleicht sind die Bewegungen, die wir sehen, nur optische Täuschungen. Wenn es auch den Anschein hat, als gingen die Fenster auf, hat doch noch nie jemand einen von ihnen *gesehen*. Nach allem, was wir wissen, kann dieser Ort auch ebensogut ein verlassener Zoo sein.«

Mrs. Osmond betrachtete ihn mit mitleidigem Lächeln. »Charles, du läßt dir wirklich ungewöhnliche Vergleiche einfallen. Ich weiß oft nicht, ob du so bist wie wir, ich würde nicht den Mut aufbringen, solche Sachen wie du zu sagen, besonders wenn –« Sie brach ab und blickte unwillkürlich zu den Wachttürmen auf, die vom Himmel herabhingen.

Ruhig fragte Renthall: »Besonders wenn – was?«

»Na, besonders –« Ärgerlich sagte sie: »Sei nicht absurd, Charles, macht dir denn der Gedanke an diese Türme, die da über uns hängen, nicht die geringste Angst?«

Renthall hob langsam den Kopf und starrte zu den Wachttürmen auf. Er hatte einmal versucht, sie zu zählen, aber warum sollte er eigentlich? »Ja, sie machen mir Angst«, sagte er zurückhaltend. »Genauso wie Hanson und die alten Leute im Hotel und jedermann sonst hier mir Angst macht. Aber nicht in derselben Art, wie die Jungen in der Schule vor mir Angst haben.«

Mrs. Osmond nickte, sie hatte die letzte Bemerkung falsch verstanden. »Kinder sind sehr scharfsichtig, Charles. Sie wissen wahrscheinlich, daß du dich nicht für sie interessierst. Unglücklicherweise sind sie noch nicht alt genug, um zu begreifen, was die

Wachttürme bedeuten.«

Sie erschauerte fröstelnd und zog ihre Strickjacke enger um die Schultern. »Weißt du, an den Tagen, an denen sie da hinter ihren Fenstern in Bewegung geraten, kann ich mich kaum rühren, es ist schrecklich. Ich fühle mich so lustlos, ich möchte nur dasitzen und auf die Wand starren. Vielleicht bin ich für ihre Strahlung empfänglicher als die meisten Leute.«

Renthall lächelte. »Ganz sicher. Laß dich durch sie nicht deprimieren. Warum setzt du dir das nächste Mal nicht einen Papierhut auf und drehst eine Pirouette?«

»Was? Oh, Charles, hör auf, dich über mich lustig zu machen.«

»Das tue ich doch gar nicht. Ehrlich, Julia, meinst du, dadurch würde sich etwas ändern?«

Mrs. Osmond schüttelte traurig den Kopf. »Probier es mal aus, Charles, und dann sag mir Bescheid. Wohin gehst du?«

Renthall blieb am Fenster stehen. »Ins Hotel. Ich will mich hinlegen. Übrigens, kennst du Victor Boardman?«

»Früher habe ich ihn mal gekannt. Warum, was hast du denn mit ihm vor?«

»Gehört ihm der Garten neben dem Kinoparkplatz?«

»Ich glaube, ja.« Mrs. Osmond lachte. »Willst du dich auf die Gärtnerei verlegen?«

»Gewissermaßen, ja.« Er winkte ihr zu und ging davon.

Er fing mit Dr. Clifton an, der das Zimmer direkt unter ihm bewohnte. Cliftons Pflichten als Arzt nahmen ihn täglich kaum mehr als eine Stunde in Anspruch – es gab buchstäblich keine Todes- oder Krankheitsfälle –, doch hatte er sich noch genügend Schwungkraft bewahrt, um ein Hobby zu pflegen. Einen Teil seines Zimmers hatte er in einen Vogelkäfig verwandelt, in dem er ein Dutzend Kanarienvögel hielt; und er verbrachte einen Großteil seiner Zeit mit dem Versuch, ihnen Kunststücke beizubringen. Seine herbe und pedantische Art ermüdete Renthall stets, aber er hatte Hochachtung vor dem Arzt, weil er nicht wie alle anderen in totale Lethargie verfallen war.

Clifton bedachte Renthalls Vorschlag sorgfältig. »Ich stimme Ihnen zu. Etwas in der Art ist vermutlich nötig. Eine gute Idee, Renthall. Gut durchgeführt, kann sie sehr wohl den Aufschwung bewirken, den die Leute brauchen.«

»Die Hauptfrage, Doktor, betrifft die Organisation. Die einzig passende Stelle ist das Rathaus.«

Clifton nickte. »Ja, da liegt Ihr Problem. Ich fürchte, ich habe keinerlei Einfluß auf den Rat, wenn Sie das vorschlagen wollten. Ich habe keine Ahnung, was Sie machen können. Natürlich müssen Sie erst die Erlaubnis dazu haben, und in der Vergangenheit hat sich der Rat nicht gerade übermäßig radikal oder originell gezeigt. Er zieht es vor, den *Status quo* zu bewahren.«

Renthall nickte und fügte dann wie beiläufig hinzu: »Er ist nur daran interessiert, seine eigene Macht zu erhalten. Manchmal hängt mir unser Rat ziemlich zum Hals heraus.«

Clifton bedachte ihn mit einem erstaunten Blick und wandte sich sogleich wieder seinen Käfigen zu. »Was Sie da predigen, ist Revolution, Renthall«, sagte er ruhig und strich einem der Kanarienvögel mit dem Zeigefinger über den Schnabel. Er sah angelegentlich davon ab, Renthall an die Tür zu bringen.

Den Doktor konnte er also abschreiben; Renthall verweilte ein paar Minuten in seinem Zimmer, lief auf dem abgewetzten Läufer auf und ab und ging schließlich ins Erdgeschoß, um den Manager des Hotels, Mulvaney, aufzusuchen.

»Ich horche mich nur ein bißchen um. Bis jetzt habe ich noch nicht um Erlaubnis nachgesucht, aber Dr. Clifton hält die Idee für großartig, und zweifellos werden wir die Erlaubnis kriegen. Haben Sie Lust, sich um die Esserei zu kümmern?«

Mulvaneys bläßliches Gesicht drückte Skepsis aus. »Natürlich habe ich Lust dazu, doch wie ernst meinen Sie es denn?« Er lehnte sich ans Stehpult. »Sie meinen, Sie bekommen die Erlaubnis? Da irren Sie sich, Mr. Renthall, der Rat wird sich bestimmt nicht für Ihre Idee erwärmen. Sogar das Kino ist ja geschlossen worden, es besteht also kaum die Aussicht, daß ein öffentliches Fest erlaubt wird. Sonst fangen die Leute womöglich an zu tanzen.«

»Ich glaube kaum, aber entsetzt Sie diese Vorstellung denn so sehr?«

Mulvaney schüttelte den Kopf, Renthall langweilte sich bereits. »Beschaffen Sie die Erlaubnis, Mr. Renthall, dann können wir uns ernsthaft darüber unterhalten.«

Mit fester Stimme fragte Renthall: »Ist es denn nötig, die Erlaubnis vom Rat zu erbitten? Könnten wir denn nicht ohne sie auskommen?«

Ohne aufzublicken setzte Mulvaney sich an seinen Schreibtisch. »Versuchen Sie es, Mr. Renthall, es ist eine großartige Idee.«

Während der nächsten Tage setzte Renthall seine Vorstöße fort; insgesamt wandte er sich an etwa ein halbes Dutzend Leute. Er traf unterwegs auf dieselbe negative Haltung, aber – und das hatte in seiner Absicht gelegen – schon bald stellte er um sich herum eine unterschwellige, doch nichtsdestoweniger merkliche Wiederbelebung des Interesses fest. Das sonst übliche abgehackte Unterhaltungsgemurmel verstummte augenblicklich, wenn er durch den Speisesaal an seinen Platz ging; sogar die Bedienung war teilweise prompter. Hanson trank morgens nicht mehr Kaffee mit ihm, und einmal sah Renthall, wie er sich verstohlen mit dem Sekretär des Syndikus unterhielt, einem jungen Mann namens Barnes. Dieser, so vermutete Renthall, war Hansons Kontaktmann im Rat.

Die ganze Zeit über rührte sich nichts in den Wachttürmen. Ihre endlosen Reihen hingen vom hellen, dunstigen Himmel herab, die Ausguckfenster waren geschlossen, und die Leute in den Straßen darunter versanken allmählich wieder in ihre übliche, gedankenlose Stumpfheit und schlenderten vom Hotel zur Bibliothek und von der Bibliothek zum Café. Nun, da er sich zum Handeln entschlossen hatte, fühlte Renthall sein Selbstvertrauen zurückkehren.

Er ließ eine Woche verstreichen und sprach schließlich bei Victor Boardman vor.

Der Schieber empfing ihn in seinem Büro über dem Kino und begrüßte ihn mit einem gequälten Lächeln.

»Tja, Mr. Renthall, wie ich höre, haben Sie sich jetzt aufs Unterhaltungsgeschäft verlegt. Betrunkene und so. Sie überraschen mich.«

»Es geht um ein Fest«, korrigierte Renthall ihn. Der Stuhl, den Boardman ihm angeboten hatte, stand gegenüber dem Fenster – absichtlich, wie er vermutete – und gestattete ihm einen ungestörten Blick auf den Wachtturm über dem Dach des benachbarten Möbelgeschäftes. Er war nur zwölf Meter entfernt und verdeckte den halben Himmel. Die Metallplatten, aus denen die rechteckigen Seiten bestanden, waren in einer Art und Weise zusammengefügt, für die Renthall keine Erklärung hatte. Sie waren weder geschweißt noch genietet, und es hatte fast den Anschein, als wäre der ganze Turm aus einem Stück gefertigt. Er setzte sich auf einen anderen Stuhl, damit er dem Fenster den Rücken zukehren konnte.

»Die Schule hat immer noch nicht wieder angefangen, deshalb meinte ich, ich sollte mich ein bißchen nützlich machen. Dafür werde ich schließlich bezahlt. Ich bin zu Ihnen gekommen, weil Sie ja schon eine ganze Menge Erfahrung haben.«

»Ja, ich habe schon einiges hinter mir, Mr. Renthall. Ganz unterschiedliche Dinge. Als einer der Angestellten des Rates haben Sie dessen Erlaubnis, nehme ich an?«

Renthall ging darauf nicht ein. »Der Rat ist seiner Natur nach eine konservative Körperschaft, Mr. Boardman. Zu diesem Zeitpunkt handele ich, das ist klar, noch auf eigene Initiative. Später, wenn die Zeit reif ist, werde ich den Rat konsultieren, aber erst, wenn ich ihm einen praktikablen Vorschlag machen kann.«

Boardman nickte verständnisvoll. »Das ist vernünftig, Mr. Renthall. Und was genau soll ich nun eigentlich machen? Die ganze Sache für Sie organisieren?«

»Nein, aber natürlich wäre ich sehr dankbar, wenn Sie das tun würden. Im Augenblick möchte ich Sie einfach nur um die Erlaubnis bitten, das Fest auf einem Teil Ihres Grundstücks abzuhalten.«

»Im Kino? Ich werde ganz sicher nicht sämtliche Stühle herausreißen, wenn Sie das im Auge gehabt haben sollten.«

»Nein, ich spreche nicht vom Kino. Obwohl wir die Bar und die Toiletten gebrauchen könnten«, führte Renthall aus und hoffte, der Plan würde nicht zu großartig klingen. »Gehört Ihnen der alte Biergarten neben dem Parkplatz?«

Einen Moment lang war Boardman still. Er sah Renthall pfiffig an und machte sich die Fingernägel mit dem Zigarrenabschneider sauber, wobei ein schwacher Anflug von Bewunderung in sein Gesicht trat. »Sie wollen das Fest also im Freien abhalten, Mr. Renthall? Ist es das?«

Renthall nickte und erwiderte Boardmans Lächeln. »Ich freue mich, feststellen zu können, daß Sie Ihrem Ruf, schnell zur Sache zu kommen, alle Ehre machen. Sind Sie bereit, den Garten zu vermieten? Natürlich werden Sie großzügig am Gewinn beteiligt. Und wenn es Ihre Entscheidung erleichtert, können Sie sogar den ganzen Gewinn haben.«

Boardman drückte seine Zigarre aus. »Mr. Renthall, Sie sind offenbar ein Mann mit vielen Qualitäten. Ich habe Sie unterschätzt. Ich dachte, Sie hegten einfach nur einen Groll gegen den Rat. Ich hoffe, Sie wissen, was Sie tun.«

»Mr. Boardman, werden Sie den Garten zur Verfügung stellen?« wiederholte Renthall.

Ein amüsiertes, doch nachdenkliches Lächeln lag um Boardmans

Mund, als er den vom Fenster umrahmten Wachtturm betrachtete. »Direkt über dem Biergarten hängen zwei Wachttürme, Mr. Renthall.«

»Dessen bin ich mir völlig bewußt. Das ist zweifellos die Hauptattraktion des Grundstücks. Nun, können Sie mir eine Antwort geben?«

Schweigend sahen die beiden Männer sich an, und dann nickte Boardman kaum wahrnehmbar. Renthall erkannte, daß sein Plan von Boardman ernstgenommen wurde. Offensichtlich wollte er ihn für seine eigenen Interessen einspannen, denn wenn er die Autorität des Rates erst einmal mißachtet hatte, würde er auch in der Lage sein, alle seine anderen gewinnbringenderen Unternehmungen wiederaufzunehmen. Natürlich, das Fest würde niemals stattfinden, doch als Antwort auf Boardmans Fragen entwarf Renthall ein provisorisches Programm. Sie bestimmten das Datum des Festes – es sollte in einem Monat stattfinden – und kamen überein, sich Anfang der nächsten Woche erneut zu treffen.

Zwei Tage später kamen, wie Renthall erwartet hatte, die ersten Emissäre des Rates zu ihm.

Er wartete an seinem Stammtisch auf der Caféterrasse, um ihn herum hingen die schweigenden Wachttürme in der Luft, als er Hanson die Straße entlangeilen sah.

»Setz dich zu mir.« Renthall zog einen Stuhl zurück. »Was gibt es Neues?«

»Nichts – obwohl... du solltest es natürlich wissen, Charles.« Er warf Renthall ein trockenes Lächeln zu, als würde er einen Lieblingsschüler verwarnen, dann sah er sich auf der leeren Terrasse nach der Kellnerin um. »Die Bedienung ist hier erschreckend schlecht. Sag mal, Charles, was hat es eigentlich mit diesem Gerede über dich und Victor Boardman auf sich? Ich wollte meinen Ohren nicht trauen.«

Renthall lehnte sich auf seinem Stuhl zurück. »Ich habe keine Ahnung, sag du es mir doch.«

»Wir – äh – ich habe mich gefragt, ob Boardman sich nicht irgendeine völlig harmlose Bemerkung zunutze gemacht hat, die er vielleicht zufällig irgendwo aufgeschnappt hat. Diese Sache mit der Gartenparty, die du angeblich zusammen mit ihm organisierst – das hört sich ausgesprochen phantastisch an.«

»Warum?«

»Aber Charles!« Hanson beugte sich vor, um Renthall genau ansehen und sich einen Reim auf seine Haltung machen zu können. »Das meinst du doch bestimmt nicht ernst?«

»Aber warum denn nicht? Wenn ich Lust dazu habe, warum sollte ich dann keine Gartenparty organisieren – ein Fest vielmehr, um genauer zu sein?«

»Da besteht doch nicht der geringste Unterschied«, sagte Hanson scharf. »Abgesehen von jedem anderen Grund« – bei diesen Worten sah er zum Himmel auf – »bleibt noch die Tatsache bestehen, daß du ein Bediensteter des Rates bist.«

Die Hände in den Hosentaschen vergraben, wippte Renthall auf seinem Stuhl nach hinten. »Das gibt dem Rat doch längst nicht das Recht, sich in mein Privatleben einzumischen. Du scheinst das zu vergessen, doch die Bedingungen in meinem Vertrag schließen jede derartige Bevormundung ausdrücklich aus. Ich gehöre noch nicht zum festen Beamtenstamm, wie meine Gehaltsaufstellung zeigt. Wenn der Rat etwas dagegen hat, kann er mich ja rausschmeißen, andere Sanktionen kann er nicht ergreifen.«

»Das wird er auch tun, Charles, rede nicht so blasiert.«

Renthall überhörte die letzte Bemerkung. »Das ist sein gutes Recht, wenn er jemanden auftreiben kann, der an meine Stelle tritt. Und das, ehrlich gesagt, bezweifle ich. Man hat es ja auch fertiggebracht, in der Vergangenheit die moralischen Skrupel zu schlucken.«

»Charles, hier handelt es sich doch um etwas anderes. Solange du einigermaßen diskret bist, schert sich niemand einen Pfifferling um deine Privatangelegenheiten. Aber diese Gartenparty ist eine öffentliche Sache und fällt durchaus in den Kompetenzbereich des Rates.«

Renthall gähnte. »Das Thema Rat geht mir inzwischen reichlich auf die Nerven. Rein technisch wird das Fest eine private Angelegenheit sein, nur für geladene Gäste. Der Rat hat keinerlei gesetzliche Handhabe, zu verlangen, daß er gefragt wird. Wenn es zu öffentlicher Ruhestörung kommt, kann der Hauptwachtmeister einschreiten. Weshalb überhaupt die ganze Aufregung? Ich versuche doch nur, eine kleine, völlig harmlose Festlichkeit auf die Beine zu stellen.«

Hanson schüttelte den Kopf. »Charles, du weichst bewußt dem eigentlichen Thema aus. Laut Boardman wird das Fest im Freien stattfinden – direkt unter zwei Wachttürmen. Hast du dir mal klargemacht, welche Auswirkungen das haben würde?«

»Ja.« Renthall ließ die Antwort förmlich im Munde zergehen. »Keine. Absolut keine.«

»Charles!« Hanson senkte den Kopf bei dieser offensichtlichen Blasphemie und spähte zu den Wachttürmen auf der anderen Straßenseite hinüber, als erwartete er, daß von ihnen auf der Stelle die Vergeltung niedergehen würde. »Sieh mal, mein lieber Freund, nimm meinen Rat an. Laß die ganze Idee sausen. Du hast sowieso keine Chance, diesen verrückten Scherz durchzuführen, warum willst du also bewußt Ärger mit dem Rat herausfordern? Wer weiß, welches ihre wahre Macht ist, wenn sie provoziert werden?«

Renthall erhob sich. Er sah zu dem Wachtturm auf, der auf der anderen Straßenseite in der Luft hing, und riß sich zusammen, als ein leichter Anflug von Angst sein Herz durchzuckte. »Ich schicke dir eine Einladung«, rief er Hanson über die Schulter zu und machte sich auf den Weg ins Hotel.

Am nächsten Nachmittag suchte ihn der Sekretär des Syndikus in seinem Zimmer auf. In der ganzen Zwischenzeit, die zweifellos als erholsame Pause zum Nachdenken gedacht war, hatte Renthall sich im Hotel aufgehalten und, ruhig im Sessel sitzend, gelesen. Er hatte Mrs. Osmond einen kurzen Besuch abgestattet, doch schien sie nervös und ärgerlich zu sein, was offenbar daran lag, daß sie sich des drohend bevorstehenden Konfliktes bewußt war. Die Anstrengung, den Anschein von Unbekümmertheit aufrechtzuerhalten, hatte Renthall zu ermüden begonnen, und er vermied es, auf die Straße zu gehen, wann immer das möglich war. Glücklicherweise hatte die Schule immer noch nicht wieder begonnen.

Barnes, der adrette, dunkelhaarige Sekretär, kam sofort zum Thema. Er lehnte Renthalls Angebot, Platz zu nehmen, ab und hielt einen Bogen rosa Durchschlagpapier in der Hand, offenbar das Protokoll der letzten Ratssitzung.

»Mr. Renthall, der Rat ist von Ihrer Absicht unterrichtet worden, in etwa drei Wochen ein Gartenfest abzuhalten. Der Vorsitzende des Sicherheitsausschusses hat mich gebeten, Ihnen gegenüber die ernstlichen Befürchtungen des Ausschusses zum Ausdruck zu bringen und Sie entsprechend aufzufordern, alle Vorbereitungen einzustellen und das Fest unverzüglich abzusagen. Eine Untersuchung ist noch anhängig.«

»Tut mir leid, Barnes, aber ich fürchte, unsere Vorbereitungen sind schon zu weit gediehen. Wir wollen gerade die Einladungen verschicken.«

Barnes zögerte; er ließ den Blick durch Renthalls verwohntes Zimmer und über die wenigen abgegriffenen Bücher gleiten, als hoffte er, irgendeinen tieferen Beweggrund für Renthalls Verhalten zu finden.

»Mr. Renthall, vielleicht sollte ich erklären, daß dieses Ersuchen gleichbedeutend ist mit einem direkten Befehl seitens des Rates.«

»Das ist mir klar.« Renthall setzte sich aufs Fensterbrett und blickte zu den Wachttürmen hinaus. »Hanson und ich haben das bereits alles durchgesprochen, wie Sie wahrscheinlich wissen. Der Rat hat genausowenig das Recht, mir dieses Fest zu verbieten, wie er das Recht hat, mich daran zu hindern, die Straße hinunterzugehen.«

Barnes setzte sein dünnes, bürokratisches Grinsen auf. »Mr. Renthall, dies ist nicht eine Frage der öffentlichen Jurisdiktion des Rates. Dieser Befehl wird kraft der Autorität gegeben, die er von seinen Übergeordneten empfangen hat. Wenn Sie wollen, können Sie daraus schließen, daß der Rat lediglich eine direkte Instruktion weitergibt, die er empfangen hat.« Er wies mit dem Kopf zu den Wachttürmen hin.

Renthall stand auf. »Jetzt kommen wir endlich zur Sache.« Er riß sich zusammen. »Vielleicht könnten Sie dem Rat freundlicherweise mitteilen, seinen Übergeordneten, wie Sie sie nennen, meine höfliche, doch feste Weigerung zu übermitteln. Haben Sie mich verstanden?«

Langsam zog Barnes sich zurück. Er blickte Renthall aufmerksam an, dann nickte er. »Ich glaube wohl, Mr. Renthall. Zweifellos wissen Sie, was Sie tun.«

Nachdem Barnes gegangen war, zog Renthall die Vorhänge vor die Fenster und legte sich aufs Bett; in der nächsten Stunde bemühte er sich, sich zu entspannen.

Seine letzte Kraftprobe mit dem Rat sollte am folgenden Tag stattfinden. Er war vor den eiligst einberufenen Krisenausschuß zitiert worden und hatte die Einladung bereitwilligst angenommen, zumal er sicher war, daß man den Hauptberatungsraum benötigen würde, wenn alle Ausschußmitglieder anwesend wären. Das würde ihm eine großartige Gelegenheit geben, den Rat zu demütigen, indem er ihn öffentlich aufforderte, Farbe zu bekennen.

Hanson und Mrs. Osmond gaben ihrer Vermutung Ausdruck, er

würde ohne Widerrede kapitulieren.

»Tja, Charles, das hast du dir selbst eingebrockt«, meinte Hanson. »Trotzdem glaube ich, sie werden milde mit dir sein. Es geht jetzt nur noch darum, das Gesicht zu wahren.«

»Mehr als das, hoffe ich«, erwiderte Renthall. »Sie behaupten, eine direkte Anweisung von den Wachttürmen weiterzugeben.«

»Nun ja...« Hanson machte eine vage Geste. »Natürlich. Die Türme würden sich in eine derart triviale Angelegenheit bestimmt nicht einmischen. Sie verlassen sich auf den Rat, sie wachsam zu vertreten; solange die Autorität des Rates respektiert wird, sind sie bereit, sich zurückzuhalten.«

»Das hört sich nach einem wunderbar einfachen Arrangement an. Wie spielt sich denn deiner Meinung nach die Kommunikation zwischen Rat und Wachttürmen ab?« Renthall deutete auf den Wachtturm auf der anderen Straßenseite. Die Beobachtungskabine, deren Jalousien geschlossen waren, hing wie eine nicht in die Jahreszeit passende Gondel leer in der Luft. »Telefonisch? Oder per optischen Telegraphen?«

Hanson fand das wenig komisch und wechselte das Thema.

Julia Osmond war genauso vage, doch genauso überzeugt von der Unfehlbarkeit des Rates.

»Natürlich empfängt der Rat Instruktionen von den Wachttürmen, Charles. Aber mach dir keine Sorgen, es ist ganz klar, daß sie einen Sinn für Proportionen haben – sie haben dich ja auch die ganze Zeit über hierherkommen lassen.« Sie erhob einen warnenden Finger gegen Renthall, ihr breithüftiger Körper verdeckte ihm die Sicht auf die Türme. »Das ist dein Hauptfehler, Charles. Du hältst dich für wichtiger, als du in Wahrheit bist. Sieh dich doch mal an, wie du jetzt da sitzt, ein Häufchen Elend mit einem Gesicht wie ein alter Schuh. Du glaubst, der Rat und die Wachttürme würden dich auf irgendeine gräßliche Art und Weise bestrafen. Aber das tun sie bestimmt nicht, weil du es gar nicht wert bist.«

Im Speisesaal des Hotels stocherte Renthall lustlos in seinem Lunch herum. Er spürte die Blicke der Leute an den Tischen um ihn herum auf sich ruhen. Viele hatten Gäste mitgebracht, und er nahm an, die Versammlung am Nachmittag würde gut besucht werden.

Nach dem Essen zog er sich in sein Zimmer zurück und machte den vergeblichen Versuch, bis zur Versammlung, die um halb drei stattfinden sollte, zu lesen. Draußen ragten die Wachttürme in langen Reihen aus dem hellen Dunst hervor. Es gab keinerlei Anzeichen von Bewegung an den Ausguckfenstern, und Renthall sah sie sich ohne Scheu an, die Hände in den Taschen, wie ein General, der sich die Aufstellung der gegnerischen Kräfte ansieht. Der Dunst hing tiefer als gewöhnlich, füllte den Raum zwischen den Türmen aus, so daß sie in der Ferne, wo der freie Raum unter ihren Spitzen von den dazwischenliegenden Hausdächern verdeckt wurde, wie rechteckige Schornsteine in einer Industrielandschaft in die Luft zu wachsen schienen, eingehüllt in weißen Rauch.

Der nächste Turm befand sich ungefähr fünfundzwanzig Meter von ihm entfernt, schräg links, über dem östlichen Ende des offenen Gartens, in den sich die Hotels in der Straße teilten. Genau in dem Moment, als Renthall sich abwenden wollte, schien sich eines der Fenster in der Beobachtungskabine zu öffnen, die Milchglasscheibe warf einen scharfen Sonnenstrahl direkt auf ihn. Renthall zuckte zurück, sein Herz raste auf einmal wie wild, dann lehnte er sich wieder vor. Die Aktivität im Turm hatte genauso augenblicklich aufgehört, wie sie angefangen hatte. Die Fenster waren fest geschlossen, nichts bewegte sich hinter ihnen. Renthall lauschte den Geräuschen in den Zimmern über und unter ihm. Wenn das Fenster sich bewegt hatte – nach vielen Tagen das erste Anzeichen für Aktivität und zudem gewissermaßen ein Hinweis, daß bald noch mehr folgen würde –, dann hätte eigentlich alles auf die Balkone eilen müssen. Doch das Hotel war ruhig, und unten konnte er Dr. Clifton bei seinen Käfigen am Fenster abwesend vor sich hin summen hören.

Gespannt blickte Renthall zu den Fenstern auf der anderen Seite des Gartens hinüber, doch die Gesichter, die – wie er erwartet hatte – zum Himmel hinaufstarrten, waren nicht da. Noch einmal betrachtete er eingehend den Wachtturm, denn er nahm an, er hätte vielleicht gesehen, wie ein Fenster in einem nahe gelegenen Hotel sich geöffnet hatte. Aber diese Erklärung befriedigte ihn nicht. Der Lichtstrahl hatte die Luft wie eine Rasierklinge durchschnitten, mit einer merkwürdig leuchtenden Intensität, wie sie nur die Fenster der Wachttürme hervorbringen konnten, und war untrüglich auf seinen Kopf gezielt gewesen.

Er unterbrach seine Überlegungen, um einen Blick auf die Uhr zu werfen, und fluchte, als er sah, daß es bereits Vierteldrei vorbei war. Das Rathaus war einen guten halben Kilometer entfernt; er würde zerzaust und schwitzend dort ankommen.

Es klopfte an der Tür. Er öffnete und sah sich Mulvaney gegenüber. »Was gibt's? Ich habe jetzt zu tun.«

»Entschuldigen Sie, Mr. Renthall. Ein Herr Barnes vom Rat bat mich, Ihnen eine dringende Nachricht auszurichten. Er sagte, die Versammlung, die heute nachmittag stattfinden sollte, sei verschoben worden.«

»Ha!« Renthall ließ die Tür offen und schnippte verächtlich mit den Fingern. »Sie haben es sich also doch genauer überlegt. Zurückhaltung ist die bessere Tapferkeit.« Breit lächelnd, rief er Mulvaney ins Zimmer. »Mr. Mulvaney! Einen Moment, bitte!«

»Gute Nachrichten, Mr. Renthall?«

»Ausgezeichnete! Ich habe sie auf Trab gebracht.« Er fügte hinzu: »Warten Sie ab, Sie werden sehen, die nächste Versammlung des Sicherheitsausschusses findet unter Ausschluß der Öffentlichkeit statt.«

»Vielleicht haben Sie recht, Mr. Renthall. Einige Leute glauben, die haben sich ein bißchen übernommen.«

»Tatsächlich? Das ist sehr interessant. Gut.« Renthall verarbeitete diese Mitteilung, dann bedeutete er Mulvaney, ans Fenster zu treten. »Sagen Sie mal, Mr. Mulvaney, gerade eben, als Sie die Treppe heraufgekommen sind, haben Sie da draußen irgend etwas bemerkt?«

Er deutete kurz auf den Turm, denn er wollte nicht die Aufmerksamkeit auf sich ziehen. Mulvaney blickte über den Garten hin und schüttelte langsam den Kopf. »Nicht daß ich wüßte, nicht mehr als sonst. Was soll denn gewesen sein?«

»Wissen Sie, ein Fenster, das aufging...« Als Mulvaney auch weiterhin den Kopf schüttelte, sagte Renthall: »Gut. Lassen Sie mich wissen, wenn dieser Barnes wieder anruft.«

Nachdem der Manager gegangen war, schlenderte er im Zimmer auf und ab und pfiff ein Rondo von Mozart vor sich hin.

Während der nächsten drei Tage verflog die gehobene Stimmung jedoch allmählich. Zu Renthalls Verdruß wurde für die verschobene Ausschußversammlung kein neuer Termin festgesetzt. Er hatte vermutet, sie würde hinter verschlossenen Türen stattfinden, doch wahrscheinlich war den Mitgliedern aufgegangen, daß das kaum etwas ändern würde. Schon bald würde alle Welt wissen, daß Renthall ihre Behauptung, der Rat stehe mit den Wachttürmen in Verbindung, erfolgreich in Frage gestellt hatte.

Er ärgerte sich, denn immerhin war es ja möglich, daß die Versammlung auf unbestimmte Zeit verschoben worden war. Der Rat war der drohenden Gefahr klug aus dem Wege gegangen, indem er die direkte Auseinandersetzung mit Renthall vermied.

Vielleicht, so überlegte Renthall, hatte er die Ratsmitglieder unterschätzt. Vielleicht hatten sie erkannt, daß das eigentliche Ziel seines Widerstandes nicht sie, sondern die Wachttürme waren. Die schwache Möglichkeit – wie sehr er sich auch bemühte, sie als kindische Phantasie abzutun, die Furcht bestand weiter –, es könnte irgendeine mysteriöse Verbindung zwischen den Türmen und dem Rat bestehen, begann nun in seiner Vorstellung zu wachsen. Klugerweise war das Fest als unschuldige Widerstandsgeste gegen die Türme aufgefaßt worden, und es würde schwerhalten, etwas zu finden, was man an seine Stelle setzen könnte, das nicht so außergewöhnlich wäre und ihn nicht unauslöschlich mit der Sünde der Selbstüberschätzung beflecken würde.

Zudem war er nicht, wie er sich eindringlich ins Gedächtnis rief, darauf aus, eine offene Rebellion anzuzetteln. Ursprünglich hatte er aus einem momentanen Gefühl der Gereiztheit heraus gehandelt, erbost über das Schauspiel der Langeweile und Lethargie um sich herum und über die dumpfe Furcht, mit der ein jeder die Türme betrachtete. Es ging ihm nicht darum, deren absolute Autorität in Frage zu stellen – zumindest nicht in diesem Stadium. Er wollte einfach nur die existentiellen Grenzen ihrer aller Welt näher bestimmen – wenn sie tatsächlich in einer Falle saßen, dann sollten sie wenigstens den Speck essen dürfen. Darüber hinaus rechnete er sich aus, daß ein Affront von wahrhaft heroischen Ausmaßen nötig sein würde, um die Wachttürme zu irgendeiner Reaktion zu provozieren, und daß sie eine gewisse Freiheit durch Nachlässigkeit hatten, einen kleinen, doch wertvollen Vorteil, der zu ihren Gunsten in das System eingebaut war.

In praktischer, existentieller Hinsicht kann es durchaus von Bedeutung sein, wenn die effektive Grenzlinie zwischen schwarz und weiß, zwischen gut und schlecht in einiger Entfernung von der theoretischen Grenzlinie verläuft. Diese Wasserscheide war die halbdunkle Zone, in der der größte Teil der erregenden Freuden des Lebens zu finden war und in der Renthall sich am besten auskannte. Mrs. Osmonds Villa lag durchaus auf ihrem Territorium, und Renthall selbst hätte sich sehr gern über ihre Schwelle bewegt.

Zunächst jedoch mußte er das Ausmaß seiner »blauen« Schicht abschätzen, seiner moralischen Parallaxe, doch durch das Absetzen der Ausschußversammlung war ihm der Rat wirkungsvoll zuvorgekommen.

Während er darauf wartete, daß Barnes noch einmal anrufen würde, bemächtigte sich seiner ein zunehmendes Gefühl der Frustration. Die Wachttürme schienen den Himmel auszufüllen, und er ließ ärgerlich die Jalousien herunter. Auf dem flachen Dach, zwei Stockwerke über seinem Zimmer, ertönte den ganzen Tag über ein schwaches Hämmern; er mied die Straße und ging auch nicht mehr ins Café, um dort zu frühstücken.

Schließlich stieg er die Treppe zum Dach hinauf und sah von der Tür aus zwei Tischler unter Mulvaneys Aufsicht arbeiten. Sie verlegten einen Boden aus rohen Brettern über dem geteerten Zement. Als er die Augen gegen das grelle Flimmern abschirmte, kam ein dritter Mann die Treppe herauf. Er trug zwei Teilstücke einer hölzernen Brüstung.

»Der Krach tut mir leid, Mr. Renthall«, entschuldigte Mulvaney sich. »Morgen sind wir vermutlich fertig.«

»Was soll das denn werden?« fragte Renthall. »Sie wollen hier doch sicherlich keine Sonnenterrasse anlegen?«

»Das ist die Absicht.« Mulvaney deutete auf die Geländer. »Ein paar Stühle und Sonnenschirme, das müßte den alten Herrschaften doch Spaß machen. Dr. Clifton hat das angeregt.« Er blickte zu Renthall hinab, der sich noch immer im Eingang verborgen hielt. »Sie müssen sich Ihren Stuhl selbst mitbringen, Sie sehen auch so aus, als könnten Sie ein bißchen Sonne gebrauchen.«

Renthall hob den Blick zu dem Wachtturm, der fast direkt über ihren Köpfen hing. Man hätte einen Stein danach werfen können, er wäre von der geriffelten Unterseite aus Metall abgeprallt. Das Dach lag vor der Reihe von Wachttürmen, die ringsherum in der Luft hingen, völlig offen da, und Renthall fragte sich, ob Mulvaney den Verstand verloren hatte – keiner von den alten Leuten würde länger als eine Sekunde hier draußen sitzen.

Mulvaney deutete auf ein Dach auf der anderen Seite des Gartens, wo ähnliche Anstalten getroffen wurden. Eine leuchtendgelbe Markise wurde gerade entrollt, und zwei Stühle waren bereits besetzt.

Renthall zögerte und sagte dann mit gedämpfter Stimme: »Aber wie steht's mit den Wachttürmen?«

»Den was –?« Von einem der Tischler abgelenkt, wandte Mulvaney sich einen Moment lang ab, trat dann aber wieder zu Renthall. »Ja, natürlich können Sie von hier oben aus alles beobachten, was vor sich geht, Mr. Renthall.«

Verwirrt ging Renthall in sein Zimmer zurück. Hatte Mulvaney seine Frage nicht verstanden, oder war dies ein alberner Versuch, die Türme zu provozieren? Ergrimmt sah er sich dafür verantwortlich gemacht, falls jetzt eine ganze Flut von unbedeutenden Widerstandsakten losbrechen sollte. Vielleicht hatte er durch Zufall den ganzen unterdrückten Groll ins Rollen gebracht, der sich seit Jahren angestaut hatte?

Zu Renthalls Erstaunen zeigte ihm das Knarren der Treppe am nächsten Morgen an, daß die erste Gruppe von Hotelbewohnern im Begriff war, sich auf das Sonnendach zu begeben. Kurz vor dem Mittagessen ging auch er aufs Dach, wo er mindestens ein Dutzend ältere Gäste vorfand, die im Freien unter dem Wachtturm saßen und gelassen die kühle Luft einsogen. Keiner von ihnen schien von dem Turm auch nur im mindesten gestört zu sein. An zwei oder drei Stellen im selben Straßenzug waren Sonnenbadende aufgetaucht, wie wenn sie einem bisher schlummernden Bedürfnis gefolgt wären. Auf behelfsmäßigen Vorbauten saßen Leute oder lehnten auf den Fensterbrettern und riefen sich gegenseitig an.

Gleichermaßen überraschend war das Ausbleiben jeglicher Reaktion von seiten der Wachttürme auf dieses Aufwallen von Aktivität. Halb hinter der Jalousie verborgen, suchte Renthall die Türme sorgfältig ab; einmal fing er von einem Ausguckfenster in einem halben Kilometer Entfernung etwas auf, das wie ein schwaches Zucken aussah, doch ansonsten blieben die Türme ruhig, ihre langen Reihen zogen sich in alle Richtungen bis zum Horizont hin, regungslos und geheimnisvoll. Der Dunstschleier war etwas durchsichtiger geworden, und die langen Turmschäfte ragten weiter aus dem Himmel hervor, ihr Äußeres wirkte dunkler und kraftvoller als sonst.

Kurz vor dem Mittagessen unterbrach Hanson seine Beobachtungen. »Hallo, Charles. Tolle Neuigkeiten! Morgen fängt die Schule wieder an. Gott sei Dank, ich habe mich schon so gelangweilt, daß ich kaum noch aufrecht stehen konnte.«

Renthall nickte. »Gut. Was hat sie denn so urplötzlich zu neuem Leben erweckt?«

»Oh, ich weiß es nicht. Ich nehme an, irgendwann mußte sie ja mal wieder anfangen. Freust du dich nicht?«

»Doch, natürlich. Gehöre ich noch zum Lehrkörper?«

»Selbstverständlich. Der Rat ist nicht nachtragend. Vor einer Woche hätte man dich eventuell noch gefeuert, doch inzwischen hat sich einiges geändert.«

»Was meinst du?«

Hanson blickte ihn aufmerksam an. »Was ich meine? Na, die Schule fängt wieder an. Was ist denn los mit dir, Charles?«

Renthall trat ans Fenster, sein Blick schweifte über die Reihen der Sonnenbadenden auf den Dächern. Er wartete ein paar Sekunden ab, falls sich in den Wachttürmen etwas regen sollte. »Wann wird der Sicherheitsausschuß meinen Fall beraten?«

Hanson zuckte mit den Schultern. »Die werden sich damit jetzt nicht abgeben. Sie wissen, daß du aus härterem Holz geschnitzt bist als einige Leute, die sie herumgestoßen haben. Vergiß die ganze Sache.«

»Ich möchte sie aber nicht vergessen. Ich möchte, daß das Hearing stattfindet. Verdammt noch mal, ich habe die ganze Sache mit dem Fest bewußt eingefädelt, um sie zu zwingen, ihre Karten auf den Tisch zu legen. Jetzt ziehen sie sich mit aller Macht zurück.«

»Na und? Beruhige dich, die haben auch ihre Schwierigkeiten.« Er lachte auf. »Man weiß ja nie, vielleicht wären sie jetzt sogar froh über eine Einladung.«

»Sie kriegen keine. Weißt du, ich habe fast das Gefühl, sie haben mich reingelegt. Wenn das Fest nicht stattfindet, dann wird alle Welt annehmen, ich hätte nachgegeben.«

»Aber es wird stattfinden. Hast du denn Boardman in letzter Zeit nicht gesehen? Er zieht alle Register, offenbar wird es eine gewaltige Schau. Nimm dich in acht, daß er dich nicht ausbootet.«

Überrascht wandte Renthall sich vom Fenster ab. »Willst du damit sagen, daß Boardman die Vorbereitungen vorantreibt?«

»Aber ja. Jedenfalls sieht es ganz so aus. Er hat eine große Zeltplane über den Parkplatz spannen lassen. Dutzende von Buden aufgestellt, überall hängen Fähnchen.«

Renthall ballte eine Hand zur Faust und hieb sie ärgerlich in die andere Hand. »Der Mann ist verrückt!« Er drehte sich zu Hanson um. »Wir müssen vorsichtig sein, da ist was im Busch. Ich bin sicher, der Rat liegt auf der Lauer, er läßt die Zügel bewußt locker, damit wir uns übernehmen. Hast du die vielen Leute auf den Hausdächern gesehen? Sonnenbaden!«

»Eine gute Idee. Hast du das denn nicht die ganze Zeit über gewollt?«

»Doch nicht derart aufdringlich.« Renthall zeigte auf den nächsten Wachtturm. Die Fenster waren fest verschlossen, aber das Licht, das von ihnen reflektiert wurde, war viel heller als sonst. »Früher oder später müssen wir mit einer kurzen, drastischen Reaktion rechnen. Darauf wartet der Rat.«

»Das hat mit dem Rat doch nichts zu tun. Wenn die Leute auf dem Dach sitzen wollen, dann geht das doch nur sie selber etwas an. Kommst du zum Mittagessen?«

»Gleich.« Renthall stand unbeweglich am Fenster und blickte Hanson eindringlich an. Eine Möglichkeit, die er zuvor nicht ins Auge gefaßt hatte, schoß ihm durch den Kopf. Er suchte angestrengt nach einer Möglichkeit, sie zu testen. »Hat man den Gong schon geschlagen? Meine Uhr ist stehengeblieben.«

Hanson warf einen Blick auf seine Armbanduhr. »Es ist halb eins.« Er blickte aus dem Fenster zur Uhr am Rathausturm hinüber. Renthall hatte sich immer schon darüber geärgert, daß die Spitze eines in der Nähe befindlichen Wachtturms genau vor dem Zifferblatt hing und es fein säuberlich verdeckte. Hanson nickte und stellte seine Uhr richtig. »Zwölf Uhr einunddreißig. Ich treffe dich in einigen Minuten.«

Nachdem Hanson gegangen war, setzte Renthall sich aufs Bett. Sein Mut ließ langsam nach, er bemühte sich, diese unvorhergesehene Entwicklung zu begreifen.

Am folgenden Tag stieß er auf den zweiten Fall.

Boardman ließ den Blick angewidert durch das schmuddelige Zimmer schweifen, verwirrt von dem Anblick, den Renthall, der zusammengesunken im Sessel beim Fenster saß, ihm bot.

»Mr. Renthall, es kann überhaupt nicht die Rede davon sein, jetzt abzusagen. Der Jahrmarkt hat schon so gut wie angefangen. Na, und außerdem, was hätte das wohl für einen Sinn?«

»Wir hatten vereinbart, daß es ein Fest sein sollte«, hob Renthall hervor. »Sie haben es zu einem Rummel gemacht, mit einer Menge Buden und Leierkästen.«

Von Renthalls schulmeisterlichem Gehabe unbeeindruckt, spottete Boardman: »Na und, was ist denn da der Unterschied? Auf jeden Fall besteht meine eigentliche Absicht darin, den Platz zu überdachen und zu einem ständigen Lunapark zu machen. Der Rat wird nichts dagegen haben. Der übt sich jetzt in Zurückhaltung.«

»Wirklich? Das bezweifle ich.« Renthall blickte in den Garten hinab. Leute saßen in Hemdsärmeln herum, die Frauen in geblümten Kleidern, offenbar hatten sie die Wachttürme, die dreißig Meter über ihren Köpfen den Himmel ausfüllten, völlig vergessen. Der Dunstschleier hatte sich noch weiter zurückgezogen, und nun waren schon mindestens zweihundert Meter von den Turmschäften zu sehen. Nichts rührte sich in den Türmen, doch Renthall war überzeugt, daß es bald losgehen würde.

»Sagen Sie mal«, fragte er Boardman mit klarer Stimme, »haben Sie keine Angst vor den Wachttürmen?«

Boardman schien verwirrt. »Den was -türmen?« Er ließ seine Zigarre spiralförmig durch die Luft kreisen. »Sie meinen die große Rutschbahn? Keine Angst, die kommt nicht auf den Platz, kein Mensch hat die Energie, diese vielen Stufen zu steigen.«

Er steckte die Zigarre in den Mund und ging gemächlich zur Tür. »Also bis dann, Mr. Renthall. Ich schicke Ihnen eine Einladung.«

Später am Nachmittag suchte Renthall Dr. Clifton in dessen Zimmer ein Stockwerk tiefer auf.

»Entschuldigen Sie, Doktor«, begann er, »würden Sie mich bitte in einer Sache anhören, die in Ihr Gebiet fällt?«

»Nicht hier, Renthall, ich habe keine Sprechstunde.« Mit gereiztem Stirnrunzeln wandte er sich von den Kanarienvogelkäfigen beim Fenster ab, lenkte dann jeodch ein, als er Renthalls gespannten Gesichtsausdruck bemerkte. »Gut, was gibt's denn?«

Während Clifton sich die Hände wusch, erklärte Renthall sich. »Sagen Sie mal, Doktor, ist Ihnen ein Mechanismus bekannt, durch den viele Menschen gleichzeitig einer Hypnose unterworfen werden können? Ich meine, wir alle kennen zwar den theatralischen Pomp der Kunst des Hypnotiseurs, doch ich denke an eine Situation, in der die Bewohner eines ganzen Gemeinwesens – wie die Bewohner der umliegenden Hotels hier – dazu gebracht werden können, ein bestimmtes Vorhaben zu akzeptieren, das überhaupt nichts mit der Realität zu tun hat.«

Clifton hörte auf, seine Hände zu waschen. »Ich dachte, Sie wollten mich in einer fachlichen Angelegenheit sprechen. Ich bin Mediziner, kein Medizinmann. Was haben Sie denn jetzt wieder vor,

Renthall? Letzte Woche war es ein Fest, jetzt wollen Sie die Nachbarschaft hypnotisieren. Nehmen Sie sich in acht.«

Renthall schüttelte den Kopf. »Ich will niemanden hypnotisieren, Doktor. Ich fürchte vielmehr, die Hypnose hat bereits stattgefunden. Haben Sie bei Ihren Patienten nicht irgend etwas Seltsames festgestellt?«

»Nichts als das Übliche«, bemerkte Clifton trocken. Er sah Renthall jedoch mit wacherem Interesse an als zuvor. »Wer ist für diese Massenhypnose verantwortlich?« Als Renthall zögerte und schließlich mit dem Zeigefinger zum Himmel deutete, nickte Clifton. »Ich verstehe. Wie unheimlich.«

»Genau. Ich freue mich, daß Sie mich verstehen, Doktor.« Renthall trat ans Fenster und sah auf die Sonnenschirme hinab. Er wies auf die Wachttürme. »Nur, um einen kleinen Punkt zu klären, Doktor – Sie sehen die Wachttürme doch, oder?«

Clifton zögerte kurz, dann trat er unmerklich an den Tisch, auf dem sein Instrumentenkoffer lag. Er nickte. »Natürlich.«

»Gut. Da fällt mir ein Stein vom Herzen.« Renthall lachte auf. »Eine Weile habe ich schon geglaubt, ich wäre der einzige. Können Sie sich vorstellen, daß Hanson und Boardman die Türme nicht mehr sehen? Und ich bin ziemlich sicher, daß auch keiner von den Leuten da unten sie sieht, sonst würden sie bestimmt nicht im Freien sitzen. Das hat der Rat fertiggebracht, da bin ich ziemlich sicher, wenngleich es natürlich unwahrscheinlich erscheint, daß er genügend Macht hat...« Er brach ab, weil er bemerkte, wie Clifton ihn unverwandt anstarrte. »Was ist denn los? Doktor!«

Clifton zog mit einer raschen Bewegung den Rezeptblock aus dem Koffer. »Renthall, Vorsicht ist die Mutter der Porzellankiste. Jetzt ist es wichtig, daß wir uns vor übereilten Schritten hüten. Ich schlage vor, wir beide ruhen uns heute nachmittag aus. Hier, das wird Sie einigermaßen schlafen lassen...«

Zum erstenmal nach mehreren Tagen schlenderte Renthall wieder durch die Straßen. Den Kopf gesenkt, wütend, weil der Doktor ihn vor die Tür gesetzt hatte, trieb es ihn auf dem Bürgersteig in die Richtung von Mrs. Osmond, denn er war entschlossen, wenigstens einen Menschen zu finden, der die Türme noch sehen konnte. Die Straßen waren voller als seit langem, und er war gezwungen aufzublicken, weil er den gemächlich dahinschlendernden Fußgängern ausweichen mußte. Oben, wie Sturmlandefahrzeuge, von denen aus irgendein apokalyptischer Luftangriff ausgehen sollte, hingen die Wachttürme am Himmel, umrahmt von den Zwillingstürmen der Kirche; sie blockierten den Blick die Hauptstraße hinunter, wurden aber dennoch von den nachmittäglichen Spaziergängern nicht wahrgenommen.

Renthall kam am Café vorüber und war überrascht, die Terrasse mit Kaffeetrinkern überfüllt zu sehen, dann erblickte er Boardmans Zeltdach über dem Parkplatz beim Kino. Aus einer krächzenden Wurlitzerbox erklang Musik, und die fröhlichen Fähnchenreihen flatterten im Wind.

Zwanzig Meter von Mrs. Osmonds Haus entfernt sah er, wie sie aus der Vordertür herauskam, einen gewaltigen Strohhut auf dem Kopf.

»Charles! Was machst du denn hier? Ich habe dich ja seit Tagen nicht gesehen und mich schon gefragt, was wohl mit dir los ist.«

Renthall nahm ihr den Schlüssel aus der Hand und steckte ihn wieder ins Schloß. Die Tür hinter ihnen schließend, hielt er in der halbdunklen Halle inne und versuchte, wieder zu Atem zu kommen.

»Charles! Was um alles in der Welt geht hier vor? Ist jemand hinter dir her? Du siehst schrecklich aus, Lieber, dein Gesicht...«

»Mach dir nichts aus meinem Gesicht.« Renthall faßte sich und ging voran ins Wohnzimmer. »Komm hier herein, schnell.« Er trat ans Fenster und zog die Vorhänge zurück, dann versicherte er sich, daß der Wachtturm über der gegenüberliegenden Häuserreihe noch da war. »Setz dich und beruhige dich. Es tut mir leid, daß ich hier auf diese Weise hereinplatze, aber du wirst mich gleich verstehen.« Er wartete, bis Mrs. Osmond sich widerstrebend auf dem Sofa niedergelassen hatte, dann stützte er sich mit beiden Händen auf den Kaminsims und versuchte, seine Gedanken zu ordnen.

»Die letzten Tage waren phantastisch, du wirst es nicht glauben, und um das Maß vollzumachen, habe ich mich in Cliftons Augen zum größten Esel aller Zeiten gemacht. Gott, ich könnte...«

»Charles –!«

»*Hör mir zu!* Unterbrich mich nicht schon, noch ehe ich überhaupt was gesagt habe! Ich habe genug mit anderen Schwierigkeiten zu kämpfen. Überall geht etwas ausgesprochen Verrücktes vor, aufgrund einer Laune der Natur scheine ich der einzige zu sein, der noch *compos mentis* ist. Ich weiß, das hört sich an, als wäre ich völlig verrückt, aber es stimmt tatsächlich. Warum, weiß ich auch nicht; obwohl ich Angst habe, es könnte irgendeine Vergeltungsmaßnahme gegen mich sein. Also.« Er trat ans Fenster. »Julia, was siehst du da draußen?«

Mrs. Osmond löste ihren Hut vom Kopf und warf einen argwöhnischen Blick aufs Fenster. Sie rutschte unruhig hin und her. »Charles, was ist denn los? – Ich muß meine Brille holen.« Sie brach hilflos ab.

»Julia! Du hast noch nie deine Brille gebraucht, um sie zu sehen. Sag mir jetzt bitte, was du sehen kannst.«

»Nun, die Häuserreihe und die Gärten...«

»Ja, und was noch?«

»Die Fenster natürlich, und da ist ein Baum...«

»Und was ist mit dem Himmel?«

Sie nickte. »Ja, das sehe ich, da ist eine Art Dunstschleier, nicht wahr? Oder liegt das an meinen Augen?«

»Nein.« Erschöpft wandte Renthall sich vom Fenster ab. Zum erstenmal hatte ihn ein Gefühl bleierner Müdigkeit befallen. »Julia«, fragte er leise, »erinnerst du dich nicht mehr an die Wachttürme?«

Sie schüttelte langsam den Kopf. »Nein, ich erinnere mich nicht. Wo sollen die denn gewesen sein?« Ein besorgter Ausdruck trat in ihr Gesicht. Freundlich nahm sie seinen Arm. »Liebster, was ist denn los?«

Renthall zwang sich, aufrecht stehenzubleiben. »Ich weiß es nicht.« Er schlug sich mit der freien Hand gegen die Stirn. »Du kannst dich überhaupt nicht an die Türme erinnern, auch nicht an die Ausguckfenster?« Er zeigte auf den Wachtturm, der mitten vor dem Fenster hing. »Da – war immer einer über den Häusern. Wir haben ihn immer angesehen. Du erinnerst dich, oben haben wir immer die Vorhänge zugezogen?«

»Charles! Sieh dich vor, die Leute können dich ja hören. Wohin gehst du?«

Wie betäubt riß Renthall die Tür auf. »Raus«, sagte er mit belegter Stimme. »Es gibt kaum noch einen Grund, drinzubleiben.«

Er trat aus der Vordertür; fünfzig Meter vom Haus entfernt hörte er, wie sie hinter ihm herrief, bog schnell in eine Seitenstraße ein und hastete auf die erste Kreuzung zu.

Er war sich der in der klaren Luft hängenden Wachttürme bewußt, hob den Blick aber nicht höher als bis zu den Zäunen und Hecken und ließ ihn über die leeren Häuser schweifen. Hin und wieder kam er an einem Haus vorbei, das bewohnt war und vor dem die Familie auf dem Rasen saß. Einmal rief jemand seinen Namen und erinnerte ihn daran, daß die Schule ohne ihn begonnen hatte. Die Luft war frisch und scharf, das Licht schimmerte mit ungewöhnlicher Intensität.

Nach zehn Minuten wurde ihm bewußt, daß er in einen unbekannten Stadtteil geraten war und überhaupt nicht mehr wußte, wo er war, nur die luftigen Reihen der Wachttürme hätten ihm noch einen Anhaltspunkt geben können, doch er weigerte sich immer noch, den Blick zu heben.

Er hatte ein ärmeres Stadtviertel betreten, wo enge, leere Straßen durch große Müllhaufen unterbrochen wurden und zwischen verfallenen Häusern windschiefe Holzzäune vermoderten. Viele der Behausungen waren nur ein Stockwerk hoch, der Himmel schien hier noch weiter und offener zu sein, und die entfernteren Wachttürme nahmen sich am Horizont wie ein lückenloser Palisadenzaun aus.

Er verstauchte sich den Fuß an einem Stein und humpelte unter Schmerzen zu einem kaputten Zaun, der aufrecht auf einem Schuttberg stand. Er schwitzte heftig und lockerte seine Krawatte, dann suchte er die umliegenden Häuserzeilen nach einem Weg ab, der ihn in die Straßen zurückführen würde, durch die er gekommen war.

Aus den Augenwinkeln heraus sah er, daß sich über ihm etwas bewegte. Er zwang sich, es zu ignorieren, und versuchte, wieder zu Atem zu kommen und die eigenartige Benommenheit, die ihn befallen hatte, zu meistern.

Auf einmal lag ein gewaltiges Schweigen über der ausgestorbenen Gegend, so absolut, daß es schien, als würde eine unhörbare, gellende Musik mit voller Lautstärke gespielt.

Rechts von ihm, am Rande der Trostlosigkeit, schlurften langsame Schritte durch den Schutt. Er sah den ältlichen Mann im schäbigen schwarzen Anzug und mit Fliege, der sich gewöhnlich vor der Öffentlichen Bibliothek herumtrieb. Die Hände in den Taschen vergraben, zog er seines Weges, eine nahezu chaplineske Gestalt, und hin und wieder blickte er blinzelnd zum Himmel auf, als suchte er nach etwas, das er verloren oder vergessen hatte.

Renthall beobachtete ihn eine Weile, doch ehe er sich bemerkbar machen konnte, war das verhutzelte Männchen hinter einer verfallenen Mauer verschwunden.

Wieder bewegte sich etwas über ihm, und eine dritte Bewegung schloß sich an, der schließlich eine Reihe einander schnell ablösender Pendelbewegungen folgten. Über den Schutt zu seinen Füßen flackerten Lichtreflexe, und auf einmal funkelte der ganze Himmel, als würde die Luft sich öffnen und schließen.

Dann war alles wieder bewegungslos.

Renthall riß sich zusammen und wartete noch einen letzten Moment. Erst dann sah er zu dem nächsten Wachtturm auf, der fünfzehn Meter über ihm hing, und ließ von da aus den Blick über Hunderte anderer Türme schweifen, die wie gigantische Säulen aus dem klaren Himmel niederhingen. Der Dunstschleier hatte sich verzogen, die Turmschäfte waren mit beispielloser Deutlichkeit zu erkennen.

Soweit sein Auge reichte, waren alle Ausguckfenster geöffnet. Schweigend und ohne Bewegung starrten die Wächter auf ihn herab.

Der überlastete Mann

Faulkner wurde langsam wahnsinnig.

Nach dem Frühstück saß er ungeduldig in der Halle, während seine Frau in der Küche aufräumte. Noch zwei oder drei Minuten, und sie würde das Haus verlassen, doch aus irgendeinem Grunde fand er die allmorgendliche Wartezeit jedesmal fast unerträglich. Während er die Jalousien aufzog und den Lehnstuhl auf der Veranda zurechtstellte, horchte er darauf, wie Julia in der Küche geschäftig hin und her eilte. Stets in derselben festgesetzten Reihenfolge verstaute sie Tassen und Teller in der Geschirrspülmaschine, legte den Schmorbraten für das Abendessen in den automatischen Bratentopf und stellte die Uhrzeit ein, schaltete die Klimaanlage, den Kühlschrank und die Warmwasserheizung niedriger, machte die Zufuhr zum Öltank für den Lieferanten auf, der nachmittags kommen sollte, und zog die Garagentür so weit auf, daß sie mit ihrem Wagen heraus konnte.

Faulkner verfolgte die Reihenfolge mit Bewunderung und hakte, wenn die Schalter knackten und klickten, in Gedanken jeden einzelnen Vorgang ab.

Du solltest in der B-52 oder im Kontrollgebäude eines Unternehmens der Petrochemie sitzen. In Wahrheit jedoch arbeitete Julia in der Personalabteilung der Klinik und verbrachte den Tag zweifellos genauso geschäftig, drückte auf Knöpfe mit den Bezeichnungen ›Jones‹ und ›Smith‹ und ›Brown‹, legte Paraplegiefälle nach links und Paranoide nach rechts.

Sie kam in die Halle und trat zu ihm, ein genormtes Angestelltenwesen in flottem schwarzen Kostüm und weißer Bluse.

»Gehst du heute nicht in die Schule?« fragte sie.

Faulkner schüttelte den Kopf und hantierte mit einigen Papieren auf dem Schreibtisch. »Nein, man läßt mir noch Zeit zum Nachdenken. Nur noch diese Woche. Professor Harman war der Meinung, ich hätte zu viele Klassen und würde mich überanstrengen.«

Sie nickte und sah ihn zweifelnd an. Seit drei Wochen lag er nun schon zu Hause herum, döste auf der Veranda vor sich hin, und allmählich wurde sie mißtrauisch. Früher oder später würde sie es wohl herausfinden, vermutete Faulkner, doch bis dahin hoffte er außer Reichweite zu sein. Es verlangte ihn danach, ihr die Wahrheit zu sagen, daß er nämlich vor zwei Monaten seine Stellung als

Dozent an der Handelsschule aufgegeben und durchaus nicht die Absicht habe, sie wieder anzutreten. Sie würde verdammt überrascht sein, wenn sie dahinterkäme, daß sie sein letztes Gehalt fast aufgebraucht hatten und sich vielleicht sogar mit nur einem Wagen begnügen müßten. Laß sie arbeiten, dachte er, sie verdient sowieso mehr, als ich jemals verdient habe.

Mit Mühe brachte er es fertig, ihr zuzulächeln. *Verschwinde!* brüllte es in seinem Inneren, doch sie blieb noch unentschlossen in seiner Nähe.

»Was ist mit dem Mittagessen? Es ist nichts...«

»Mach dir meinetwegen keine Sorgen«, unterbrach er sie rasch und sah auf die Uhr. »Ich habe das Essen vor einem halben Jahr aufgegeben. Iß du nur in der Klinik.«

Allein mit ihr zu sprechen, war bereits zur Anstrengung geworden. Am liebsten hätte er es gesehen, wenn sie sich mit Hilfe von Notizzetteln verständigt hätten, und hatte zu diesem Zweck sogar schon zwei Schmierblöcke angeschafft. Allerdings hatte er es nie so recht über sich gebracht, ihr vorzuschlagen, auch Gebrauch davon zu machen, obgleich er Mitteilungen für sie herumliegen ließ, und zwar unter dem Vorwand, gedanklich zu angespannt zu sein und durch Reden seine Gedankengänge nicht unterbrechen zu wollen.

Seltsamerweise war ihm nie ernstlich der Gedanke gekommen, sie zu verlassen. Ein solcher Ausweg würde nichts beweisen. Außerdem hatte er einen anderen Plan.

»Du brauchst also nichts?« fragte sie und beobachtete ihn immer noch unentschlossen.

»Bestimmt nicht«, meinte Faulkner und lächelte weiter. Es kam ihm wie eine Tagesarbeit vor.

Ihr Kuß war flüchtig, war wie das automatische Zucken einer riesigen Flaschenabfüllmaschine. Das Lächeln stand ihm noch immer im Gesicht, als sie die Tür erreicht hatte. Nachdem sie gegangen war, ließ er es langsam verschwinden, bemerkte, wie er wieder atmete und sich nach und nach entkrampfte, wie die Spannung durch Arme und Beine entwich. Ein paar Minuten lang wanderte er ziellos durch das leere Haus, dann begab er sich wieder in die Halle, bereit, mit der ernsthaften Tagesarbeit zu beginnen.

Sein Programm lief gewöhnlich nach demselben Schema ab. Zuerst nahm er aus der mittleren Schublade seines Schreibtischs einen kleinen Wecker, der mit einer Batterie und mit einem Armband versehen war. Wenn er sich auf der Veranda im Lehnstuhl niedergelassen hatte, befestigte er das Armband am Handgelenk, zog den Wecker auf, stellte ihn ein und setzte ihn auf den Tisch neben sich; den Arm band er an der Sessellehne fest, denn er wollte nicht Gefahr laufen, den Wecker ungewollt vom Tisch zu reißen.

So vorbereitet, lehnte er sich zurück und besah sich die Szenerie, die vor seinen Augen lag.

Menninger Village, der ›Käfig‹, wie man die Siedlung am Ort nannte, war vor ungefähr zehn Jahren als in sich abgeschlossene Wohneinheit für die leitenden Angestellten der Klinik und deren Familien errichtet worden. Insgesamt bestand die Siedlung aus ungefähr sechzig Häusern, von denen ein jedes sich in ein bestimmtes architektonisches Konzept einfügte, dabei seine Identität im Inneren bewahrte und doch zugleich in die organische Einheit der ganzen Siedlung paßte. Das Augenmerk der Architekten, mit der Aufgabe konfrontiert, eine große Anzahl kleiner Häuser auf vier Morgen Land zu erstellen, hatte besonders darauf gelegen, es zu vermeiden, eine Ansammlung gleicher Hütten zu produzieren, wie das in den meisten Wohnsiedlungen der Fall war, und gleichzeitig ein Anschauungsobjekt für eine wichtige psychiatrische Stiftung zu liefern, das als Modell für die korporativen Wohneinheiten der Zukunft dienen konnte.

Allerdings war das Leben im Käfig, wie jeder dort herausfand, die Hölle auf Erden. Die Architekten hatten sich des sogenannten Psycho-Modulsystems bedient – einem L als Grundriß –, und das hieß, daß alles andere über- und unterlappte und die ganze Siedlung aus einem Milchglaslindwurm bestand, weißen Rechtecken und Kurven, was auf den ersten Blick aufregend und abstrakt (*Life* hatte mehrere glänzende Fotoserien von den ›neuen Wohntrends‹, wie sie von der Siedlung aufgezeigt wurden, veröffentlicht), für die Menschen jedoch, die darin lebten, formlos und visuell ermüdend war. Der größte Teil der leitenden Angestellten der Klinik hatte sich bald davongemacht, und die Siedlung stand nunmehr jedem offen, der dazu überredet werden konnte, dort zu wohnen.

Faulkner blickte von der Veranda herab und unterschied in dem Wirrwarr von weißen, geometrischen Formen die acht anderen Häuser, die er ohne den Kopf zu bewegen erkennen konnte. Links von ihm, unmittelbar angrenzend, wohnten die Penzils, die rechts von sich die McPhersons hatten; die übrigen sechs Häuser lagen direkt vor ihm, am anderen Ende eines Durcheinanders von ineinander übergehenden Gärten, abstrakten Rattenkäfigen, die durch hüfthohe weiße Verkleidungen aus rechteckigen Glasscheiben und Latten voneinander getrennt wurden.

Im Garten der Penzils lag ein Haufen großer Buchstabenklötze herum, jeder etwa einen Meter hoch, mit denen ihre beiden Kinder spielten. Häufig ließen sie auf dem Rasen Botschaften für Faulkner zurück, zuweilen obszöne, zuweilen einfach geheimnisvolle und undurchschaubare. Die Botschaft dieses Morgens fiel in die letzte Kategorie. Sie lautete:

Stop und geh

Während er über den tieferen Sinn dieser Aussage nachdachte, ließ er seine Gedanken zur Ruhe kommen und seinen Blick ziellos über die Häuser schweifen. Nach und nach begannen die ohnedies bereits verschwommenen Umrisse sich zu vermischen und dahinzuschwinden, die langen Balkone und Terrassen, halb hinter Bäumen verborgen, wurden formlose Gebilde, gigantische geometrische Einheiten.

Langsam atmend, verschloß Faulkner zielstrebig seinen Verstand und löschte schließlich ohne jede Anstrengung sein Bewußtsein von der Identität der vor ihm liegenden Häuser aus.

Er sah jetzt eine kubistische Landschaft vor sich, eine Ansammlung von willkürlichen weißen Formen vor einem blauen Hintergrund, über den sich verschiedene staubiggrüne Flecke langsam hin und her bewegten. Vergeblich fragte er sich, was diese geometrischen Formen in Wirklichkeit darstellen mochten – er wußte, daß sie noch vor wenigen Sekunden einen durchaus vertrauten Teil seines alltäglichen Daseins gebildet hatten –, doch wie er sie auch in Gedanken räumlich neu anordnete oder nach Assoziationen suchte, die von ihnen ausgingen, stets blieben sie eine willkürliche Ansammlung von geometrischen Formen.

Diese Fähigkeiten hatte er erst vor drei Wochen entdeckt. Als er an einem Sonntagmorgen böse den stummen Fernsehapparat in der Halle angesehen hatte, war ihm plötzlich aufgefallen, daß er die äußere Form des Plastikgehäuses so vollkommen akzeptiert und assimiliert hatte, daß er sich überhaupt nicht mehr an seine

Funktion erinnern konnte. Es hatte einer beträchtlichen geistigen Anstrengung bedurft, sich zusammenzunehmen und das Gehäuse wieder einzuordnen. Aus Interesse hatte er die neugewonnene Fähigkeit an anderen Gegenständen ausprobiert und herausgefunden, daß sie besonders bei solchen erfolgreich war, die mit Assoziationen überladen waren – bei Waschmaschinen, Autos und anderen Konsumgütern. Ihres Wertzuwachses durch Werbeslogans und Statussymbolik beraubt, war ihr wahrer Anspruch an die Realität so dürftig, daß es kaum einer geistigen Anstrengung bedurfte, sie ganz und gar zu vergessen.

Die Wirkung war ähnlich der von Mescalin und anderen Halluzinogenen, unter deren Einfluß die Dellen in einem Kissen so lebhaft wie Mondkrater, die Falten in einem Vorhang zu Kräuselungen in den Wogen der Unendlichkeit wurden.

In den folgenden Wochen hatte Faulkner eingehend experimentiert und seine Fähigkeit, die Auslöschmechanismen zu betätigen, trainiert. Er kam nur langsam voran, doch nach und nach war er imstande, immer größere Gruppen von Gegenständen auszulöschen, die Möbel aus der Massenproduktion in der Halle, die emaillierten Apparaturen in der Küche, sein Auto in der Garage – seiner Identität beraubt, stand es im Halbdunkel wie ein gewaltiger Eierkürbis, welk und glänzend; der Versuch, es in seiner ursprünglichen Funktion zu identifizieren, hatte ihn fast um den Verstand gebracht. ›Was, um alles in der Welt, kann das denn nur sein?‹ hatte er sich hilflos gefragt und sich vor Lachen gebogen – und als die Fähigkeit sich dann weiterentwickelte, da hatte er, anfangs noch verschwommen, begriffen, daß sich hier ein Fluchtweg aus der unerträglichen Welt eröffnete, in der er sich in der Siedlung befand.

Er hatte Ross Hendricks, wie er Dozent an der Handelsschule und sein einziger enger Freund, der ein paar Häuser weiter wohnte, die Fähigkeit beschrieben.

»Vielleicht kann ich tatsächlich aus der Zeit heraustreten«, hatte er spekuliert. »Ohne Zeitempfinden kann man sich das Bewußtsein schwer vorstellen. Das heißt, wenn man den Zeitträger von dem seiner Identität beraubten Gegenstand entfernt, befreit man diesen von allen seinen alltäglichen Gedankenassoziationen. Umgekehrt kann es sein, daß ich auf eine Möglichkeit gestoßen bin, die foto-assoziativen Zentren zu unterdrücken, die normalerweise visuelle Objekte identifizieren, in derselben Weise, wie man jemanden seine eigene Sprache sprechen hören kann und keiner der Laute irgendeine Bedeutung hat. Jeder hat das irgendwann schon mal probiert.«

Ross Hendricks hatte genickt. »Mach daraus aber keinen Beruf.« Er hatte Faulkner eindringlich angesehen. »Du kannst die Welt nicht einfach mit blinden Augen betrachten. Die Subjekt-Objekt-Beziehung ist nicht so polar, wie Descartes' ›Cogito ergo sum‹ einen glauben machen will. Je weiter du die äußere Welt degradierst, desto weiter degradierst du dich selbst. Mir scheint es, dein eigentliches Problem besteht darin, den Vorgang umzukehren.«

Doch Hendricks, so teilnahmsvoll er auch war, konnte Faulkner nicht helfen. Außerdem war es angenehm, die Welt wieder frisch zu sehen, sich in einem endlosen Panorama aus leuchtendbunten Bildern zu suhlen. Was spielte es für eine Rolle, ob da Form, doch kein Inhalt war...?

Ein scharfes Klicken weckte Faulkner. Mit einem Ruck setzte er sich auf und griff zum Wecker. Er hatte ihn so eingestellt, daß er um elf Uhr klingeln sollte, und jetzt zeigte er erst fünf vor elf an, hatte also nicht geläutet, und Faulkner hatte auch keinen Schlag von der Batterie bekommen. Doch das Klicken war deutlich zu hören gewesen, konnte aber wohl alle möglichen Ursachen gehabt haben, denn im Haus gab es eine Menge selbsttätige Geräte und Automaten.

Ein dunkler Schatten schob sich über die Milchglasscheibe, die die Seitenwand der Halle bildete. Faulkner blickte in die schmale Auffahrt, die sein Haus von dem der Penzils trennte, und sah einen Wagen einfahren und anhalten. Eine junge Frau im blauen Arbeitskittel entstieg ihm und ging über den Kies. Das war Penzils Schwägerin, ein junges Mädchen von etwa zwanzig Jahren, das seit einigen Monaten bei seiner Schwester lebte. Als es im Haus verschwand, schnallte Faulkner schnell das Armband ab und stand auf. Er öffnete die Verandatür und schlenderte in den Garten; von Zeit zu Zeit sah er sich über die Schulter um.

Louise, so hieß das Mädchen (er hatte noch nie ein Wort mit ihr gewechselt), besuchte vormittags einen Bildhauerkurs, und wenn sie nach Hause kam, ging sie gewöhnlich unter die Dusche, ehe sie zum Sonnenbaden aufs Dach kam.

Faulkner machte sich im hinteren Teil des Gartens zu schaffen, warf Steinchen in den Zierteich und tat so, als richtete er an der

Pergola ein paar Latten; auf einmal bemerkte er, wie sich der fünfzehnjährige Sohn der McPhersons, Harvey, ihm im Nachbargarten näherte.

»Warum bist du denn nicht in der Schule?« fragte er Harvey, einen schlaksigen Jungen mit intelligentem Frettchengesicht unter einem Wust brauner Haare.

»Da sollte ich eigentlich sein«, erklärte Harvey unbekümmert. »Doch ich habe Mutter davon überzeugt, daß ich überanstrengt bin, und Morrison« – sein Vater – »meinte, ich würde zu vernünftig werden.« Er zuckte mit den Schultern. »Patienten ist hier doch alles erlaubt.«

»Da hast du recht«, stimmte Faulkner ihm zu und sah sich über die Schulter nach der Duschkabine um. Eine rosa Gestalt bewegte sich hin und her, drehte an Wasserhähnen, und dann war das Geräusch von fließendem Wasser zu hören.

»Sagen Sie mal, Mr. Faulkner«, bat Harvey. »Ist Ihnen schon mal aufgefallen, daß es seit Einsteins Tod im Jahre 1955 kein einziges lebendes Genie mehr gibt? Von Michelangelo über Shakespeare, Newton, Beethoven, Goethe, Darwin, Freud bis zu Einstein hat es immer ein Genie gegeben. Und jetzt, zum erstenmal in fünfhundert Jahren, stehen wir allein da.«

Faulkner nickte, seine Augen waren woanders. »Ich weiß«, sagte er. »Ich fühle mich deswegen auch verdammt einsam.« Als die Dusche abgestellt wurde, murmelte er etwas zu Harvey und schlenderte zur Veranda zurück, wo er seinen Platz im Lehnstuhl wieder einnahm, die Batteriezuleitung ums Handgelenk geschnallt.

Nach und nach, Gegenstand für Gegenstand, machte er sich daran, die Welt um sich herum auszuschalten. Zuerst verschwanden die Häuser gegenüber. Die weißen Flächen der Dächer und Balkons löste er schnell in Rechtecke auf, die Reihen der Fenster in kleine Farbquadrate, so daß sie wie die Gitter auf einem Gemälde von Mondrian aussahen. Der Himmel war ein leeres Feld aus Blau. In der Ferne bewegte sich ein Flugzeug darüber hin, die Motoren donnerten. Sorgfältig unterdrückte Faulkner die Identität des Bildes, dann sah er zu, wie der schlanke Silberpfeil wie ein schwindendes Bruchstück aus einem Zeichentricktraum davonzog.

Während er darauf wartete, daß der Motorenlärm nachließ, vernahm er wieder das unergründliche Klicken, das er früher am Vormittag schon einmal gehört hatte. Es erklang nur wenige Schritte von ihm entfernt, nahe dem französischen Fenster rechts von ihm, doch war er zu sehr in das Kaleidoskop vertieft, das sich vor seinen Augen entfaltete, als daß es ihn gestört hätte.

Nachdem das Flugzeug verschwunden war, wandte er seine Aufmerksamkeit dem Garten zu, löschte schnell die weiße Umzäunung aus, die falsche Pergola, die elliptische Scheibe des Zierteichs. Der Gartenweg griff nach dem Teich, umfaßte ihn, und als Faulkner seine Erinnerungen an die zahllosen Male ausgeschaltet hatte, die er auf diesem Weg auf und ab geschlendert war, wuchs dieser wie ein Terrakottaarm in die Luft, der ein mächtiges Schmuckstück hält.

Zufrieden mit sich, weil er die Siedlung und den Garten ausradiert hatte, machte Faulkner sich daran, das Haus zu demolieren. Dabei waren ihm die Gegenstände um ihn herum vertrauter, waren hochgradig personifizierte Ableger von ihm. Er begann mit der Verandaeinrichtung, transformierte die Stahlrohrstühle und den Tisch mit der Glasplatte in ein Trio aus verschlungenen grünen Spiralen, dann wandte er den Kopf etwas zur Seite und nahm sich den Fernsehapparat vor, der gleich rechts von ihm in der Halle stand. Der Apparat klammerte sich mit letzter Kraft an seine Identität, was es für Faulkner leichtmachte, seine Gedanken zu zerstreuen und das braune Plastikgehäuse mit der künstlichen Holzmaserung zu einem amorphen Fleck zu reduzieren.

Stück für Stück reinigte er den Bücherschrank und den Schreibtisch von allen Assoziationen, dann die Standardlampen und die Bilderrahmen. Wie Plunder in irgendeinem psychologischen Warenhaus wurden sie hinter ihm im luftleeren Raum ausgesetzt, durch den die weißen Sessel und Sofas wie abgestumpfte rechteckige Wolken schwebten.

Mit der Realität war er nur noch durch den an sein Handgelenk angeschlossenen Weckmechanismus verbunden; er drehte den Kopf von rechts nach links und schaltete systematisch alle Bedeutungsspuren in der Welt um sich herum aus, reduzierte alles auf seine formalen visuellen Werte.

Nach und nach verloren auch diese ihre Bedeutungen, die abstrakten Farbmassen verschwammen und zogen Faulkner in eine Welt purer psychischer Reize hinter sich her, wo Vorstellungsblöcke wie magnetische Felder in einer Wolkenkammer herumhingen.

Scheppernd klingelte der Wecker, die Batterie sandte stechende Schmerzstöße in Faulkners Unterarm. Seine Schädeldecke kribbelte, und er raffte sich in die Wirklichkeit zurück und löste den Armreifen, massierte mit raschen Bewegungen seinen Arm und schlug auf den Wecker.

Ein paar Minuten saß er da und knetete sein Handgelenk, identifizierte alle Gegenstände um sich herum, die Häuser gegenüber, die Gärten, sein Zuhause, und ihm war klar, daß sich eine Glaswand zwischen ihnen und seiner eigenen Psyche aufgerichtet hatte. Wie sehr er seine Gedanken auch auf die Welt draußen konzentrierte, ein Schutzschirm, dessen Stärke unmerklich zunahm, ließ sie nicht recht an ihn herankommen.

Auch auf anderen Ebenen richteten sich Schutzwände auf. Um sechs Uhr abends kam seine Frau nach Hause, müde nach einem aufreibenden Tag, ärgerlich, weil Faulkner halbbetäubt herumging und überall in der Veranda schmutzige Gläser standen.

»Räum doch wenigstens auf!« brauste sie auf, als er ihr den Lehnstuhl überließ und sich nach oben zurückziehen wollte. »Laß das hier nicht so unordentlich zurück. Was ist denn los mit dir? *Reiß dich zusammen,* los!«

Faulkner sammelte eine Handvoll Gläser zusammen, murmelte etwas vor sich hin und wollte in die Küche gehen, doch Julia verstellte ihm den Weg. Sie hatte etwas vor. Sie trank hastig einen Schluck von ihrem Martini und fing an, ihn über die Schule auszuhorchen. Wahrscheinlich hat sie unter einem Vorwand dort angerufen, dachte er, und sich in ihrem Verdacht bestärkt gefühlt, als sie sich mit ihm verbinden lassen wollte.

»Die Zusammenarbeit ist schrecklich«, erklärte er. »Wenn man mal zwei Tage blaumacht, erinnert sich kein Mensch mehr daran, daß man dort arbeitet.« Mit großer Anstrengung hatte er es bewerkstelligt, ihr nicht in die Augen zu sehen, seit sie nach Hause gekommen war. In der Tat hatten sie schon seit über einer Woche keinen Blick mehr gewechselt. Hoffnungsvoll fragte er sich, ob sie das vielleicht fertigmachte.

Das Abendessen war eine qualvoll zerdehnte Tortur. Die Gerüche des selbständig vor sich hin brutzelnden Schmorbratens hatten den ganzen Nachmittag über das Haus durchzogen. Da er nicht mehr als ein paar Bissen essen konnte, hatte er nichts, worauf er seine Aufmerksamkeit konzentrieren konnte. Zum Glück hatte Julia einen herzhaften Appetit, und so starrte er ihr, während sie aß, auf den Kopf und ließ seinen Blick im Zimmer umherschweifen, wenn sie einmal aufsah.

Nach dem Abendessen, dankbar wurde es von ihm vermerkt, gab es Fernsehen. Die Dämmerung verhüllte die anderen Häuser der Siedlung, und sie saßen im Dunkeln vor dem Fernsehapparat. Julia nörgelte über die Programme.

»Warum müssen wir eigentlich jeden Abend fernsehen?« fragte sie. »Das ist doch wirklich Zeitverschwendung.«

Faulkner machte eine vage Geste. »Es ist ein interessantes Abbild der Gesellschaft.« Er hatte sich in den Ohrensessel geschmiegt, die Hände hinter dem Kopf verschränkt und konnte sich die Daumen in die Ohren drücken und dadurch den Ton des Programms nach Belieben ausschalten. »Hör nicht auf das, was sie sagen«, riet er seiner Frau. »Dann hat es mehr Sinn.« Er betrachtete die Darsteller, die stumm wie wahnsinnige Fische den Mund bewegten. Bei Großaufnahmen in rührseligen Unterhaltungsstücken war es besonders vergnüglich, je spannender die Situation, desto komischer wurde es.

Etwas trat heftig gegen sein Knie. Er blickte auf und sah, daß seine Frau sich über ihn gebeugt hatte; sie hatte die Augenbrauen bedrohlich zusammengezogen und klappte wütend den Mund auf und zu. Voller Abneigung durchforschte er ihr Gesicht, die Daumen noch in den Ohren, und überlegte einen Moment, ob er sie nicht einfach abschalten sollte, so wie er zuvor den Rest der Welt abgeschaltet hatte. Doch wenn er das täte, würde er bestimmt nicht vorher den Wecker stellen…

»Harry!« hörte er seine Frau brüllen.

Mit einem Ruck setzte er sich auf, die Geräusche aus dem Fernsehapparat untermalten die Stimme seiner Frau.

»Was ist denn los? Ich war eingeschlafen.«

»Du warst in Trance, wolltest du wohl sagen. Antworte doch wenigstens, wenn ich mit dir rede. Ich habe dir gerade erzählt, daß ich Harriet Tizzard heute nachmittag getroffen habe.« Faulkner stöhnte und seine Frau beugte sich zu ihm herüber. »Ich weiß, du kannst die Tizzards nicht ausstehen, aber ich finde, wir sollten sie häufiger sehen…«

Sie sprudelte weiter. Faulkner machte es sich wieder bequem, und als sie sich in ihren Sessel zurücklehnte, verschränkte er die Arme hinter dem Kopf, steckte nach einigen verbindlichen Grunzern die Daumen in die Ohren und löschte ihre Stimme aus. Dann lag er schweigend da und betrachtete die stumme Mattscheibe.

Am nächsten Vormittag um zehn Uhr war er wieder auf der Veranda, hatte den Wecker ans Handgelenk angeschlossen und lag eine Stunde lang zurückgelehnt da und genoß, den Verstand frei von allen seinen Ängsten, die körperlichen Formen, die um ihn herum aufragten. Als der Wecker ihn um elf Uhr weckte, fühlte er sich erfrischt und entspannt; für kurze Zeit war er in der Lage, die Häuser in der Nähe mit der visuellen Neugier zu betrachten, die ihre Architekten beabsichtigt hatten. Allmählich jedoch fing alles wieder an, sein Gift auszuscheiden, die nagenden Assoziationen in den Vordergrund zu schieben, und schon nach zehn Minuten blickte Faulkner gereizt auf seine Armbanduhr.

Als Louise Penzils Wagen in die Auffahrt einfuhr, machte er sich von dem Wecker los und schlenderte in den Garten hinunter, den Kopf gesenkt, um nach Möglichkeit keines der umliegenden Häuser im Blickfeld zu haben. Lustlos machte er sich an der Pergola zu schaffen und befestigte die Latten, die von den Rosen losgerissen worden waren. Plötzlich steckte Harvey McPherson den Kopf über den Zaun.

»Bist du denn immer noch hier, Harvey? Gehst du nie mehr in die Schule?«

»Tja, ich bin immer noch auf Mutters Entspannungskurs«, erklärte Harvey. »Ich finde, die Wettbewerbsatmosphäre im Klassenzimmer ist –«

»Ich versuche auch, mich zu entspannen«, fiel Faulkner ihm ins Wort. »Und dabei wollen wir es auch belassen. Warum verschwindest du nicht?«

Unbeeindruckt bohrte Harvey weiter. »Mr. Faulkner, ich habe da ein metaphysisches Problem, das mir ziemlich zu schaffen macht. Vielleicht könnten Sie mir bei seiner Lösung helfen. Das einzige Absolute in der Raumzeit soll die Lichtgeschwindigkeit sein. Doch Tatsache ist ja, daß jede Schätzung der Lichtgeschwindigkeit die Komponente Zeit erfordert, die subjektiv variabel ist – so, päng, was bleibt noch?«

»Mädchen«, sagte Faulkner. Er sah über die Schulter zum Haus der Penzils hin und wandte sich anschließend wieder mißgestimmt Harvey zu.

Harvey runzelte die Stirn und versuchte, seine Haare glattzustreichen. »Wovon reden Sie denn?«

»Von Mädchen«, wiederholte Faulkner. »Du weißt doch, das schwächere Geschlecht, die weibliche Komponente.«

»Ach, verdammt.« Harvey schüttelte den Kopf und ging vor sich hin murmelnd zum Haus zurück.

Das dürfte wohl reichen, dachte Faulkner. Er nahm das Haus der Penzils durch die Latten der Pergola hindurch näher in Augenschein, doch plötzlich entdeckte er Harry Penzil am Fenster der Veranda stehen und ihn stirnrunzelnd beobachten.

Faulkner drehte sich schnell um und tat so, als beschnitte er die Rosen. Als er sich endlich den Weg ins Haus gebahnt hatte, war er in Schweiß gebadet. Harry Penzil gehörte zu den Männern, bei denen man gewärtig sein mußte, daß sie plötzlich über den Zaun hechten und einen mit einem rechten Haken niederstrecken.

Er mixte sich in der Küche einen Drink und trug ihn auf die Veranda; dort setzte er sich nieder und wartete darauf, daß seine Verlegenheit sich legen würde und er den Weckmechanismus einstellen konnte.

Aufmerksam achtete er auf jedes Geräusch, das vom Haus der Penzils zu ihm drang, doch auf einmal vernahm er rechts von sich ein vertrautes, schwaches Klicken.

Er beugte sich vor und besah sich eingehend die Wand der Veranda. Sie bestand aus einer dicken, völlig undurchsichtigen Milchglasscheibe, der weiße Dachziegel auflagen, auf denen wiederum geriffelte Kunststoffplatten befestigt waren. Direkt unterhalb der Veranda erhob sich, den größten Teil der Nachbargärten verdekkend, ein etwa drei Meter hoher Drahtzaun, der für rund sechs Meter neben dem eigentlichen Gartenzaun verlief und an dem Kamelien emporwuchsen.

Faulkner suchte den Drahtzaun sorgfältig ab, und auf einmal fiel ihm ein quadratischer, schwarzer Gegenstand auf einem wackeligen Stativ ins Auge, das hinter der ersten vertikalen Strebe etwa einen Meter vom offenen Verandafenster entfernt aufragte; ein kleines Glasauge starrte ihn unverwandt durch einen der horizontalen Schlitze hindurch an.

Eine Kamera! Mit einem Satz sprang Faulkner aus dem Lehnstuhl auf und starrte ungläubig auf das Gerät. Seit Tagen hatte es Aufnahmen von ihm geschossen, Gott allein wußte, welche Einblicke Harvey zum eigenen Vergnügen in sein Privatleben genommen hatte.

Kochend vor Wut schlich Faulkner an den Zaun, ergriff einen der Metallstäbe, die als Stütze dienten, und angelte nach der Kamera. Als er sie durch eine Zaunlücke ziehen wollte, fiel das Stativ scheppernd um, und er hörte, wie auf der Veranda der McPhersons jemand aus einem Stuhl aufstand.

Schließlich hatte er die Kamera in der Hand und riß die verlängerte Bedienungsschnur vom Auslöser ab. Dann machte er den Apparat auf, entnahm ihm den Film, warf ihn auf die Erde und trampelte mit dem Absatz darauf herum. Nachdem er die Trümmer der Kamera aufgesammelt hatte, trat er einen Schritt vor und warf sie über den Zaun in den hinteren Teil des McPhersonschen Gartens.

Als er wieder auf der Veranda saß und gerade sein Glas austrinken wollte, klingelte in der Halle das Telefon.

»Ja, was gibt's?« sagte er mürrisch in die Muschel.

»Bist du's, Harry? Hier spricht Julia.«

»Wer?« fragte Faulkner ohne nachzudenken. »Oh, ja. Na, wie steht's?«

»Nicht sehr gut, wie die Dinge liegen.« Sie hörte sich ziemlich verbittert an. »Ich hatte gerade ein langes Gespräch mit Professor Harman. Er hat mir erzählt, daß du vor zwei Monaten aus der Schule ausgeschieden bist. Harry, worauf willst du hinaus? Ich kann es kaum glauben.«

»Ich auch nicht«, erwiderte Faulkner scherzhaft. »Die beste Nachricht, die ich seit Jahren erhalten habe. Vielen Dank für die Bestätigung.«

»Harry!« kreischte seine Frau. »Reiß dich zusammen! Wenn du dir einbildest, daß ich dich aushalte, dann irrst du dich gewaltig. Professor Harman hat gesagt –«

»Dieser Idiot!« unterbrach Faulkner sie. »Begreifst du denn nicht, daß er versucht hat, mich in den Wahnsinn zu treiben?« Als die Stimme seiner Frau zu hysterischem Schreien anwuchs, hielt er den Hörer weit von sich und legte ihn schließlich in aller Ruhe auf die Gabel. Nach einer Weile nahm er ihn wieder ab und legte ihn auf den Stapel Telefonbücher.

Draußen hing der Frühlingstag wie ein Vorhang aus Schweigen über der Siedlung. Hier und da raschelte ein Blatt in der warmen

Luft, öffnete sich ein Fenster und fing das Sonnenlicht ein, ansonsten waren Ruhe und Frieden ungetrübt.

Faulkner aalte sich auf der Veranda, der Weckmechanismus lag unberührt unter dem Lehnstuhl auf dem Fußboden, und versank tiefer und tiefer in seine privaten Träumereien, in die Trümmerwelt aus Form und Farbe, die regungslos rings um ihn herumging. Die gegenüberliegenden Häuser waren verschwunden, langgestreckte, rechteckige weiße Bänder waren an ihre Stelle getreten, der Garten bildete eine grüne Fläche, an deren hinterem Ende die silberne Ellipse des Zierteiches lag. Die Veranda war ein durchsichtiger Würfel, in dessen Zentrum Faulkner sich wie ein schwebendes Bild empfand, dahintreibend auf einem Meer von Vorstellungen. Nicht nur die Welt um sich herum, sondern auch seinen eigenen Körper hatte er ausgelöscht, und seine Gliedmaßen und sein Leib schienen Extrapolierungen seines Geistes zu sein, gestaltlose Formen, deren physische Dimensionen wie das Bewußtsein eines Traums von seiner eigenen Identität darauf lasteten.

Ein paar Stunden später, während er gemächlich durch seine Träumerei schwamm, wurde er sich bewußt, wie auf einmal etwas in den Bereich seiner Visionen eindrang. Er kniff die Augen zusammen und stellte überrascht fest, daß die dunkelgekleidete Gestalt seiner Frau vor ihm stand, ärgerlich schreiend und mit der Handtasche herumfuchtelnd.

Einige Minuten lang betrachtete er die heimliche Einheit, die sie in so vertrauter Weise darstellte, die Proportionen ihrer Arme und Beine, die Fläche ihres Gesichtes. Dann, ohne sich zu bewegen, begann er, sie im Geiste zu enthüllen, sie buchstäblich Glied für Glied auszulöschen. Zuerst vergaß er ihre Hände, die ständig wie verrückte Vögel zuschnappten und zuckten, dann ihre Arme und Schultern, wobei er sämtliche Erinnerungen an ihre Kraft und an ihre Bewegungen tilgte. Schließlich, als es sich ihm mit wild auf- und zuklappendem Mund näherte, vergaß er ihr Gesicht, bis es weiter nichts mehr darstellte als ein unförmiges Dreieck aus graurosa Brei, verunstaltet durch verschiedene Rillen und Kerben, zerfurcht von Öffnungen, die wie Schlitze eigenartiger Gebläse auf- und zugingen.

Er wandte sich wieder der stummen Traumlandschaft zu, war sich jedoch bewußt, daß sie immer noch hartnäckig hinter ihm herumdrängte. Ihre Gegenwart kam ihm häßlich und formlos vor, war wie ein Bündel zudringlicher Winkel. Dann endlich kamen sie in kurzen körperlichen Kontakt. Er wollte sie von sich schieben, spürte aber, wie sie sich wie ein Hund an seinem Arm festbiß. Er versuchte sie abzuschütteln, doch sie ließ nicht locker und hopste, von Wut gepeitscht, hin und her.

Ihre Bewegungen waren abgehackt und linkisch. Um einen Anfang zu finden, bemühte er sich, nicht weiter darauf zu achten, und dann machte er sich daran, sie zu bändigen und zu beruhigen und ihre verwinkelte Form in eine weichere und rundere zu verwandeln.

Während er sich mit ihr abmühte und sie knetete, so wie ein Bildhauer Ton knetet, nahm er eine Reihe knackender Geräusche wahr, über denen kaum hörbar ein ununterbrochener Schrei hing. Als er fertig war, ließ er sie auf den Fußboden sinken, ein leise wimmerndes Bündel aus schwammigem Gummi.

Faulkner kehrte zu seinen Träumereien zurück und nahm die unveränderte Landschaft wieder in sich auf. Das Scharmützel mit seiner Frau hatte ihn an das eine Hindernis erinnert, das noch vorhanden war – an seinen eigenen Körper. Zwar hatte er dessen Identität vergessen, doch er fühlte sich dennoch schwer und warm an, leicht unbequem, so wie ein unruhiger Schläfer ein schlecht gemachtes Bett empfindet. Wonach er suchte, war reine Vorstellung, ungestörtes Empfinden psychischen Seins, unverformt durch ein physisches Medium. Nur so würde er den Beklemmungen der äußeren Welt entfliehen können.

Irgendwo in seinem Gehirn drängte sich eine Idee vor. Er stand auf und ging durch die Veranda; der körperlichen Bewegungen, die dazu nötig waren, war er sich nicht bewußt, doch trieben sie ihn in den hinteren Teil des Gartens. Von der rosenbewachsenen Pergola verdeckt, stand er fünf Minuten am Rande des Teiches. Dann ging er ins Wasser. Die Hose blähte sich an den Knien auf, und langsam watete er dahin. In der Mitte des Teiches setzte er sich hin, schob das Schilf beiseite und legte sich in dem seichten Wasser auf den Rücken.

Langsam fühlte er die wachsartige Masse seines Körpers zergehen, seine Temperatur nahm ab und wurde weniger bedrückend. Er blickte durch das Wasser, das fünfzehn Zentimeter hoch auf seinem Gesicht stand, in die Höhe und betrachtete die blaue Scheibe des Himmels, wolkenlos und ungetrübt, wie sie sich ausdehnte und sein Bewußtsein ausfüllte. Endlich hatte er den passenden Hintergrund gefunden, das einzig mögliche Vorstellungsgebiet, den absoluten, ununterbrochenen Weiterbestand des Daseins, unbefleckt von materiellen Auswüchsen. Sie forgesetzt im Auge behaltend, wartete er darauf, daß die Welt sich auflösen und ihn freisetzen würde.

Dreizehn unterwegs zum Alpha Centauri

Abel wußte etwas.

Vor drei Monaten, kurz nach seinem sechzehnten Geburtstag, hatte er nur vermutet, war sich seiner aber noch zu unsicher gewesen, zu überwältigt von der Logik seiner Entdeckung, als daß er sie seinen Eltern gegenüber erwähnt hätte. Manchmal, wenn er halbwach in seiner Schlaflosigkeit lag und seine Mutter eines der alten Lieder leise vor sich hin summte, unterdrückte er sein Wissen bewußt, doch stellte es sich wieder ein, nagte beharrlich an ihm, zwang ihn dazu, den größten Teil dessen, was er lange Zeit als die eigentliche Welt angesehen hatte, über Bord zu werfen.

Keines der anderen Kinder in der Station konnten ihm da helfen. Sie waren in ihre Spiele im Spielzimmer vertieft oder kauten über ihren Tests und Hausarbeiten am Bleistift.

»Abel, was ist los?« rief Zenna Peters ihm nach, als er sich zum leeren Vorratsraum auf dem D-Deck davonmachte. »Du siehst schon wieder traurig aus.«

Abel zögerte, betrachtete Zennas warmes, verwundertes Lächeln, dann steckte er die Hände in die Hosentaschen und rannte weg, sprang hastig die Metalltreppe hinab, um sicherzugehen, daß Zenna ihm nicht folgen konnte. Einmal war sie uneingeladen in den Vorratsraum geschlichen gekommen, und er hatte die Glühbirne aus der Fassung gerissen und das dreiwöchige Training zunichte gemacht. Dr. Francis war wütend gewesen.

Als er auf dem D-Deck durch den Flur lief, horchte er vorsichtig auf den Doktor, der ihn seit kurzem im Auge hatte und ihn hinter den Plastikmodellen im Spielzimmer hervor scharf beobachtet. Vielleicht hatte Abels Mutter ihm von seinem Alptraum erzählt, aus dem er immer vor Entsetzen schweißgebadet erwachte, unverrückbar das Bild einer schwach brennenden Scheibe vor Augen. *Wenn Dr. Francis ihn doch nur von diesem Traum heilen könnte!*

Alle fünf Meter trat er im Flur durch ein Schott und berührte verspielt die massigen Kontrollkästen zu beiden Seiten des Durchgangs. Er ließ seinen Gedanken bewußt freien Lauf und identifizierte einige Buchstaben über den Schaltern

M-T--R----SC---M,

doch sie verschwammen vor seinen Augen, wenn er versuchte, das ganze Wort zu lesen. Das Psycho-Training war zu mächtig. Nachdem er sie im Vorratsraum erwischt hatte, war Zenna in der Lage gewesen, einige der Bemerkungen zu lesen, doch Dr. Francis hatte sie schnell weggeführt, ehe sie sie wiederholen konnte. Als sie nach Stunden zurückgekommen war, hatte sie sich an nichts mehr erinnern können.

Als er den Vorratsraum betrat, wartete er wie gewöhnlich einige Sekunden, ehe er das Licht anknipste, und sah vor sich die kleine Scheibe aus brennendem Licht, die sich in seinen Träumen ausdehnte, bis sie sein Gehirn wie tausend Lichtbögen ausfüllte. Sie schien endlos weit entfernt zu sein, doch auf geheimnisvolle Weise machtvoll und magnetisch, und ließ schlummernde Zonen seines Gehirns wach werden, ähnlich denen, die auf die Gegenwart seiner Mutter reagierten.

Als die Scheibe zu wachsen begann, drückte er auf den Schalter.

Zu seiner Überraschung blieb der Raum dunkel. Er tastete nach dem Schalter, ein kurzer Aufschrei entschlüpfte seinen Lippen.

Auf einmal ging das Licht an.

»Hallo, Abel«, sagte Dr. Francis leichthin und drückte mit der rechten Hand die Glühbirne in die Fassung. »Das war wohl ein ziemlicher Schock.« Er lehnte an einem Metallverschlag. »Ich denke, wir sollten uns mal über deinen Aufsatz unterhalten.« Er zog ein Übungsbuch aus seinem weißen Plastikanzug, und Abel setzte sich steif hin. Trotz des trockenen Lächelns und der warmen Augen war etwas an Dr. Francis, das Abel immer auf der Hut sein ließ.

Vielleicht wußte Dr. Francis auch etwas?

»Die geschlossene Gesellschaft«, las Dr. Francis vor. »Ein merkwürdiges Thema für einen Aufsatz, Abel.«

Abel zuckte mit den Schultern. »Wir konnten es uns doch aussuchen. Sollen wir denn nicht was Ungewöhnliches zum Thema nehmen?«

Dr. Francis grinste. »Eine gute Antwort. Aber jetzt mal im Ernst, Abel, warum ausgerechnet dieses Thema?«

Abel nestelte an den Verschlüssen seines Anzugs herum. Sie dienten keinem besonderen Zweck, aber wenn man hindurchpustete, konnte man den Anzug aufblasen. »Nun, es ist eine Art Studie über das Leben in der Station, wie wir alle miteinander auskommen. Worüber soll man denn sonst schreiben? – Ich finde es nicht so merkwürdig.«

»Vielleicht nicht. Es besteht kein Grund, weshalb du nicht über die Station schreiben solltest. Die anderen vier haben das auch getan. Doch du hast deinem Aufsatz die Überschrift ›Die geschlossene Gesellschaft‹ gegeben. Die Station ist nicht geschlossen, Abel – oder doch?«

»Ich meinte, weil wir nicht nach draußen gehen können«, erklärte Abel langsam. »Mehr wollte ich damit nicht sagen.«

»Draußen«, wiederholte Dr. Francis. »Das ist ein interessantes Konzept. Du mußt eine Menge über das Thema nachgedacht haben. Wann hast du angefangen, in dieser Richtung zu denken?«

»Nach dem Traum«, sagte Abel. Dr. Francis war bewußt seinem Gebrauch des Wortes ›draußen‹ ausgewichen, und er suchte nach einer Möglichkeit, zur Sache zu kommen. In der Tasche fühlte er das kleine Senkblei, das er immer bei sich trug. »Dr. Francis, vielleicht können Sie mir etwas erklären? Warum dreht die Station sich?«

»Tut sie das?« Dr. Francis blickte interessiert auf. »Woher weißt du das?«

Abel streckte den Arm aus und befestigte das Senkblei am Deckenpfosten. »Der Zwischenraum zwischen Kugel und Wand ist unten etwa fünfunddreißig Millimeter größer als oben. Zentrifugalkräfte ziehen sie nach draußen. Ich habe errechnet, daß die Station sich mit einer Geschwindigkeit von etwa sechzig Zentimetern pro Sekunde dreht.«

Dr. Francis nickte gedankenvoll. »Das kommt ungefähr hin«, sagte er sachlich. Er stand auf. »Komm, laß uns mal in mein Büro gehen. Es sieht so aus, als wäre es an der Zeit, daß wir beide uns mal ernsthaft unterhalten.«

Die Station bestand aus vier Etagen. In den beiden unteren waren die Unterkünfte der Besatzung untergebracht. Es waren zwei kreisrunde Decks mit Kabinen, in denen die vierzehn Menschen an Bord der Station wohnten. Die rangälteste Familie waren die Peters, angeführt von Captain Theodore, einem großen, strengen Mann von wortkargem Wesen, der kaum jemals aus dem Kontrollraum herauskam. Abel hatte den Kontrollraum noch nie betreten dürfen, doch der Sohn des Captains, Matthew, beschrieb des öfteren die stille, gewölbeartige Kabine, die ganz angefüllt war mit leuchtenden Skalen, flackernden Lichtern und eigenartig summender Musik.

Alle männlichen Mitglieder der Familie Peters arbeiteten im Kontrollraum – Großvater Peters, ein weißhaariger alter Mann mit lustigen Augen, war Captain gewesen, als Abel noch nicht geboren war –, und zusammen mit der Frau des Captain und Zenna bildeten sie die Elite der Station.

Allerdings waren die Grangers, die Familie, zu der Abel gehörte, in vieler Hinsicht wichtiger, wie ihm inzwischen klargeworden war. Die tagtägliche Verwaltung der Station, das detaillierte Ausarbeiten der Übungen für den Notfall, der Dienstpläne und Speisekarten fiel in die Verantwortlichkeit von Abels Vater, Matthias, und ohne seine strenge, doch flexible Anleitung hätten die Bakers, die die Kabinen saubermachten und die Küche besorgten, nie gewußt, was sie zu tun hatten. Und es lag nur an den Begegnungen im Aufenthaltsraum, auf denen sein Vater bewußt bestand, die die Bakers und Peters zusammenbrachten, sonst wäre jede Familie bis in alle Ewigkeit in ihren eigenen Kabinen geblieben.

Schließlich war da noch Dr. Francis. Er gehörte zu keiner der drei Familien. Manchmal fragte Abel sich, wo Dr. Francis hergekommen war, doch bei Fragen wie dieser vernebelte sich stets sein Geist, da sich die Blöcke für das Psycho-Training wie Schotten vor seine Gedankengänge legten (Logik war in der Station ein gefährliches Spielzeug). Dr. Francis' Energie und Vitalität, seine entwaffnende gute Laune – in gewisser Weise war er der einzige in der Station, der jemals einen Scherz machte –, kamen bei sonst niemandem vor. Sosehr ihm Dr. Francis manchmal zuwider war, weil er herumschnüffelte und alles wußte, war Abel doch klar, daß das Leben ohne ihn in der Station ziemlich trist sein würde.

Dr. Francis schloß die Tür zu seiner Kabine und bedeutete Abel, Platz zu nehmen. Alle Möbel in der Station waren am Fußboden festgeschraubt, doch Abel stellte fest, daß Francis seinen Sessel abgeschraubt hatte, um nach hinten wippen zu können. Der riesige, luftdichte Schlafzylinder des Doktors ragte aus der Wand hervor, sein dicker Metallkörper konnte jedem Unfall widerstehen, den die Station erleiden sollte. Abel haßte den Gedanken, in so einem Zylinder schlafen zu müssen – glücklicherweise waren die Unterkünfte der übrigen Besatzung unfallsicher –, und er fragte sich, warum Dr. Francis sich dazu entschlossen hatte, allein auf dem A-

Deck zu leben.
»Sag mal, Abel«, hob Dr. Francis an, »hast du dich schon jemals gefragt, warum es die Station gibt?«
Abel zuckte mit den Schultern. »Na ja, sie soll uns am Leben halten, sie ist unser Zuhause.«
»Ja, das stimmt. Doch offensichtlich hat sie auch noch andere Aufgaben als nur unser Überleben zu sichern. Wer, was meinst du, hat die Station ursprünglich gebaut?«
»Unsere Väter, nehme ich an, oder Großväter. Oder deren Großväter.«
»Durchaus richtig. Und wo waren sie, bevor sie sie gebaut haben?«
Abel gab sich alle Mühe, mit diesem Abgleiten der Situation ins Absurde fertig zu werden. »Ich weiß es nicht, sie müssen wohl in der Luft rumgeflogen sein.«
Dr. Francis fiel in das Gelächter ein. »Ein wunderbarer Gedanke. Tatsächlich ist er gar nicht so weit von der Wahrheit entfernt. Doch können wir das nicht so ohne weiteres hinnehmen, wie die Dinge liegen.«
Das in sich geschlossene Büro des Doktors brachte Abel auf eine Idee. »Vielleicht sind sie von einer anderen Station gekommen? Einer noch größeren?«
Dr. Francis nickte ihm aufmunternd zu. »Fabelhaft, Abel. Eine erstklassige Schlußfolgerung. Gut, also nehmen wir das mal an. Irgendwo, weit weg von uns, existiert eine riesige Station, vielleicht hundertmal größer als diese, vielleicht sogar tausendmal größer. Warum nicht?«
»Das ist möglich«, stimmte Abel zu und machte sich die Idee überraschend schnell zu eigen.
»Richtig. Und jetzt denk mal an deinen Unterricht in fortgeschrittener Bewegungslehre – an das imaginäre planetarische System mit den herumfliegenden Körpern, die durch die wechselseitige Anziehung zusammengehalten werden, ja? Nehmen wir weiterhin an, ein solches System existiert tatsächlich, klar?«
»Hier?« fragte Abel schnell. »In Ihrer Kabine?« Dann fügte er hinzu. »In Ihrem Schlafzylinder?«
Dr. Francis lehnte sich zurück. »Abel, du kommst manchmal wirklich mit überraschenden Dingen ans Licht. Eine interessante Ideenverbindung. Nein, dazu wäre es zu groß. Versuch mal, dir ein planetarisches System vorzustellen, das einen Zentralkörper von

wirklich gewaltiger Größe umkreist, und jeder der Planeten ist eine Million mal größer als eine Station.« Als Abel nickte, fuhr er fort. »Und nimm an, daß die große Station, die, die tausendmal größer als diese ist, mit einem der Planeten verbunden ist und daß die Menschen in ihr beschlossen hätten, zu einem anderen Planeten zu fliegen. Sie haben also eine kleinere Station gebaut, etwa so groß wie diese hier, und sie durch die Luft auf den Weg geschickt. Drücke ich mich deutlich aus?«

»Gewissermaßen.« Es war merkwürdig, der ganz und gar abstrakte Gedankengang war durchaus nicht so abstoßend, wie er eigentlich erwartet hatte. Tief in seinem Inneren rührten sich dumpfe Erinnerungen, die sich mit dem verzahnten, was er bereits über die Station vermutet hatte. Aufmerksam starrte er Dr. Francis an. »Sie wollen damit sagen, daß die Station das tut? Daß dieses planetarische System existiert?«

Dr. Francis nickte. »Du hast das schon mehr oder weniger vermutet, ehe ich es dir gesagt habe. Im Unterbewußtsein hast du das alles seit Jahren gewußt. In einigen Minuten werde ich ein paar von den Blöcken für das Psychotraining entfernen, und wenn du dann nach Stunden wieder erwachst, wirst du alles verstehen. Dann wirst du wissen, daß unsere Station in Wahrheit ein Raumschiff ist, das von unserem Heimatplaneten, der Erde, wo unsere Großväter geboren wurden, zu einem anderen Planeten fliegt, Millionen von Kilometern entfernt, in einem anderen Planetensystem. Unsere Großväter haben immer auf der Erde gelebt, und wir sind die ersten Menschen, die jemals eine solche Reise unternehmen. Du darfst stolz sein, daß du hier bist. Dein Großvater, der freiwillig mitgekommen ist, war ein großer Mann, und wir müssen alles unternehmen, um sicherzustellen, daß die Station weiterhin funktioniert.«

Abel nickte schnell. »Wann kommen wir dort an – auf dem Planeten, zu dem wir unterwegs sind?«

Dr. Francis blickte auf seine Hände hinab, sein Gesicht bekam einen melancholischen Ausdruck. »Wir werden niemals ankommen, Abel. Die Reise dauert zu lange. Dies ist ein Multi-Generationen-Raumgefährt, nur unsere Kinder werden landen, und sie werden alt sein, wenn sie ankommen. Aber mach dir keine Sorgen, du wirst die Station auch weiterhin als dein wahres Zuhause ansehen, und das ist bewußt so, damit du und deine Kinder hier glücklich sind.«

Er trat an den Fernsehmonitor, über den er mit Captain Peters in Verbindung stand, seine Finger spielten über die Kontrollschalter. Plötzlich wurde der Bildschirm hell, eine Woge von grellen Lichtpunkten ergoß sich in die Kabine, warf ein brillant phosphoreszierendes Glitzern auf die Wände und machte Abels Hände und seinen Anzug scheckig. Er starrte auf die riesigen Feuerbälle, die scheinbar mitten in einer gewaltigen Explosion erstarrt waren und in unermeßlichen Mustern herumhingen.

»Dies ist die Himmelssphäre«, erklärte Dr. Francis. »Das Sternenfeld, in das die Station sich hineinbewegt.« Er berührte einen hellen Lichtpunkt in der unteren Hälfte des Bildschirms. »Alpha Centauri, der Stern, um den herum der Planet kreist, auf dem die Station eines Tages landen wird.« Er wandte sich zu Abel um. »Du erinnerst dich doch an alle diese Begriffe, die ich benutze, nicht wahr, Abel? Keiner davon kommt dir fremd vor?«

Abel nickte, die Wogen seiner unbewußten Erinnerung fluteten in sein Gehirn, während Dr. Francis sprach. Der Bildschirm wurde leer und zeigte dann ein neues Bild. Sie schienen an einem riesigen, kreiselartigen Gebilde hinabzublicken, die Flanken eines Metallmastes neigten sich dem Zentrum zu. Im Hintergrund rotierte das Sternenfeld langsam im Uhrzeigersinn. »Das ist die Station«, erklärte Dr. Francis, »von einer Kamera aus gesehen, die am Bugmast angebracht ist. Alle visuellen Überprüfungen müssen indirekt vorgenommen werden, denn die stellare Strahlung würde uns blind machen. Unmittelbar unterhalb des Raumschiffs kannst du einen einzelnen Stern sehen, die Sonne, von der aus wir vor fünfzig Jahren gestartet sind. Sie ist jetzt schon fast zu weit entfernt, um noch sichtbar zu sein, doch die brennende Scheibe, die du in deinen Träumen siehst, ist eine tief in dich eingebrannte Erinnerung an sie. Wir haben getan, was wir konnten, um sie auszulöschen, aber unbewußt sehen wir sie alle.«

Er schaltete das Gerät aus, und das brillante Lichtmuster wakkelte und verschwand dann. »Die sozialen Einrichtungen, die in dieses Raumschiff eingebaut wurden, sind weitaus kniffeliger als die mechanischen, Abel. Die Station ist seit drei Generationen unterwegs, und Geburt, Heirat und erneute Geburt haben einander in genau der Reihenfolge abgelöst, wie sie sollten. Als Nachfolger deines Vaters wird man große Anforderungen an deine Geduld und an dein Verständnis stellen. Jede Unregelmäßigkeit hier würde eine Katastrophe zur Folge haben. Die Trainingsprogramme sind nicht dazu angetan, dir mehr als nur einen allgemeinen Begriff von der Richtung zu geben, die es zu verfolgen gilt. Der größte Teil bleibt dir selbst überlassen.«

»Werden Sie immer hier sein?«

Dr. Francis stand auf. »Nein, Abel, ich werde nicht immer hier sein. Niemand hier lebt ewig. Dein Vater wird sterben, ebenso Captain Peters und ich.« Er ging zur Tür. »Wir gehen jetzt zum Training. In drei Stunden, wenn du aufwachst, bist du ein neuer Mensch.«

Als er in seine Kabine zurückkehrte, lehnte Francis sich schwach an die Schotten, betastete die dicken Nieten, die hier und da abblätterten, weil das Metall langsam rostete. Er sah müde und abgespannt aus, als er das Fernsehgerät einschaltete, und blickte geistesabwesend auf die letzte Szene, die er Abel gezeigt hatte: den Blick der Bugkamera auf das Raumschiff. Er wollte gerade eine andere Ansicht einstellen, da bemerkte er, wie sich ein dunkler Schatten über die Außenwand schob.

Er beugte sich vor, um ihn näher zu betrachten, runzelte verärgert die Stirn, als der Schatten sich entfernte und zwischen den Sternen verschwand. Er drückte auf einen anderen Knopf, und der Bildschirm unterteilte sich in ein großes Schachbrett, fünf Felder breit und fünf Felder hoch. Die oberste Reihe zeigte den Kontrollraum, das so außerordentlich wichtige Piloten- und Navigationsdeck. Vom schwachen Schein der Instrumente erhellt, saß Captain Peters unbeweglich vor dem Kompaß.

Als nächstes beobachtete Dr. Francis Matthias Granger, wie er seinen Nachmittagsrundgang durch das Raumschiff begann. Die meisten Passagiere schienen einigermaßen glücklich zu sein, doch ihren Gesichtern fehlte der Glanz. Alle verbrachten mindestens zwei bis drei Stunden täglich im ultravioletten Licht, das durch den Erholungsraum flutete, aber die Blässe blieb, vielleicht, weil ihnen bewußt klar war, daß sie in einem Gebilde geboren waren und lebten, das später einmal auch ihr Grab sein würde. Ohne das ständige Psycho-Training und die hypnotische Beruhigung durch die Unterschallstimmen wären sie längst zu willenlosen Automaten geworden.

Er schaltete das Gerät aus und machte sich daran, in den Schlafzylinder zu klettern. Die Luftschleuse hatte einen Durchmesser von fast einem Meter und lag in Hüfthöhe über dem Fußboden. Das Zeitschloß stand auf Null. Er drehte es zwölf Stunden vor und stellte es so ein, daß es nur von innen bedient werden konnte. Er zog die Luke auf, kroch über die weiche Schaumstoffmatratze in den Zylinder und ließ die Tür hinter sich einschnappen.

In dem schwachen gelben Licht auf dem Rücken liegend, griff er durch den Ventilatorgrill in die Rückwand, drückte den Stecker in die Steckdose und drehte ihn scharf um. Irgendwo hämmerte kurz ein Elektromotor, langsam schwang die Rückwand des Zylinders wie eine Tresortür zurück und ließ helles Tageslicht herein.

Schnell stieg Francis auf eine kleine Metallplattform hinaus, die aus der oberen Schräge einer großen, weißen, mit Asbest ausgeschlagenen Kuppel vorsprang. Fünfzehn Meter darüber befand sich das Dach eines großen Hangars. Ein Gewirr von Rohren und Kabeln überzog die Oberfläche der Kuppel, verflochten wie die Gefäße eines blutunterlaufenen Riesenauges, und eine schmale Treppe führte zum Fußboden der Halle hinab. Die ganze Kuppel, fast fünfzig Meter breit, drehte sich langsam um die eigene Achse. Fünf Lastwagen waren vor dem Vorratsdepot am anderen Ende des Hangars vorgefahren, und ein Mann in brauner Uniform winkte ihm aus einem der von Glaswänden umgebenen Büros zu.

Vom Fuße der Treppe sprang er auf den Boden des Hangars und ignorierte die neugierigen Blicke der Soldaten, die die Vorräte ausluden. Auf halbem Weg legte er den Kopf in den Nacken und blickte zu der rotierenden Kuppel auf. Ein schwarzes, durchlöchertes Segel, fünfzehn Meter im Quadrat, hing wie das Bruchstück eines Planetariums vom Dach herab über dem Scheitelpunkt der Kuppel. Direkt darunter stand eine Fernsehkamera, vor deren Linse in anderthalb Meter Entfernung eine große Himmelskugel aus Metall angebracht war. Eines der Halteseile am Segel war gerissen, wodurch dieses etwas zur Seite hing und den Blick auf den Laufsteg in der Mitte unter dem Dach freiließ.

Francis zeigte das einem der Wartungssergeanten, der sich vor einem Ventilator, der von der Kuppel ins Freie führte, die Hände wärmte. »Ihr müßt das festmachen. Irgendein Idiot ist auf dem Laufsteg herumgeschlendert und hat seinen Schatten direkt auf das Modell geworfen. Ich habe ihn deutlich auf dem Fernsehschirm gesehen. Glücklicherweise hat ihn niemand sonst bemerkt.«

»Geht in Ordnung, Doktor, ich kümmere mich darum.« Er kicherte höhnisch. »Na, das wäre allerdings ein Spaß gewesen. Hätte ihnen bestimmt Anlaß zur Besorgnis gegeben.«

Der Ton des Mannes ärgerte Francis. »Sie haben genügend Sorgen, wenn Sie es genau wissen wollen.«

»Davon weiß ich nichts, Doktor. Einige Leute hier meinen, denen wird's vorn und hinten reingeschoben. Ruhig und warm da drin, nichts zu tun, nur dasitzen und diese Hypnosebänder anhören.« Er warf einen düsteren Blick auf das verlassen daliegende Flugfeld, das sich in die kalte Tundra hinaus erstreckte, und stellte seinen Kragen hoch. »Wir sind die Burschen, hier auf Mutter Erde, die die Arbeit machen, hier draußen in diesem gottverlassenen Nest. Wenn Sie mal wieder einen Weltraumanwärter brauchen, Doktor, denken Sie an mich.«

Francis lächelte gequält, trat ins Kontrollbüro und ging zwischen den Angestellten hindurch, die an Zeichentischen vor den Ist-Leistungskurven saßen. Jede trug den Namen eines der Passagiere in der Kuppel und eine tabellarische Analyse der Entwicklung durch die psychologischen Tests und Trainingsprogramme. Andere Tabellen führten die täglichen Dienstpläne auf. Kopien derjenigen, die Matthias Granger jeden Morgen im Raumschiff aushängte.

In Colonel Chalmers' Büro machte Francis es sich in der Wärme bequem und beschrieb die besonderen Ereignisse in seinen Beobachtungen des Tages. »Ich wünschte, du könntest reingehen und dich unter ihnen bewegen, Paul«, schloß er, »das ist was anderes, als mit den Fernsehkameras zu spionieren. Man muß mit ihnen sprechen, sich an Leuten wie Granger und Peters messen.«

»Da hast du recht, sie sind feine Kerle, wie alle anderen auch. Schade, daß sie da verschwendet werden.«

»Sie werden doch nicht verschwendet«, beharrte Francis. »Jedes einzelne Ergebnis ist von außerordentlichem Wert, wenn die ersten Raumschiffe erst starten.« Er beachtete Chalmers' gemurmelten Einwand: »Wenn es dazu kommt« nicht weiter und fuhr fort: »Zenna und Abel machen mir etwas Sorge. Vielleicht wird es nötig, den Termin ihrer Heirat vorzuziehen. Ich weiß, daß einige Leute pikiert sein werden, aber das Mädchen ist mit fünfzehn genauso reif wie mit neunzehn, und sie wird einen beruhigenden Einfluß auf Abel haben, ihn davon abhalten, zuviel nachzudenken.«

Chalmers schüttelte zweifelnd den Kopf. »Hört sich gut an, aber ein Mädchen von fünfzehn und ein Junge von sechzehn –? Du beschwörst einen Sturm herauf, Roger. Technisch unterstehen sie der Amtsvormundschaft, jede Anstandsliga würde Zeter und Mordio schreien.«

Francis machte eine ärgerliche Geste. »Müssen die das denn erfahren? Wir haben wirklich ein Problem mit Abel, der Junge ist zu klug. Er ist mehr oder weniger allein darauf gekommen, daß die Station ein Raumschiff ist, ihm fehlten nur noch die Worte, um es auszudrücken. Jetzt, wo wir anfangen, die Blöcke des Psychotrainings zu entfernen, wird er alles wissen wollen. Es dürfte ganz hübsch anstrengend sein, ihn davon abzuhalten, den Braten zu riechen, besonders wenn man die laxe Art bedenkt, mit der hier gearbeitet wird. Hast du den Schatten auf dem Fernsehschirm gesehen? Wir haben verdammtes Glück gehabt, daß Peters keinen Herzschlag gekriegt hat.«

Chalmers nickte. »Ich lasse das festmachen. Ein paar Fehler passieren überall, Roger. Es ist scheußlich kalt für das Wartungspersonal, das rings um die Kuppel arbeitet. Bedenk doch bitte, daß die Leute draußen genauso wichtig sind wie die drinnen.«

»Natürlich. Der eigentliche Ärger ist, daß das Budget schon beinahe absurd veraltet ist. Es wurde in fünfzig Jahren nicht ein einziges Mal revidiert. Vielleicht könnte General Short ein bißchen das behördliche Interesse ankurbeln, eine neue Zuteilung für uns herausholen. Er scheint ja ein ziemlich energischer neuer Besen zu sein.« Chalmers schürzte zweifelnd die Lippen, aber Francis fuhr fort: »Ich weiß nicht, ob die Tonbänder sich abnützen, doch die negative Konditionierung klappt nicht mehr so gut wie früher. Wir müssen die Programme wahrscheinlich straffen. Ich habe schon damit angefangen und Abels Gradeinteilung vorgestellt.«

»Ja, ich habe dich hier auf dem Bildschirm beobachtet. Die Jungs von der Kontrolle nebenan waren ziemlich sauer. Der eine oder andere ist genauso scharfsinnig wie du, Roger, sie hatten für drei Monate im voraus programmiert. Du hast ihnen da eine Menge Arbeit gemacht. Ich glaube, du solltest dich mit mir absprechen, ehe du solche Entscheidungen triffst. Die Kuppel ist nicht dein Privatlaboratorium.«

Francis schluckte den Tadel. Zögernd sagte er: »Das war eine von diesen Entscheidungen aus der Situation heraus, tut mir leid. Mir blieb nichts anderes übrig.«

Chalmers beharrte mit leisem Nachdruck auf seinem Standpunkt. »Da bin ich nicht so sicher. Ich fand, du hast die zeitlichen Aspekte der Reise ziemlich übertrieben. Warum mußtest du von deiner Route abweichen und ihm erzählen, daß er das Planetensystem niemals erreichen wird? Das erhöht doch nur das Gefühl der Isolierung und macht es doppelt schwierig, wenn wir uns dazu entschließen, die Reise abzukürzen.«

Francis blickte auf. »Dazu besteht ja wohl keine Aussicht, oder etwa doch?«

Chalmers hielt überlegend inne. »Roger, ich gebe dir den dringenden Rat, nicht zu sehr in das Projekt einzusteigen. Rede dir immer wieder ein, daß sie nicht zum Alpha Centauri fliegen. Sie sind hier auf der Erde, und wenn die Regierung es beschließen sollte, würden sie schon morgen rausgelassen. Ich weiß, daß die Kammern es gutheißen müßten, doch das ist nur eine Formalität. Es ist fünfzig Jahre her, seit dieses Projekt gestartet wurde, und eine ganze Reihe einflußreicher Leute ist der Meinung, daß es schon zu lange dauert. Seit es mit den Mars- und Mondkolonien nicht geklappt hat, wurden die Weltraumprogramme zusammengestrichen. Man glaubt, daß hier das Geld zum Vergnügen einiger sadistischer Psychologen zum Fenster rausgeschmissen wird.«

»Du weißt, daß das nicht stimmt«, erwiderte Francis. »Mag sein, daß ich übereilt vorgegangen bin, aber insgesamt ist das Projekt doch peinlich genau durchgeführt worden. Ohne zu übertreiben – wenn man ein Dutzend Leute in einem Multi-Generationen-Raumschiff zum Alpha Centrauri schicken wollte, könnte man es gar nicht besser machen, als alles zu wiederholen, was hier stattfindet, bis zum letzten i-Tüpfelchen. Wenn uns damals die Informationen zur Verfügung gestanden hätten, die wir zusammengetragen haben, wären die Mars- und Mondkolonien kein Reinfall gewesen.«

»Das ist richtig. Doch irrelevant. Verstehst du denn nicht, wenn jemand scharf darauf wäre, in den Weltraum zu fliegen, dann wäre er darauf vorbereitet, die Idee von einer kleinen Gruppe, die für hundert Jahre in einem kleinen Flugkörper eingeschlossen ist, zu akzeptieren, besonders dann, wenn das ursprüngliche Team sich freiwillig zur Verfügung gestellt hätte. Jetzt, wo das Interesse nachgelassen hat, fangen die Leute an zu glauben, daß an diesem menschlichen Zoo etwas Obszönes ist; was als großes Abenteuer im Geist von Kolumbus angefangen hat, ist zu einem grauslichen

Witz geworden. In einer Hinsicht haben wir zuviel gelernt – die soziale Schichtung der drei Familien ist die Art unwillkommener Erkenntnis, die dem Projekt nicht gut bekommt. Eine weitere ist die Leichtigkeit, mit der wir sie manipuliert, sie dazu gebracht haben, alles zu glauben, was wir wollten.« Chalmers beugte sich über den Tisch vor. »Im Vertrauen gesagt, Roger, General Short ist nur aus einem einzigen Grund auf den Posten gesetzt worden – nämlich, um diesen Ort zu schließen. Es wird vielleicht Jahre dauern, doch, es wird getan werden, ich warne dich. Die wichtigste Aufgabe ist es jetzt, diese Leute da herauszuholen, nicht, sie drinzuhalten.«

Francis starrte Chalmers trübe an. »Glaubst du das wirklich?«

»Ehrlich gesagt, Roger, ja. Dieses Projekt hätte niemals begonnen werden dürfen. Man kann Menschen nicht so manipulieren, wie wir das tun – diese endlosen Hypnosegeräusche, die erzwungene Paarung von Kindern. Sieh dich doch mal an, vor fünf Minuten hast du allen Ernstes mit dem Gedanken gespielt, zwei Minderjährige miteinander zu verheiraten, damit sie aufhören, ihren Verstand zu gebrauchen. Die ganze Sache spricht dem menschlichen Anstand hohn, alle die Tabus, der zunehmende Grad von Selbstbetrachtung – manchmal sprechen Peters und Granger zwei oder drei Wochen lang mit niemandem ein Wort –, die Art, wie das Leben in der Kuppel nur deshalb haltbar geworden ist, weil man die verrückte Situation als normal ansieht. Ich finde, die Reaktion auf das Unternehmen ist ganz gesund.«

Francis blickte durchs Fenster zur Kuppel auf. Ein Trupp Männer lud die angeblich »komprimierten Nahrungsmittel« (in Wahrheit handelte es sich um tiefgefrorene Speisen, von denen die Markennamen entfernt waren) durch die Luke des Verpflegungsmagazins. Am nächsten Morgen, wenn Baker und seine Frau das vorbereitete Menü wählten, würden die Waren prompt geliefert werden, scheinbar aus dem Frachtraum des Raumschiffs. Einigen Leuten, das wußte Francis, mußte das Unternehmen wie ein kompletter Schwindel vorkommen.

Leise sagte er: »Die Leute, die sich freiwillig zur Verfügung gestellt haben, haben das Opfer auf sich genommen und alles, was damit zusammenhängt. Wie will Short sie rausholen? Will er die Tür aufmachen und pfeifen?«

Chalmers lächelte leicht erschöpft. »Er ist kein Dummkopf, Roger. Er ist genauso um ihr Wohlergehen besorgt wie du. Die halbe Besatzung, besonders die älteren Mitglieder, würde nach fünf Minuten verrückt werden. Aber sei nicht enttäuscht, das Unternehmen hat seinen Wert mehr als bewiesen.«

»Das wird es erst getan haben, wenn sie ›gelandet‹ sind. Wenn das Unternehmen abgebrochen wird, dann werden wir versagt haben, nicht sie. Wir können da nicht mit der Vernunft herangehen und sagen, es ist grausam oder menschenunwürdig. Wir schulden es den vierzehn Menschen in der Kuppel, es fortzusetzen.«

Chalmers sah ihn scharf an. »Vierzehn? Du meinst dreizehn, Herr Doktor, nicht wahr? Oder bist du auch in der Kuppel?«

Das Raumschiff hatte aufgehört, sich zu drehen. Abel, der in der Kommandozentrale an seinem Schreibtisch saß und die Feuerübungen des nächsten Tages plante, bemerkte die plötzliche Bewegungslosigkeit. Den ganzen Vormittag über, während er im Raumschiff herumgelaufen war – er gebrauchte nicht länger den Ausdruck Station –, hatte er den nach innen gerichteten Sog gespürt, der ihn an die Wand zog und ihm das Gefühl gab, eines seiner Beine wäre kürzer als das andere.

Als er diese Beobachtung seinem Vater gegenüber erwähnte, sagte dieser nur: »Captain Peters obliegt die Steuerung. Laß die Navigation des Raumschiffs getrost seine Sorge sein.«

Derartige Ratschläge hatten für Abel jetzt keine Bedeutung mehr. In den letzten beiden Monaten hatte sein Verstand alles um ihn herum gierig aufgegriffen, gründlich analysiert und untersucht, jede einzelne Facette des Lebens in der Station erforscht. Ein gewaltiger, einst unterdrückter Wortschatz von abstrakten Begriffen und Beziehungen lagerte latent unter der Oberfläche seines Bewußtseins, und nichts würde ihn davon abhalten, ihn zu aktivieren.

Als er Matthew Peters beim Essen im Speiseraum gegenübersaß, horchte er ihn nach der Flugbahn des Raumschiffs aus, die große Parabel, die sie zum Alpha Centauri bringen sollte.

»Wie verhält es sich mit den Strömungsreglern, die in das Raumschiff eingebaut sind?« fragte er. »Die Rotation war dazu angelegt, die magnetischen Pole auszuschalten, die sich beim Bau herausgebildet hatten. Wie gleichst du das jetzt aus?«

Matthew sah verwundert vor sich hin. »Ich bin nicht sicher, ehrlich gesagt. Vermutlich sind die Instrumente automatisch ausgeglichen.« Als Abel skeptisch lächelte, zuckte er mit den Schultern. »Immerhin, mein Vater weiß das alles. Es besteht kein Zweifel daran, daß wir auf dem richtigen Kurs sind.«

»Hoffen wir's«, murmelte Abel *sotto voce*. Je mehr er Matthew über die Navigationsinstrumente aushorchte, die er und sein Vater im Kontrollraum bedienten, desto klarer wurde ihm, daß sie einfach nur einfache Instrumentenbeobachtungen ausführten und ihre Rolle darauf beschränkt war, durchgebrannte Kontrollbirnen auszuwechseln. Die meisten Instrumente arbeiteten automatisch, und im Grunde hätten sie auch ebensogut auf Kammern voller Matratzenfüllung starren können.

Was für ein Witz, wenn das tatsächlich der Fall wäre!

Abel lächelte in sich hinein und machte sich klar, daß er vermutlich den Nagel auf den Kopf getroffen hatte. Es war kaum anzunehmen, daß die Navigation der Besatzung anvertraut war, wenn auch nur der geringste menschliche Irrtum das Raumschiff außer Kontrolle setzen und in einen vergehenden Stern hineinrasen lassen würde. Die Konstrukteure hatten die automatische Steuerung bestimmt außerhalb der Reichweite eingebaut und der Besatzung mindere Überwachungsaufgaben überlassen, die die Illusion der Kontrolle aufrechterhielten.

Das war der eigentliche Schlüssel zum Leben an Bord des Raumschiffs. Keine ihrer Rollen war mit echter Verantwortung verbunden. Das Tag-für-Tag-, Minute-für-Minute-Programmieren, das er und sein Vater ausführten, war doch nichts weiter als eine Reihe von Variationen über ein Thema, das bereits feststand; die möglichen Abwandlungen waren zahlreich, doch die Möglichkeit, Matthew Peters anstatt um 12.30 um 12.00 Uhr zum Essen schicken zu können, gab ihm im Grunde keinerlei Macht über Matthews Leben. Die Hauptprogramme, die die Computer druckten, wiesen die täglichen Mahlzeiten aus, bestimmten die Sicherheitsübungen und Erholungszeiten und lieferten darüber hinaus noch eine Namensliste, aus der man wählen konnte; doch der geringe Spielraum, der vorhanden war, die zusätzlich aufgeführten zwei oder drei Namen – das war lediglich eine Sicherheitsmaßnahme für den Krankheitsfall und sollte Abel keineswegs die Freiheit der Auswahl geben.

Eines Tages, das nahm er sich fest vor, würde er sich selbst nicht mehr zu den Trainingssitzungen einteilen. Scharfsinnig vermutete er, daß das Psycho-Training noch immer eine Menge interessanten

Materials abblockte, daß die Hälfte seines Verstandes weiterhin verschüttet blieb. Etwas an dem Raumschiff deutete darauf hin, daß mehr daran war als –

»Hallo, Abel, du siehst so abwesend aus.« Dr. Francis setzte sich neben ihn. »Was macht dich denn so besorgt?«

»Ich habe gerade etwas berechnet«, erklärte Abel schnell. »Sagen Sie mal, wenn man davon ausgeht, daß jedes Mitglied der Besatzung täglich etwa drei Pfund Nahrung zu sich nimmt, rund eine halbe Tonne im Jahr, dann muß die Gesamtfracht ungefähr achthundert Tonnen betragen, und darin sind noch nicht die Vorräte für die Zeit nach der Landung eingeschlossen. Es müßten also mindestens eintausendfünfhundert Tonnen an Bord sein. Ein ziemliches Gewicht, finden Sie nicht?«

»Absolut gesehen nicht, Abel. Die Station ist ja nur ein kleiner Teil des Raumschiffs. Die Hauptreaktoren, Treibstofftanks und Vorratskammern zusammen wiegen mehr als dreißigtausend Tonnen. Sie liefern die Anziehungskraft, die dich am Fußboden hält.«

Abel schüttelte langsam den Kopf. »Das wohl kaum, Doktor, die Anziehung muß von den stellaren Gravitationsfeldern kommen, sonst müßte das Raumschiff ein Gewicht von 6×10^{20} Tonnen haben.«

Dr. Francis sah Abel nachdenklich an. Der junge Mann hatte ihn in eine simple Falle gelockt. Die Ziffer, die er genannt hatte, entsprach in etwa der Masse der Erde. »Das sind komplexe Probleme, Abel. Ich würde mir an deiner Stelle den Kopf nicht über stellare Mechanismen zerbrechen. Die Verantwortung dafür hat Captain Peters.«

»Ich versuche auch nicht, sie an mich zu reißen«, versicherte Abel. »Ich will lediglich meine Kenntnisse vertiefen. Meinen Sie nicht, daß es ganz lohnend wäre, sich ein bißchen von den Regeln freizumachen? Beispielsweise wäre es doch interessant, einmal die Auswirkungen der fortgesetzten Isolierung zu untersuchen. Wir könnten eine kleine Gruppe auswählen und sie mit künstlichen Stimuli konfrontieren, sie vielleicht sogar vom Rest der Besatzung absondern und glauben machen, daß sie sich wieder auf der Erde befinden. Das könnte doch wirklich ein wertvolles Experiment sein, Doktor.«

Während er im Konferenzzimmer darauf wartete, daß General Short seine Eröffnungsansprache beendete, wiederholte Francis in

Gedanken den letzten Satz und stellte sich die müßige Frage, was Abel mit seinem grenzenlosen Enthusiasmus wohl aus dieser Runde betretener Gesichter rings um den Tisch gemacht hätte.

»...bedaure so sehr wie Sie, meine Herren, die Notwendigkeit zum Abbruch des Unternehmens. Allerdings jetzt, wo die Entscheidung vom Ministerium für Weltraumfragen getroffen worden ist, ist es unsere Pflicht, sie auszuführen. Natürlich wird es keine leichte Aufgabe sein. Was wir brauchen, ist ein stufenweiser Rückzug, eine allmähliche Wiederherstellung der natürlichen Umwelt für die Besatzung, damit sie so sicher wie mit einem Fallschirm zur Erde zurückkommt.« Der General war ein energischer Mann in den Fünfzigern mit scharfen Gesichtszügen, breiten Schultern, doch sensiblen Augen. Er wandte sich an Dr. Kersh, der für die Diätkontrollen oben in der Kuppel verantwortlich war. »Aus dem, was Sie mir sagen, Doktor, geht hervor, daß wir vielleicht nicht soviel Zeit haben, wie wir gern hätten. Dieser Junge Abel scheint problematisch zu sein.«

Kersh lächelte. »Ich habe in den Speiseraum geblickt und ihn zu Dr. Francis sagen hören, daß er mit einer kleinen Gruppe der Besatzung ein Experiment machen will. Und zwar ausgerechnet ein Isolierungstraining. Er hat geschätzt, daß man die Zweimannbesatzungen der Triebwerke vielleicht bis zu zwei Jahren isolieren könnte, wenn die ersten Ausflüge zur Nahrungssuche unternommen werden.«

Captain Sanger, der Maschineningenieur, fügte hinzu: »Er versucht auch, den Trainingssitzungen auszuweichen. Er trägt Schaumstoffpolster unter den Kopfhörern, die ungefähr neunzig Prozent der Unterschallwellen schlucken. Wir sind dahintergekommen, als das Elektroencephalogramm, das wir aufgenommen haben, keine Alphawellen aufwies. Zuerst dachten wir, ein Kabel wäre kaputt, doch als wir auf dem Bildschirm nachsahen, merkten wir, daß er die Augen offen hatte. Er hörte einfach nicht zu.«

Francis trommelte auf den Tisch. »Das hätte keine Rolle gespielt. Die Unterschallwellen waren eine mathematische Instruktionsreihe – das vierziffrige Antilogarithmussystem.«

»Gut, daß er das verpaßt hat«, sagte Kersh auflachend. »Früher oder später wird er dahinterkommen, daß die Kuppel in einer elliptischen Umlaufbahn dreiundneunzig Meilen von einem Zwergstern der G0-Spektralklasse entfernt fliegt.«

»Was unternehmen Sie gegen seinen Versuch, das Psycho-Training zu umgehen, Dr. Francis?« fragte Short. Als Francis vage mit den Schultern zuckte, fügte er hinzu: »Ich glaube, wir sollten die Sache nicht auf die leichte Schulter nehmen. Von jetzt an werden wir uns auf das Programmieren verlassen.«

Dr. Francis sagte entschieden: »Abel wird das Psycho-Training wieder aufnehmen. Es besteht kein Anlaß, etwas zu unternehmen. Ohne den regelmäßigen täglichen Kontakt wird er sich bald verloren vorkommen. Die Unterschallstimme setzt sich aus den Vokaltönen seiner Mutter zusammen. Wenn er sie nicht mehr hört, verliert er die Orientierung und fühlt sich vollständig aufgegeben.«

Short nickte langsam: »Nun, wollen wir es hoffen.« Er wandte sich an Dr. Kersh. »Grob geschätzt, Doktor, wie lange wird es dauern, sie zurückzuholen? Wenn man davon ausgeht, daß ihnen die völlige Freiheit gegeben wird und daß jede Fernsehstation und jede Zeitung auf der Welt jeden von ihnen hundertmal interviewen wird?«

Kersh erwog sorgfältig jedes Wort. »Eindeutig eine Sache von Jahren, General. Alle Trainingsmaßnahmen müssen nach und nach eingestellt werden. Als Unterbrechungsursache müssen wir vielleicht eine Kollision mit einem Meteoriten vorschieben... Wenn ich darüber nachdenke, würde ich sagen, drei bis fünf Jahre. Möglicherweise mehr.«

»Gut. Was schätzen Sie, Dr. Francis?«

Francis fingerte an seiner Kladde herum und versuchte, die Frage ernsthaft anzugehen. »Ich habe keine Ahnung. *Sie zurückholen.* Was meinen Sie eigentlich damit, General? Was sollen wir zurückholen?« Ärgerlich fügte er hinzu: »Hundert Jahre.«

Gelächter erhob sich am Tisch, und Short lächelte ihm durchaus nicht unfreundlich zu. »Das sind fünfzig Jahre mehr, als das Unternehmen ursprünglich dauern sollte, Doktor. Sie können hier wohl keine sehr gute Arbeit geleistet haben.«

Francis schüttelte den Kopf. »Sie irren sich, General. Das ursprüngliche Unternehmen sah vor, sie zum Alpha Centauri zu bringen. Es war nie die Rede davon, sie zurückzuholen.« Als das Gelächter sich legte, verfluchte Francis seine Dummheit; sich den General zum Feind zu machen, würde den Leuten in der Kuppel auch nicht helfen.

Doch Short schien die Sache gelassen aufzunehmen. »Also gut, es wird einige Zeit in Anspruch nehmen.« Er blickte Francis bedeutungsvoll an und fügte nachdrücklich hinzu: »Es sind die Männer und Frauen im Raumschiff, an die wir denken müssen, nicht an uns. Wenn wir hundert Jahre brauchen, werden wir sie uns nehmen, nicht ein Jahr weniger. Vielleicht interessiert es Sie zu hören, daß die Verantwortlichen im Ministerium der Ansicht sind, daß etwa fünfzehn Jahre nötig sein werden. Mindestens.« Rings um den Tisch lebte das Interesse auf. Francis sah Short überrascht an. In fünfzehn Jahren konnte eine ganze Menge passieren, vielleicht würde sich die öffentliche Meinung sogar wieder mehr den Weltraumproblemen zuwenden.

»Das Ministerium empfiehlt, das Unternehmen wie bisher weiterzuführen, mit allen Budgetabstrichen, die wir uns leisten können. Die Kuppel anzuhalten, ist nur ein Anfang. Wir müssen die Besatzung darauf vorbereiten, daß sie zurückkehren werden, daß ihre Mission lediglich Erkundungscharakter hat und daß lebenswichtige Informationen zur Erde gebracht werden müssen. Wenn die Leute dann aus dem Raumschiff heraustreten, werden sie wie Helden gefeiert und die Fremdartigkeit der neuen Umwelt akzeptieren.« Short blickte in die Runde und wartete darauf, daß jemand ihm antworten würde. Kersh besah sich zweifelnd seine Hände, Sanger und Chalmers spielten mechanisch mit ihren Notizen.

Als Short gerade fortfahren wollte, gab Francis sich einen Ruck, weil ihm klargeworden war, daß dies die letzte Gelegenheit war, das Unternehmen doch noch zu retten. Wie weit die Meinung der anderen auch von der des Generals abweichen mochte, keiner würde den Versuch wagen, sich mit ihm auseinanderzusetzen.

»Ich fürchte, damit ist es nicht getan, General«, sagte Francis, »obgleich ich die Weitsicht des Ministeriums und Ihre Anteilnahme sehr zu schätzen weiß. Das Schema, das Sie entworfen haben, hört sich plausibel an, aber es wird eben einfach nicht funktionieren.« Er lehnte sich vor und sprach mit beherrschter und deutlicher Stimme weiter. »General, seit ihrer Kindheit werden die Leute darauf trainiert zu akzeptieren, daß sie eine geschlossene Gruppe sind und niemals mit sonst jemandem Kontakt haben werden. In ihrem Unterbewußtsein, in ihrem funktionellen Nervensystem existiert außer ihnen niemand auf der Welt. Für sie ist die neuronische Basis der Realität die Isolierung. Man wird sie nie so weit bringen, ihr ganzes Universum umzustülpen, ebensowenig wie man einen Fisch zum Fliegen bringen kann. Wenn man anfängt, in der Grundstruktur ihrer Psyche herumzupfuschen, erzeugt man die Art geistiger Sperre, die man erlebt, wenn man versucht, einem Linkshänder den Gebrauch der rechten Hand beizubringen.«

Francis warf Dr. Kersh einen Blick zu und sah ihn zustimmend nicken. »Glauben Sie mir, General, im Gegensatz zu Ihrer und des Ministeriums ganz natürlicher Annahme wollen die Leute in der Kuppel nicht herauskommen. Wenn sie die Wahl hätten, würden sie es vorziehen, zu bleiben, wo sie sind, genau wie ein Goldfisch es vorzieht, im Wasserglas zu bleiben.«

Short schwieg eine Weile. Offenbar sah er Francis jetzt mit anderen Augen. »Vielleicht haben Sie recht, Doktor«, gab er zu. »Doch wohin kommen wir damit? Wir haben fünfzehn Jahre, vielleicht fünfundzwanzig, wenn's hoch kommt.«

»Es gibt nur eine Möglichkeit«, erklärte Francis. »Lassen Sie das Unternehmen weiterlaufen wie bisher, nur mit einem Unterschied. Wir müssen sie davon abhalten, zu heiraten und Kinder in die Welt zu setzen. In fünfundzwanzig Jahren wird nur noch die augenblicklich jüngere Generation am Leben sein, und nach weiteren fünf Jahren sind alle tot. Die Lebenserwartung in der Kuppel ist wenig höher als fünfundvierzig Jahre. Wenn Abel dreißig ist, ist er vermutlich ein alter Mann. Wenn sie erst nach und nach sterben, wird sich kein Mensch mehr um sie kümmern.«

Eine volle halbe Minute hindurch herrschte Schweigen, dann sagte Kersh: »Das ist der beste Vorschlag, General. Human, und gleichzeitig wird er sowohl dem ursprünglichen Projekt als auch dem Ministerium gerecht. Die Kinderlosigkeit wäre nur eine geringe Abweichung vom vorgesehenen Pfad. Die Isolation der Gruppe, die allem zugrunde liegt, würde verstärkt, nicht verringert, und auch ihre Erkenntnis, die Landung auf dem Planeten niemals zu erleben, würde vertieft. Wenn wir die pädagogischen Drills fallenlassen und den Weltraumflug herunterspielen, werden sie bald zu einer kleinen, in sich geschlossenen Gemeinschaft werden, die sich nur wenig von jeder anderen Außenseitergruppe auf dem Wege zur Auslöschung unterscheidet.«

Chalmers warf ein: »Ein weiterer Gesichtspunkt, General: Es läßt sich einfacher, billiger bewerkstelligen. Während die Besatzung ausstirbt, könnten wir das Raumschiff nach und nach auflösen, bis es am Ende nur noch ein Deck gibt, vielleicht sogar nur noch ein paar Kabinen.«

Short stand auf, trat ans Fenster und blickte durch die klare Eisschicht auf den Scheiben zur großen Kuppel im Hangar auf.

»Das hört sich entsetzlich an«, sagte er, »völlig verrückt. Doch wie Sie sagen, wahrscheinlich ist es der einzige Ausweg.«

Vorsichtig schlich Francis zwischen den geparkten Lastwagen im Hangar hindurch und blieb einen Moment stehen, um zu den erleuchteten Fenstern des Kontrollraums zurückzublicken. Zwei oder drei Angehörige der Nachtschicht saßen verschlafen vor den Fernsehmonitoren und beobachteten die schlafenden Bewohner in der Kuppel.

Er trat aus den Schatten hervor und rannte zur Kuppel hinüber, wo er die Treppe zum fünfzehn Meter über dem Boden liegenden Einstieg erklomm. Er öffnete die Außenluke, kroch hindurch und verschloß sie hinter sich, dann entsperrte er den inneren Eingang und schob sich aus dem Schlafzylinder in die ruhig daliegende Kabine.

Ein schwacher Schimmer flimmerte über den Bildschirm, ehe der Fernsehmonitor den Blick auf die drei Wachhabenden im Kontrollturm freigab, die sich anderthalb Meter von der Kamera entfernt in einem Dunst von Zigarettenqualm rekelten.

Francis drehte den Lautsprecher auf und klopfte mit dem Knöchel heftig aufs Mikrophon.

Die Uniformjacke offen, Schlaf noch in den Augen, beugte Chalmers sich gebannt vor, und die Wachhabenden hingen ihm über die Schultern.

»Glaube mir, Roger, du beweist gar nichts. General Short und das Ministerium werden ihre Entscheidungen jetzt ganz bestimmt nicht rückgängig machen, wo die Sonderverfügung durch ist.« Als Francis noch immer skeptisch dreinblickte, fügte er hinzu: »Wenn du überhaupt etwas bewirkst, dann wirst du sie allenfalls aufs Spiel setzen.«

»Das Risiko nehme ich auf mich«, sagte Francis. »In der Vergangenheit sind schon zu viele Garantien gebrochen worden. Hier kann ich wenigstens ein Auge auf die Dinge haben.« Er bemühte sich, kühl und gelassen zu klingen; die Filmkameras würden die Szene festhalten, und es war wichtig, den richtigen Eindruck zu erwecken. General Short würde gewiß alles daransetzen, einen

Skandal zu vermeiden. Wenn er die Einsicht gewönne, daß Francis das Unternehmen wohl kaum sabotieren würde, beließ er ihn vermutlich in der Kuppel.

Chalmers rückte seinen Stuhl dichter an die Kamera heran, sein Gesicht war ernst. »Roger, überleg dir alles noch mal. Vielleicht machst du mehr kaputt, als dir lieb ist. Und denk daran, nichts ist leichter, als dich dort herauszuholen – jedes Kind kann sich mit einem simplen Büchsenöffner den Weg durch die rostige Hülle schneiden.«

»Du kannst es ja mal versuchen«, warnte Francis ihn gelassen. »Dann ziehe ich mich ins C-Deck zurück, und wenn du mir dahin folgst, erfährt es die ganze Besatzung. Du kannst mir glauben, ich stelle mich dem Rückzugsprogramm nicht in den Weg. Und ich stifte auch keine Ehen unter Teenagern. Ich bin einfach nur der Meinung, daß die Leute hier drin mich jetzt mehr als nur acht Stunden am Tag brauchen.«

»Francis!« brüllte Chalmers. »Wenn du ins C-Deck gehst, kommst du nie mehr raus! Begreifst du denn nicht, daß du dich in eine Situation eingräbst, die vollkommen irreal ist? Du ziehst dich bei vollem Bewußtsein in einen Alptraum zurück, begibst dich auf die Reise ins *Nichts,* die niemals endet!«

Bevor er den Apparat zum letztenmal abschaltete, erwiderte Francis: »Ins Nichts, Colonel? Nicht doch: Zum Alpha Centauri!«

Dankbar ließ Francis sich auf dem schmalen Bett in seiner Kabine nieder und ruhte sich kurz aus, bevor er sich in den Speiseraum begab. Den ganzen Tag über war er damit beschäftigt gewesen, Computerlochstreifen für Abel einzurichten, und seine Augen schmerzten von der Anstrengung, jedes einzelne der Tausenden winzigen Löcher mit der Hand zu stanzen. Acht Stunden hatte er ohne Unterbrechung in der kleinen Isolierzelle gesessen, Elektroden an der Brust, an den Knien und Ellbogen befestigt, damit Abel seinen Herz- und Atemrhythmus messen konnte.

Die Tests hatten mit den täglichen Programmen, die Abel jetzt anstelle seines Vaters ausarbeitete, nichts zu tun, und Francis hatte Mühe, nicht die Geduld zu verlieren. Anfangs hatte Abel seine Fähigkeit getestet, sich an eine vorgeschriebene Folge von Instruktionen zu halten und dabei eine unendliche Exponentialfunktion zu erzeugen, anschließend eine Digitalrepräsentation von *pi* bis zu tausend Stellen. Schließlich hatte er ihn noch dazu überredet an einem noch schwierigeren Test mitzuwirken, nämlich eine vollkommen willkürliche Reihe zu erzeugen. Immer wenn er unbewußt eine einfache Zahlenfolge wiederholte, was vorkam, wenn er müde war oder sich langweilte, oder ein Teilstück einer größeren möglichen Zahlenfolge, dann setzte der Computer, der sein Vorgehen kontrollierte, einen Wecker in Gang, der neben ihm auf dem Tisch stand, und er mußte wieder von vorn anfangen. Nach einigen Stunden ertönte der Wecker alle zehn Sekunden, schnappte wie ein schlechtgelauntes Insekt nach ihm. Schließlich, es war schon Nachmittag, war Francis an die Tür gehumpelt, wobei er sich in den Zuleitungen zu den Elektroden verhedderte, und hatte sie zu seinem Ärger verschlossen gefunden (angeblich, damit die Feuerpatrouille ihn nicht stören konnte). Als er dann durch das kleine Guckloch spähte, hatte er festgestellt, daß der Computer im Schaltraum unbeaufsichtigt lief.

Auf sein Klopfen hin war Abel aus dem hinteren Teil des angrenzenden Labors gekommen und ziemlich wütend geworden, weil der Doktor das Experiment abbrechen wollte.

»Verdammt noch mal, Abel, seit drei Wochen stanze ich an diesen Dingen herum.« Er zuckte zusammen, als Abel ihn losmachte und die Klebebänder, mit denen die Elektroden an seinem Körper festgemacht waren, mit einem Ruck abriß. »Der Versuch, willkürliche Reihen zu erzeugen, ist gar nicht so einfach, langsam vernebelt sich mein Realitätssinn.« (Manchmal fragte er sich, ob Abel nicht insgeheim darauf wartete.) »Ich glaube, ich habe Dank verdient.«

»Aber wir hatten mindestens drei Tage für den Versuch vereinbart, Doktor«, hob Abel hervor. »Die wirklich wertvollen Ergebnisse stellen sich doch erst später ein. Interessant sind die Irrtümer, die Ihnen unterlaufen. Das ganze Experiment ist jetzt sinnlos.«

»Na ja, wahrscheinlich ist es sowieso sinnlos. Einige Mathematiker pflegten zu behaupten, daß eine willkürliche Reihe unmöglich abzugrenzen ist.«

»Wir können die Möglichkeit doch annehmen«, beharrte Abel. »Ich habe Sie einfach nur ein bißchen üben lassen, damit wir mit den transfiniten Zahlen anfangen können.« Dagegen sträubte Francis sich. »Tut mir leid, Abel, vielleicht bin ich nicht mehr so fit wie früher. Wie dem auch sei, ich habe ja auch noch andere Pflichten.«

»Die nehmen doch nicht viel Zeit in Anspruch, Doktor. Sie haben jetzt wirklich nichts zu tun.«

Er hatte recht, wie Francis eingestehen mußte. In dem Jahr, das er in der Kuppel verbracht hatte, hatte Abel die tägliche Routine bemerkenswert auf Vordermann gebracht und sich und Francis dadurch viel freie Zeit verschafft. Hinzu kam, daß Francis nie am Psycho-Training teilnahm (er fürchtete sich vor den Unterschallstimmen – Chalmers und Short würden bestimmt jede Möglichkeit ausschöpfen, ihn aus dem Raumschiff zu vertreiben, und er mußte damit rechnen, daß sie sich dazu subtiler Methoden bedienten, sogar zu subtiler).

Das Leben in der Kuppel hatte ihn mehr ausgezehrt, als er vorausgesehen hatte. An das tägliche Einerlei im Raumschiff gefesselt, in den Entspannungsmöglichkeiten beschränkt und mit wenig intellektuellem Zeitvertreib – es gab keine Bücher an Bord –, fand er es zunehmend schwieriger, sich seine frühere Ausgeglichenheit zu bewahren. Allmählich fing er an, in die tödliche Lethargie abzusinken, von der die meisten Besatzungsmitglieder befallen waren. Matthias Granger hatte sich ganz in seine Kabine zurückgezogen, froh, das Programmieren Abel überlassen zu können, und verbrachte die meiste Zeit damit, mit einer kaputten Uhr zu spielen, während die beiden Peters aus dem Kontrollraum kaum noch herauskamen. Und die drei Frauen waren fast völlig abgestumpft, sie begnügten sich damit, zu tuscheln und zu stricken. Ein Tag verging wie der andere. Manchmal sagte Francis sich: ›Ich glaube schon fast, daß wir tatsächlich zum Alpha Centauri unterwegs sind. Das wäre ein Spaß für General Short!‹

Um halb sieben, als er in den Speisesaal kam, stellte er fest, daß er eine Viertelstunde zu spät gekommen war.

»Ihre Essenszeit ist heute nachmittag geändert worden«, erklärte ihm Baker und ließ die Durchreiche herunter. »Ich habe nichts fertig für Sie.«

Francis fing an zu protestieren, doch Baker war unerbittlich. »Ich kann doch nicht extra die Vorräte angreifen, nur weil Sie sich den Tagesbefehl nicht angesehen haben, Doktor, oder?«

Auf dem Weg nach draußen begegnete er Abel und versuchte, ihn zu überreden, die Anweisung rückgängig zu machen. »Du hättest mich wenigstens warnen können, Abel. Verdammt noch mal, schließlich habe ich den ganzen Nachmittag in deiner Testzelle gehockt.«

»Aber Sie sind doch in Ihre Kabine zurückgegangen, Doktor«, erwiderte Abel lässig. »Auf dem Weg vom Labor zu Ihrer Kabine hängen drei Anschläge. Immer mal einen Blick draufwerfen, das wissen Sie doch. Änderungen in letzter Minute können jederzeit vorkommen. Ich fürchte, jetzt müssen Sie sich bis halb elf gedulden.«

Francis kehrte in seine Kabine zurück und hatte den Verdacht, mit der plötzlichen Abänderung wolle Abel sich dafür rächen, daß er den Test abgebrochen hatte. In Zukunft mußte er nachsichtiger mit Abel sein, sonst würde der ihm das Leben zur Hölle machen, ihn buchstäblich verhungern lassen. Eine Flucht aus der Kuppel war jetzt unmöglich – auf unbefugtes Eindringen in den Weltraumsimulator standen zwanzig Jahre Haft.

Nachdem er ungefähr eine Stunde geruht hatte, verließ er um acht Uhr seine Kabine, um pflichtgemäß einen Kontrollgang zu den Druckmessern am Meteoritenabwehrschild auf dem B-Deck zu machen. Er tat immer so, als läse er die Instrumente tatsächlich ab, genoß dabei das Gefühl, an einem Weltraumflug teilzunehmen, und gab sich ganz bewußt dieser Illusion hin.

Die Druckmesser waren im Abstand von zehn Metern im Kontrollgang angebracht, einem engen Rundgang, der um den Hauptkorridor herumführte. Als er dort mit dem Klicken und Knacken der Servosteuerung allein war, fühlte er sich mit dem Raumfahrzeug versöhnt. »Die Erde selbst ist ja auch auf einer Umlaufbahn um die Sonne«, murmelte er vor sich hin, als er die Instrumente prüfte, »und das ganze Sonnensystem fliegt mit einer Geschwindigkeit von vierzig Meilen in der Sekunde auf das Sternbild Lyra zu. Das Ausmaß der vorhandenen Illusion ist eine komplexe Frage.«

Etwas unterbrach seine Träumerei.

Der Druckanzeiger zuckte leicht hin und her. Die Nadel schwankte zwischen 0,03 und 0,045 atü. Der Druck in der Kuppel lag etwas über dem der Atmosphäre, damit der Staub durch unzugängliche Schlitze ausgestoßen werden konnte (wenn auch der Hauptzweck der Druckverschlüsse der war, die Besatzung sicher in die luftdichten Rettungszylinder zu bringen, sollte die Kuppel einmal beschädigt werden und eine Reparatur im Inneren notwendig sein).

Im ersten Moment bekam Francis einen Schreck. Er fragte sich selbstverständlich, ob Short sich vielleicht entschlossen hatte, ihn herauszuholen – aus der Bewegung des Zeigers ging hervor, daß sich eine Klappe in der Außenhaut geöffnet hatte. Doch dann fiel der Zeiger auf Null zurück, und durch den Quergang klangen Schritte, die anscheinend direkt auf ihn zukamen.

Francis trat rasch in den Schatten eines Schotts. Vor seinem Tod hatte der alte Peters viel Zeit in diesem Gang zugebracht und wahrscheinlich ein geheimes Lebensmittellager hinter einer der verrosteten Platten angelegt.

Er beugte sich vor, als die Schritte den Gang überquerten. Abel?

Er blickte dem jungen Mann nach, wie er auf der Treppe nach unten verschwand, dann trat er in den Quergang und suchte die stahlgraue Seitenwand nach einer abnehmbaren Platte ab. Unmittelbar neben der Rückwand des Ganges, zur Außenseite der Kuppel zu, befand sich eine kleine Nische für ein Feuerlöschgerät.

Auf dem Boden der Nische lag ein Bündel schieferweißer Haare.

Asbestfasern!

Francis trat in die Nische, nach kurzer Suche hatte er eine lose Platte gefunden, deren Niete durchgerostet waren. Sie war etwa 15 × 25 Zentimeter groß und ließ sich leicht abnehmen. Dahinter, nur eine Handbreit entfernt, lag die Außenwand der Kuppel. Auch dort war eine lose Platte, die nur von einem primitiven Haken gehalten wurde.

Francis zögerte, dann zog er den Haken zur Seite und nahm die Platte weg.

Er blickte direkt in den Hangar hinab!

Unten, im Licht einiger Scheinwerfer, spie eine Reihe von Lastwagen Vorräte auf den Zementfußboden, ein Sergeant rief dem Trupp der Arbeiter Befehle zu. Rechts lag der Kontrollraum, Chalmers versah die Spätschicht in seinem Büro.

Das Guckloch lag unmittelbar unter der Treppe, und wegen der überhängenden Metallstufen war es vom Hangar aus nicht zu sehen. Der Asbest war sorgfältig abgetragen worden, so daß er die abnehmbare Platte kaschierte. Der Drahthaken war genauso verrostet wie die Außenhaut, und Francis schätzte, daß der Ausguck seit dreißig oder vierzig Jahren in Benutzung war.

Demnach war es also fast sicher, daß der alte Peters regelmäßig in den Hangar geblickt und sehr gut gewußt hatte, daß das Raumschiff nur ein Mythos war. Dennoch war er an Bord geblieben. Vielleicht war ihm klar gewesen, daß die Wahrheit die anderen umbringen würde, vielleicht hatte er es aber auch vorgezogen, Captain eines künstlichen Raumschiffs zu sein anstatt eine exponierte Kuriosität in der Welt draußen.

Vermutlich hatte er das Geheimnis vererbt. Nicht an seinen trübsinnigen, wortkargen Sohn, sondern an den anderen lebhaften Geist, an einen, der das Geheimnis für sich behalten und das Beste daraus machen würde. Aus Gründen, die nur er kannte, hatte der sich ebenfalls entschlossen, in der Kuppel zu bleiben, zumal ihm bewußt war, daß er schon bald der eigentliche Captain sein würde, frei, seine Experimente in angewandter Psychologie weiter zu verfolgen. Vielleicht hatte er nicht erkannt, daß Francis in Wahrheit gar nicht richtig zur Besatzung gehörte. Jedenfalls konnten seine Selbstsicherheit beim Programmieren, sein Mangel an Interesse, was die Kontrolle betraf, und seine Oberflächlichkeit in bezug auf die Sicherheitsvorkehrungen nur eins bedeuten –

Abel wußte!

Der Klangsauger

1.

Gegen Mitternacht waren Madame Giocondas Kopfschmerzen heftig geworden. Den ganzen Tag über hatten die baufälligen Wände und die Decke des Aufnahmestudios von dem endlosen Verkehrsstrom widergehallt, der über die innerstädtische Hochstraße fünfzehn Meter über dem Studiodach raste, ein tosendes, irrsinniges Babel aus lärmenden Hupen, kreischenden Reifen, rukkenden Bremsen und heulenden Motoren, das durch die leeren Korridore und Treppenhäuser bis ins Aufnahmestudio in der zweiten Etage dröhnte und die abgestandene Luft bleiern und drohend erscheinen ließ.

Der Lärm war zwar ermüdend, aber jedenfalls unpersönlich, und diese Art Geräusch konnte Madame Gioconda ertragen. Bei Sonnenuntergang allerdings, als es auf der Hochstraße stiller wurde, wurde er von dem geheimnisvollen Klatschen ihrer Phantome überlagert, von dem unergründlichen Applaus, der aus der Dunkelheit um sie herum aufs Podium niederrauschte. Zuerst war es nur ein zaghaftes Plätschern aus den ersten Reihen, doch bald breitete es sich im ganzen Saal aus, wuchs zu einer tumultartigen Ovation an, in der sie plötzlich so etwas wie Sarkasmus sah, einen einzelnen Spottruf, der ihr einen Stich in den Schläfen verursachte. Dann brach ein Schwall von Buhs und schrillen Pfiffen los, der sie auf ihre Couch trieb, wo sie hilflos nach Atem ringend liegenblieb, bis Mangon um Mitternacht eintraf und mit seinem Klangsauger aufs Podium geeilt kam.

Er verstand Madame Gioconda und machte sich zuerst daran, die Wände und die Decke abzusaugen und die schweren und belastenden Unterschichten der Verkehrsgeräusche abzuziehen. Sorgfältig ließ er das lange Mundstück des Klangsaugers über die antike Bühneneinrichtung (Relikte früherer Aufführungen an der *Met*) gleiten, die Madame Giocondas behelfsmäßiges Heim darstellte – über das ausladende Bett im byzantinischen Stil *(Otello)*, das jeden Moment zusammenzubrechen drohte und an den Mikrophonständer gelehnt stand; über die enormen gerahmten Spiegel *(Orpheus)*, von denen das Silber abblätterte und die in einer Ecke nahe dem Orchesterpodium aufgestapelt waren; über den

Ofen *(Trovatore)*, der auf dem Podium des Aufnahmeleiters stand; über den mit Goldbronze angestrichenen Schminktisch mit Spiegel *(Figaro)*, auf dem stapelweise Zeitungsausschnitte herumlagen. Mangon saugte alles methodisch ab, führte die Düse der Saugmaschine mit ausladenden Schwüngen darüber hin und zog die abgestorbenen Klangreste heraus, die sich im Laufe des Tages dort angesammelt hatten.

Zuletzt war die Luft wieder klar, die Atmosphäre gereinigt, die Ablagerungen von Müdigkeit und Ärger waren verschwunden. Allmählich erholte Madame Gioconda sich. Sie setzte sich ermattet auf und lächelte Mangon schwach zu. Mangon grinste sie ermutigend an, setzte den Kessel auf den Herd, um russischen Tee zu bereiten, der wie üblich mit Luminaltabletten »versüßt« wurde, stellte den Klangsauger ab und bedeutete ihr, daß er jetzt hinausgehen würde, um ihn zu leeren.

Unten auf dem Weg hinter dem Studio schloß er den Klangsauger an den Einfuhrstutzen am Geräuschtransporter an. Nach wenigen Sekunden war das Gerät leer, doch er wartete noch zwei oder drei diskrete Sekunden, ehe er zurückging, um Madame Gioconda die Illusion zu lassen, ihre eingebildete Zuhörerschaft wäre tatsächlich vorhanden gewesen. Natürlich war der Zylinder immer leer; er enthielt lediglich den üblichen Tagesschutt – das Geräusch einer zuschlagenden Tür, einer Trennwand, die irgendwo umfällt, des pfeifenden Wasserkessels, und später, wenn die Kopfschmerzen eingesetzt hatten, kam noch Madame Giocondas erbarmungswürdiges Stöhnen hinzu. Der rauschende Applaus, der das Dach der Met gesprengt hätte (wie also nicht das einer kleinen Rundfunkstation?), die Spottrufe und das Hohngeschrei waren, wie Mangon genau wußte, vollkommen imaginär, pure Phantasiegebilde der Diva, Phantome aus der Vergangenheit einer einstmals gefeierten Primadonna, die von ihrem Publikum im Stich gelassen worden war und sich in ihre Vorstellungswelt zurückgezogen hatte, die jeden Abend den glückseligen Traum heraufbeschwor, sie würde noch einmal von einer vollbesetzten Met gefeiert, einen Traum im übrigen, den Schuldgefühle und Groll regelmäßig gegen Mitternacht verdarben und in einen Alptraum von Fiasko und Versagen verwandelten.

Warum sie sich selbst quälte, das war schwer zu verstehen – immerhin bewahrte der Alptraum sie wenigstens vor dem Wahnsinn; und Mangon, der sie verehrte und liebte, wäre der letzte Mensch auf der Welt gewesen, ihr diese Illusionen zu rauben. Jeden Abend, wenn er seine täglichen Aufträge erledigt hatte, fuhr er den Geräuschtransporter die ganze Strecke von der West Side zu der aufgegebenen Rundfunkstation unter der Hochstraße am verlassenen Ende der F-Street und tat so, als würde er Madame Giocondas Behausung auf dem Aufnahmepodium im Studio 2 von allen Klängen reinigen, wofür er kein Geld verlangte, machte Tee und lauschte ihren Erinnerungen und Racheplänen; und wenn sie dann eingeschlafen war, schlich er auf Zehenspitzen davon, ein schiefes, doch freundliches Lächeln auf dem jugendlichen Gesicht.

Er kam seit fast einem Jahr zu Madame Gioconda, doch welche Rolle er in ihrem Leben eigentlich spielte, dessen war er sich immer noch nicht sicher. Seltsam, obgleich er für die Rettung ihrer Phantasiewelt mehr oder weniger unersetzlich war, schien sie kaum an ihm interessiert zu sein und keinerlei Zuneigung für ihn zu empfinden. Er nahm jedoch an, diese Gleichgültigkeit wäre lediglich ein Teil der selbstherrlichen Persönlichkeit dieser weltberühmten Primadonna, der die Tradition – Melba, Callas, Gioconda –, wenngleich diese inzwischen leider auch zur Bedeutungslosigkeit geschrumpft war, über alles ging. Das Privileg, so empfand er es, bestand in erster Linie darin, überhaupt zu dienen. Wenn die Zeit reif wäre, dann würde Madame Gioconda ihm vielleicht ein Zeichen ihrer Gunst geben.

Ohne ihn, soviel stand fest, hätte es um ihre Zukunft düster gestanden. Ihre Kopfschmerzen waren in letzter Zeit immer bedrohlicher geworden, und sie behauptete, der Applaus würde von Tag zu Tag stürmischer, die Buhs und Verhöhnungen bösartiger. Welcher psychische Mechanismus dies Phantasiesystem auch in Gang setzen mochte, es war Mangon völlig klar, daß sie ihn letzten Endes den ganzen Tag über im Studio brauchen würde, um die alles umhüllenden Wogen des Alptraums und des Wahnsinns durch den fingierten Einsatz des Klangsaugers zurückzuhalten. Dann, wenn der Traum eines Tages in sich zusammenbrach, würde er es vielleicht bereuen, ihr geholfen zu haben, sich etwas vorzumachen. Mit ein wenig Glück jedoch könnte sie ihren Wunsch nach einem Comeback eventuell doch verwirklichen. Sie hatte ihm etwas von ihrem Plan enthüllt – eine verworrene Mischung aus Erpressung und Bestechung –, und insgeheim hoffte er, ihm selbst würde ein Komplott einfallen, mit dessen Hilfe er ihr die Popularität zurückgewinnen könnte. Augenblicklich hatte sie unglücklicherweise einen Punkt erreicht, an dem allein der Erfolg sie vor der Katastrophe bewahren konnte.

Madame Gioconda hatte sich aufgesetzt, als Mangon zurückkam, und lehnte an einem riesigen Goldlamékissen; die einzige Lampe am Fußende der Couch warf einen hellen Halbkreis auf die großen Versatzstücke, die das Aufnahmepodium vom Zuhörerraum trennten. Die Bühnenbilder entstammten alle der Aufführung jener Oper, in der sie zuletzt aufgetreten war – *Das Medium* –, und stellten das Innere eines Raumes für spiritistische Seancen dar, den einzig logischen Rahmen für ihr gegenwärtiges Dasein. Umgeben von den Fragmenten aus einem Dutzend Opernpartien, schien sogar sie selbst, so fand Mangon, aus mehreren voneinander unabhängigen Identitäten zusammengesetzt zu sein. Sie war eine hochgewachsene, königliche Erscheinung mit üppig geformten Schultern und mächtigem Busen, hatte ein großes, hübsches Gesicht, das von prachtvollem, blauschwarzem Haar gekrönt wurde – der Prototyp einer klassischen Diva. Sie mußte nahe an die Fünfzig sein, doch ihre weiche, cremige Haut und ihre feinen Züge waren die eines Kindes. Nur die Augen verrieten sie. Groß und aufmerksam, mit Wimperntusche verschmiert, betrachteten sie die Welt ringsum böse und verengten sich sogar, als Mangon näher kam. Auch ihre Zähne waren schlecht, fleckig von Tabak und billigem Kokain. Wenn sie erregt war und ihre vollen, violetten Lippen zornig aufwarf und so den Blick auf die nachgedunkelten Plomben in ihrem Gebiß und auf ihre bissig zuckende Zunge freigab, dann sah ihr Mund wahrhaft wie der Eingang zur Hölle aus. Alles in allem war sie schon eine schreckliche Frau.

Als Mangon ihr den Tee brachte, beugte sie sich vor und machte am Fußende der Couch zwischen kaputten Rosenkränzen, Schachteln, Tagebuchseiten, Horoskopen und verzierten Adreßbüchern, die dort in einem heillosen Durcheinander herumlagen, Platz für ihn. Mangon setzte sich, warf einen verstohlenen Blick auf die Uhr (seinen ersten Auftrag mußte er am nächsten Morgen um halb zehn erledigen, und wenn er nicht genügend Schlaf bekam, war sein Gehör beeinträchtigt) und bereitete sich darauf vor, ihr die nächste halbe Stunde zuzuhören.

Plötzlich schrak sie zurück, sank ins Kissen und gestikulierte aufgeregt in die Richtung des im Dunkeln daliegenden Orchesterpodiums.

»Sie klatschen immer noch!« kreischte sie. »Saugen Sie sie weg, um Gottes willen, sie machen mich wahnsinnig. Oooooh...«, krächzte sie theatralisch. »Da drüben, schnell...!«

Mangon sprang auf. Er eilte zum Orchesterpodium und horchte die aufgestapelten Stühle und Notenständer aus Sperrholz aufmerksam ab. Sie waren alle makellos rein; die Schwelle, wo eingebettete Geräusche hörbare Echos auszustrahlen beginnen, war nicht überschritten. Er wandte sich den seitlichen Stellwänden zu. Als er sehr sorgfältig hinhörte, konnte er sieben verhaltene Schritte vernehmen, das dumpfe Echo seiner eigenen Schritte auf dem Fußboden. Sie wurden schwächer und verhallten, ihnen folgte ein tiefes, unterschwelliges Geräusch, das sich wie eine atmosphärische Störung im Radio anhörte – in Wahrheit jedoch Madame Giocondas momentaner Koller war. Er konnte die einzelnen Worte beinahe voneinander unterscheiden, wenn sie durch die Wiederholung auch gedämpft waren.

Madame Gioconda krümmte sich immer noch auf der Couch, offenbar war sie nicht so leicht zu besänftigen. Deshalb stieg Mangon vom Orchesterpodium herab und ging durch den Zuhörerraum an die Tür, wo er den Klangsauger abgestellt hatte. Das Stromkabel war draußen im Auto, doch er war sicher, Madame Gioconda würde es nicht merken. Fünf Minuten lang arbeitete er geschäftig vor sich hin und tat so, als sauge er das Podium noch einmal ab; dann stellte er den Klangsauger ab und kam zur Couch zurück.

Madame Gioconda tauchte aus den Kissen hervor, horchte die Luft aufmerksam ab, wobei sie den Kopf zwei- oder dreimal hin und her drehte, und lächelte ihm zu.

»Danke, Mangon, vielen Dank«, sagte sie mit einschmeichelnder Stimme und blickte ihn nachdenklich an. »Sie haben mich wieder einmal vor meinen Mördern in Sicherheit gebracht. In letzter Zeit sind sie so verschlagen, daß sie sich sogar vor Ihnen verstecken können.«

Bei dieser letzten Bemerkung lächelte Mangon reumütig in sich hinein. Er war vorhin also ein bißchen zu oberflächlich gewesen; Madame Gioconda hatte ihn durchschaut.

Sie schien jedoch aufrichtig dankbar. »Mangon, mein Lieber«, sinnierte sie, während sie ihr Gesicht, in den Spiegel einer gewaltigen Puderdose blickend, herrichtete und ihre Augen mit leuchtendgrünem Make-up umrandete, was ihr das Aussehen einer

Kobra gab, »was würde ich ohne Sie wohl anfangen? Wie kann ich es je wieder gutmachen, daß Sie sich so um mich kümmern?«

Das waren rein rhetorische Fragen, welche drohenden Untertöne auch in ihnen mitschwangen (die Mangon im übrigen zutiefst entsetzt hätten, hätte er sie gespürt), und alle ihre Unterhaltungen verliefen aus diesem Grund ganz und gar einseitig. Denn Mangon war stumm. Seit seinem dritten Lebensjahr, als seine Mutter ihm in rasendem Zorn einen heftigen Schlag auf die Kehle versetzt hatte, um ihn am Schreien zu hindern, war er stumm wie ein Fisch, waren seine Stimmbänder für immer zerstört. Zu dem endlosen Austausch mitternächtlicher Vertraulichkeiten hatte er daher noch nie ein gesprochenes Wort beigetragen.

Seine Stummheit hatte natürlich die Zuneigung, die er für Madame Gioconda empfand, nur noch gesteigert. Beide hatten sie ja gewissermaßen ihre Stimme verloren, er durch eine grausame Mutter, sie durch ein wankelmütiges und untreues Publikum. Das verband sie, gab ihnen das gemeinsame Gefühl für die Ungerechtigkeit des Lebens, wenn auch Mangon, wie alle Unschuldigen, sein Unglück ohne Groll hinnahm. Beide waren sie auch Außenseiter der Gesellschaft. Mangon war als einzelgängerisches, behindertes Kind in einer Reihe von staatlichen Heimen aufgewachsen, nachdem man ihn im Alter von vier Jahren aus den Händen seiner heruntergekommenen Eltern befreit hatte. Sein einziges Talent war seine bemerkenswerte Hörfähigkeit gewesen, und als er vierzehn war, war er beim Geräuschräumdienst der Metropole in die Lehre gekommen. Die Klangsauger, im Ansehen kaum über den Müllkutschern stehend, waren eine Außenseitertruppe – Analphabeten, Stumme (von den Behörden bevorzugt, denn auf ihre Diskretion war Verlaß), sozial Heruntergekommene; sie hausten in einer Reihe von verfallenen Baracken am Rande einer alten Sprengstoffabrik in den Sanddünen nördlich der Stadt, wo ein Ablagerungsplatz für Geräusche entstanden war.

Mangon unterhielt zu keinem seiner Kollegen freundschaftliche Beziehungen; Madame Gioconda war der erste Mensch in seinem Leben, mit dem er einen intimeren Umgang pflegte. Abgesehen von dem Vergnügen, ihr helfen zu können, zählte bei seiner Verehrung für sie besonders, daß sie ihn (wie alle Stummen) bis zu ihrem Abstieg in der schmerzlichsten Weise an den eigenen stimmenlosen Zustand erinnert hatte und nun endlich Gelegenheit war, mit der jahrelangen unbewußten Abneigung gegen sie aufzuräumen.

Das war bald getan, und von da an widmete er sich von ganzem Herzen dem Dienst an ihr.

Madame Gioconda zog trübsinnig an einer schwarzen Zigarette, die in einer langen Jadespitze steckte, und umriß ihre Pläne für ein Comeback. Im Verlauf von mehreren Monaten herangereift, hatten diese nichts Geringeres zum Inhalt, als Hector LeGrande, den Präsidenten der Video City, jener riesigen Gesellschaft, die ein Dutzend Rundfunk- und Fernsehprogramme ausstrahlte, zu drängen, sie gleich in einer ganzen Serie von Fernsehshows einzusetzen. Jede einzelne sollte sich um sie drehen, verschwenderisch ausgestattet und orchestriert sein und dazu dienen, ihr einen unvergänglichen Traum zu erfüllen, nämlich der klassischen Oper in der ganzen Welt erneut zum Sieg zu verhelfen.

»Die Scala, Covent Garden, die Met – was ist aus ihnen geworden?« verlangte sie ärgerlich zu wissen. »Bowlingbahnen! Können Sie sich vorstellen, Mangon, daß man in diesen Häusern, deren Ruhm unsterblich ist, in denen ich meine Tosca, meine Butterfly, meine Brünhilde der Welt zu Füßen gelegt habe, jetzt« – voller Abscheu stieß sie eine Qualmwolke aus – »Bier trinkt und kegelt?«

Mangon schüttelte teilnahmsvoll den Kopf. Er zog einen Bleistift aus der Brusttasche und schrieb auf einen Block, der ihm an den linken Ärmel geheftet war:

Mr. LeGrande?

Madame Gioconda las den Zettel und ließ ihn auf den Fußboden fallen.

»Hector? Diese Rechtsanwälte vergiften ihn. Sie haben ihn eingekreist. Ich glaube, sie lassen alle meine Telegramme an ihn verschwinden. Natürlich ist Hector völlig zusammengebrochen, als er von meiner Idee mit den Fernsehshows erfuhr. Stellen Sie sich doch mal vor, Mangon, was für ein Knüller das für ihn ist! Eine Sensation! Die große Gioconda persönlich im Fernsehen! Nicht so eine schwachsinnige Kaugummibiene, nein, die Gioconda – höchstpersönlich!«

Von der Vorstellung erschöpft, sank sie ins Kissen zurück und blies kraftlos Rauch durch die Zigarettenspitze.

Mangon schrieb:

Vertrag?

Angesichts dieses Wortes runzelte die Diva die Stirn, dann spießte sie den Zettel mit der glühenden Zigarette auf.

»Ich lasse einen neuen Vertrag aufsetzen. Nichts mehr von den lumpigen 300000, die ich am Anfang zu nehmen bereit war, nichts mehr von 500000 – ich verlange für jede einzelne Show genau *eine Million* Dollar! Keinen Cent weniger! Hector soll zahlen dafür, daß er mich übergangen hat. Na, und außerdem, denken Sie doch mal an den Reklamewert einer solchen Summe. Nur ein echter Star kann sich eine vulgäre Extravaganz wie diese einfallen lassen. Wenn er knapp bei Kasse ist, soll er doch diese Anwälte an die Luft setzen. Oder den Dollar abwerten, mir soll's recht sein.«

Madame Gioconda johlte vor Vergnügen bei dieser Aussicht. Mangon nickte und kritzelte dann eine weitere Notiz auf den Block:

Seien Sie praktisch!

Madame Gioconda drückte ihre Zigarette aus. »Sie denken wohl, ich spinne, wie, Mangon? Phantastische Träume, Millionen-Dollar-Verträge, arme alte Irre, wie? Ich will Ihnen mal eins sagen: Hector wird ganz scharf darauf sein, den Vertrag zu unterschreiben. Und ich habe nicht die Absicht, mich nur auf sein gutes Urteilsvermögen als Impresario zu verlassen.« Sie grinste spitzbübisch in sich hinein.

Was sonst?

Sie sah sich auf dem abgedunkelten Podium um. Schließlich senkte sie den Blick.

»Wissen Sie, Mangon, Hector und ich sind uralte Freunde. Sie verstehen natürlich, was ich damit sagen will, nicht wahr?« Sie wartete, bis Mangon, der Tausende von Hotelsuiten Hochzeitsreisender ausgesaugt hatte, nickte, und fuhr fort: »Wie gut ich mich noch an die erste Saison in Bayreuth erinnere, als Hector und ich...«

Mangon starrte unglücklich auf seine Füße, während Madame Gioconda dieses neueste Erpressungsunternehmen ausmalte. Gewiß, sie und LeGrande waren intime Freunde gewesen – die Zeitungsausschnitte, die auf dem ganzen Podium verstreut lagen, legten davon in aller Freimütigkeit Zeugnis ab. Wenn LeGrande ihr nicht jeden Monat einen nicht sehr hohen Scheck schickte, wäre sie wahrscheinlich schon längst eingegangen. Sich jetzt gegen ihn zu stellen und mit alten Skandalen zu drohen (LeGrande wollte demnächst in die Politik einsteigen), das war nicht nur grotesk, sondern darüber hinaus auch gefährlich, denn LeGrande war rücksichtslos und keine Spur sentimental. Vor Jahren hatte er Madame Gioconda als Sprungbrett benutzt, alle Publicity aus dem

Verhältnis mit ihr gezogen, die er kriegen konnte, und sie dann von heute auf morgen von sich gestoßen.

Mangon machte sich wirklich Sorgen. Es war nicht einfach, eine Lösung für ihre mißliche Lage zu finden. Sie hatte ihren Abstieg nicht verschuldet, und das machte ihn um so schwerer erträglich. Seit vor einer Reihe von Jahren die Ultraschallmusik entwickelt worden war, war die menschliche Stimme – jede Art hörbarer Musik, um genau zu sein – völlig aus der Mode gekommen. Die Ultraschallmusik, die unendlich viel mehr Oktaven, Töne und Tonleitern verwendet, als das menschliche Ohr hören kann, war ein direktes Nervenglied zwischen dem Klangstrom und den Hörorganen, sie erzeugte ein scheinbar quellenloses Gefühl von Harmonie, Rhythmus, Modulation und Melodie und war frei von dem Lärm und der Vibration hörbarer Musik. Durch das Umschreiben des klassischen Repertoires kam der Hörer von Ultraschallmusik in den Genuß der Vorzüge aus beiden Welten. Die majestätischen Rhythmen Beethovens, die populären Melodien Tschaikowskijs, die komplexen Fugen Bachs, die abstrakten Bilder Schönbergs – sie alle wurden in der Frequenz über die Schwelle des bewußt Hörbaren gehoben. Sie wurden nicht nur unhörbar, sondern wurden auch für den unendlich viel umfangreicheren Klangrahmen des Ultraschallorchesters neu eingerichtet, wurden reicher in ihrer Tessitura, profunder in der Thematik, empfindsamer, zärtlicher oder lyrischer – ganz wie es dem Ultraschallarrangeur gefiel.

Als erstes war bei diesem Wechsel die menschliche Stimme auf der Strecke geblieben. Von allen Instrumenten konnte sie allein nicht umgeschrieben werden, weil ihr Klang nicht auf mechanischem Weg erzeugt wurde, und der neurophonische Ingenieur konnte nicht hoffen – oder sich damit befassen –, ihn jemals auf künstlichem Weg nachzuvollziehen. Die ersten Ultraschallaufnahmen waren auf Widerstand gestoßen, ja sogar auf Gelächter. Ein Rundfunkprogramm, das nur aus Stille bestand, die alle halbe Stunde von Reklame unterbrochen wurde, wurde als absurd empfunden. Erst nach und nach kamen die Zuhörer dahinter, daß die Stille herrlich war, daß sich, wenn man das Radio für eine Stunde oder so auf einen Ultraschallsender eingestellt ließ, spontan ein ausgesprochen angenehmes Gefühl von Rhythmus und Melodie einzustellen schien. Verkündete ein Ansager dann plötzlich, man habe soeben die Ultraschallversion der Jupiter-Symphonie oder der Pathétique übertragen, dann begriff man den wahren Grund für das Wohlbehagen.

Ein zweiter Vorteil der Ultraschallmusik bestand darin, daß sie, da ihre Frequenzen so hoch lagen, keinerlei nachhallende Rückstände in festem Material zurückließ; folglich bestand auch nicht die Notwendigkeit, einen Klangsauger zu bemühen. Nach einer hörbaren Aufführung von zumeist symphonischer Musik dröhnten Wände und Möbel noch tagelang von den Rückständen, die sich nur sehr zögernd auflösten, die Luft geladen und geschwollen und ein ganzes Zimmer buchstäblich unbewohnbar machten.

Eine unmittelbare Folge der Erfindung war der rasche Zusammenbruch aller Symphonieorchester und Opernensembles, von sehr wenigen Ausnahmen abgesehen. Konzertsäle und Opernhäuser schlossen über Nacht ihre Pforten. Im Zeitalter des Lärms kam nach und nach der beruhigende Balsam der Stille wieder in Mode.

Der endgültige Durchbruch der Ultraschallmusik stellte sich schließlich mit einer zweiten Neuerung ein – mit der Kurzspielplatte, die mit 900 Umdrehungen pro Minute lief. Dadurch schrumpfte die Spieldauer einer Beethoven-Symphonie von 45 Minuten auf 20 Sekunden, die einer Wagner-Oper von drei Stunden auf etwas mehr als zwei Minuten. Dabei opferten die haltbaren und billigen KPs durchaus nichts der Kürze. Ein 30-Sekunden-KP bot genausoviel neurophonisches Vergnügen wie eine Schallplatte herkömmlicher Länge, sie beeindruckte sogar noch tiefer und hinterließ einen stärkeren Gesamteindruck.

Die Ultraschall-KPs verdrängten alle anderen Schallplatten vom Markt, die herkömmlichen LPs wurden zu Museumsstücken – nur ein Schwachkopf würde noch auf die Idee kommen, sich eine hörbare Gesamtaufnahme vom *Siegfried* oder vom *Barbier von Sevilla* vorzuspielen, wo er doch beides im unhörbaren Fünf-Minuten-Album haben und zugleich den vollen musikalischen Wert genießen konnte.

Für Madame Gioconda war die triumphale Karriere zu Ende. Unfeierlich ausrangiert, konnte sie sich noch ein paar Monate lang halten, indem sie in Werbespots im Rundfunk sang. Bald wurden auch die unhörbar ausgestrahlt. In einem verzweifelten Racheakt kaufte sie die Rundfunkstation auf, die sie entlassen hatte, und ließ sich in einem der Aufnahmestudios häuslich nieder. Mit den Jahren verfiel der Sender und geriet in Vergessenheit; die Fenster zerbarsten, der Neoneingang brach zusammen, die Sendemasten rosteten. Die gewaltige, achtspurige Hochstraße, die über das Gebäude hinwegführte, siegelte es endgültig in die Vergangenheit ein.

Und jetzt hatte Madame Gioconda vor, sich den Weg zurück mit dem Dolch zu erkämpfen.

Mangon betrachtete sie ungeduldig, während sie in einer Wolke purpurnen Zigarettenqualms gehässig drauflosschwadronierte, eine fette, heruntergekommene Hexe. Das Luminal machte sie schläfrig, und ihre Drohungen und Ultimaten wurden wirr.

»...selbst Memoiren, vergiß das nicht, Hector. Freimütige Enthüllungen, keine Zurückhaltung. Ich meine... verdammt, da muß ich mir einen Schreiberling anheuern. Hotel de Paris in Monte, eine Menge Fotos. O ja, ich habe die Fotos aufgehoben.« Sie wühlte auf der Couch herum und kam mit einem zerknüllten Seifenabschnitt und mit einem Kassenzettel aus einem Supermarkt zum Vorschein. »Warte nur ab, bis diese Anwälte sie sehen, Hector –« Plötzlich brach sie ab, starrte Mangon glasigen Blickes an und sank zurück.

Mangon wartete, bis sie eingeschlafen war, stand auf und betrachtete sie aus der Nähe. Sie sah verloren und verzweifelt aus. Eine Weile besah er sie ehrfurchtsvoll, dann ging er auf Zehenspitzen zum Regelwiderstand, der auf der Schalttafel hinter der Couch angebracht war, drehte die Lampe zu Füßen von Madame Gioconda dunkler und verließ das Podium.

Er schloß die Tür des Zuhörerraums hinter sich, stieg ins Foyer nach unten und trat, traurig, doch zugleich schrecklich aufgewühlt, in die mitternächtliche Kühle hinaus. Endlich war ihm klargeworden, daß er schnell handeln mußte, wenn er Madame Gioconda noch retten wollte.

II.

Als Mangon am nächsten Morgen kurz nach neun Uhr mit dem Geräuschtransporter in die Stadt fuhr, entschloß er sich, den ersten Auftrag zu verschieben – das war die verrückte Episkopalkapelle im Neo-Corbusier-Stil, die im Finanzviertel zwischen Bürogebäuden eingeklemmt stand; statt dessen fuhr er auf der Hauptstraße nach Westen und durchquerte den Park auf die Appartementhäuser mit den hellen Fassaden zu, die sich nördlich davon über Bäume und Seen in den Himmel reckten.

Die Kapelle war eine schwierige und arbeitsreiche Aufgabe, die ihn drei Stunden konzentrierter Mühe gekostet hätte. Der Superintendent hatte kürzlich einige seltene Ziergiebel aus dem 13. Jahrhundert angeschafft, die aus der Kirche des heiligen Franziskus in Assisi stammten, herrliche Klangböden, in denen sich gregorianische Gesänge aus sieben Jahrhunderten angesammelt hatten, überlagert vom zeitlosen Angelusläuten. Sie waren in den Altar eingebaut und strömten eine Atmosphäre aus, die wie eine sanfte, tief strukturierte Hymne, welche stumm die sublimsten Vorstellungen von Meditation und Gebet erweckt, von der Litanei und Gottesverehrung widerhallte.

Da allerdings jeder der Ziergiebel 50000 Dollar gekostet hatte, stellten sie für einen ungeschickten Klangsauger auch ein erschreckendes Wagnis dar. Erst vor zwei Jahren war das ganze nördliche Querschiff der Kathedrale von Reims mit dem erhaltenen Rundfenster, eingekauft für einen Rekordpreis von 1 Million Dollar und in der neuen Kathedrale des heiligen Joseph in San Diego wiederaufgebaut, von einem Trupp analphabetischer Kollegen Mangons seines unbezahlbaren Erbes, der tonalen Einlagen, beraubt worden, weil die Dummköpfe ihre Anweisungen nicht richtig gelesen und versehentlich die falsche Wand abgesaugt hatten.

Doch selbst die Fähigkeiten des geschicktesten Klangsaugers waren beschränkt, und Mangon mit seinem Supergehör war besonders deshalb gefragt, weil er selektiv zu saugen verstand; aus den Wänden der Kapelle konnte er alle überflüssigen und dissonanten Geräusche abziehen – Husten, Gejammer, das Klappern von Münzen und das Gebetsgemurmel – und nur die liturgischen Chorgesänge übriglassen, was ihre demütigen Obertöne vorteilhaft zur Geltung brachte. Nur seiner Geschicklichkeit würde es zu verdanken sein, wenn die Ziergiebel aus Assisi noch zwanzig Jahre länger erhalten blieben; ohne ihn würden sie schon bald vom vielschichtigen Lärm in der Kirchengemeinde verseucht sein. Er brauchte also nicht zu befürchten, daß der Superintendent sich beschwerte, wenn er an diesem Morgen einmal nicht zur vereinbarten Zeit erschien.

Als er den Park im Norden zur Hälfte hinter sich gelassen hatte, bog er auf den Vorplatz eines riesigen Wohnkomplexes ein, vierzig Stockwerke hoch, ein weißglänzender Felsen, der von vorspringenden Balkonen unterbrochen wurde. Hier waren fast alle Wohnungen äußerst elegant, gingen über zwei Etagen und wurden größtenteils von Leuten aus dem Showgeschäft bewohnt. Es war kein Mensch zu sehen, doch als Mangon die Halle betrat, den Klangsauger in der Hand, summten die Marmorwände und -säulen leise vom Widerhall der Gespräche, die Partygäste vor vier oder fünf Stunden beim Verlassen des Gebäudes geführt hatten.

Im Fahrstuhl waren die Rückstände noch deutlicher zu hören – selbstsichere Männerstimmen, bissige Schmeicheleien quengeliger Frauen, weiche Negative von verliebten Blondinen, kontrapunktiert von zahllosen Wiederholungen des kosenden »Schaahtssi«. Mangon überhörte die Echos, die ohnedies kaum mehr als ein dumpfes Insektengesumm waren. Er grinste in sich hinein, während er zum Penthouse hinauffuhr; wenn Madame Gioconda sein Ziel gekannt hätte, sie würde ihn auf der Stelle erwürgt haben.

Ray Alto, die Autorität unter den Ultraschall-Komponisten und zugleich der Mann, der mehr als jeder andere für Madame Giocondas Fall verantwortlich war, gehörte zu Mangons regelmäßigen Kunden. Gewöhnlich kam dieser einmal in der Woche zu ihm, um die Wohnung zu saugen, und dann auch um drei Uhr nachmittags. Doch heute wollte er Alto unter allen Umständen noch antreffen, ehe dieser in die Video City ging, wo er Direktor der Abteilung Programmusik war.

Der Diener ließ ihn ein. Er durchquerte die Halle und ging über die schwarze Glastreppe in die tiefergelegene Lounge nach unten. Große Studiofenster gaben den Blick auf das elegante Panorama frei, auf die Parks und Wolkenkratzer der City.

Ein junger Mann in weißer Hose, der auf einem der langen, niedrigen Sofas saß – Paul Merril, Altos Arrangeur –, winkte ihn zurück.

»Mangon, geh auf Tauchstation, ich hab's heute wirklich brandeilig.« Er wirbelte die Ultraschalltrompete herum, auf der er spielte, ein Gewirr aus Stöpseln und Sicherungen, von denen ein halbes Dutzend Schnüre über die Sofakissen hinweg zu einer Kathodenröhre und zu einem Tongenerator am anderen Ende des Sofas hinführten.

Mangon setzte sich still hin, und Merril preßte das Mundstück der Trompete an die Lippen. Aufmerksam beobachtete er die Strahlenröhre, an der er die Gestalt der Ultraschallnoten prüfen konnte, und stieg in ein flottes Allegretto ein, wurde schneller, ließ eine Reihe von brillanten Arpeggios hervorschnellen, wobei er hohe Ps und Qs entblößte, die wie wild zuckende Aale über den

Kathodenschirm tanzten, phantastische Glissandos, die zwanzig Oktaven in derselben Anzahl Sekunden hinaufsausten, jede Note unterscheidbar und gleichmäßig exakt, der Reihe nach aus dem Tongenerator hervortänzelnd, so daß Rolltreppen aus elektronischen Takten die herkömmliche Tonleiter durchschwebten, ein melodischer Strom aus vielen Kanälen, der den Kathodenschirm mit herrlichen, zuckenden Mustern füllte. Das Ganze war unhörbar, doch die Luft rings um Mangon schien zu vibrieren und in Bewegung zu geraten, versehen mit Fröhlichkeit und Glanz, und er applaudierte großzügig, als Merril zum Abschluß ein schmetterndes Ostinato hinwarf.

»*Der Flug der Hummel*«, erklärte er. Er warf die Trompete zur Seite und schaltete die Kathodenröhre ab. Er lehnte sich zurück und genoß einen Moment lang die glänzende Luft. »Nun, wie stehen die Aktien?«

In dem Augenblick ging eine der Schlafzimmertüren auf, und Ray Alto erschien, ein großer, nachdenklicher Mann von ungefähr vierzig Jahren, mit blondem Haar, das bereits dünn wurde, und einer Sonnenbrille mit hellen Gläsern vor kühlen Augen.

»Hallo, Mangon«, sagte er und strich ihm mit der Hand über den Kopf. »Du kommst früh heute. Viel zu tun?« Mangon nickte. »Laß dich nicht unterkriegen.« Er nahm ein Diktaphon von einem der Beisatztischchen und ging zu einem Sessel. »Lärm, Lärm, Lärm – der größte Krankheitsüberträger der Zivilisation. Die ganze Welt ist davon angesteckt, und trotzdem kann sie sich außer ein paar Leuten wie Mangon, die mit einem Klangsauger herumfummeln, nichts leisten. Kaum zu glauben, daß man bis vor ein paar Jahren noch nicht die blasseste Ahnung davon hatte, daß Klang Rückstände hinterläßt.«

»Sind wir denn besser?« fragte Merril. »In *Transonics* von diesem Monat wird behauptet, daß unbeseitigte Schallresonanzen sich gelegentlich zu einem kritischen Punkt aufbauen, an dem sie Gebäude buchstäblich zum Bersten bringen können. Die ganze Stadt wird zusammenstürzen wie Jericho.«

»Babel«, korrigierte Alto ihn. »Gut, jetzt wollen wir mal ruhig sein. Wir gehen auch bald, Mangon. Mach ihm doch bitte was zu trinken, Paul, ja?«

Merril holte Mangon eine Cola von der Bar und schlenderte dann davon. Alto schaltete das Diktaphon ein und fing an, mit gleichmäßiger Stimme hineinzusprechen. »Memo 7: Betty, wann läuft das Copyright für Strawinski ab? Memo 8: Betty, nehmen Sie die Melodie für das geplante Nocturne zu den Akten: L, Lis, BB, Ys, Q, VT, L, Lis. Memo 9: Paul, die unteren drei Oktaven der Ultra-Tuba können vom Hundeohr noch wahrgenommen werden – können uns zu der KP mit dem *Amboßchor* von gestern abend beglückwünschen; ungefähr drei Millionen Hunde meinten, das Dach wäre über ihnen zusammengestürzt. Memo 10: Betty –« Er brach ab, legte das Mikrophon aus der Hand. »Mangon, du siehst bedrückt aus.«

Mangon, der ganz in Gedanken versunken war, riß sich zusammen und schüttelte den Kopf.

»Arbeitest du zuviel?« bohrte Alto weiter. Er warf Mangon einen argwöhnischen Blick zu. »Sitzt du immer noch nächtelang bei dieser Gioconda herum?«

Verlegen senkte Mangon den Blick. Seine Beziehung zu Alto war in gewisser Weise fast so eng wie die zu Madame Gioconda. Obwohl Alto barsch war und sich häufig über ihn ärgerte, war er doch ehrlich an seinem Wohlergehen interessiert. Möglicherweise erinnerte ihn Mangons Stummheit an die misanthropischen Motive für seinen Haß auf den Lärm und gab ihm das Gefühl, indirekt für den Gewaltakt verantwortlich zu sein, den Mangons Mutter an ihrem Kind begangen hatte. Darüber hinaus respektierte er, sozusagen von Künstler zu Künstler, Mangons phänomenales Gehör.

»Sie macht dich kaputt, Mangon, glaub mir.« Alto wußte, wieviel Mangon ein persönlicher Kontakt bedeutete, und er zögerte, zu kritisch zu sein. »Du kannst überhaupt nichts für sie tun. Wenn man ihr mit Sympathie begegnet, steigert man nur ihre Hoffnung auf ein Comeback. Sie hat keine Chance.«

Mangon runzelte die Stirn und schrieb rasch auf seinen Block: *Sie* WIRD *wieder singen!*

Alto las den Satz nachdenklich durch. Dann sagte er mit härterer Stimme: »Sie spannt dich für ihre Zwecke ein, Mangon. Augenblicklich befriedigst du eine Marotte von ihr – die neurotischen Kopfschmerzen und den Phantasieapplaus. Gott weiß, was sie sich als nächstes ausdenkt.«

Sie ist eine große Künstlerin.

»Sie *war*«, hob Alto hervor. »Sie ist es nicht mehr, so traurig das auch sein mag. Ich fürchte, die Zeiten haben sich geändert.«

Mangon war verärgert; er knirschte mit den Zähnen und riß ein weiteres Blatt vom Block ab.

Vielleicht die Unterhaltung – Kunst ändert sich nicht!

Alto nahm diese Zurechtweisung schweigend hin; im Grunde tadelte er sich ja auch, weil er sich mit Haut und Haaren an die Video City verkauft hatte. In den vier Jahren, die er inzwischen dort wirkte, hatte er an originaler Ultraschallmusik kaum mehr als eine unvollendete Symphonie hervorgebracht – sie hieß *Opus Zero* und sollte in Kürze ihre Uraufführung erleben –, dazu ein paar Nocturnes und ein Quartett. Der größte Teil seiner Energie verpuffte in Programmusiken, Prestigenummern für Shows und in einer Menge einfacher Transkriptionen, des klassischen Repertoires. Die verabscheute er besonders, die waren eine Arbeit für Paul Merril, nicht aber für einen verantwortungsbewußten Komponisten.

Er nahm den letzten Zettel zu den beiden anderen in die linke Hand und fragte: »Hast du Madame Gioconda schon einmal singen hören?«

Mangons Antwort kam verächtlich zurück:

Nein! Aber Sie! Beschreiben Sie es bitte!

Alto lachte kurz auf, zerriß die Zettel und ging ans Fenster. »Also gut, Mangon, du hast gewonnen. Du hältst eine Fackel für die Kunst hoch, tust einem der wenigen vollkommenen Dinge gegenüber, die die Welt überhaupt hervorgebracht hat, deine Pflicht. Ich hoffe, du bist der Verantwortung gewachsen. La Gioconda ist vermutlich reichlich viel auf einmal. Wußtest du, daß ihr einst die Türen von Covent Garden, der Scala und der Met verschlossen waren? Es heißt, die Callas habe Temperament gehabt, aber im Vergleich mit der Gioconda war sie nur eine Pensionatsmutter. Wie geht es ihr? Ißt sie genug?«

Mangon hielt die Colaflasche in die Höhe.

»Kokain? Das ist ja ein Ding! Wie kann sie sich das denn leisten?« Er blickte auf die Uhr. »Verdammt, ich muß gehen. Mach die Bude hier gründlich sauber, ja? Ich kriege Kopfschmerzen, wenn ich meinen eigenen Gedanken zuhöre.«

Er wollte schon das Diktaphon nehmen, doch Mangon kritzelte schnell auf den Block:

Geben Sie Madame Gioconda einen Job.

Alto las die Bitte und reichte den Zettel erstaunt an Mangon zurück. »Wo? Hier in der Wohnung?« Mangon schüttelte den Kopf.

»Meinst du etwa in der Video City? *Singen?«* Auf Mangons eindringliches Nicken hin blickte er mit einem verzweifelten Stöhnen zur Decke auf. »Mein Gott, Mangon, das letzte Mal wurde in Video City vor mehr als zehn Jahren gesungen. Dafür gibt es einfach kein Publikum mehr. Wenn ich das auch nur vorschlüge, würde man meinen Vertrag in tausend Stücke reißen.« Er schüttelte sich regelrecht, und das war nicht einmal gespielt. »Ich weiß ja nicht, wie es mit dir steht, Mangon, aber ich muß meinen Magen versorgen.«

Er ging auf die Treppe zu, doch Mangon verstellte ihm den Weg; sein Bleistift raste über das Papier.

Bitte. Madame Gioconda wird bald eine Erpressung starten. Sie ist verzweifelt. Muß wieder singen. Könnten doch so tun, als ob man ein Programm in den Fernsehstudios ansetzte. Mikrophone abgeschaltet.

Alto faltete den Zettel sorgfältig zusammen, stellte das Diktaphon auf der Treppe ab und ging langsam zum Fenster zurück.

»Diese Erpressungsgeschichte! Bist du ganz sicher? Aber wen? Hast du eine Ahnung?« Mangon nickte, sah aber weg. »Gut, ich will dich nicht drängen. LeGrande vermutlich, was?« Mangon wandte sich überrascht um, dann zuckte er nicht sehr überzeugend mit den Schultern.

»Hector LeGrande. Klarer Fall. Da gibt es doch aber überhaupt keine Geheimnisse, alles liegt offen zutage. Ich nehme an, sie droht damit, sich so weit in den Vordergrund zu schieben, daß seine Bewerbung um den Gouverneursposten blockiert wird.« Alto schürzte die Lippen. Er konnte LeGrande nicht ausstehen, nicht nur, weil er ihn zu dieser Art zu leben gezwungen hatte, von der er nicht mehr lassen konnte, sondern auch, weil er, nachdem er seine Schwäche erst einmal herausgefunden hatte, nie zögerte, ihn daran zu erinnern und ihn und seine Musik mit Verachtung zu behandeln. Wenn Madame Giocondas Erpressungsversuch auch nur die geringste Aussicht auf Erfolg hätte, wäre er nur zu glücklich gewesen, aber ihm war klar, daß LeGrande sie vernichten würde, Mangon wahrscheinlich gleich mit.

Auf einmal empfand er für Madame Gioconda ein paradoxes Gefühl der Loyalität. Er sah Mangon an, geduldig, die großen Spanielaugen vor Erwartung voll aufgerissen.

»Die Idee mit dem Programm vor abgeschalteten Mikrophonen taugt nichts. Selbst wenn wir uns die Mühe machten, es auf die

Beine zu stellen, wäre sie nicht zufrieden. Sie will ja nicht singen, sie will ein Star sein. Sie vermißt die Versuchungen des Startums, die jubelnden Ränge, die Berge von Blumen, die Parties im Hinterzimmer. Ich könnte ein Halbstundenprogramm vor abgeschalteten Mikrophonen und ein paar ausgesuchten Technikern arrangieren – ein paar flotte Nummern aus *Tosca* und *Butterfly*, sagen wir mal, sogar mit richtiger Klavierbegleitung, ich wäre sogar glücklich, das Klavier selbst zu spielen –, doch ich kann nicht für die Klatschspalten und Kritiken garantieren. Was passiert, wenn sie dahinterkommt?«

Sie will SINGEN!

Alto streckte den Arm aus und klopfte Mangon auf die Schulter. »Also deinetwegen, ich werde darüber nachdenken. Gott weiß, wie wir das machen sollen. Wir müssen ihr wohl einreden, daß sie in einer der großen Shows einen überraschenden Gastauftritt machen soll – das dient dann gleichzeitig als Erklärung, warum sie im Programm nicht angekündigt wird, außerdem können wir sie auf die Weise in einem abgeschlossenen Studio halten. Du mußt besonders auf den Überraschungseffekt hinweisen, damit sie sich nicht an die Zeitungen wendet... Wohin gehst du?«

Mangon hatte die Treppe erreicht, nahm das Diktaphon auf und reichte es Alto. Er lächelte glücklich und bewegte heftig seinen Unterkiefer, als er zu sprechen versuchte. Gequälte Laute zitterten in seiner Kehle.

Gerührt wandte Alto sich von ihm ab und setzte sich hin. »Okay, Mangon«, sagte er polternd, »du kannst dich an die Arbeit machen. Aber denk daran: versprochen habe ich nichts.« Er schaltete das Diktaphon ein und begann: »Memo 11: Ray...«

III.

Es war kurz nach vier, als Mangon den Geräuschtransporter in der Allee hinter der verlassenen Rundfunkstation zum Stehen brachte. Oben hämmerte der Verkehr über die Hochstraße, der Lärm klirrte an den zerbröckelnden Mauern in die Tiefe. Mangon hatte sich bemüht, seine Arbeit früh genug zu beenden, um Madame Gioconda die große Neuigkeit überbringen zu können, ehe ihre Kopfschmerzen einsetzten. Er hatte die Episkopalkapelle in einer Stunde gesäubert, war in der Hälfte der sonst üblichen Zeit durch eine Reihe von Filmtheatern, durch das Museum für Abstrakte Kunst und durch ein Dutzend Privatwohnungen geeilt, angetrieben von seiner nahezu überwältigenden Freude darüber, aus Ray Alto ein Hilfeversprechen herausgeholt zu haben.

Er rannte durchs Foyer und fummelte bereits an seinem Block. Zum erstenmal seit vielen Jahren bedauerte er es, stumm zu sein, bedauerte er seine Unfähigkeit, zu Madame Gioconda über seinen Triumph vom Vormittag zu sprechen.

Im Studio 2 war es dunkel; die Sitzreihen und die herumliegenden Programme und Eiscremkartons schimmerten schwach im Licht der einzigen Lampe, das von den hohen Bühnenbildern noch gedämpft wurde. Er rutschte auf einigen Mörtelbrocken aus, die von der Decke gefallen waren, und war ganz außer Atem, als er aufs Podium stieg und um den nächsten Bühnenhänger herumging.

Madame Gioconda war weg!

Das Podium war leer, die Couch ein zerwühltes Durcheinander, auf dem Herd türmte sich ein Wirrwarr aus Kochtöpfen. Die Garderobentür stand offen, Kleider waren zerknüllt von den Bügeln gerutscht.

Für einen kurzen Moment geriet Mangon in Panik; er konnte sich nicht vorstellen, weshalb sie weggegangen war, und bildete sich sogleich ein, sie wäre hinter seinen Plan mit Alto gekommen.

Dann fiel ihm ein, daß er ja noch nie vor Mitternacht hergekommen war; Madame Gioconda war vermutlich nur zum Supermarkt gegangen. Er lächelte über seine Dummheit und setzte sich auf die Couch, seufzte erleichtert und beschloß zu warten.

So lebhaft, als wären sie mit drei Meter tiefen Buchstaben eingegraben, krochen die Worte aus den Mauern hervor und machten ihn mit ihrem Lärm fast taub.

»Du groteske alte Hexe, du mußt wahnsinnig sein! Wenn du es noch einmal wagst, mir zu drohen, mache ich dich fertig! Hörst du, du rührselige …«

Mangon wandte sich hilflos ab und versuchte, sich die Ohren zuzuhalten. Die Worte mußten auf dem Höhepunkt einer Schimpfkanonade ausgestoßen worden sein! Sie waren erst eine Stunde alt, bösartige Klangnarben, die sich in die säuberlich abgesaugten Wände gegraben hatten.

Sein erster Gedanke war, schnell den Klangsauger zu holen und die Wände abzusaugen, bevor Madame Gioconda zurück kam. Dann wurde ihm jedoch klar, daß sie ja bereits das Original der Echos gehört hatte – im Hintergrund konnte er noch undeutlich den gedämpften Rhythmus und die Intonationen ihrer Stimme hören.

Es fiel ihm nicht schwer, die Stimme des Mannes zu identifizieren.

Er hatte sie schon oft gehört, dieselben rücksichtslosen Tiraden, wenn er als Vertreter der anderen Klangsauger die Büros der leitenden Herren in der Video City gereinigt hatte.

Hector LeGrande! Madame Gioconda war also verzweifelter gewesen, als er angenommen hatte.

Die unterste Schublade des Schminktischs lag auf dem Fußboden, ihr Inhalt war verstreut. Am Spiegel lehnte ein alter silberner Bilderrahmen, ganz beschlagen und grünspanig, daneben ein Wattebausch und eine Flasche mit Reinigungsmilch. Das Foto in dem Rahmen zeigte LeGrande und war vor ungefähr zwanzig Jahren aufgenommen worden. Madame Gioconda hatte demnach also gewußt, daß LeGrande kommen würde; vermutlich hatte sie die Erpressungsdrohung bedauert und deshalb das Foto herausgesucht.

Ihre Gefühle waren jedoch offenbar nicht erwidert worden. Mangon krampfte sich das Herz zusammen, während er um das Podium herumlief und LeGrandes Schmähungen in sich aufnahm. Er hob den Bilderrahmen auf, drückte ihn mit beiden Händen zusammen und zerschmetterte ihn schließlich auf einer Ecke des Schminktisches.

»*Mangon!*«

Vor Schreck machte er einen kleinen Luftsprung. Er ließ die Trümmer des Bilderrahmens zu Boden fallen und sah sich um; Madame Gioconda trat hinter einem der Bühnenhänger hervor.

»Mangon, bitte«, protestierte sie freundlich. »Sie machen mir angst.« Sie ging an ihm vorbei zur Couch und setzte einen gewaltigen, purpurroten Hut ab. »Und fegen Sie bitte die Glasscherben zusammen, sonst schneide ich mir noch die Füße.«

Sie sprach mit schläfriger Stimme und bewegte sich zögernd und träge, was Mangon anfangs für eine Folge des akuten Schocks hielt. Doch dann holte sie sechs weiße Phiolen aus ihrer Handtasche und reihte sie sorgfältig auf dem Nachtschrank auf. Sie enthielten ihren Lieblingsstoff – LeGrande hatte die Pille also mit einem weiteren Scheck versüßt. Mangon machte sich daran, die Glasscherben mit den Füßen zusammenzuscharren, und bemühte sich zugleich, sich zu sammeln. Der Lärm von LeGrandes Schimpfkanonade erfüllte die Luft, und er riß sich los und rannte davon, um den Klangsauger herbeizuschaffen.

Als er zurückkam, saß Madame Gioconda auf der Bettkante und wischte verträumt eine kleine Flasche Bourbon ab, die sie nach den Kokainphiolen aus der Handtasche gezogen hatte. Sie summte melodisch vor sich hin und strich dabei über eine der Federn auf ihrem Hut.

»Mangon«, rief sie, als er fast fertig war. »Kommen Sie doch mal her.«

Mangon legte den Klangsauger aus der Hand und ging zu ihr.

Sie sah zu ihm auf, ihr Blick war auf einmal sehr fest. »Mangon, warum haben Sie Hectors Foto zertrümmert?« Sie hielt ein Stück vom Rahmen in die Höhe. »Sagen Sie es mir.«

Mangon zögerte und kritzelte dann auf seinen Block:

Es tut mir leid. Ich verehre Sie sehr. Er hat so abscheuliche Dinge zu Ihnen gesagt.

Madame Gioconda warf einen Blick auf den Zettel und wandte sich schließlich wieder nachdenklich an Mangon. »Waren Sie hier versteckt, als Hector kam?«

Mangon schüttelte nachdenklich den Kopf. Er begann, etwas auf den Block zu schreiben, doch Madame Gioconda hielt ihn zurück.

»Schon gut, mein Lieber. Ich habe es sowieso nicht angenommen.« Sie blickte sich aufmerksam horchend eine Weile auf dem Podium um. »Mangon, als Sie hereinkamen, konnten Sie da hören, was Mr. LeGrande gesagt hat?«

Mangon nickte. Sein Blick ging flackernd zu den Flüchen an den Wänden, dann runzelte er die Stirn. Er empfand immer noch LeGrandes Anwesenheit und seinen Versuch, Madame Gioconda zu beleidigen.

Madame Gioconda deutete mit dem Finger auf die umliegenden Wände. »Und Sie können tatsächlich hören, was er gesagt hat? Wie bemerkenswert. Mangon, Sie haben ein erstaunliches Talent.«

Es tut mir leid, daß Sie soviel leiden müssen.

Madame Gioconda mußte über diesen Satz lächeln. »Wir haben alle unser Kreuz zu tragen. Ich habe das Gefühl, Sie können meines erheblich leichtermachen.« Sie deutete neben sich aufs Bett. »Setzen Sie sich doch, Sie müssen ja müde sein.« Als er sich gesetzt hatte, fuhr sie fort: »Das interessiert mich sehr, Mangon. Wollen Sie sagen, Sie können einzelne Worte und Sätze unter den Geräuschen, die Sie aufsaugen, genau erkennen? Sie können noch Stunden später vollständige Unterhaltungen hören?«

Etwas an Madame Giocondas Neugier ließ Mangon zögern. Sein Talent war, soweit er wußte, einzigartig, und er war nicht so naiv, als daß er die damit verbundene Möglichkeit nicht begriffen hätte. Es hatte sich in seiner Jugend herausgebildet, und bis jetzt hatte er allen Versuchungen widerstanden, es zu mißbrauchen. Er hatte noch nie darüber gesprochen, denn er wußte, wenn er es täte, dann wären seine Tage als Klangsauger gezählt.

Madame Gioconda beobachtete ihn, auf ihren Lippen lag ein erwartungsvolles Lächeln. Ihre Gedanken kreisten natürlich einzig um Rache. Mangon horchte erneut zu den Wänden hin und konzentrierte sich auf die Beschimpfungen, die in die Luft hinausschrien.

Keine vollständigen Unterhaltungen. Lange Bruchstücke, bis zu zwanzig Silben. Das hängt von der Resonanz und vom Nährboden ab. Sagen Sie es nicht weiter. Ich helfe Ihnen, sich an LeGrande zu rächen.

Madame Gioconda drückte seine Hand. Sie wollte eben nach der Bourbonflasche greifen, als Mangon plötzlich der Grund für seinen Besuch einfiel. Er sprang vom Bett auf und begann, wie wild auf seinen Block zu schreiben.

Er riß den ersten Zettel ab und drückte ihn ihr in die erschreckten Hände, dann füllte er drei weitere, schilderte seine Begegnungen mit dem Musikchef der Video City, dessen Interesse an Madame Gioconda und das bedingte Versprechen, einen Gastauftritt für sie zu arrangieren. In Hinblick auf LeGrandes feindselige Haltung betonte er die Notwendigkeit zur absoluten Geheimhaltung.

Er wartete glücklich, während Madame Gioconda sich rasch durch die Zettel arbeitete, wobei sie, um Mangons Kinderschrift zu entziffern, mit einem langen, leuchtendroten Fingernagel unter den Zeilen entlangfuhr. Als sie fertig war, nickte er heftig mit dem Kopf und deutete triumphierend in die Luft.

Verwirrt starrte Madame Gioconda verständnislos auf die Zettel. Dann streckte sie die Arme aus und zog Mangon an sich, nahm seinen großen Faunenkopf in ihre beringten Hände und drückte ihn in ihren Schoß.

»Mein liebes Kind, wie sehr ich dich brauche. Du darfst mich jetzt nie mehr verlassen.«

Während sie Mangon übers Haar strich, ließ sie den Blick fragend über die Wände schweifen.

Das Wunder geschah kurz vor elf Uhr am nächsten Morgen. Nach dem Frühstück, auf Madame Giocondas Bett mit ihren Sammelalben ausgestreckt, während ein altes Grammophon, das Mangon in einem der Studios ausgegraben hatte, Opernausschnitte spielte, beschlossen sie, zum Militärgelände hinauszufahren – die Klangsauger fuhren um neun in die Stadt, also könnten sie die Lagerplätze ungestört untersuchen. Nachdem er soviel Zeit mit Madame Gioconda verbracht und sich so tief in ihre Welt versenkt hatte, war Mangon begierig darauf, sie mit seiner Welt bekannt zu machen. Die Klanghalden waren zwar trostlos, doch sie waren alles, was er ihr zeigen konnte.

Für Mangon war Madame Gioconda zum Universum geworden, ein Quell der Geborgenheit, ein Wunder, kraftspendend wie die Sonne. Sein bisheriges Leben sank wie die leere Puppe eines schillernden Schmetterlings hinter ihm zurück, die grauen Jahre seiner Kindheit im Waisenhaus lösten sich auf in diesem magischen Kaleidoskop, das sich um ihn herum drehte. Während sie zärtlich mit ihm sprach und murmelte, kamen ihm die schmutzigen Hänger und Aufbauten im Studio strahlend bunt und bedeutungsvoll wie die Landschaft in einem Meskalinrausch vor, und die Luft klirrte von tausend lebhaften Echos ihrer Stimme.

Um zehn Uhr brachen sie an der F-Street auf und hatten die schäbigen Warenhäuser und verlassenen Mietskasernen bald hinter sich gelassen, die Madame Gioconda so lange umgeben hatten. Im Führerhaus des Geräuschtransporters zusammengedrängt, bildeten sie ein ungleiches Paar – am Steuer der schlaksige Mangon in gelber Kunststoffjacke mit Reißverschluß und gelber Schirmmütze, überragt von der massigen und auffallenden Madame Gioconda, einen papageigrünen Hut mit Schleier auf dem Kopf, die gewaltige, cremefarbene Brust vor Perlen, Goldsternen und juwelenbesetzten Halbmonden glitzernd, einer kleinen Auswahl jenes Ordensregens, der in ihren Glanzzeiten auf sie niedergegangen war.

Sie hatte gut gefrühstückt – eine der Phiolen und einen Zahnbecher voll Bourbon. Als sie aus der Stadt heraus waren, blickte sie freundlich auf die Felder, die sich an der Autobahn hinzogen, und trällerte ein graziöses Rezitativ aus dem *Figaro* vor sich hin.

Mangon hörte ihr entzückt zu; er war glücklich, sie in so guter Stimmung zu sehen. Da er entschlossen war, nach Möglichkeit jede Minute mit Madame Gioconda zu verbringen, hatte er seine Verpflichtungen für den Tag abgesagt; vielleicht würde er sich sogar die nächste Woche und den ganzen Monat freimachen. Bei ihr fühlte er sich endlich vollkommen geborgen. Der Druck ihrer Hand und die warme Rundung ihrer Schulter gaben ihm das Gefühl von Vertrauen und Kraft, und Stolz erfüllte ihn, weil er ihr helfen konnte, wieder zu Ruhm zu kommen.

Er tippte gegen die Windschutzscheibe, als sie die Autobahn verließen und in den schmalen, staubigen Weg einfuhren, der auf das Militärgelände zuführte. Hier und da konnten sie zwischen den Dünen die niedrigen, zerfallenen Gebäude der alten Sprengstofffabrik sehen, das weiße, verzinkte Blechdach der Hütte eines der Klangsauger. Trostlos und unbelebt zogen sich die Dünen meilenweit dahin. Sie passierten die Überreste einer Toreinfahrt, die zusammengebrochen neben der Straße lag; ursprünglich hatte ein durchgehender Zaun das ganze Gelände umgeben, doch hatte kein Mensch einen Grund, hier einzudringen. Es war ein Ort merkwürdiger Echos und verwesender Klänge, überhangen vom düsteren Miasma Millionen zusammengepreßter Geräusche, abgelegen und gespenstisch, der Friedhof zahlloser privater Babel.

Die erste Geräuschhalde tauchte rechts von ihnen in zwei- oder dreihundert Metern Entfernung auf. Sie war dem Flugzeuglärm vorbehalten, der auf den Straßen der Stadt und in den städtischen Gebäuden zusammengesaugt worden war; sie bedeckte mehrere Hektar und bestand aus eng zusammengestellten schallschluckenden Platten. Die Platten waren etwas größer als die auf den anderen Halden, sechs Meter hoch und vier Meter breit, jede von starken Holzpfählen gestützt; sie standen einander wie auf einem Lagerplatz für Reklameschilder gegenüber und bildeten ein willkürliches Labyrinth von Gängen. Nur die oberen sechzig oder neunzig Zentimeter der Platten ragten über die Dünen hinaus, aber die geladene Luft traf Mangon wie ein Keulenschlag, ein dröhnender Niagarafall, Flugzeuge, die im Gleitflug zur Landung ansetzten, das durchdringende Pfeifen von Düsenriesen, die zum Start rollten, das unaufhörliche Brummen, das wie ein riesiger Schirm über jeder Großstadt hängt.

Aus allen Richtungen drangen allmählich erschreckende Geräusche, die sich von den Halden losgerissen hatten, auf sie ein. Über dem ganzen Gelände, genährt von den darunterliegenden Halden, hing ein ungebrochenes Schallhoch, unsichtbar zwar, doch so greifbar und drohend wie eine gewaltige schwarze Gewitterwolke. Gelegentlich, wenn nach einer der sommerlichen Ferienperioden eine Übersättigung erreicht war, brachen die lärmenden Druckfelder auf und entluden sich, ergossen einen alptraumartigen Lärmkatarakt auf das Gelände, regneten auf die Klangsauger nicht nur das Heulen von Hunden und Katzen nieder, sondern auch den vielschichtigen Lärm von Autos, Schnellzügen, Rummelplätzen und Flugzeugen, die kakophonische *musique concrète* der Zivilisation.

Mangon konnte die Geräusche, die auf sie eindrangen, noch unterscheiden, obgleich sie in der Tonlage höher waren, Madame Gioconda hingegen hörte nichts, sie empfand lediglich ein übermächtiges Gefühl der Niedergeschlagenheit und Gereiztheit. Die Luft kam ihr knirschend und kratzend vor. Mangon bemerkte, wie sie langsam die Stirn runzelte und eine Hand an den Kopf führte. Er kurbelte sein Fenster hoch und gab ihr zu verstehen, das gleiche zu tun. Er stellte den Klangsauger unter dem Armaturenbrett an und ließ ihn die Mißtöne aus dem schalldichten Führerhaus abziehen.

Madame Gioconda entspannte sich in der plötzlichen wohligen Stille. Kurze Zeit später, als sie an einer dichter am Weg gelegenen Halde vorüberfuhren, wandte sie sich an Mangon und sagte etwas.

Entsetzt fuhr sie auf, ihr Hut verrutschte. Ihre Stimme war weg! Kinn und Lippen bewegten sich heftig, doch aus ihrem Mund drang kein Ton. Einen Moment lang war sie wie gelähmt. Sie griff sich verzweifelt an die Kehle, atmete tief ein und schrie.

Ein leises Quietschen entrang sich ihrem höhlenartigen Schlund; Mangon schwang aufgeschreckt herum und sah sie entschuldigend schnattern und hilflos auf ihre Kehle deuten. Entgeistert starrte er sie an, dann warf er, von stummem Gelächter geschüttelt, das Steuer herum, schlug sich auf die Schenkel und deutete auf das Armaturenbrett, auf den Klangsauger, griff nach unten und stellte ihn ab.

»...aaauuuoooh«, hörte Madame Gioconda sich stöhnen. Sie griff nach ihrem Hut und steckte ihn fest. »Mangon, was für ein übler Trick; Sie hätten mich warnen sollen.«

Mangon grinste. Die dissonanten Geräusche von den Halden drangen langsam wieder in das Führerhaus ein, und wieder stellte er den Klangsauger an. Ausgelassen schrieb er auf den Block:

Jetzt wissen Sie, wie es ist!

Madame Gioconda öffnete den Mund, wollte etwas erwidern, hielt jedoch rechtzeitig inne, schluckte und nahm zärtlich seinen Arm.

IV.

Als sie sich einer Seitenstraße näherten, drosselte Mangon das Tempo. Links von ihnen, in zweihundert Meter Entfernung, stand auf einer Düne, die eine der Lagerhalden überragte, eine verwaschen-rötliche Hütte. Dorthin fuhr er, lenkte den Wagen in einen runden Betonvorhof unterhalb der Hütte und setzte ihn rückwärts gegen eine der Entladebuchten, einer Reihe von rotgestrichenen Hydranten, ausgestattet mit mannigfaltigen Manometern und Abzugsrohren, die zum Lagerplatz führten. Der Lagerplatz kam bis auf sechs Meter an die Hütten heran; es war ein Wald aus türförmigen Schallwänden, die einander in verschlungenen Mustern gegenüberstanden, so daß es wie die Szenerie zu einem surrealistischen Film aussah.

Als Madame Gioconda dem Führerhaus entstieg, erwartete sie wiederum jene heftige Woge aus Niedergeschlagenheit und Gereiztheit, die am Lagerplatz für Flugzeuglärm auf sie eingestürmt war, doch statt dessen schien die Luft hier brüchig und hektisch zu sein und hin und wieder vor Spannung und Heiterkeit aufzuzucken.

Als sie zur Hütte hinaufgingen, erklärte Mangon:

Partylärm – Unterhaltung für mich

Die zwanzig oder dreißig Schallwände, die der Hütte am nächsten standen, waren dafür reserviert, und sollten ihn vor dem vielfältigen Geplapper schützen, das den Rest der Halde füllte. Wenn er morgens erwachte, lauschte er dem Gelächter und dem Unterhaltungsgeplänkel, genoß den Klatsch und die Witzeleien, als wäre er selbst auf einer der Parties gewesen.

Die Hütte bestand aus einem einzigen Raum und hatte ein großes Fenster, das auf den Lagerplatz hinausblickte und gegen das Stimmengewirr von dort gut isoliert war. Madame Gioconda zeigte nur flüchtiges Intesse an Mangons spärlichen Habseligkeiten, kam nach einigen allgemeinen Bemerkungen zur Sache und trat ans Fenster. Sie öffnete es einen Spalt und lauschte prüfend auf die atmosphärischen Verschiebungen, die sich dahinter drängten.

Sie wies auf die Hütte auf der anderen Seite der Halde. »Mangon, wessen Hütte ist das?«

Gallaghers. Partner von mir. Er saugt im Rathaus, in der Universität, Video City, in großen Wohnhäusern auf der Fünften und der A-Street. Arbeitet im Moment.

Madame Gioconda nickte und blickte interessiert auf die Halde hinaus. »Wie faszinierend. Wie im Zoo. All dies Gerede, Gerede, Gerede. Und Sie können das alles hören.«

Sie schob mit einer kurzen, entschiedenen Bewegung des Handgelenks ihre Armbänder zurück.

Mangon setzte sich aufs Bett. Die Hütte schien klein und schäbig zu sein, und er war traurig über Madame Giocondas Mangel an Interesse. Nachdem er sie hier herausgebracht hatte, fragte er sich, wie er sie bei Laune halten sollte. Glücklicherweise erregte der Lagerplatz ihre Neugier. Und als sie vorschlug, doch einmal hindurchzulaufen, willigte er nur zu bereitwillig ein.

An der Laderampe demonstrierte er ihr, wie er den Klangtransporter leerte, die Schläuche an die Hydranten anschloß, den Druck am Verteiler regulierte und schließlich die Geräusche auf die Halde pumpte.

Der größte Teil dieser Halde befand sich in einem ständigen Aufruhr und hörte sich irgendwie wie die Menschenmenge in einem Fußballstadion an, und als Mangon Madame Gioconda zwischen den Schallwänden hindurchführte, wählte er mit Bedacht einen Weg, der durch die ruhigeren Gänge führte. Um sie herum plapperten und winselten gereizte Stimmen, Gesprächsfetzen schwebten ziellos durch die Luft. Irgendwo bettelte eine Frau in dünnem, nervösem Tonfall, ein Mann brummelte vor sich hin, ein anderer fluchte ärgerlich, ein Baby kreischte. Über allem lag das gleichmäßige Gemurmel zahlloser Fernsehprogramme, der legere Jargon von Ansagern, die endlose Monotonie von Rennplatzkommentatoren, die kreischenden Zuhörer von Quizsendungen, alles eine Oktave höher, so daß es sich wie die grausige Parodie seiner selbst anhörte.

Im nächsten Gang klang ein Schuß auf, dann folgten Geschrei und Schimpfen. Obwohl sie nichts hörte, schlug Madame Giocondas Puls schneller, und sie mußte stehenbleiben.

»Mangon, warten Sie. Hetzen Sie nicht so. Sagen Sie mir, was hier gesprochen wird.«

Mangon trat an eine Schallwand und horchte aufmerksam. Die Geräusche entstammten offenbar einer Wohnung über einem Waschsalon. Eine Reihe von Waschmaschinen surrte vor sich hin, eine Registrierkasse schlug ununterbrochen zu, ein schwaches, beinahe unterschwelliges Echo vom Summen eines Plattenspielers für Kurzspielplatten war zu hören.

Er schüttelte den Kopf und winkte Madame Gioconda weiter.

»Mangon, was haben sie *gesagt*?« drang sie in ihn. Er blieb wieder stehen, konzentrierte sein Gehör und wartete. Diesmal hatte er mehr Glück, eine aufgewühlte Frauenstimme stieß keuchend hervor: »...wenn er dich hier findet, bringt er dich um, er bringt uns beide um, was sollen wir tun...« Er begann, diesen Ausbruch aufzuschreiben, und Madame Gioconda blickte ihm atemlos über die Schulter, dann erkannte er die Herkunft des Gesagten und zerknüllte den Zettel.

»Mangon, um Himmels willen, was war das? Werfen Sie es nicht weg! Erzählen Sie!« Sie versuchte, unter den hölzernen Oberbau der Schallwand zu klettern, um den Zettel aufzuheben, doch Mangon hielt sie zurück und kritzelte rasch eine weitere Mitteilung auf.

Adam und Eva. Tut mir leid.

»Was? Der Film? Oh, wie lächerlich! Gut, kommen Sie, versuchen Sie es noch einmal.«

Begierig darauf, die Panne wiedergutzumachen, wandte Mangon sich der nächsten Schallwand zu, einer aus einer Gruppe, auf denen die Geräusche aus den Wohnungen der verheirateten Universitätsangestellten abgelagert waren. Da es stets schwierig war, diese sauberzuhalten, hatte er beinahe auf der Stelle Erfolg.

»...mein Gott, überall Bartok, diese verdammte Steiner, ich wette, sie schläft mit ihr...«

Mangon schrieb alles auf und reichte die Zettel an Madame Gioconda weiter, sobald er sie vollgeschrieben hatte. Argwöhnisch auf seine unleserliche Handschrift blickend, griff sie gierig jeden Zettel und war enttäuscht, als er nach einem halben Dutzend den Faden verlor und innehielt.

»Weiter, Mangon, was ist los?« Sie ließ die Zettel zu Boden fallen. »Schwierig, nicht? Wir müssen Ihnen Steno beibringen.«

Sie kamen zu den Schallwänden, die Mangon mit den Abfällen vom Tag zuvor gefüllt hatte. Bei aufmerksamem Hinhören vernahm er die Stimme von Paul Merril: »... *Transonic* von diesem Monat wird behauptet, daß... Die ganze Stadt wird zusammenstürzen wie Jericho.«

Er fragte sich, ob er Madame Gioconda wohl dazu bewegen könnte, sich fünfzehn Minuten zu gedulden, damit er in der Lage wäre, ein paar sorgsam gewählte Bruchstücke aus Altos Versprechen zu wiederholen, einen Gastauftritt für sie zu arrangieren, doch schien sie begierig darauf zu sein, weiter in die Halden vorzudringen.

»Sie sagten doch, Ihr Freund Gallagher saugt in der Video City, Mangon. Wo sind die Abfälle denn?«

Hector LeGrande. Natürlich, wurde Mangon klar, wie hatte er nur so begriffsstutzig sein können. Das war die Gelegenheit, es dem Mann heimzuzahlen.

Er zeigte auf ein Gebiet, das ein paar Gänge weiter entfernt lag. Sie stiegen zwischen den Schallwänden hindurch, er half ihr über Balken und Stützen und sorgte dafür, daß ihr weiter Rock und der ausladende Hut nicht mit Splittern und rostigen Metallteilen in Berührung kamen.

Es war nicht schwer, LeGrande aufzuspüren. Noch ehe die Schallwände zu sehen waren, konnte Mangon jene harte, unnachgiebig ätzende Stimme des Tycoons heraushören; sie übertönte jedes andere Geräusch aus der Video City. Gallagher reinigte eigentlich nur die Büros von rund ein Dutzend der höchsten Bosse, hauptsächlich deshalb, um diejenigen, die darin arbeiteten, von den ekelhaften Echos der Stimme LeGrandes zu befreien.

Mangon ließ diese Abfälle links liegen und suchte nach LeGrandes Chefbüro, in dem sich alles abspielte, was wirklich vertraulich war.

Es waren ungefähr zwanzig Schallwände da, die einen endlosen Chor von »Ja, H.L.«, »Danke, H.L.«, »Großartig, H.L.« ausströmten. Zwei oder drei schienen eigenartig still zu sein, und dahin zog er Madame Gioconda.

Auf ihnen war LeGrande mit seiner Sekretärin und Presseagentin zu hören. Mangon zog den Bleistift aus der Brusttasche und horchte gebannt.

»...der Third National Bank, überweisen Sie zwei Millionen an die private Holding und drohen Sie mit der Behauptung, daß die Aktien sinken... Rückwechselbefreiungsklauseln, eingeschlossen die Verkaufsvorteile bei Nichtbelastung...«

Madame Gioconda berührte Mangons Arm, doch er schüttelte sie ab. Der größte Teil der Schallwand schien mit zweifelhaften Finanzgeschäften belegt zu sein, doch mit nichts, was LeGrande wirklich treffen könnte, wenn es enthüllt würde.

Dann hörte er:

»...Bermuda Hilton. Private Insel mit Anlegeplatz, lassen Sie den Strand saubermachen, das letzte Mal war das Wasser voller Fische... mir egal, vergiften. Netze auslegen... Imogene wird von Idlewild aus als Mrs. Edna Burgess eintreffen, warnen Sie den Zoll, daß sie die Finger von ihr lassen...«

»...Cartiers anrufen, etwas für die Contessa, etwa 17 Karat, höchstens für zehntausend. Nein, sagen wir achttausend...«

»...Garderobenfräulein an der Tropicabana. Übliches Dossier...«

Mangon schrieb wie wild drauflos, aber LeGrande sprach im Diktattempo, und so konnte er nur einige Satzfetzen zu Papier bringen. Madame Gioconda konnte seine Handschrift kaum entziffern und wurde jetzt, da ihr Appetit nun einmal angeregt war, immer ungehaltener. Schließlich warf sie die Zettel verzweifelt auf die Erde.

»Das ist absurd! Sie verpassen ja alles!« schrie sie. Sie schlug auf eine der Wände ein, brach in die Knie und fing wütend an zu heulen. »O Gott, Gott, *Gott*, wie lächerlich! Hilf mir, ich werde wahnsinnig...«

Mangon eilte zu ihr und legte ihr den Arm um die Schultern, um sie aufzuheben. Ärgerlich stieß sie ihn weg und schimpfte über sich, um ihrer Ungeduld Luft zu machen. »Es hat keinen Zweck, Mangon, es war dumm von mir, ich war verrückt...«

»HALT!«

Der Schrei zerhackte die Luft wie das Beil einer Guillotine.

Sie richteten sich beide auf und starrten sich unverwandt an. Mangon führte langsam die Finger an die Lipen, dann streckte er zitternd beide Hände aus und legte sie in die von Madame Gioconda. Irgendwo in seinem Inneren hatte die enorme Spannung sich zu lösen begonnen.

»Halt«, wiederholte er mit heiserer, doch ruhiger Stimme. »Weinen Sie nicht. Ich helfe Ihnen.«

Madame Gioconda starrte ihn überrascht an. Dann stieß sie ein ohrenbetäubendes Triumphgeheul aus.

»Mangon, Sie können sprechen! Sie haben Ihre Stimme wieder! Das ist wahrhaft erstaunlich! Sagen Sie etwas, schnell, um Himmels willen!«

Mangon betastete noch einmal seinen Mund und fuhr sich rasch über die Kehle. Vor Aufregung begann er zu zittern, sein Gesicht hellte sich auf, wie ein Kind hüpfte er auf und ab.

»Ich kann sprechen«, wiederholte er verwundert. Seine Stimme klang rauh, dann schwang sie sich zum Diskant auf. »Ich kann sprechen«, sagte er lauter und fand seine Tonlage. »Ich kann sprechen, ich kann sprechen, *ich kann sprechen*!« Er warf den Kopf zurück und stieß einen ohrenbetäubenden Schrei aus. »ICH KANN SPRECHEN! HÖREN SIE MICH!« Er riß den Block von seinem Ärmel ab und warf ihn über die Schallwände.

Madame Gioconda ging liebenswürdig lachend ein paar Schritte zurück. »Wir können Sie hören, Mangon. Du meine Güte, wie süß.« Sie beobachtete ihn eindringlich, wie er glücklich in dem schmalen Gang umhersprang. »Ermüden Sie sich nicht zu sehr, sonst verlieren Sie sie wieder.«

Mangon tanzte zu ihr, ergriff ihre Schulter und drückte sie fest. Auf einmal wurde ihm klar, daß er weder einen Kosenamen für sie hatte noch ihren Vornamen wußte.

»Madame Gioconda«, sagte er erst und stolperte über die Silben, über die Worte, die so einfach und doch so schwer auszusprechen waren. »Sie haben mir meine Stimme wiedergegeben. Alles, was Sie wollen...« Er brach ab, stotterte glücklich, lachte und weinte gleichzeitig. Plötzlich barg er den Kopf an ihrer Schulter, erschöpft von seiner Entdeckung, und weinte dankbar. »Es ist eine *wunderschöne* Stimme.«

Madame Gioconda stützte ihn mütterlich. »Ja, Mangon«, sagte sie, den Blick auf die im Staub herumliegenden Zettel gerichtet. »Sie haben eine wunderschöne Stimme, das stimmt.« *Sotto voce* fügte sie hinzu: »Aber Ihr Gehör ist noch wunderbarer.«

Paul Merril stellte den Plattenspieler ab, setzte sich auf die Sofalehne und blickte Mangon spöttisch an.

»Eigenartig. Weißt du, ich glaube, es war psychosomatisch.« Mangon grinste. »Psychosomantisch«, wiederholte er, das Wort halb bewußt verstümmelnd. »Toll. Man kann erstaunliche Dinge mit Wörtern machen. Sie helfen einem, die Wahrheit zu kristallisieren.«

Merril stöhnte ausgelassen. »Mein Gott, du sitzt hier, trinkst deine Cola, philosophierst. Machst du dir gar nicht klar, daß du eigentlich still in einer Ecke stehen und vor Dankbarkeit stumm sein müßtest? Jetzt schiebst du deine Wortspielereien sogar mir in den Hals. Egal, erzähl mir noch einmal, wie es passiert ist.«

»Es war einmal –« Mangon ging vor der Zeitschrift in Deckung, die Merril nach ihm warf, und stieß ein lautes »Olé!« aus.

Seit zwei Wochen war er *en fête*.

Tag für Tag hielten er und Madame Gioconda sich an dasselbe Schema; nach dem Frühstück im Studio fuhren sie zum Geräuschabladeplatz hinaus; dort verbrachten sie zwei oder drei Stunden damit, ihre vertrauliche Akte über LeGrande zusammenzustellen, aßen in Mangons Hütte zu Mittag und fuhren in die Stadt zurück, wo Mangon seine Aufträge erledigte, während Madame Gioconda schlief, bis er kurz vor Mitternacht zu ihr ins Studio kam. Für Mangon war dieses Dasein idyllisch; er entdeckte sich durch das komplexe Spektrum und das Muster der Sprache noch einmal, was für ihn ein vollkommen neues Leben war, zugleich legte seine Beziehung zu Madame Gioconda Regionen der Sympathie, der Zuneigung und des Verstehens frei, die er zuvor niemals wahrgenommen hatte. Wenn er manchmal das Gefühl hatte, er würde sich mit ihrer Beziehung und mit den außerordentlichen Vorteilen, die sie ihm eingetragen hatte, zu sehr aus seiner Sicht beschäftigen, so war Madame Gioconda doch zumindest genausogut bedient. Ihre Kopfschmerzen und die mysteriösen Phantome waren weg, sie hatte das Studio saubergemacht und angefangen, etwas Würde und Selbstvertrauen wiederzugewinnen, was ihren einseitig ausgerichteten Ehrgeiz weniger zwanghaft erscheinen ließ. In psychologischer Hinsicht brauchte sie Mangon jetzt weniger, als er sie brauchte, und er war so klug, stets die Laune zu bewahren und ihr sehr viel Aufmerksamkeit zu schenken. In der ersten Woche war Mangons unaufhörliches Gerede ziemlich ermüdend gewesen, und einmal, als sie zum Ablageplatz unterwegs waren, hatte sie den Klangsauger im Wagen angestellt und Mangon stumm wie ein Fisch den Mund auf- und zumachen lassen. Er hatte den Hinweis verstanden.

»Wie ist es denn nun mit dem Klangsaugen?« wollte Merril wissen. »Gibst du es auf?«

Mangon zuckte mit den Schultern. »Es ist mein Talent. Doch auf dem Lagerplatz zu leben, durch Hintertüren eingelassen zu werden, den Wortabfall wegzuräumen – das ist eine erniedrigende Arbeit. Ich will Madame Gioconda helfen. Sie wird einen Sekretär brauchen, wenn sie auf Tournee geht.«

Merril schüttelte argwöhnisch den Kopf. »Du scheinst ja ziemlich sicher zu sein, daß die hörbare Musik wieder in Mode kommt, Mangon. Alle Anzeichen sprechen dagegen.«

»Die haben Madame Gioconda eben nicht singen hören. Glaub mir, ich kenne die Macht und das Wunder der menschlichen Stimme. Ultraschallmusik ist fabelhaft für die Atmosphäre, sie hat aber keinen Inhalt. Sie kann keine Ideen ausdrücken, nur Empfindungen.«

»Was ist mit dem Programm vor abgeschalteten Mikrophonen, das Ray und du für sie auf die Beine stellen wolltet?«

»Es ist – durchgefallen«, log Mangon. Die Mikrophone, vor denen Madame Gioconda auftreten würde, würden ihre Stimme auch in die Welt hinaustragen. Er hatte Merril und Alto nichts von den Besuchen auf der Halde erzählt, von seiner Fähigkeit, die Schallwände abzuhören, von dem dicker werdenden Aktenordner über LeGrande, Madame Gioconda würde bald zuschlagen.

Oben in der Halle schlug eine Tür zu, jemand kam in die Wohnung gestürmt, stieß einen Stuhl gegen eine Wand. Es war Alto. Er kam über die Treppe in die Lounge gerast, den Mund verzerrt, mit wütend zuckenden Fingern.

»Paul, unterbrich mich nicht, ehe ich fertig bin«, brauste er auf und eilte an ihnen vorbei, ohne sie eines Blickes zu würdigen. »Du wirst deinen Job verlieren, doch ich warne dich, wenn du dich nicht hundertprozentig hinter mich stellst, schieße ich dich ab. Das gilt auch für dich, Mangon, ich brauche euch dabei.« Er ging ans Fenster, schloß den Verkehrslärm von unten aus, drehte sich wieder um und sah sie unverwandt an, die Füße fest in den Teppich gestemmt. Zum erstenmal in den drei Jahren, die Mangon ihn jetzt kannte, sah er aggressiv und anmaßend aus.

»Schlagzeile«, verkündete er. »Die Gioconda wird wieder singen! Unglaublich und erschreckend, wie die Aussicht auch sein mag, in genau zwei Wochen wird die Stimme der Gioconda, live und unzensiert, auf allen drei Kanälen der Video City von Küste zu Küste zu hören sein. Überrascht, Mangon? Es ist kein Geheimnis, die Karten werden augenblicklich gedruckt. Halb neun bis halb zehn, genau in der Hauptsendezeit, auch wenn sie die Zeit verschenken müssen.«

Merril beugte sich vor. »Wie schön für sie. Wenn LeGrande das ganze Schiff auf Grund setzen will, was geht uns das an?«

Alto schlug heftig auf das Sofa ein. »Immerhin sind du und ich an Bord! Hast du mich nicht verstanden? Halb neun, heute in vierzehn Tagen! *Wir* haben zu der Zeit eine Sendung. Nun, rate mal, wer unser Gaststar sein wird?«

Merril gab sich alle Mühe, die Sache zu begreifen. »Augenblick mal, Ray. Willst du etwa sagen, sie tritt mitten in *Opus Zero* auf, *sie singt*?« Alto nickte grimmig. Merril schlug die Hände überm Kopf zusammen und sank zurück. »Das ist Wahnsinn, das kann sie nicht tun. Wer sagt das denn?«

»Na, wer wohl? Der große LeGrande.« Alto drehte sich zu Mangon um. »Sie muß was wirklich Dreckiges ausgegraben haben, daß sie ihn soweit bringen konnte. Ich kann es kaum glauben.«

»Aber warum bei *Opus Zero*?« beharrte Merril. »Dann verlegen wir die Premiere eben um eine Woche.«

»Paul, du begreifst immer noch nicht. Ich will dich mal aufklären. Irgendwann gestern hat sie LeGrande einen privaten Besuch abgestattet. Etwas, das sie ihm erzählt hat, hat ihn davon überzeugt, daß es ausgesprochen großartig für sie sein würde, im Rahmen eines der Unterhaltungsmusikprogramme eine ganze Stunde für sich allein zu haben, um ein paar altmodische Arien aus diesen altmodischen Stücken zu singen, und zwar vor einem laufenden Ultraschallhintergrund. Er war richtig scharf darauf, ihr völlig freie Hand zu lassen, er hat sie sogar gefragt, welches der laufenden Programme ihr denn zusagen würde. Nun, da die letzte Show, in der sie vor zehn Jahren auftrat, abgesetzt wurde, um Ray Altos *Totaler Symphonie* Platz zu machen, kannst du dir ja denken, für welches der Programme sie sich entschieden hat.«

Merril nickte. »Das paßt alles zusammen. Wir übertragen aus dem Konzertstudio. Eine einzige Ultraschallsymphonie, keine Unterbrechungen, nicht einmal ein Kommentar. Deine erste Uraufführung in drei Jahren. Eine Menge geladene Gäste. Frack, ein bißchen so wie früher. Rache ist süß.« Er schüttelte traurig den Kopf. »Verdammt, die ganze Arbeit!«

Alto fuhr ihn an: »Keine Sorge, die wird nicht umsonst gewesen sein. Warum sollten wir für LeGrande die Kastanien aus dem Feuer holen? Diese Symphonie ist das erste ernsthafte Musikstück, das ich geschrieben habe, seit ich bei der Video City bin, und ich werde es mir nicht ruinieren lassen.« Er ging zu Mangon und setzte sich neben ihn. »Heute nachmittag bin ich in den Probenstudios gewesen. Sie hatten irgendwo einen alten Flügel aufgetrieben, und einer der Alten begleitete sie. Mangon, es ist zehn Jahre her, seit sie zum letzten Mal gesungen hat. Wenn sie täglich zwei oder drei Stunden geübt hätte, hätte sie ihre Stimme vielleicht behalten, aber du saugst ja bei ihr zu Hause und weißt also genau, daß sie keine Note mehr gesungen hat. Sie ist mittlerweile eine alte Frau. Was die Zeit ihr nicht angetan hat, das haben Kokain und Selbstmitleid geschafft.« Er unterbrach sich und betrachtete Mangon forschend. »Ich sage das nicht gern, Mangon, doch es hörte sich an, als würde man einer Katze die Luft abschnüren.«

Du lügst, dachte Mangon eisig. *Du bist einfach zu blöde, dein musikalischer Geschmack ist so minderwertig, daß du nicht imstande bist, das wahre Genie zu erkennen, wenn es dir begegnet!* Er sah Alto verächtlich an. Dieser Mann mit seinen absurden stummen Symphonien tat ihm leid. Am liebsten hätte er laut herausgeschrien: *Ich weiß, was Stille ist! Die Stimme der Gioconda ist eine Goldader, schmelzend und rein, sie wird sie wiederfinden, so wie ich meine wiedergefunden habe!* Etwas an Altos Verhalten ließ ihn jedoch abwarten.

Laut sagte er: »Ich verstehe.« Und dann: »Was soll ich tun?«

Alto klopfte ihm auf die Schulter. »Braver Junge. Glaube mir, auf lange Sicht gesehen wirst du ihr helfen. Was ich vorzuschlagen habe, wird uns alle davor bewahren, wie Idioten dazustehen. Wir müssen es LeGrande gleichtun, auch wenn das eine Reise ohne Wiederkehr aus der Video City heraus bedeutet. Okay, Paul?« Merril nickte ernst, und Alto fuhr fort: »Das Orchester macht weiter wie vorgesehen. Laut Programm wird Madame Gioconda zu *Opus Zero* singen, aber das heißt nichts, und es wird keinerlei Verbindung zwischen der Symphonie und ihrem Gesang geben. Tatsächlich wird sie erst am Abend der Aufführung auftauchen. Sie steht ziemlich weit vom Orchester entfernt auf einem besonderen Podest, das einzige Mikrophon ist ein Hänger, der etwa sechs Meter über ihr schwebt. Die Aufführung ist live – *aber ihre Stimme wird das Mikrophon nie erreichen.* Weil du, Mangon, im Souffleurkasten direkt vor ihr hockst, und zwar mit dem stärksten

Klangsauger, den wir auftreiben können. Sobald sie den Mund aufmacht, gibst du es ihr. Sie wird mindestens drei Meter von dir entfernt sein, sich also hören und nicht ahnen, was vor sich geht.«

»Und was ist mit dem Publikum?« fragte Merril.

»Das hört meine Symphonie, genießt ein neurophonisches Experiment, das hinreichend schön und kraftvoll ist, wie ich hoffe, und wird sich vom Anblick einer zerzausten Primadonna nicht ablenken lassen, die im Kokainrausch vor sich hin fuchtelt. Vielleicht denken die Leute, sie dirigiert. Denk dran, sie erwarten vielleicht, daß sie singt, aber wer weiß denn heutzutage schon noch, was das wirklich ist? Die meisten nehmen bestimmt an, es handelt sich um Ultraschallgesang.«

»Und LeGrande?«

»Der ist auf den Bermudas zu einer geschäftlichen Konferenz.«

V.

Madame Gioconda saß vor dem Spiegel ihres Schminktischs und malte ihr Gesicht an, bis es aussah wie eine Maske zum Allerheiligenfest. Neben ihr spielte ein Grammophon verkratzte Traviata-Ausschnitte. Das Podium war wieder ein einziges Durcheinander, doch lag über dem Ganzen jetzt ein Hauch von Absicht.

Mangon bahnte sich den Weg zwischen den Hängern hindurch, trat leise hinter sie und küßte sie auf ihre nackten Schultern. Sie stand mit großer Gebärde auf, ein gewaltiges Monument von einer Frau in einem großartigen schwarzen Seidenkleid, das von Tausenden von Ziermünzen glitzerte.

»Vielen Dank, Mangon«, trällerte sie, als er ihr Komplimente machte. Sie flatterte zu einer Hutschachtel auf dem Bett, entnahm ihr eine riesige Pfauenfeder und steckte sie sich ins Haar.

Mangon war um sechs Uhr vorbeigekommen, mehrere Stunden vor der üblichen Zeit; in den letzten beiden Tagen hatte er sich zunehmend unsicher gefühlt. Er war davon überzeugt, daß Alto sich irrte, obgleich die Logik natürlich ganz auf seiner Seite war. Hatte Madame Gioconda ihre Stimme bewahren können? Ihre Sprechstimme war, wenn sie sich nicht gerade betont süß gab, rauh und uneben, in letzter Zeit sogar noch mehr als früher. Er nahm an, die Nervosität eine Woche vor ihrem Auftritt machte sie reizbar.

Sie ging schon wieder aus, wie sie es beinahe jeden Abend getan hatte in letzter Zeit. Mit wem, das erklärte sie nie; wahrscheinlich in ein Theaterrestaurant, um ihre Kontakte zu Agenten und Managern zu erneuern. Er hätte sie gern begleitet, fühlte sich aber auf dieser Ebene von Madame Giocondas Dasein fehl am Platze.

»Mangon, ich werde erst sehr spät zurück sein«, warnte sie ihn. »Sie sehen ziemlich müde und käsig aus. Es ist wohl besser, wenn Sie nach Hause gehen und einmal richtig schlafen.«

Mangon bemerkte, daß er immer noch eine gelbe Schirmmütze aufhatte, irgendwie mußte er wohl gewußt haben, daß er die Nacht nicht hier verbringen würde.

»Wollen Sie morgen zum Lagerplatz gehen?« fragte er.

»Hmmm... ich glaube nicht. Ich kriege da immer Kopfschmerzen. Wir sollten vielleicht ein oder zwei Tage aussetzen.«

Sie wandte sich mit einem großartigen Lächeln zu ihm um, ihre Augen funkelten vor plötzlicher Zuneigung.

»Adieu, Mangon, es war großartig, Sie hier gehabt zu haben.« Sie beugte sich vor und schmiegte eine Wange mütterlich an seine und hüllte ihn in eine berauschende Wolke aus Puder und Parfüm ein. Seine Zweifel und Sorgen verpufften augenblicklich, er freute sich darauf, sie am nächsten Tag zu sehen, und er war gewiß, daß sie die Zukunft gemeinsam verbringen würden.

Nachdem sie gegangen war, wanderte er noch eine halbe Stunde lang auf dem verlassenen Podium herum und ließ Erinnerungen an sich vorüberziehen. Dann trat er auf die Straße hinaus und fuhr zum Geräuschabladeplatz zurück.

Als der Tag von Madame Giocondas Auftritt näherrückte, wuchsen Mangons Befürchtungen. Zweimal war er in den Konzertstudios der Video City gewesen, hatte mit Alto seinen Auftritt im Souffleurkasten unter der Bühne geprobt, einem kleinen Raum neben dem Korridor, der sonst nur von den Elektronikingenieuren benutzt wurde. Er hatte die Anschlüsse überprüft, einen Klangsauger von der Nachrichtenabteilung ausgeliehen – ein starkes Modell, das beim Abschirmen von VIPs und Kommentatoren auf Flughäfen eingesetzt wurde – und die Düse im Souffleurkasten angebracht.

Alto stand auf Zehenspitzen anstelle von Madame Gioconda auf dem Podest und schrie aus voller Kehle auf Merril ein, der in der dritten Parkettreihe saß.

»Hast du was gehört?« erkundigte er sich hinterher.

Merril schüttelte den Kopf. »Nichts, keinen Ton.«

Unten drückte Mangon auf den Auslöser und schrie langgezogen: »Füüünf!... Viiier!... Drrrei!... Zwwwei!... Eiiins!«

»Das reicht aus«, entschied Alto. Im Gangsterstil verstauten sie den Klangsauger in einem Kontrabaßkasten und trugen ihn in Altos Büro.

»Willst du sie mal singen hören, Mangon?« fragte Alto. »Sie müßte jetzt gerade proben.«

Mangon zögerte, lehnte dann aber ab.

»Es ist tragisch, daß sie nicht imstande ist, die Wahrheit zu erkennen«, bemerkte Alto. »Ihre Gedanken müssen in einer Zeit gefangen sein, die fünfzehn oder zwanzig Jahre zurückliegt, als sie ihre größten Partien in der Scala sang. Das ist die Stimme, die sie immer noch hört, vermutlich immer hören wird.«

Mangon ließ sich diese Worte durch den Kopf gehen. Einmal hatte er versucht, Madame Gioconda zu fragen, wie es mit den Proben ginge, aber sie war sofort auf ein anderes Thema ausgewichen und hatte mit einer nonchalanten Bemerkung geantwortet. Er sah sie immer seltener. Wenn er sie zu Hause besuchte, wollte sie entweder gerade ausgehen, oder sie war müde und darauf bedacht, ihn schnellstens wieder loszuwerden. Die Ausflüge zu den Halden hatten sie eingestellt. Mangon nahm das alles als unvermeidlich hin; nach der Vorstellung, nach ihrem Triumph, so beruhigte er sich, würde sie bestimmt zu ihm zurückkehren.

Allerdings war ihm aufgefallen, daß er neuerdings anfing zu stottern.

Am letzten Nachmittag, wenige Stunden vor dem Konzert am Abend, fuhr Mangon zur F-Street hinaus, und das sollte das letzte Mal werden. Am Tag zuvor hatte er Madame Gioconda nicht gesehen, und jetzt wollte er bei ihr sein und ihr jede Aufmunterung zuteil werden lassen, die sie brauchte.

Als er in die Allee einbog, bemerkte er überrascht zwei große Möbelwagen vor dem Eingang der Rundfunkstation. Vier oder fünf Männer trugen die Möbel und die großen Bühnenhänger vom Aufnahmepodium ins Freie.

Mangon lief zu ihnen. Einer der Wagen war bereits voll; er erkannte Madame Giocondas ganze Habe – die Rokoko-Garderobe und den Schminktisch, die Couch, das gewaltige Desdemona-Bett, auseinandergenommen und in Wellpappe eingeschlagen. Wie er es so sah, hatte er das Gefühl, ein Teil von ihm wäre abgerissen und gleichgültig weggestopft worden. Im hellen Tageslicht hatten die abblätternden, schäbigen Hänger die Illusion von etwas Wirklichem eingebüßt; mit ihnen schien auch Mangons Verhältnis zu Madame Gioconda niedergerissen zu sein.

Der letzte der Arbeiter kam mit einem Goldlamékissen unter dem Arm heraus und warf es in den zweiten Möbelwagen. Der Vormann schloß die Türen und gab dem Fahrer ein Zeichen.

»W... w... wo-hin fa-fahren Sie?« fragte Mangon ihn eindringlich.

Der Vormann sah ihn von oben bis unten an. »Sie sind dieser Klangsauger, stimmt's?« Er deutete mit dem Daumen auf das Gebäude. »Das alte Fräulein hat gesagt, sie hätte da eine Nachricht für Sie hinterlassen. Ich habe allerdings nichts gesehen.«

Mangon ließ ihn stehen, rannte durchs Foyer und die Treppe hinauf zum Studio 2. Die Möbelpacker hatten die Rollos heruntergerissen, und graues Tageslicht strömte in den staubigen Zuschauerraum. Ohne die Bühnenhänger sah das Aufnahmepodium entblößt und verlassen aus.

Mangon hastete zwischen den Sitzreihen hindurch und fragte sich, warum Madame Gioconda ihm wohl nichts davon gesagt hatte, daß sie ausziehen würde.

Das Podium war leer, die Notenständer umgeworfen, der Herd lag auf der Seite, neben ihm zwei oder drei alte Töpfe, unter ihm ein Durcheinander von Papierabfällen, Asche und leeren Phiolen.

Mangon suchte nach der Nachricht; er vermutete sie an einer der Trennwände.

Doch auf einmal hörte er, wie es von den Mauern her auf ihn einbrüllte, kurz und heftig.

»VERSCHWINDE, DU HÄSSLICHES KIND! VERSUCHE JA NICHT, MICH NOCH EINMAL ZU SEHEN!«

Er zuckte zurück; fast hätte er aufgeschrien, als das Gebäude über ihm zusammenzustürzen schien, doch seine Kehle blieb stumm.

Als er gegen zwanzig nach acht den Gang unter dem Orchesterpodium betrat, konnte er hören, wie die Zuhörer eintrafen und sich auf ihre Plätze begaben. Das Studio war fast ausverkauft, ein dumpfes Stimmengewirr erfüllte es. In dem Gang gingen einzelne Lichter an und aus, atmosphärische Verschiebungen durchschnitten die Luft, als die Spieler auf dem Podium ihre Instrumente stimmten.

Mangon schlüpfte an den Technikern vorbei, die mit den neurophonischen Vorrichtungen zur Versorgung des Orchesters beschäftigt waren, und bemühte sich, den großen Kontrabaßkasten so unverdächtig wie möglich aussehen zu lassen. Doch die Techniker beachteten ihn nicht; sie kümmerten sich um die Zwischenstationen und Leitungen, und so erreichte er den Souffleurkasten und ging unbemerkt hinein.

Es war fast dunkel in dem engen Raum, ein paar farbige Lichtstrahlen drangen durch die rosa und weißen Chrysanthemen, die den Ausblick nach oben verstellten. Er verriegelte die Tür, öffnete den Kontrabaß, nahm den Klangsauger heraus und steckte die Düse auf den Kanister. Er beugte sich vor und drückte mit den Händen eine schmale Öffnung zwischen den Blumen auseinander.

Unmittelbar vor sich konnte er ein kleines, mit Samt bezogenes Podium sehen, das mit einer weißen Metallbrüstung versehen war. In der Mitte der Brüstung war ein großer Blumenstrauß befestigt. Hinter dem Podium war im Halbkreis das Orchester aufgebaut; jeder Spieler saß an einem kleinen, kistenartigen Tischchen, auf dem das Instrument lag, außerdem stand darauf ein Tongenerator und eine Kathodenröhre. Die Spieler waren vollzählig anwesend, und das Licht, das von den Strahlenröhren reflektiert wurde, warf einen lebhaft phosphoreszierenden Schimmer auf die silbrige Wand hinter ihnen.

Mangon steckte die Düse des Klangsaugers durch die Öffnung zwischen den Blumen, beugte sich hinunter und steckte den Stekker in die Steckdose.

Gegen fünf vor halb neun kam jemand über das Orchesterpodium auf den Souffleurkasten zu und blieb davor stehen. Mangon lehnte sich weit zurück und beobachtete die Kunstlederschuhe und die schwarze Hose.

»Mangon!« zischte Alto. Mangon streckte den Kopf vor und bemerkte, wie Alto zu ihm heruntersah. Er winkte ihm zu, und Alto nickte langsam, lächelte dabei aber gleichzeitig jemandem im Zuhörerraum zu. Dann drehte er sich um und nahm wieder seinen Platz im Orchester ein.

Punkt halb neun signalisierte eine Reihe von roten und grünen Lampen den Beginn der Aufführung. Die Zuhörer verstummten und verharrten abwartend; ein Ansager in einer vom Orchesterpodium abgesperrten Box sagte das Programm an.

Auf dem Podium selbst erschien ein Conférencier, stellte sich hinter dem Souffleurkasten auf und wandte sich ans Publikum. Mangon hockte still auf dem kleinen Holzsitz, der an der Wand befestigt war, und starrte unverwandt auf den Kanister des Klangsaugers. Applaus klang auf, ein grünes Licht schimmerte durch die Blumen. Die Luft im Souffleurkasten wurde süßlich, ein kühler, lebloser Luftzug wirbelte vertikal um ihn herum, eine rhythmische Ultraschalldruckwelle pulsierte vorüber. Sie weitete die Enge des Kastens mit einem merkwürdig hypnotisierenden Echo, das Mangons Aufmerksamkeit fesselte. Irgendwo in seinem Gehirn machte er sich bewußt, daß die Symphonie begonnen hatte, aber er war zu erregt, als daß er sich zusammenreißen und bewußt zuhören konnte.

Plötzlich erblickte er hinter den Blumen etwas Großes, Weißes, das sich auf dem Podium hin und her bewegte. Er rutschte von dem Sitz herab und spähte vorsichtig nach oben.

Madame Gioconda hatte ihren Platz eingenommen. Von unten gesehen, machte sie einen gewaltigen Eindruck, sie wirkte wie ein Katarakt aus glänzendem, weißem Satin, der ihr bis auf die Füße hinunterrieselte. Die Arme hielt sie locker verschränkt, an ihren Händen blitzten blaue und weiße Steine auf. Ihr Gesicht konnte Mangon kaum sehen, sie hielt die erschreckende, hexenhafte Maske ins Profil gedreht und wartete auf irgendein Signal.

Mangon machte sich bereit, eine Hand lag am Schalter des Klangsaugers. Er wartete und spürte, wie die gleichmäßige, unterschwellige Musik von Altos Symphonie in ihm ins Riesenhafte wuchs, wie ihr Tempo zunahm. Madame Giocondas Arrangeur wollte die erste Arie vermutlich an einem Höhepunkt einschieben.

Auf einmal blickte dic Diva ins Publikum und machte einen Schritt auf die Brüstung zu. Sie breitete die Arme aus, drehte die Handflächen nach oben, ließ den Kopf langsam in den Nacken sinken und hob die nackten Schultern.

Die Wellenfront, die durch den Souffleurkasten gewogt war, kam zum Stillstand, ehe sie zu einem ununterbrochenen Crescendo emporwuchs. Im selben Augenblick reckte Madame Gioconda den Kopf in die Höhe, und ihre Halsmuskeln traten dick hervor.

Als der Ton aus ihrer Kehle hervorbrach, verkrampften sich Mangons Finger um den Sicherheitsverschluß am Schalter des

Klangsaugers. Kurz darauf, noch ehe er einen Gedanken fassen konnte, brauste ein ohrenbetäubender Lärm durch seine Ohren, gefolgt von einem hohen Ton, der auf halbem Wege einen verborgenen Wulst zu berühren schien, ins Schwanken geriet, sich wieder fing und wie ein Schnellzug, der über eine Reihe von Weichen fährt, weitersauste.

Mangon hörte wie betäubt zu, mit beiden Händen hielt er den Kanister des Klangsaugers gepackt. Die Stimme explodierte in seinem Gehirn und überflutete jeden Zellenknoten mit ihrer Heftigkeit. Es war verrückt, die wahnsinnige Parodie eines klassischen Soprans. Harmonie, Reinheit, Tonlage waren dahin. Rauh und zersprungen, so hüpfte sie rasselnd von einer hohen Note zu einer niedrigeren, unterbrochen von wahllos eingeschobenen Atempausen, plötzlichen Abgründen japsender Stille, die den vulkanischen Sturzbach zerschnitten und ihn in locker verbundene *bravura*-Passagen aufteilten.

Er konnte kaum erkennen, was sie eigentlich sang: das Auftrittslied des Escamillo aus *Carmen*. Warum, das war ihm unerklärlich. Da sie die Höhen nicht erreichte, fiel sie in den tänzelnden Rhythmus des Refrains zurück und hämmerte die rollenden Phrasen unter heftigen Kopfzuckungen heraus. Nach einem Dutzend Takte wurde sie langsamer, ging in ein Extempore-Summen über, aus dem sie zur Attacke zum abschließenden Höhepunkt überging.

Mit Entsetzen sah Mangon, wie zwei oder drei Orchestermitglieder aufstanden und in den Kulissen verschwanden. Die anderen hatten ebenfalls aufgehört zu spielen; sie stellten ihre Instrumente ab und berieten untereinander. Die Zuhörer waren offenbar unruhig geworden; in den Atempausen, in denen Madame Gioconda ihre Lungen auffüllte, waren einzelne Stimmen zu hören.

Hinter ihm trommelte jemand an die Tür. Vor Schreck wäre Mangon beinahe über den Klangsauger gestolpert. Er beugte sich nieder und zog den Stecker aus der Steckdose. Dann löste er die beiden Klammern am Rumpf des Klangsaugers, zog den Kanister auf, um an die Sicherungen, den Verstärker und den Generator heranzukommen. Er ließ die Finger vorsichtig über die Leitungen und Windungen gleiten, packte sie so fest er konnte und riß sie mit einem Ruck heraus. Seine Fingernägel brachen, als er das auf eine Metallplatte gedruckte Schaltsystem vom Boden des Gehäuses zog und zerstörte.

Befriedigt ließ er den Klangsauger auf den Fußboden fallen,

horchte einen Moment lang auf das Gezeter über ihm, das inzwischen von der lautstarken Opposition der Zuhörer beherrscht wurde, und entriegelte endlich die Tür.

Paul Merril, dessen Smokingfliege verrutscht war, kam hereingestürmt. Er starrte unverwandt auf Mangon, auf das Blut an seinen Händen und auf den zertrümmerten Klangsauger.

Er packte Mangon bei den Schultern, schüttelte ihn heftig. »Mangon, bist du wahnsinnig? Was willst du damit erreichen?«

Mangon wollte etwas sagen, brachte aber keinen Ton mehr heraus. Er machte sich von Merril los und drängte an ihm vorbei in den Korridor.

Merril schrie hinter ihm her: »Hilf mir doch, Mangon, ich muß das hier in Ordnung bringen! Wohin gehst du denn?« Er kniete sich hin und fing an, die Einzelteile des Klangsaugers zusammenzusetzen.

Aus den Kulissen heraus beobachtete Mangon einen Moment lang die Szene im Studio.

Madame Gioconda sang immer noch, von ihrer Stimme war in dem Aufruhr allerdings nichts mehr zu hören. Die Hälfte der Zuschauer war auf den Beinen, schrie zur Bühne hin und legte sich lautstark mit den Verantwortlichen an. Bis auf wenige hatten alle Orchestermitglieder ihre Instrumente im Stich gelassen; fast alle saßen auf den Tischchen und betrachteten Madame Gioconda mit ziemlicher Überraschung.

Der Programmdirektor, einer der Ansager und Alto standen vor der Diva, schlugen auf die Brüstung und versuchten, ihre Aufmerksamkeit auf sich zu lenken. Doch Madame Gioconda nahm sie gar nicht wahr. Den Kopf in den Nacken gelegt, den Blick auf die strahlenden Deckenlampen gerichtet, majestätisch mit den Händen gestikulierend, schwebte sie auf den privaten Klangdämmen entlang, die unerbittlich aus ihrer Kehle hervordrangen – ein großer, weißer Engel der Zwietracht auf dem Heimflug.

Mangon betrachtete sie traurig, ehe er sich zwischen den Bühnenarbeitern hindurchschlängelte, die sich um ihn drängten. Als er das Studio durch den Seiteneingang verließ, versammelte sich vor dem Haupteingang eine kleine Menschenmenge. Er schüttelte das Blut von den Händen ab und verband sie mit einem Taschentuch.

Er ging durch die Seitenstraße zum Geräuschtransporter, stieg ein und blieb ein paar Minuten lang reglos sitzen, den Blick auf die hellen Lichter in den Bars und Schaufenstern gerichtet.

Er öffnete das Handschuhfach, wühlte darin herum und zog einen alten Block heraus, den er sich an den Jackenärmel heftete.

Noch immer hörte er Madame Gioconda wie eine wahnsinnige Todesfee singen.

Er schaltete den Klangsauger unter dem Armaturenbrett ein, drehte ihn voll auf, ließ den Motor an und fuhr in die Nacht davon.

Chronopolis

Sein Prozeß sollte am nächsten Tag stattfinden. Um welche Uhrzeit genau, das wußte allerdings weder Newman noch sonst jemand, wahrscheinlich jedoch im Laufe des Nachmittags, sofern die Hauptbeteiligten – der Richter, die Geschworenen und der Ankläger – es schafften, sich um dieselbe Uhrzeit im selben Gerichtssaal zu versammeln. Wenn er Glück hatte, würde auch sein Verteidiger im richtigen Augenblick erscheinen, obgleich sein Fall im Grunde bereits entschieden war und er nicht damit rechnete, daß der Verteidiger sich noch großartig ins Zeug legen würde – es war außerdem auch immer gar nicht so leicht, ins alte Strafjustizgebäude zu kommen; eine endlose Warterei auf dem schmutzigen Sammelplatz unterhalb der Gefängnismauern war damit verbunden.

Newman hatte die Zeit in der Untersuchungshaft nutzbringend verbracht. Zum Glück lag seine Zelle nach Süden hinaus, und so fiel den größten Teil des Tages Sonnenlicht ein. Er hatte die Fläche, die von den Sonnenstrahlen erreicht wurde, mit Hilfe eines spitzen Mörtelbrockens, den er aus dem Fenstersims gebrochen hatte, in zehn gleiche Abschnitte unterteilt, die den Stunden mit Tageslicht entsprachen. Die zehn Abschnitte hatte er dann jeweils noch einmal in zwölf kleine Teilstücke aufgeteilt.

Damit stand ihm ein durchaus brauchbarer Zeitmesser zur Verfügung, der buchstäblich auf die Minute genau war (die letzte Unterteilung in Fünftel nahm er in Gedanken vor). Die strahlenförmigen weißen Linien, die an der einen Zellenwand nach unten liefen, sich über den Fußboden und das Metallbett hinzogen und an der gegenüberliegenden Wand wieder in die Höhe gingen, wären in ihrer Bedeutung von jedem erkannt worden, der mit dem Rücken zum Fenster gestanden hätte; das kam jedoch nie vor. Außerdem waren die Gefängniswärter auch zu dumm und hätten das System sowieso nicht begriffen, und so war Newman mit seiner Sonnenuhr ihnen gegenüber im Vorteil. Wenn er nicht gerade damit beschäftigt war, die Linienführung zu präzisieren, stand er an der vergitterten Klappe in der Zellentür und beobachtete das Dienstzimmer der Wärter.

»Brocken!« pflegte er morgens um 7.15 Uhr zu rufen, wenn der Schattenrand die erste Markierung auf der Sonnenuhr erreicht hatte. »Morgeninspektion! Auf die Beine, Mann!« Der angesprochene Wachtmeister kam dann regelmäßig schwitzend aus seiner Koje und schnauzte die anderen Wächter schon an, während gerade erst die Signalglocke schrillte.

Im weiteren Verlauf des Tages rief Newman dann auch die übrigen Tagesordnungspunkte aus: das Ausrufen der Namen, die Zeit zum Aufräumen der Zellen, das Frühstück, den Rundgang im Freien – und so weiter, bis kurz vor Sonnenuntergang noch einmal ein namentlicher Aufruf an der Reihe war. Brocken gewann regelmäßig den Preis für den bestgeführten Zellenkomplex, und er verließ sich ganz auf Newman, der für ihn den Tag einteilte, den nächsten Punkt auf dem Tagesplan ansagte und ihn warnte, falls einmal etwas zu lange dauerte – in einigen Zellenkomplexen nahm man sich zum Aufräumen der Zellen nur drei Minuten Zeit, während das Frühstück oder der Rundgang im Freien sich stundenlang hinzogen, weil keiner der Wächter genau wußte, wann die Zeit um war und die Häftlinge natürlich behaupteten, sie hätten gerade erst angefangen.

Brocken forschte nie nach, wieso Newman in der Lage war, alles so genau zu organisieren; allerdings berührte ihn dessen Schweigen an Tagen, an denen es regnete oder bedeckt war, merkwürdig, und dann gemahnte ihn das heillose Durcheinander, zu dem es regelmäßig kam, an die Vorzüge einer guten Zusammenarbeit. Newman wurde bevorzugt behandelt; er bekam so viele Zigaretten, wie er haben wollte. Für Brocken war es eine Schande, daß der Termin für Newmans Prozeß schließlich doch noch festgesetzt worden war.

Auch Newman selbst bedauerte das. Fast keine der Untersuchungen seines Falls hatte bisher zu einem Ergebnis geführt. Seine größte Sorge bestand darin, daß es ihm nicht mehr möglich sein könnte, die Zeit zu schätzen, falls er wegen der Schwere der ihm auferlegten Strafe in eine nach Norden hinaus gelegene Zelle verlegt werden würde. Der Neigungswinkel der Schatten in den Innenhöfen des Gefängnisses, der der Wachttürme und Mauern war für seine Zwecke kaum zu gebrauchen. Er müßte die Gradeinteilung ja ohne optische Hilfsmittel vornehmen, weil die mit Sicherheit sehr schnell entdeckt werden würden.

Was er brauchte, war eine Art innerer Zeitmesser, ein unbewußt funktionierender, psychischer Mechanismus, der zum Beispiel auf dem Pulsschlag oder auf dem Atemrhythmus beruhte. Er hatte sich alle Mühe gegeben, sein Zeitgefühl auszubilden, und eine sorgfältig ausgetüftelte Testreihe durchgeführt, um die Fehlerquote festzustellen – und die hatte sich als enttäuschend hoch herausgestellt.

Wenn er jedoch nicht in jedem Augenblick die genaue Zeit angeben könnte, dann würde er wahnsinnig werden – soviel stand fest.

Seine Besessenheit, die ihm jetzt eine Mordanklage eintrug, hatte sich ziemlich unschuldig angelassen.

Wie allen Kindern, war auch ihm als Kind hin und wieder einmal ein alter Glockenturm ins Auge gefallen, an dem immer eine weiße Scheibe mit zwölf Teilstrichen zu sehen gewesen war. In den schäbigeren Stadtvierteln hingen die eigentümlichen runden Scheiben oftmals über billigen Juweliergeschäften, ganz verrostet und kaputt.

»Das sind einfach nur Zeichen«, erklärte seine Mutter. »Die haben nichts zu bedeuten, nichts wie meinetwegen Sterne oder Ringe.«

Nutzloser Schmuck, hatte er damals gedacht.

Einmal trafen sie in einem alten Möbelgeschäft auf eine Uhr mit Zeigern, die mit dem Zifferblatt nach unten in einer Kiste mit Feuereisen und allerlei anderem Trödel lag.

»Elf und zwölf«, sagte Conrad und zeigte auf die Zeiger.

»Was hat das zu bedeuten?«

Seine Mutter zog ihn weg und schwor sich, diese Straße nie wieder zu betreten. Die Züpo, jene Polizeitruppe zur Überwachung der Zeitgesetze, sollte, so hieß es, immer noch bestehen und alle Zuwiderhandlungen registrieren. »Nichts«, erklärte sie deshalb scharf. »Damit ist es jetzt vorbei.« Bei sich fügte sie hinzu, wie zur Übung: Fünf und zwölf. Fünf *vor* zwölf. Ja.

Wie üblich verging die Zeit schleppend und mehr oder weniger unbewußt. Sie wohnten in einem baufälligen Haus in einer jener gestaltlosen Vorstädte, einer Gegend endloser Nachmittage. Manchmal ging er zur Schule; bis zu seinem zehnten Lebensjahr verbrachte er die meiste Zeit damit, mit seiner Mutter vor geschlossenen Lebensmittelgeschäften Schlange zu stehen. Nachmittags spielte er mit der Horde aus der Nachbarschaft auf dem öden Bahnhofsgelände, stakte einen selbstgebauten Wohnwagen über die verwilderten Gleise oder brach in eines der leerstehenden Häuser ein und erklärte es vorübergehend zum Kommandoposten.

Er hatte es nicht eilig, erwachsen zu werden; die Welt der Erwachsenen war ziellos und ohne Ehrgeiz. Nachdem seine Mutter gestorben war, verbrachte er lange Tage auf dem Dachboden, wühlte in Kisten und zwischen alten Kleidern herum, spielte mit Hüten und Perlen und versuchte, etwas von ihrer Persönlichkeit wieder lebendig werden zu lassen.

Im untersten Fach eines Schmuckkästchens stieß er auf einen flachen Gegenstand, ein Gehäuse aus Gold, das mit einem Armband versehen war. Die Uhr hatte keine Zeiger mehr, doch die zwölf Ziffern erregten seine Neugier, und so befestigte er sie am Handgelenk.

Sein Vater hätte sich beinahe an der Suppe verschluckt, als er sie am Abend entdeckte.

»Conrad! Um Gottes willen! Woher hast du die denn?«

»Aus Mamas Schmuckkasten. Darf ich sie behalten?«

»Nein, Conrad, das geht nicht. Gib sie her. Tut mir leid, mein Sohn.« Und nachdenklich fügte er hinzu: »Mal sehen – du bist jetzt vierzehn. In ein paar Jahren werde ich dir alles erklären, Conrad.«

Dieses neue Tabu gab den Anstoß. Er sah keine Notwendigkeit, auf die Enthüllungen seines Vaters zu warten. Er wußte schon bald alles. Die älteren Jungen kannten die ganze Geschichte, aber merkwürdigerweise war sie ziemlich enttäuschend.

»Ist das alles?« wiederholte Conrad fortgesetzt. »Das begreife ich nicht. Warum die ganze Aufregung wegen Uhren? Wir haben doch Kalender, oder etwa nicht?«

Da er mehr dahinter vermutete, durchstreifte er die Straßen und untersuchte jede kaputte Uhr nach einem Schlüssel zum wahren Geheimnis. Die meisten Zifferblätter waren verstümmelt, Zeiger und Ziffern abgebrochen, der Kranz mit der Minuteneinteilung abgekratzt und verrostet. Da Uhren scheinbar willkürlich über die ganze Stadt verstreut waren, an Geschäften, Banken und öffentlichen Gebäuden hingen, war ihr wahrer Zweck nur schwer zu erkennen. Sicher war, daß sie die Zeit anhand von zwölf beliebigen Intervallen maßen, doch schien das kaum ein hinreichender Grund zu sein, sie für ungesetzlich zu erklären. Schließlich war eine ganze Reihe von Zeitmessern im allgemeinen Gebrauch: in Küchen, Fabriken, Krankenhäusern, überall dort, wo eine bestimmte Zeitspanne gemessen werden mußte. Sein Vater hatte nachts einen Zeitmesser neben dem Bett stehen. In die allgemein übliche, kleine schwarze Schachtel eingelassen, angetrieben von winzigen Batterien, stieß er am Morgen vor dem Frühstück ein hohes und durchdringendes Pfeifen aus und weckte ihn, wenn er verschlafen hatte. Eine Uhr war nicht mehr als ein mit einer Zeiteinteilung versehener Zeitmesser, in vieler Hinsicht weniger nützlich, da sie einen mit einem ständigen Strom von unnötigen Informationen belieferte. Was, wenn es halb vier war, wie die alte Zählweise es ausdrückte, und man gar nicht die Absicht hatte, um die Zeit etwas zu beginnen oder zu beenden?

Seine Fragen so naiv wie möglich formulierend, führte er eine ausgedehnte und sorgfältige Umfrage durch. Von fünfzig Befragten schien keiner auch nur die leiseste Ahnung vom historischen Hintergrund zu haben, und selbst die älteren Leute begannen bereits zu vergessen. Ihm fiel auf, je ungebildeter sie waren, desto eher waren sie bereit zu reden, woraus hervorging, daß Handwerker und einfache Arbeiter in der Revolution keine Rolle gespielt und folglich auch keine schuldbeladenen Erinnerungen zu unterdrücken hatten. Der alte Mr. Crichton, der Klempner, der im Souterrain wohnte, erinnerte sich, ohne daß man ihn besonders zu bestürmen brauchte, aber nichts, was er sagte, warf irgendein Licht auf das Problem.

»Natürlich, damals gab es Tausende von Uhren, Millionen sogar, jeder hatte eine. Armbanduhren wurden sie genannt; sie wurden am Handgelenk getragen und mußten jeden Tag aufgezogen werden.«

»Doch was haben Sie damit gemacht, Mr. Crichton?« drang Conrad in ihn.

»Nun ja, man hat eben einfach nur – draufgesehen, und dann wußte man, wie spät es war. Eins oder zwei, halb acht – das war die Zeit, zu der ich zur Arbeit gehen mußte.«

»Aber jetzt gehen Sie zur Arbeit, wenn Sie gefrühstückt haben. Und wenn Sie sich verspäten, klingelt der Zeitmesser.«

Crichton schüttelte den Kopf. »Ich kann dir das nicht erklären, mein Junge. Frag du man deinen Vater.«

Doch Mr. Newman war auch nicht hilfsbereiter. Zu der an Conrads sechzehntem Geburtstag versprochenen Erklärung kam es nie. Als er zu fragen fortfuhr, wurde sein Vater schließlich der Ausflüchte müde und brachte ihn zum Schweigen, indem er ihn anherrschte: »Du hörst jetzt auf, darüber nachzudenken, hast du verstanden? Du bringst dich und uns alle noch in Teufels Küche.«

Stacey, der junge Englischlehrer, hatte Sinn für Sarkasmus und liebte es, die Jungen in der Klasse durch unorthodoxe Ansichten über die Ehe oder die Wirtschaft zu verwirren. Conrad verfaßte einen Aufsatz, in dem er eine imaginäre Gesellschaft beschrieb, die ausschließlich mit umständlichen Ritualen beschäftigt war, bei denen es sich darum handelte, das Verstreichen der Zeit minuziös zu beobachten.

Stacey ging auf die Anspielung nicht ein, gab ihm eine unverbindliche »Beta plus« und erkundigte sich nach dem Unterricht bei ihm, was ihn zu dieser phantastischen Darstellung veranlaßt habe. Zuerst versuchte Conrad auszuweichen, schließlich kam er dann aber doch mit einer Frage heraus, die das ganze Rätsel enthielt.

»Warum ist es gegen das Gesetz, eine Uhr zu besitzen?«

»Ist es das denn?«

Conrad nickte. »Auf der Polizeiwäche hängt ein vergilbter Anschlag, der jedem eine Prämie von hundert Pfund verspricht, der eine Uhr oder Armbanduhr abliefert. Ich habe den Anschlag gestern gesehen. Der Wachtmeister meinte, er wäre immer noch gültig.«

Stacey zog spöttisch die Augenbrauen in die Höhe. »Damit kannst du eine Million machen. Willst du in das Geschäft nicht einsteigen?«

Conrad überhörte die Frage. »Es ist gegen das Gesetz, ein Gewehr zu besitzen, weil man damit eventuell jemanden erschießen könnte. Aber wie kann man jemandem mit einer Uhr was antun?«

»Ist dir das nicht klar? Man kann ihn zeitlich überwachen und genau herausfinden, wie lange er braucht, um etwas zu tun.«

»Na und?«

»Dadurch kann man ihn dazu veranlassen, es schneller zu tun.«

Mit siebzehn baute Conrad, einem plötzlichen Impuls folgend, seine erste Uhr. Die Beschäftigung mit der Zeit hatte ihn bereits eindeutig über seine Klassenkameraden erhoben. Der eine oder andere mochte intelligenter oder gewissenhafter sein als er, doch die Fähigkeit, seine Freizeit und die Stunden für die Hausaufgaben einzuteilen, erlaubte es ihm, seine Talente rationell einzusetzen. Wenn die anderen sich auf dem Heimweg von der Schule noch in der Nähe des Rangierbahnhofs herumtrieben, hatte er bereits die Hälfte seiner Schularbeiten erledigt, wobei er für die verschiedenen Aufgaben eine ganz bestimmte Zeitspanne veranschlagte.

Sobald er fertig war, ging er auf den Dachboden, der ihm jetzt als Werkstatt diente. Dort, inmitten der alten Schränke und Kisten, machte er seine ersten Experimente – mit Kerzen, die er mit einer Gradeinteilung versah, mit primitiven Sonnenuhren, mit Sanduhren und mit einem komplizierten Uhrwerk, das ungefähr eine halbe Pferdestärke entwickelte und die Zeiger nach und nach immer schneller bewegte, was wie ein ungewollte Parodie auf seine eigene Besessenheit wirkte.

Seine erste ernst zu nehmende Uhr wurde sozusagen durch Wasserkraft angetrieben; sie bestand aus einem Wasserbehälter, in dem sich ein hölzerner Schwimmer befand. Während der Tank langsam auslief, sank der Schwimmer immer tiefer und bewegte dabei die Zeiger. Das war ein zwar einfacher Mechanismus, doch die Uhr ging einigermaßen genau und befriedigte Conrad für einige Monate, in denen er die immer ausgedehntere Suche nach einem richtigen Uhrwerk fortsetzte.

Er hatte schnell herausgefunden, daß die unzähligen Tischuhren, die goldenen Taschenuhren und die Zeitmesser jeder Art, die in Trödlerläden und in verkramten Schubladen in den meisten Haushalten verkamen, nie das Uhrwerk enthielten. Das war, ebenso wie die Zeiger und manchmal sogar die Zifferblätter, stets entfernt worden. Seine eigenen Versuche, eine Hemmvorrichtung herzustellen, die den Lauf eines normalen Uhrwerks regulierte, blieben erfolglos; alles, was er bisher über Uhren in Erfahrung gebracht hatte, bestätigte ihm, daß sie Präzisionsinstrumente waren, die genau durchdacht und ausgeführt sein mußten. Um seinen heimlichen Ehrgeiz – eine Uhr, die er bei sich tragen konnte, nach Möglichkeit eine richtige Armbanduhr – zu befriedigen, mußte er irgendwo eine finden, die noch funktionierte.

Eines Tages geriet ihm schließlich durch ein Zufall eine heile Uhr in die Hände. Als er nachmittags im Kino saß, erlitt ein älterer Herr neben ihm einen Herzanfall. Zusammen mit zwei anderen Zuschauern trug er ihn ins Büro des Kinobesitzers. Beim Hinaustragen, im schummrigen Licht des Ganges, fiel ihm an Handgelenk des Mannes ein metallisches Glänzen auf. Er faßte rasch hin und hatte die unverwechselbare linsenförmige Rundung einer Armbanduhr in der Hand.

Auf dem Heimweg kam ihm das Ticken der Uhr so laut vor wie das Läuten einer Totenglocke. Er hielt sie krampfhaft mit der Hand umschlossen, denn er meinte, jeder, der ihm auf der Straße begegnete, würde im nächsten Moment anklagend mit dem Finger auf ihn zeigen, die Züpo würde über ihn herfallen und ihn vor Gericht stellen.

Zu Hause, auf dem Dachboden, untersuchte er seine Beute atemlos. Wenn sein Vater sich im Schlafzimmer, das ein Stockwerk tiefer lag, regte, deckte er eiligst ein Kissen darüber. Erst viel später wurde ihm klar, daß das Ticken fast überhaupt nicht zu hören war. Die Uhr war wie die seiner Mutter; allerdings hatte sie statt eines roten Zifferblatts ein gelbes. Das goldene Gehäuse war zerkratzt und blätterte an einigen Stellen ab, das Uhrwerk schien jedoch noch in tadellosem Zustand zu sein. Nachdem er die Rückwand abgemacht hatte, konnte er sich an der hektisch huschenden Welt aus Zahnrädern und Rädchen nicht satt sehen; er war fasziniert. Weil er befürchtete, die Feder zu zerbrechen, zog er die Uhr nur zur Hälfte auf und verpackte sie sorgfältig in Watte.

Im Grunde hatte er nicht stehlen wollen, als er dem Mann die Uhr wegnahm; sein erster Impuls war gewesen, sie in Sicherheit zu bringen, bevor der Arzt sie entdecken konnte, der dem Kranken zweifellos den Puls fühlen würde. Aber da sie nun einmal in seinem Besitz war, verdrängte er jeden Gedanken daran, den Eigentümer aufzuspüren und sie ihm zurückzugeben.

Daß andere Leute noch Uhren trugen, überraschte ihn kaum. Seine Wasseruhr hatte ihm gezeigt, daß ein Zeitmesser dem Leben eine andere Dimension zu geben vermochte, die Energien einteilte und die zahllosen Tätigkeiten des alltäglichen Daseins einem bedeutsamen Maßstab unterwarf. Er brachte Stunden auf dem Dachboden damit zu, auf das kleine gelbe Zifferblatt zu starren, die langsamen Bewegungen des Minutenzeigers zu verfolgen, zuzusehen, wie der Stundenzeiger kaum merklich vorrückte, wie ein Kompaß, der seine Reise durch die Zukunft verzeichnete. Sein Vater kam ihm mit der Zeit träge und dumm vor; denn er saß unausgefüllt herum und hatte keine Ahnung, wann irgend etwas stattfinden sollte.

Schon bald trug Conrad die Uhr den ganzen Tag über mit sich herum. Er nähte eine schmale Stoffhülle, in der er einen engen Schlitz ließ, durch den er das Zifferblatt sehen konnte. Er stoppte alles ab – die Dauer der Unterrichtsstunden, Fußballspiele, Mittagspausen, die Stunden, in denen Tageslicht herrschte, und die, in denen es dunkel war, in denen er schlief oder wachte. Er vergnügte sich endlos damit, seine Freunde in Erstaunen zu versetzen, indem er ihnen seinen sechsten Sinn vorführte, ihnen die Häufigkeit ihrer Herzschläge oder den Beginn der stündlichen Nachrichtensendungen im Radio vorhersagte und eine Anzahl gleich harter Eier ohne Zuhilfenahme eines Zeitmessers kochte.

Dann verriet er sich.

Stacey, gewitzter als die anderen, kam dahinter, daß er eine Uhr trug. Conrad hatte bemerkt, daß Staceys Englischunterricht immer genau fünfundvierzig Minuten dauerte, und es sich zur Gewohnheit gemacht, seinen Tisch eine Minute, bevor Staceys Zeitmesser ertönte, aufzuräumen. Ein- oder zweimal fiel ihm auf, daß Stacey ihn neugierig betrachtete, doch konnte er der Versuchung nicht widerstehen, den Lehrer zu beeindrucken, indem er stets als erster zur Tür lief.

Eines Tages hatte er bereits seine Bücher verstaut und seinen Füllfederhalter zugeschraubt, als Stacey ihn aufforderte, eine kurze Zusammenfassung vorzulesen, die er angefertigt hatte. Conrad war sicher, daß der Zeitmesser in weniger als zehn Sekunden ertönen würde, und beschloß, stumm sitzenzubleiben und auf die übliche Jagd an die Tür zu warten, die ihn der Mühe entheben würde.

Stacey trat vom Katheder herab und wartete geduldig. Ein oder zwei Jungen drehten sich zu Conrad um und runzelten die Stirn. Conrad zählte die restlichen Sekunden.

Der Zeitmesser läutete nicht, stellte er überrascht fest. Entsetzt glaubte er zuerst, daß seine Uhr kaputt wäre, und er konnte sich noch gerade rechtzeitig davon abhalten, einen Blick darauf zu werfen.

»Hast du es eilig? Was ist, Newman?« fragte Stacey trocken. Er kam durch die Bankreihen auf Conrad zu und lächelte spöttisch. Verblüfft und mit rot-verlegenem Gesicht kramte Conrad sein Heft hervor, schlug es auf und las die Zusammenfassung vor. Wenige Minuten später und ohne auf das Läuten des Zeitmessers zu warten, entließ Stacey die Klasse in die Pause.

»Newman«, rief er. »Komm mal einen Moment her.«

Er machte sich hinter dem Katheder zu schaffen, als Conrad zu ihm trat. »Was ist denn los?« fragte Stacey. Hast du heute früh etwa vergessen, deine Uhr aufzuziehen?«

Conrad antwortete nicht. Stacey zog den Zeitmesser hinter dem Katheder hervor, entriegelte ihn und lauschte dem Pfeifton, der daraus hervorbrach.

»Wo hast du sie her? Von deinen Eltern? Hab keine Angst, die

Züpo ist vor Jahren aufgelöst worden.«

Conrad forschte eindringlich in Staceys Gesicht. »Sie hat meiner Mutter gehört«, log er. »Ich habe sie unter ihren Sachen gefunden.«

Stacey streckte die Hand aus, Conrad machte die Uhr nervös vom Handgelenk ab und reichte sie ihm.

Stacey ließ sie halb aus der Hülle hervorgleiten und warf einen Blick auf das gelbe Zifferblatt. »Von deiner Mutter, sagst du? Hhm.«

»Werden Sie mich jetzt melden?« fragte Conrad.

»Was, die Zeit eines Psychiaters verschwenden, der sicherlich schon genug zu tun hat?«

»Ist es denn nicht gegen das Gesetz, eine Uhr zu tragen?«

»Nun, du bist nicht gerade eine Bedrohung für die öffentliche Sicherheit.« Stacey wandte sich zur Tür und bedeutete Conrad mit einer Handbewegung, ihm zu folgen. Er gab ihm die Uhr zurück. »Nimm dir für Samstagnachmittag nichts vor. Wir machen zusammen einen Ausflug.«

»Wohin?« wollte Conrad wissen.

»In die Vergangenheit«, erwiderte Stacey lässig. »Nach Chronopolis, in die Zeit-Stadt.«

Stacey hatte einen Wagen gemietet, ein riesiges zerbeultes Ungetüm mit viel Chrom und großen Heckflossen. Er winkte Conrad ausgelassen zu, als er ihn an der Öffentlichen Bücherhalle abholte.

»Steig ein«, rief er. Er deutete auf die bauchige Aktentasche, die Conrad zwischen sie auf den Sitz warf. »Hast du sie dir schon einmal angesehen?«

Conrad nickte. Als sie um den verlassenen Platz herum davonfuhren, öffnete er die Aktentasche und zog ein dickes Bündel Straßenkarten daraus hervor. »Ich habe gerade herausgefunden, daß die Stadt eine Fläche von fünfhundert Quadratmeilen bedeckt. Ich hatte keine Ahnung, daß sie so groß ist. Wo sind die Bewohner denn alle?«

Stacey lachte. Sie überquerten die Hauptstraße und bogen in eine lange, baumbestandene Allee ein, die auf beiden Seiten von Doppelhäusern gesäumt war. Die Hälfte der Häuser war leer, die Fenster zerbrochen, die Dächer eingefallen. Selbst die bewohnten Häuser machten einen behelfsmäßigen Eindruck; auf selbstgefertigten Gerüsten, die an den Schornsteinen festgezurrt waren, standen einfache Wasserbehälter, Pfahlreihen grenzten überwucherte Vorgärten ab.

»Dreißig Millionen Menschen haben früher in dieser Stadt gelebt«, bemerkte Stacey. »Jetzt liegt die Einwohnerzahl bei etwas mehr als zwei Millionen, und sie sinkt immer weiter ab. Wir, die wir noch übriggeblieben sind, harren in den ehemaligen Vorstädten aus, so daß die Stadt heute ein gewaltiger Ring ist, fünf Meilen breit, der ein riesiges, menschenleeres Zentrum mit einem Durchmesser von vierzig oder fünfzig Meilen umgibt.«

Sie durchfuhren verschiedene Seitenstraßen, passierten eine kleine Fabrik, in der noch gearbeitet wurde, obgleich die Arbeit eigentlich um zwölf Uhr mittags beendet sein sollte, und bogen schließlich in eine lange, schnurgerade Allee ein, die direkt nach Westen führte. Conrad verfolgte ihren Weg auf verschiedenen Straßenkarten. Sie näherten sich dem Rand des Ringes, von dem Stacey gesprochen hatte. Auf der Karte war sein Inneres grün überdruckt, so daß die Fläche sich wie ein leeres, unentdecktes Gebiet ausnahm, wie eine riesige *terra incognita*.

Sie ließen die letzten kleinen Geschäftsstraßen hinter sich, die Conrad noch vertraut waren, ein Grenzposten aus armseligen, flachen Häusern und trostlosen Straßenzügen, überspannt von hoch aufragenden Überführungen aus Stahl. Stacey zeigte nach oben, als sie unter einer Unterführung hindurchfuhren. »Ein Teil des ausgeklügelten Eisenbahnnetzes, das früher einmal bestanden hat, ein enormes Gewebe aus Stationen und Knotenpunkten, mit dem täglich fünfzehn Millionen Menschen in ein Dutzend große Bahnhöfe transportiert wurden.«

Eine halbe Stunde lang fuhren sie schweigend dahin; Conrad starrte aus dem Fenster, Stacey beobachtete ihn im Rückspiegel. Allmählich änderte sich das Bild. Die Häuser waren jetzt höher, hatten bunte Dächer, die Fußwege waren von den Fahrbahnen durch Gitter abgetrennt und mit Fußgängerampeln und Drehkreuzen ausgestattet. Sie waren in den inneren Vororten angelangt, in vollkommen menschenleeren Straßen mit mehrgeschossigen Supermärkten, glitzernden Filmpalästen und Kaufhäusern.

Das Kinn in eine Hand gestützt, starrte Conrad schweigend nach draußen. Da er nie ein Fahrzeug gehabt hatte, war er auch nie bis ins unbewohnte Innere der Stadt vorgedrungen, vielmehr hatte es ihn, wie alle Kinder, stets aufs offene Land hinausgezogen. Die Straßen hier waren seit zwanzig oder dreißig Jahren ausgestorben;

Schaufensterscheiben waren aus den Rahmen gefallen und auf die Straße gestürzt, alte Leuchtreklamen, Fensterrahmen und Stromleitungen hingen von jedem Sims herab und hatten sich wie ein ausgefranstes Spinnennetz aus verrostetem Metall über die Fußwege gelegt. Stacey fuhr langsam und wich hin und wieder einem Omnibus oder einem Lastwagen aus, der verlassen mitten auf der Fahrbahn stand und dessen Reifen von den Felgen gemodert waren.

Conrad starrte zu leeren Fensterhöhlen auf, in enge Querstraßen und Seitenwege, spürte jedoch nichts von Furcht oder Bedrohlichkeit. Die Straßen waren bloß verfallen, wirkten ansonsten aber genausowenig gespenstisch wie eine halbvolle Mülltonne.

Ein Vorstadtzentrum löste das andere ab, eine Gruppe von Reihenhäusern ging in die nächste über. Mit jedem Kilometer änderte sich die Architektur; die Gebäude wurden immer höher, zehn oder fünfzehn Stockwerke hoch, ihre Fassaden waren mit grünen oder blauen Kunststeinplatten, mit Glas oder mit Kupferblech verkleidet. Sie fuhren in die Zukunft und nicht, wie Conrad erwartet hatte, wieder in die Vergangenheit einer fossilen Stadt.

Stacey steuerte den Wagen durch ein Gewirr von Seitenstraßen auf eine sechsspurige Schnellstraße zu, die auf schlanken Betonpfeilern über die Häuser hinwegführte. Sie erreichten eine Rampe, die sich zur Schnellstraße hinaufschlängelte. Oben angekommen, erhöhte Stacey das Tempo beträchtlich, und sie rasten auf einer der mittleren Fahrspuren ihrem Ziel entgegen.

Conrad beugte sich vor. In der Ferne, zwei oder drei Kilometer vor ihnen, wuchsen die schlanken, geradlinigen Umrisse von gewaltigen Wohnblocks in die Höhe, dreißig oder vierzig Stockwerke hoch. Zu Hunderten standen sie wie gigantische Dominosteine in scheinbar endlosen Reihen Seite an Seite.

»Wir kommen jetzt in die zentralen Wohnstädte«, erklärte Stacey. Die Gebäude säumten die Schnellstraße zu beiden Seiten, es wurden immer mehr, einige standen so dicht an der Fahrbahn, daß die Betonbänder, die die Straße seitlich abgrenzten, gar nicht mehr nötig waren.

Nach wenigen Minuten fuhren sie zwischen den ersten Wohnblocks hindurch, zwischen Tausenden von gleich aussehenden Wohneinheiten, die sich mit ihren schrägen Balkonen in den Himmel türmten; die Wandverkleidungen aus Aluminium glitzerten im Sonnenlicht. Die kleineren Häuser und Geschäfte der äußeren

Vorstädte waren verschwunden. Für sie war hier kein Platz mehr. In den engen Schluchten zwischen den Wohnblocks drängten sich kleine Betongärten, Einkaufszentren und Einfahrten, die zu riesigen unterirdischen Garagen hinabführten.

Und überall hingen Uhren, an jeder Straßenecke, über jeder Unterführung, hoch oben an den Häusern, in jedem nur möglichen Blickwinkel. Sie fielen Conrad sofort ins Auge. Die meisten waren in zu großer Höhe angebracht und hätten allenfalls mit einer Feuerwehrleiter erreicht werden können. Alle hatte noch Zeiger, alle zeigten dieselbe Uhrzeit an: 12.01 Uhr.

Conrad warf einen Blick auf seine Armbanduhr und stellte fest, daß es dreiviertel drei war.

»Sie wurden von einer Hauptuhr aus gesteuert«, erklärte Stacey. »Als sie stehenblieb, blieben im selben Moment auch alle anderen Uhren stehen. Eine Minute nach Mitternacht, vor siebenunddreißig Jahren.«

Es war dunkler geworden, weil die hohen Betonklippen das Sonnenlicht abschirmten und der Himmel nur noch aus einer Folge von schmalen Einschnitten bestand, die sich rings um sie herum auftaten und wieder schlossen. Auf dem Grund der Schluchten war es düster und bedrückend wie in einer Wildnis aus Beton und Milchglas. Die Schnellstraße gabelte sich, und sie fuhren weiter nach Westen. Nach mehreren Kilometern wichen die Wohnblocks den ersten Bürogebäuden im Zentrum der Stadt. Die Bürotürme stiegen sechzig oder siebzig Stockwerke hoch und waren durch spiralförmige Rampen und erhöhte Fußwege miteinander verbunden. Die Schnellstraße verlief fünfzehn Meter über dem Erdboden, die erste Etage der Bürohäuser lag mit ihr auf gleicher Höhe, denn sie standen auf wuchtigen Pfeilern, zwischen denen sich die verglasten Eingangshallen mit den Fahrstühlen und Rolltreppen befanden. Die Straßen waren breit, doch ohne Charakter. Die Fußwege paralleler Straßen trafen sich unterhalb der Gebäude und bildeten ein fortlaufendes Betonband. Hier und da standen noch Überreste von Tabakskiosken, von verrosteten Treppen, die zu Restaurants und Arkadengängen hinaufführten, errichtet auf Plattformen zehn Meter über dem Straßenniveau.

Conrad hatte nur Augen für die Uhren. Noch nie hatte er so viele auf einmal gesehen; an manchen Stellen hingen sie so dicht beieinander, daß sie sich gegenseitig im Wege waren. Ihre Zifferblätter haten viele Farben: Sie waren rot, blau, grün und gelb. Die meisten hatten vier oder fünf Zeiger. Die Hauptzeiger standen auf einer Minute nach zwölf, die untergeordneten Zeiger wiesen auf die verschiedensten Zeiten, was seinen Grund offenbar in der jeweiligen Farbe des Zifferblattes hatte.

»Wozu dienten die zusätzlichen Zeiger?« erkundigte Conrad sich bei Stacey. »Und die verschiedenen Farben?«

»Sie markieren die Zeitzonen für die verschiedenen Berufsschichten und die entsprechenden Verbraucherkategorien. Noch einen Augenblick Geduld, wir sind gleich da.«

Sie verließen die Schnellstraße über eine Abfahrtsrampe und gelangten in die nordöstliche Ecke eines gewaltigen Platzes. Der Platz war achthundert Meter lang und vierhundert Meter breit, in seiner Mitte hatte sich einst eine ausgedehnte Rasenfläche befunden, die inzwischen jedoch verwildert und voller Unkraut war. Der Platz war leer, ein freier Raum, der überraschend wirkte, gesäumt von gläsernen Steilwänden, die den Himmel zu tragen schienen.

Stacey parkte den Wagen; sie stiegen aus, reckten sich und schlenderten auf die Rasenfläche zu. Conrad blickte in die vom Platz ausgehenden Straßenzüge; zum erstenmal wurde ihm die enorme Ausdehnung der Stadt klar. Sie wirkte auf ihn wie ein geometrischer Dschungel aus Betonklötzen.

Stacey stellte einen Fuß auf die Balustrade, die das Rasenbeet umgab, und deutete auf das entfernte Ende des Platzes, wo sich ein niedriges Gewirr aus Gebäuden in einem ungewöhnlichen Stil befand, Neugotik, Ende 19. Jahrhundert, fleckig vom Schmutz, arg zugerichtet von einer Reihe von Explosionen. Conrads Aufmerksamkeit wurde jedoch wieder vom Zifferblatt einer Uhr gefesselt, die in einen hohen Betonturm unmittelbar hinter den älteren Gebäuden eingebaut war. Das war das größte Zifferblatt, das er je gesehen hatte, mit einem Durchmesser von mindestens dreißig Metern, und die gewaltigen schwarzen Zeiger zeigten auch hier eine Minute nach zwölf an. Das Zifferblatt war weiß, das erste weiße Zifferblatt, das in der Stadt zu sehen war. Darunter bildete ein Dutzend kleinerer Uhren, kaum mehr als sechs Meter im Durchmesser, einen Halbkreis. Ihre Zifferblätter durchliefen das ganze Farbspektrum. Jede der kleineren Uhren hatte fünf Zeiger, und die untergeordneten davon standen auf allen möglichen Positionen.

»Vor fünfzig Jahren«, erklärte Stacey und zeigte auf die Ruinen unterhalb des Betonturms, »war diese Ansammlung von alten Gebäuden da eine der größten gesetzgebenden Versammlungen der Welt.« Er betrachtete sie eine Weile schweigend und wandte sich dann wieder an Conrad. »Hat dir die Fahrt Spaß gemacht?«

Conrad nickte begeistert mit dem Kopf. »Das ist ganz schön eindrucksvoll hier. Die Leute, die hier gelebt haben, müssen Giganten gewesen sein. Und am tollsten ist, daß es so aussieht, als hätten sie die Stadt erst gestern verlassen. Warum ziehen wir denn nicht wieder hierher?«

»Abgesehen von der Tatsache, daß wir nicht genug sind – aber selbst wenn wir genug wären, wir könnten das alles hier gar nicht mehr unter Kontrolle halten. In ihren Glanzzeiten war die Stadt ein phantastischer und in sich geschlossener sozialer Organismus. Die Kommunikationsprobleme kann man sich heute nur noch schwer vorstellen, wenn man nur die nackten Fassaden betrachtet. Es ist die Tragödie dieser Stadt, daß es anscheinend nur einen Weg gab, die Probleme zu lösen.«

»Sind sie gelöst worden?«

»Ja, natürlich. Aber sie sind aus dem Gleichgewicht geraten. Überleg dir doch nur einmal die Probleme. Jeden Tag fünfzehn Millionen Menschen ins Zentrum und wieder zurück zu transportieren, einen endlosen Strom von Autos, Bussen, Zügen, Hubschraubern hereinzuschleusen, jedes Büro, beinahe jeden Schreibtisch mit Videophonen auszustatten, jede Wohnung mit Fernsehen, Rundfunk, Elektrizität, Wasser und Lebensmitteln zu bedienen, die gewaltige Zahl von Menschen zu unterhalten, sie mit öffentlichen Diensten zu versorgen, also mit Polizei, Feuerwehr, Krankenhäusern – alles hing allein von einem Faktor ab.«

Stacey schüttelte die Fäuste gegen den großen Uhrturm. »Zeit! Nur indem jede Tätigkeit, jeder Schritt vorwärts oder rückwärts, jede Mahlzeit, jedes Anhalten eines Omnibusses, jedes Telefongespräch aufeinander abgestimmt wurden, konnte sich der Organismus am Leben erhalten. Wie die Zellen in einem Körper, die sich zu tödlichen Krebsgeschwüren auswachsen, wenn man ihnen erlaubt, ungehindert zu wuchern, so mußte sich hier jeder einzelne den vorrangigen Erfordernissen der Stadt unterordnen, weil bedrohliche Engpässe sie sonst in ein totales Chaos verwandelt hätten. Du und ich, wir können den Wasserhahn zu jeder Tages- und Nachtzeit aufdrehen, weil wir unsere eigenen Wasserzisternen haben, doch was wäre hier wohl geschehen, wenn jeder innerhalb derselben zehn Minuten sein Frühstücksgeschirr abgewaschen hätte?«

Sie gingen langsam über den Platz auf den Uhrturm zu. »Vor fünfzig Jahren, als hier nur zehn Millionen Menschen lebten, konnte man gerade noch für eine ausreichende Spitzenkapazität sorgen, doch selbst damals konnte ein Streik in einem wichtigen Dienstleistungszweig alle anderen lähmen. Arbeiter brauchten zwei oder drei Stunden, um ins Büro zu gelangen, dieselbe Zeit, um das Mittagessen einzunehmen und nach Hause zu fahren. Als die Bevölkerungszahl wuchs, wurden die ersten ernsthaften Versuche gemacht, die Arbeitszeit zu staffeln; in einigen Stadtgebieten fing die Arbeit eine Stunde früher oder später an als in anderen; Fahrkarten oder Autonummern bekamen eine entsprechende Farbe, und wenn jemand versuchte, außerhalb der genehmigten Zeiten zu fahren, wurde er zurückgewiesen. Bald wurde diese Praktik ausgeweitet; man konnte seine Waschmaschine nur noch zu einer bestimmten Zeit einschalten, nur noch in einem bestimmten Zeitraum einen Brief aufgeben oder baden.«

»Klingt ganz plausibel«, bemerkte Conrad dazu; sein Interesse wuchs. »Wie wurde das denn alles durchgesetzt?«

»Mit Hilfe eines Systems farbiger Pässe, mit farbigem Geld, mit ausgeklügelten Tagesplänen, die jeden Tag veröffentlicht wurden wie das Fernseh- oder Rundfunkprogramm. Und natürlich durch Tausende von Uhren, wie du sie hier überall um dich herum siehst. Die untergeordneten Zeiger gaben jedem die für eine Tätigkeit noch verbleibenden Minuten an, dessen Farbkategorie mit der der Uhr übereinstimmte.«

Stacey blieb stehen und deutete auf eine Uhr mit blauem Zifferblatt, die auf einem der Gebäude am Platz angebracht war. »Sagen wir beispielsweise, daß ein kleiner Angestellter sein Büro zu der ihm zugewiesenen Zeit, um zwölf Uhr, verläßt, um zu Mittag zu essen, ein Buch in der Bibliothek umzutauschen, Kopfschmerztabletten zu kaufen und seine Frau anzurufen. Seine Farbzone ist blau, wie für alle Angestellten. Er nimmt den Zeitplan für die Woche zur Hand oder sieht in der blauen Spalte in der Zeitung nach und stellt fest, daß seine Essenszeit für diesen Tag zwischen 12.15 und 12.30 Uhr liegt. Er hat also noch fünfzehn Minuten Zeit. Gut, nun sieht er bei der Bibliothek nach. Als Zeitkode für den Tag ist 3 angegeben, das ist der dritte Zeiger an der Uhr. Er schaut auf die nächste blaue Uhr, der dritte Zeiger weist auf siebenunddreißig

Minuten nach – ihm bleiben also dreiundzwanzig Minuten, um zur Bibliothek zu kommen. Er macht sich auf den Weg, bemerkt jedoch an der ersten Kreuzung, daß die Fußgängerampeln nur rot und grün anzeigen, er also nicht über die Straße kann. Das Gebiet ist vorübergehend nur für niedere weibliche Büroangestellte – rot – und für Handwerker – grün – zugänglich.«

»Was geschieht, wenn er die Ampel ignoriert?« fragte Conrad.

»Im Augenblick nichts, aber alle blauen Uhren im für ihn gesperrten Gebiet würden auf Null zurückspringen, und weder ein Geschäft, noch die Bibliothek würde ihn bedienen, es sei denn, er hätte zufällig rotes oder grünes Geld und gefälschte Bibliotheksmarken bei sich. Und außerdem, die Strafe wäre zu hoch, als daß es sich lohnen würde, das Risiko einzugehen. Das ganze System ist ja zu seiner Bequemlichkeit eingeführt worden, allein zu seiner Bequemlichkeit. Da er jetzt also nicht in die Bibliothek gelangen kann, entschließt er sich, zur Apotheke zu gehen. Der Zeitkode für die Apotheke ist 5, der fünfte und kleinste Zeiger. Er steht auf vierundzwanzig Minuten nach; unser Mann hat also sechs Minuten Zeit, eine Apotheke zu finden und seinen Einkauf zu tätigen. Nachdem das erledigt ist, bleiben ihm immer noch fünf Minuten bis zum Mittagessen. Er beschließt, seine Frau anzurufen. Als er unter dem Telefonkode nachsieht, stellt er fest, daß an diesem Tag kein Zeitpunkt für private Telefongespräche zur Verfügung steht – am nächsten Tag auch nicht. Er muß also warten, bis er seine Frau am Abend zu Hause sieht.«

»Und wenn er anrufen würde?«

»Sein Geld würde nicht in den Zahlschlitz passen, und selbst dann – seine Frau, die, sagen wir, Sekretärin ist, hätte eine rote Zeitzone und wäre zu dieser Uhrzeit gar nicht mehr im Büro. Deshalb das Verbot für den Anruf. Alles war perfekt durchdacht. Das Zeitprogramm sagte einem, wann man den Fernsehapparat an- und wann man ihn wieder abschalten mußte. Alle elektrischen Anschlüsse waren abgesichert, und wenn man von den programmierten Zeiten abwich, hatte man eine saftige Strafe und eine Reparaturrechnung zu gewärtigen. Der wirtschaftliche Status des Fernsehzuschauers bestimmte offenbar die Wahl des Programms – und umgekehrt. Von Einschränkungen konnte also nicht die Rede sein. Das Programm eines jeden Tages führte die erlaubten Aktivitäten auf: Man konnte zum Friseur, ins Kino oder in eine Bar gehen, zu den festgelegten Zeiten, und wenn man es tat, dann durfte man sicher sein, schnell und gut bedient zu werden.«

Sie waren fast am hinteren Ende des Platzes angekommen. Ihnen gegenüber, auf dem Turm, befand sich das riesige Zifferblatt, das die ihm untergeordneten zwölf Gefährten beherrschte.

»Es gab ein Dutzend sozio-ökonomische Kategorien: Blau für leitende Angestellte, Gold für Angehörige freier Berufe, Gelb für Militär- und Regierungsangehörige – übrigens ist es eigenartig, daß deine Eltern in den Besitz dieser Armbanduhr gekommen sind, in deiner Familie hat doch nie jemand für die Regierung gearbeitet –, Grün für Handarbeiter, und so weiter. Aber selbstverständlich waren feinere Unterteilungen möglich. Der kleine Angestellte, den ich erwähnte, verließ sein Büro um zwölf Uhr, doch ein höherer Angestellter mit genau demselben Zeitkode ging schon um dreiviertel zwölf, hatte eine zusätzliche Viertelstunde zur Verfügung und fand die Straße leer vor, ehe das Gedränge zur Essenszeit der übrigen Büroangestellten anfing.«

Stacey zeigte zum Turm hinauf. »Das war die Große Uhr, der Chef, von der aus alle anderen Uhren gesteuert wurden. Die Zentrale Zeitkontrolle, eine Art Ministerium für Zeit, übernahm nach und nach die alten Parlamentsgebäude, da die gesetzgeberischen Funktionen des Parlaments unwichtig wurden. Im Grunde waren die Programmierer die eigentlichen Herren der Stadt.«

Während Stacey weitersprach, starrte Conrad zu den vielen Uhren hinauf, die alle hilflos bei 12.01 Uhr stehengeblieben waren. Irgendwie schien die Zeit selbst ausgesetzt zu haben; die Bürogebäude rings um den Platz verharrten in einem neutralen Raum zwischen gestern und morgen. Wenn man die Hauptuhr wieder in Bewegung setzen würde, dann würde vermutlich die ganze Stadt wieder in Schwung kommen und zu neuem Leben erwachen, dann würde sie im Nu wieder mit dem dynamischen Gedränge ihrer Millionen bevölkert sein.

Sie machten sich auf den Rückweg zum Auto. Conrad sah sich über die Schulter zur Großen Uhr um, deren gewaltige Zeiger die Stunde ihres Verstummens anzeigten.

»Warum ist die Hauptuhr stehengeblieben?«

Stacey warf ihm einen verwunderten Blick zu. »Habe ich das denn nicht deutlich genug zum Ausdruck gebracht?«

»Was meinen Sie?« Conrad riß sich vom Anblick der unzähligen Uhren los, die den Platz umgaben und blickte stirnrunzelnd zu Stacey auf.

»Kannst du dir vorstellen, wie das Leben für die dreißig Millionen Menschen hier gewesen sein muß – wenn man von einigen Privilegierten absieht?«

Conrad zuckte mit den Schultern. Blaue und gelbe Uhren, stellte er fest, waren weitaus in der Überzahl; offenbar hatten die wichtigsten Regierungsstellen in der Umgebung des Platzes gelegen. »Unwahrscheinlich organisiert, aber besser als das Leben, das wir führen«, erwiderte er schließlich, war dabei aber mehr am Anblick dessen interessiert, was ihn umgab. »Ich würde das Telefon lieber nur für eine Stunde am Tag haben, als überhaupt nicht. Mangelware ist immer rationiert, oder etwa nicht?«

»Aber dies hier, das war eine Lebensweise, bei der alles knapp war. Meinst du nicht, daß es einen Punkt gibt, an dem die Grenzen der menschlichen Würde erreicht sind?«

Conrad schnaubte verächtlich. »Hier scheint eine Menge Würde vorhanden gewesen zu sein. Sehen Sie sich die Gebäude an, die stehen noch tausend Jahre. Versuchen Sie mal, sie mit meinem Vater zu vergleichen. Wie dem auch sei, denken Sie an die Schönheit des Systems, genauso präzise ausgeklügelt wie eine Uhr.«

»Das war aber auch alles«, bemerkte Stacey dazu grimmig. »Die alte Metapher vom Rädchen im Getriebe war niemals zutreffender als hier. Die Summe einer menschlichen Existenz war in der Zeitung abgedruckt, die einem einmal im Monat vom Zeitministerium zugeschickt wurde.«

Conrad schaute in eine andere Richtung, und Stacey fuhr mit etwas lauterer Stimme fort: »Irgendwann kam es dann zur Revolte. Es ist interessant, daß es in allen heutigen Industriegesellschaften einmal in jedem Jahrhundert zu einer sozialen Revolution gekommen ist und daß die jeweils letzte Revolution ihren Anstoß von der jeweils höheren sozialen Schicht erhalten hat. Im 18. Jahrhundert war es das städtische Proletariat, im 19. Jahrhundert waren es die Handwerker, hier waren es die Büroangestellten, die in ihrer winzigen, sogenannten modernen Wohnung lebten, durch Kreditpyramiden ein ökonomisches System trugen, das ihnen jede Freiheit des Willens oder der Persönlichkeit beschnitt, sie an Tausende von Uhren fesselte...« Er brach ab. »Was ist denn los?«

Conrad starrte in eine der Seitenstraßen. Er zögerte einen Moment und fragte dann beiläufig: »Wie wurden die Uhren angetrieben? Elektrisch?«

»Die meisten, ja. Einige auch mechanisch. Warum?«

»Ich dachte gerade darüber nach... wie man es bewerkstelligt hat, daß alle liefen.« Er trödelte dicht hinter Stacey her, sah auf seiner Armbanduhr nach, wie spät es war, und blickte nach links. In der Seitenstraße hingen zwanzig oder dreißig Uhren, nicht zu unterscheiden von denen, die er den ganzen Nachmittag über gesehen hatte.

Eine von ihnen ging jedoch!

Sie war über einem Eingang in eine schwarze Glasscheibe eingelassen, auf der rechten Seite der Straße, etwa fünfzig Meter von der Ecke entfernt, und hatte einen Durchmesser von ungefähr einem halben Meter und ein verblichenes blaues Zifferblatt. Sie zeigte, anders als die anderen, fünfzehn Minuten nach drei an, die genaue Zeit. Conrad hatte Stacey gerade auf diesen scheinbaren Zufall hinweisen wollen, als er sah, wie der Minutenzeiger ein Stück vorrückte. Zweifellos hatte jemand diese Uhr wieder in Gang gesetzt; selbst wenn sie durch eine Batterie angetrieben wurde, die sich nie verbraucht, hätte sie nach siebenunddreißig Jahren nicht mehr so genau gehen können.

Er blieb hinter Stacey zurück, der gerade sagte: »Jede Revolution ist ein Symbol der Unterdrückung...«

Die Uhr war jetzt fast aus seinem Blickfeld entschwunden. Er wollte sich gerade bücken, um seinen Schnürsenkel zu binden, als er den Minutenzeiger nach unten zucken sah, ein kleines Stück aus der horinzontalen Stellung heraus.

Er folgte Stacey zum Wagen, hörte ihm aber schon gar nicht mehr zu. Zehn Meter vom Auto entfernt, drehte er sich um und rannte so schnell er konnte über die Straße auf das nächste Gebäude zu.

»Newman!« hörte er Stacey hinter sich herrufen. »Komm sofort zurück!« Er erreichte den Bürgersteig und verschwand zwischen den großen Betonpfeilern, die das Gebäude trugen. Hinter einem Fahrstuhlschacht blieb er einen Augenblick stehen und sah, wie Stacey hastig in den Wagen stieg. Der Motor sprang an und brüllte auf, und Conrad spurtete unter dem Gebäude hindurch auf die Parallelstraße zu, die zu der Seitenstraße zurückführte, in der die Uhr hing. Er hörte, wie eine Autotür zuschlug und der Wagen an Tempo gewann.

Als er in der Seitenstraße ankam, bog der Wagen dreißig Meter hinter ihm vom Platz her gerade um die Ecke. Stacey fuhr von der Fahrbahn auf den Bürgersteig und schoß auf Conrad zu; er trat ein paarmal hintereinander ruckartig auf die Bremse und hupte, um ihn zu erschrecken. Conrad wich dem Wagen aus und wäre dabei beinahe über die Kühlerhaube gestürzt. Dann rannte er eine schmale Treppe hinauf, die in den ersten Stock führte, von dort aus über einige Stufen zu einem kurzen Absatz, der vor einer hohen Glastür endete. Hinter der Tür sah er einen breiten Balkon, der um das Gebäude herumführte. Eine Feuerleiter führte im Zickzack zum Dach hinauf. Im fünften Stock machte sie einer Cafeteria Platz, die die Straße überspannte und mit dem gegenüberliegenden Gebäude verband.

Unter sich hörte er Stacey über das Pflaster laufen. Die Glastür war verschlossen. Er riß einen Feuerlöscher aus der Halterung und warf ihn mit voller Wucht in die Scheibe. Das Glas zerbarst und prasselte wie ein Wasserfall auf den gekachelten Fußboden und ein paar Stufen nach unten. Er trat auf den Balkon hinaus und begann, die Leiter hinaufzusteigen. Er hatte die dritte Etage erreicht, als er unter sich Stacey erkannte, der zu ihm hinaufstarrte. Eine Hand vor die andere setzend, zog er sich die nächsten beiden Etagen in die Höhe und schwang sich über ein metallenes Drehkreuz in den offenen Vorplatz der Cafeteria. Tische und Stühle waren umgekippt. Überreste von Schreibtischen, die aus den oberen Etagen heruntergeworfen worden waren, lagen überall herum. Es war ein ziemliches Durcheinander.

Die Türen in das überdachte Restaurant standen offen, eine große Pfütze hatte sich unmittelbar hinter dem Eingang gebildet. Conrad watete hindurch, trat ans Fenster und blickte, hinter einer Plastikpflanze verborgen, in die Straße hinab. Stacey hatte die Verfolgung offenbar aufgegeben. Er durchquerte das Restaurant an der hinteren Seite, schwang sich über den Tresen und kletterte durch ein Fenster auf die Terrasse, die die Straße überspannte. Über das Seitengitter hinweg konnte er den Platz sehen, die Bremsspuren von Staceys Wagen bildeten eine doppelte Linie, die sich bis in die unter ihm liegende Straße zog.

Er hatte schon fast den Balkon auf der anderen Straßenseite erreicht, als ein Schuß die Luft zerriß. Das grelle Klirren von splitterndem Glas war zu hören, dann verhallte das Geräusch der Detonation in den leeren Straßenschluchten.

Für einige Sekunden geriet Conrad in Panik. Er warf sich vom Gitter zurück, über das er nach unten geblickt hatte. Er war ganz taub. Er sah zu den rechteckigen Massiven hinauf, die sich zu beiden Seiten über ihm auftürmten, deren endlose Fensterreihen aussahen wie die Facettenaugen gigantischer Insekten. Stacey war also bewaffnet gewesen und gehörte mit ziemlicher Sicherheit zur Züpo!

Auf allen vieren kroch Conrad über die Terrasse, schlüpfte durch das Drehkreuz und wandte sich einem halbgeöffneten Fenster auf dem Balkon zu.

Nachdem er durch das Fenster gestiegen war, verlor er sich rasch in dem Gebäude.

Schließlich bezog er in einem Eckbüro in der sechsten Etage Posten; die Cafeteria lag rechts von ihm eine Etage tiefer; die Leiter, über die er entwischt war, lag genau gegenüber.

Stacey fuhr den ganzen Nachmittag über durch die umliegenden Straßen, manchmal rollte er leise mit abgestelltem Motor dahin, manchmal raste er mit voller Geschwindigkeit. Zweimal schoß er in die Luft und stoppte den Wagen anschließend, um laut nach Conrad zu rufen; doch gingen seine Worte in den Echos unter, die endlos durch die Straßen rollten. Häufig fuhr er auf den Fußwegen entlang, kurvte unter den Gebäuden herum, als erwartete er, Conrad hinter einem der Fahrstuhlschächte aufzuscheuchen.

Schließlich schien er es ganz aufzugehen, und Conrad wandte seine Aufmerksamkeit der Uhr in der Seitenstraße zu. Sie stand inzwischen auf 6.45 Uhr, was beinahe genau der Zeit entsprach, die seine Armbanduhr anzeigte. Er stellte sie nach der großen Uhr, weil er annahm, sie würde genau gehen. Dann lehnte er sich zurück und wartete auf denjenigen, der die Uhr in der Seitenstraße aufgezogen hatte. Die dreißig oder vierzig Uhren, die er von seinem Platz aus sehen konnte, zeigten auch weiterhin auf 12.01 Uhr.

Für fünf Minuten verließ er seinen Posten, schlürfte etwas Wasser aus der Pfütze, unterdrückte seinen Hunger und schlief kurz nach Mitternacht in der Ecke hinter dem Schreibtisch ein.

Als er am nächsten Morgen erwachte, strömte helles Sonnenlicht ins Büro. Er stand auf und klopfte den Staub von seinem Anzug; als er sich umwandte, stand ein kleiner, grauhaariger Mann in einem geflickten Tweedanzug vor ihm und betrachtete ihn mit durchdringendem Blick. Er hielt eine große Waffe mit schwarzem Lauf im Arm, deren Abzugshahn bedrohlich aufgerichtet war.

Der Mann legte ein Stahlrohr hin, das offenbar an einem Büroschrank gelehnt hatte, und wartete, bis Conrad sich gefangen hatte.

»Was machst du hier?« fragte er unwirsch. Conrad bemerkte, daß seine Jackentaschen zum Bersten voll waren, offenbar mit kantigen Gegenständen, und seine Jacke auf beiden Seiten tief nach unten hing.

»Ich ...« Conrad suchte krampfhaft nach einer Erklärung. Irgend etwas an dem Mann ließ ihn zu der Überzeugung kommen, daß er derjenige sein mußte, der die Uhr aufgezogen hatte. Auf einmal hatte er das Gefühl, er würde sich nichts vergeben, wenn er ehrlich wäre, und stieß hervor: »Ich habe gesehen, daß die Uhr geht. Die da unten, auf der linken Seite. Ich möchte dabei helfen, alle wieder aufzuziehen.«

Der alte Mann sah ihn interessiert an. Er hatte ein lebhaftes Vogelgesicht und unter dem Kinn Doppellappen wie ein Hahn.

»Wie stellst du dir das denn vor?« erkundigte er sich.

In Verlegenheit gebracht, meinte Conrad zögernd: »Ich würde irgendwo einen Schlüssel auftreiben.«

Der alte Mann runzelte die Stirn. »Einen Schlüssel? Das würde dir kaum weiterhelfen.« Er schien sich allmählich zu entspannen und schüttelte seine Taschen, so daß es dumpf klirrte.

Eine Weile sprach keiner von beiden. Dann hatte Conrad eine Idee und schob den Ärmel über seiner Uhr zurück. »Ich habe eine Uhr«, sagte er. »Es ist jetzt dreiviertel acht.«

»Zeig mal her.« Der alte Mann trat einen Schritt vor, nahm barsch Conrads Arm und untersuchte das gelbe Zifferblatt der Armbanduhr. »Movado Supermatic«, murmelte er vor sich hin. »Serie CTC.« Er trat zurück, ließ das Gewehr sinken, schien über Conrad nachzudenken. »Gut«, meinte er endlich. »Warte mal. Du mußt wahrscheinlich frühstücken.«

Sie verließen das Gebäude und gingen rasch die Straße hinunter.

»Manchmal kommen Leute hierher«, sagte der alte Mann. »Touristen und Polizei. Ich habe gestern beobachtet, wie du entwischt bist, du kannst von Glück sagen, daß du noch am Leben bist.« Sie wandten sich nach links und nach rechts durch leere Straßen, der alte Mann eilte zwischen den Treppen und Strebepfeilern hindurch. Im Gehen hielt er die Hände steif an den Körper gepreßt, um zu verhindern, daß seine Jackentaschen hin- und herschwangen. Conrad warf einen Blick hinein und sah, daß sie voller Schlüssel waren, große und rostige Schlüssel von jeder Form und Kombination.

»Ich nehme an, die Uhr hat deinem Vater gehört«, meinte der alte

Mann.

»Meinem Großvater«, korrigierte Conrad ihn. Er erinnerte sich an Staceys Vortrag und fügte hinzu: »Er wurde auf dem Platz getötet.«

Der alte Mann runzelte teilnahmsvoll die Stirn und nahm einen Moment lang Conrads Arm.

Sie machten vor einem Gebäude halt, das sich kaum von den anderen in der Gegend unterschied und früher einmal eine Bank gewesen war. Der alte Mann sah sich aufmerksam um, blickte zu den umliegenden Steilwänden auf und ging schließlich auf einer nicht funktionierenden Rolltreppe voran.

Er hatte sich in der zweiten Etage eingerichtet, hinter einem Gewirr von Stahlgittern und Sicherheitstüren. Mitten in einer großen Werkstatt befanden sich ein Ofen und eine Hängematte. In einem ehemaligen Schreibzimmer war auf dreißig oder vierzig Tischen eine enorme Sammlung von Uhren ausgebreitet, die alle in Reparatur waren. Hohe Schränke umstanden die Tische; sie waren mit Tausenden von Ersatzteilen in säuberlich beschrifteten Ablagekästen gefüllt – Hemmungen, Sperrungen, Zahnräder, alles unter einer Rostschicht kaum noch zu erkennen.

Der alte Mann führte Conrad an eine Wandtafel und deutete auf eine Zahl, die neben einer Reihe von Daten aufgeführt war. »Schau dir das an. Mittlerweile laufen schon wieder 278. Du kannst mir glauben, ich bin froh, daß du gekommen bist. Die Hälfte meiner Zeit brauche ich, um sie aufzuziehen.«

Er machte Frühstück und erzählte einiges über sich. Er hieß Marshall. Früher hatte er als Programmierer in der Zentralen Zeitkontrolle gearbeitet, hatte die Revolte und die Züpo überlebt und war zehn Jahre danach wieder in die Stadt zurückgekehrt. An jedem Monatsanfang fuhr er mit dem Fahrrad in eine der Vorstädte, um seine Rente abzuholen und einen Lebensmittelvorrat einzukaufen. Die Zeit verbrachte er damit, die immer größer werdende Zahl der funktionierenden Uhren aufzuziehen und nach anderen zu suchen, die er abmontieren und ebenfalls reparieren konnte.

»Die vielen Jahre, die sie dem Wetter ausgesetzt waren, haben ihnen nicht gutgetan«, erklärte er, »und mit den elektrischen kann ich nichts machen.«

Conrad ging zwischen den Tischen herum und betastete behutsam die in ihre Einzelteile zerlegten Zeitmesser, die wie die Nervenzellen eines gewaltigen, unvorstellbaren Roboters herumlagen.

Er war aufgeregt und doch zugleich merkwürdig ruhig, wie ein Mann, der sein ganzes Leben darauf gesetzt hat, ein Rad in Bewegung zu setzen und der jetzt darauf wartet, daß es herumwirbelt.

»Wie sorgen Sie dafür, daß alle Uhren dieselbe Zeit anzeigen?« fragte er Marshall und wunderte sich, weshalb ihm die Frage so wichtig erschien.

Marshall machte eine gereizte Handbewegung. »Das kann ich nicht. Was spielt das denn auch für eine Rolle? So etwas wie eine hundertprozentig genaue Uhr gibt es nicht. Am nächsten kommt man bei einer, die stehengeblieben ist. Man weiß zwar nicht genau, wann, aber zweimal am Tag zeigt sie mit Sicherheit die genaue Zeit an.«

Conrad trat ans Fenster und zeigte auf die große Uhr, die zwischen den Dächern zu sehen war. »Wenn wir die in Gang setzten und alle anderen an sie anschlössen...«

»Unmöglich. Der ganze Mechanismus ist gesprengt worden. Nur das Glockenspiel funktioniert noch. Außerdem sind die Leitungen der elektrisch angetriebenen Uhren schon seit Jahren nicht mehr zu gebrauchen. Eine ganze Armee von Technikern wäre nötig, um sie wieder herzurichten.«

Conrad nickte und blickte wieder auf die Wandtafel. Ihm fiel auf, daß Marshall anscheinend mit den Jahreszahlen nicht mehr zurechtkam – die Daten der Fertigstellung, die er da angeschrieben hatte, lagen siebeneinhalb Jahre zurück. Beiläufig dachte er über diese Ironie nach, beschloß jedoch, Marshall gegenüber nichts davon zu erwähnen.

Drei Monate lang lebte Conrad mit dem alten Mann zusammen, folgte ihm auf seinen Rundgängen, trug die Leiter und die Tasche mit den Schlüsseln, mit denen Marshall die Uhren aufzog, half ihm, solche abzumontieren, die noch zu reparieren waren, und sie in die Werkstatt zu transportieren. Sie arbeiteten den ganzen Tag über und häufig auch die halbe Nacht, reparierten die Uhrwerke, setzten die Uhren wieder in Gang und brachten sie an ihren ursprünglichen Platz zurück.

Die ganze Zeit über kreisten Conrads Gedanken um die große Uhr, die auf ihrem Turm den Platz beherrschte. Einmal konnte er sich davonstehlen und in das zertrümmerte Gebäude der Zentralen Zeitkontrolle vordringen. Wie Marshall gesagt hatte, würden die Uhr und ihre zwölf Satelliten niemals wieder gehen. Im Gebäude sah es aus wie im Maschinenraum eines versunkenen Schiffes, die Explosion hatte ein rostiges Gewirr aus Zahnrädern und Getriebeteilen hinterlassen. Einmal stieg er die Leiter zur höchsten Plattform des Turmes hinauf, die sich in sechzig Meter Höhe befand, und blickte von dort aus auf die flachen Dächer der Bürogebäude, die sich bis zum Horizont hinzogen. Unmittelbar unter ihm hingen in langen Reihen die Schlegel. Vorsichtig trat er mit dem Fuß gegen einen der Anschläge und schickte einen schwachen Glockenton auf den Platz hinaus.

Der Klang erzeugte merkwürdige Echos in seinen Gedanken.

Langsam machte er sich daran, den Glockenmechanismus zu reparieren; er zog neue Drähte ein, legte im Läuteraum die Kurbeln frei und besserte den Schaltmechanismus aus.

Mit Marshall sprach er nie über die Ziele, die sie sich selbst gesetzt hatten. Wie Tiere, die einem Instinkt folgen, arbeiteten sie unermüdlich und waren sich ihrer Motive dabei kaum bewußt. Als Conrad dem alten Mann eines Tages eröffnete, er habe die Absicht, ihn zu verlassen und die Arbeit in einem anderen Teil der Stadt fortzusetzen, war er sogleich einverstanden, gab ihm soviel Werkzeug, wie er selbst entbehren konnte, und ließ ihn ziehen.

Ein halbes Jahr später, fast auf den Tag genau, klang zum erstenmal das Läuten der großen Uhr über die Dächer der Stadt, jede Viertelstunde verkündete es das stetige Fortschreiten des Tages. In dreißig Kilometer Entfernung, in den Vorstädten, die den Ring um den Stadtkern formten, blieben die Menschen auf der Straße und in Hauseingängen stehen und lauschten den dumpfen, geisterhaften Tönen, die durch die langen Reihen der Wohnblocks aus der Ferne zu ihnen drangen, und zählten unbewußt die Schläge mit. Die Älteren flüsterten sich zu: »Vier Uhr, oder war es fünf? Sie haben die Uhr wieder in Gang gesetzt. Sonderbar, nach all den Jahren.«

Den ganzen Tag über hielten sie in ihrer Beschäftigung inne, wenn die Uhr schlug, eine Stimme aus längst vergangenen Tagen, die sie an eine geordnete Welt erinnerte. Sie stellten die eigenen Zeitmesser nach den Schlägen, und vor dem Einschlafen zählten sie mit, als es Mitternacht schlug, und in der klaren Luft des Morgens vernahmen sie das Läuten erneut.

Einige gingen zur Polizei und verlangten ihre Uhren zurück.

Nach dem Urteilsspruch – zwanzig Jahre für den Mord an Stacey, fünf Jahre für vierzehn Zuwiderhandlungen gegen das Zeitgesetz, gleichzeitig zu verbüßen – wurde Newman in eine Zelle im Souterrain des Gerichtsgebäudes abgeführt. Er hatte mit dem Urteil gerechnet und gab keine Erklärung ab, als der Richter ihn dazu aufforderte. Nachdem er über ein Jahr auf seinen Prozeß gewartet hatte, war der Nachmittag im Gerichtssaal nicht mehr als eine kurze Unterbrechung gewesen.

Er verteidigte sich nicht gegen die Anschuldigung, Stacey getötet zu haben – einerseits, um Marshall zu decken, der so ihre Arbeit ungestört fortsetzen könnte, und andererseits, weil er sich indirekt für den Tod des Polizisten verantwortlich fühlte. Stacey war nach einem Sturz aus dem zwanzigsten oder dreißigsten Stockwerk mit zertrümmertem Schädel aufgefunden worden, auf dem Rücksitz seines Wagens in einer unterirdischen Garage nicht weit vom Platz entfernt. Vermutlich hatte Marshall ihn beim Herumschnüffeln ertappt und erledigt. Newman erinnerte sich, daß Marshall eines Tages verschwunden und für den Rest der Woche kaum ansprechbar gewesen war.

Er hatte den Alten drei Tage vor dem Auftauchen der Polizei zum letztenmal gesehen. Barhäuptig und ohne Furcht war er jeden Morgen, wenn das Glockengeläut über den Platz hallte, mit energischen Schritten über den Platz gelaufen und hatte zu ihm hinaufgewinkt.

Newmans Problem war es jetzt, sich eine Uhr zu schaffen, die ihm den Weg durch die kommenden zwanzig Jahre weisen würde. Am nächsten Tag wurde er in das Gebäude für Langzeitgefangene verlegt, und als er auf dem Weg zum Direktor an seiner neuen Zelle vorüberkam, sah er, daß ihr Fenster zu einem schmalen Lichtschacht hinausging. In strammer Haltung hörte er sich die übliche Standpauke des Direktors an und marterte währenddessen verzweifelt sein Gehirn nach einer Lösung, denn er befürchtete, ohne Uhr den Verstand zu verlieren. Außer die Sekunden zu zählen – jede der 86 400 eines Tages –, sah er keine Möglichkeit, die Uhrzeit zu bestimmen.

Als er endlich in seiner Zelle eingeschlossen war, ließ er sich erschöpft auf das schmale Bett sinken, um das kleine Bündel seiner Habe auszupacken. Eine kurze Inspektion hatte ihm bestätigt, daß der Lichtschacht für seine Zwecke ganz und gar unbrauchbar war. Ein greller Scheinwerfer auf halber Höhe schirmte das einfallende

Sonnenlicht ab.

Prüfend ließ er den Blick über die Zellendecke schweifen. In ihrer Mitte war eine Lampe angebracht, und es überraschte ihn, daß es in der Zelle offenbar noch eine zweite Lampe gab. Sie befand sich an der Wand, ziemlich dicht über seinem Kopf. Ihr gewölbtes Schutzglas hatte einen Durchmesser von fünfundzwanzig Zentimetern.

Er fragte sich, ob sie als Leselampe gedacht war, fand jedoch keinen Schalter.

Er setzte sich auf, um sie genauer zu untersuchen, und sprang erstaunt auf die Beine.

Es war eine Uhr! Er legte die Hände auf das Glas, besah sich das Zifferblatt und stellte die Stellung der Zeiger fest. 4.53 Uhr, das mochte etwa der richtigen Uhrzeit entsprechen. Es war also nicht einfach nur eine Uhr, sondern überdies noch eine, die auch richtig ging! Sollte das ein makabrer Witz oder ein unpassender Versuch zur Rehabilitierung sein?

Er hämmerte an die Zellentür, bis ein Wärter herbeikam.

»Was soll der Lärm? Die Uhr? Stimmt was nicht damit?«

Der Wärter schloß die Tür auf, drängte Newman beiseite und kam in die Zelle.

»Sie ist ganz in Ordnung. Nur, warum ist sie hier? Uhren sind doch verboten.«

»Ach, das macht dir also Sorgen?« Der Wärter zuckte mit den Schultern. »Siehst du, hier drin sind die Regeln etwas anders. Ihr Burschen habt eine Menge Zeit vor euch, und es wäre doch grausam, wenn man euch nicht wissen ließe, wo ihr steht. Weißt du, wie man damit umgeht? Gut.« Er knallte die Tür hinter sich zu, schob die Riegel vor und lächelte Newman durch das vergitterte Fenster zu. »Die Tage sind lang hier, das wirst du bald merken, und die Uhr soll dir helfen, sie durchzustehen.«

Ausgelassen warf Newman sich aufs Bett und blickte zur Uhr auf. Sie wurde elektrisch angetrieben und schien völlig in Ordnung zu sein. Jede halbe Minute hüpfte der große Zeiger abrupt vorwärts. Eine halbe Stunde lang ließ er sie nicht aus den Augen, dann räumte er seine Zelle auf. Zwischendurch blickte er immer mal wieder zu ihr auf, um sich zu vergewissern, daß sie noch da war, daß sie noch ging. Die Ironie der Situation, die totale Verdrehung der Gerechtigkeit erheiterte ihn, obwohl er zwanzig Jahre seines Lebens dafür hingeben mußte.

Zwei Wochen später kicherte er immer noch, als ihm zum erstenmal das überaus irritierende Ticken der Uhr auffiel...

Von J. G. Ballard
erschienen im Suhrkamp Verlag

Der ewige Tag und andere Science-fiction-Erzählungen. Deutsch von Michael Walter. 1981. 178 S. Phantastische Bibliothek Band 56. st 727

Kristallwelt. Roman. Aus dem Englischen übersetzt von Margarete Bormann. 1982. 178 S. Phantastische Bibliothek Band 75. st 818

Die Tausend Träume von Stellavista und andere Vermilion-Sands-Stories. Aus dem Englischen übersetzt von Alfred Scholz. 1982. 204 S. Phantastische Bibliothek Band 79. st 833

Billennium. Science-fiction-Erzählungen. Aus dem Englischen übersetzt von Alfred Scholz und Michael Walter. 1983. 234 S. Phantastische Bibliothek Band 96. st 896

Das Katastrophengebiet. Science-fiction-Erzählungen. Aus dem Englischen übersetzt von Charlotte Franke und Alfred Scholz. 1983. 178 S. Phantastische Bibliothek Band 103. st 924

Der tote Astronaut. Science-fiction-Erzählungen. Aus dem Englischen von Michael Walter. 1983. 178 S. Phantastische Bibliothek Band 107

st 825 Volker Erbes
Die blauen Hunde
Erzählung
190 Seiten
Die blauen Hunde erzählt die Geschichte einer Krankheit. Scheinbar unangekündigt trifft sie eine junge Frau. Die Vorgeschichte zeigt, daß die Formen ihres Wahns nicht zufällig sind oder abstrus, sondern bis in die absonderlichen Details biographisch bestimmt. Auch der Erzähler, der ehemalige Freund dieser Frau, wird von dem Wahn, der der Wahn einer Epoche ist, erfaßt. Indem er ihre Geschichte erzählt, entdeckt er betroffen die Rolle, die er darin spielt.

st 826 Phantasma
Polnische Geschichten aus dieser und jener Welt
Herausgegeben und übersetzt von Klaus Staemmler
Phantastische Bibliothek Band 77
282 Seiten
Zwanzig Erzählungen von neunzehn Autoren stellt dieser Band vor, utopische und phantastische Geschichten, heitere und ernste, amüsante und besinnliche; Spekulationen über die Zukunft stehen neben satirischen Seitenhieben auf die wenig vollkommene Gegenwart. Und es gibt auch gar schauerliche, diabolische und unheimliche Geschichten.

st 828 Hermann Lenz
Die Begegnung
Roman
204 Seiten
»Ein wundersames und wunderbares Buch ... ein Roman, der ganz unwichtig tut und doch voll Weisheit ist; der beiläufig erzählt wirkt und doch Existentiellem auf den Grund geht; der in geschichtlicher Zeit spielt und uns die eigene Zeit und unsere eigene Zerrissenheit besser wahrnehmen läßt.« *Deutsche Zeitung*

st 829 Pablo Neruda
Liebesbriefe an Albertina Rosa
Zusammengestellt, eingeführt und mit Anmerkungen versehen
von Sergio Fernández Larraín
Aus dem Spanischen von Curt Meyer-Clason
Mit Abbildungen
338 Seiten
Wer die Memoiren Nerudas gelesen hat, kennt seine Erzählhaltung. Das Schreiben sei für ihn wie das Schuhemachen – und so urpersönlich, sympathisch warm und menschlich ist auch der Ton dieser Briefe. Sie befassen sich mit Zuneigung und alltäglichen Sorgen, mit Hoffnungen und Enttäuschungen.

st 831 Helm Stierlin
Delegation und Familie
Beiträge zum Heidelberger familiendynamischen Konzept
258 Seiten
»Die Beiträge des Bandes verarbeiten eine Fülle von Fallbeispielen und therapeutischen Erfahrungsdaten vor dem Hintergrund der psychoanalytischen Grundannahmen zu einem komplexen System von Hilfestellung für die unterschiedlichsten familiären Konstellationen. Lesenswert für jeden, der an Einsicht in ein komplexes Gefüge von Zusammenhängen interessiert ist.«
Wissenschaftlicher Literaturanzeiger

st 833 J. G. Ballard
Die Tausend Träume von Stellavista
und andere Vermilion-Sands-Stories
Aus dem Englischen von Alfred Scholz
Phantastische Bibliothek Band 79
204 Seiten
Vermilion Sands, ein Wüstenkurort zur Erfüllung der ausgefallensten Träume der gelangweilten Reichen, jetzt Künstlerkolonie für Maler, Literaten, bildende Künstler und Musiker, ist in einem langsamen, aber unaufhaltsamen Verfall begriffen. Dichter drücken lediglich auf die Knöpfe ihrer Computer, die automatisch für sie dichten; tönende Skulpturen wachsen aus dem Boden, und empfindsame Pflanzen reagieren auf die Töne der Musik.

Phantastische Bibliothek
in den suhrkamp taschenbüchern

Violetter Umschlag kennzeichnet die Bände der »Phantastischen Bibliothek« innerhalb der *suhrkamp taschenbücher*

Band 1 Stanisław Lem, Nacht und Schimmel. Erzählungen. Aus dem Polnischen von I. Zimmermann-Göllheim. st 356

Band 2 H. P. Lovecraft, Das Ding auf der Schwelle. Unheimliche Geschichten. Deutsch von Rudolf Hermstein. st 357

Band 3 Herbert W. Franke, Ypsilon minus. st 358

Band 4 Blick vom anderen Ufer. Europäische Science-fiction. Herausgegeben von Franz Rottensteiner. st 359

Band 5 Gore Vidal, Messias. Roman. Deutsch von Helga und Peter von Tramin. st 390

Band 6 Ambrose Bierce, Das Spukhaus. Gespenstergeschichten. Deutsch von Gisela Günther, Anneliese Strauß und K. B. Leder. st 365

Band 7 Stanisław Lem, Transfer. Roman. Deutsch von Maria Kurecka. st 324 (vergriffen)

Band 8 H. P. Lovekraft, Der Fall Charles Dexter Ward. Zwei Horrorgeschichten. Aus dem Amerikanischen von Rudolf Hermstein. st. 391

Band 9 Herbert W. Franke, Zarathustra kehrt zurück. st 410

Band 10 Algernon Blackwood, Besuch von Drüben. Gruselgeschichten. Aus dem Englischen von Friedrich Polakovics. st 411

Band 11 Stanisław Lem, Solaris. Roman. Aus dem Polnischen von I. Zimmermann-Göllheim. st 226 (vergriffen)

Band 12 Algernon Blackwood, Das leere Haus. Phantastische Geschichten. Deutsch von Friedrich Polakovics. st 30

Band 13 A. und B. Strugatzki, Die Schnecke am Hang. Aus dem Russischen von H. Földeak. Mit einem Nachwort von Darko Suvin. st. 434

Band 14 Stanisław Lem, Die Untersuchung. Kriminalroman. Aus dem Polnischen von Jens Reuter und Hans Jürgen Mayer. st 435

Band 15 Philip K. Dick, UBIK. Science-fiction-Roman. Aus dem Amerikanischen von Renate Laux. st 440

Band 16 Stanisław Lem, Die Astronauten. Utopischer Roman. Aus dem Polnischen von Rudolf Pabel. st 441

Band 17 Phaïcon 3. Almanach der phantastischen Literatur. Herausgegeben von Rein A. Zondergeld. st 443

Band 18 Stanisław Lem, Die Jagd. Neue Geschichten des Piloten Pirx. Aus dem Polnischen von Roswitha Buschmann, Kurt Kelm, Barbara Sparing. st 302

Band 19 H. P. Lovecraft, Cthulhu. Geistergeschichten. Deutsch von H. C. Artmann. Vorwort von Giorgio Manganelli. st 29

Band 20 Stanisław Lem, Sterntagebücher. Aus dem Polnischen von Caesar Rymarowicz. Mit Zeichnungen des Autors. st 459

Band 21 Polaris 4. Ein Science-fiction-Almanach von Franz Rottensteiner. st 460

Band 22 Das unsichtbare Auge. Eine Sammlung von Phantomen und anderen unheimlichen Erscheinungen. Erzählungen. Herausgegeben von Kalju Kirde. st 477

Band 23 Stefan Grabiński, Das Abstellgleis und andere Erzählungen. Mit einem Nachwort von Stanisław Lem. Aus dem Polnischen von Klaus Staemmler. st 478

Band 24 H. P. Lovecraft, Berge des Wahnsinns. Zwei Horrorgeschichten. Deutsch von Rudolf Hermstein. st 220

Band 25 Stanisław Lem, Memoiren, gefunden in der Badewanne. Aus dem Polnischen von Walter Tiel. Mit einer Einleitung des Autors. st 508

Band 26 Gerd Maximovič, Die Erforschung des Omega-Planeten. Erzählungen. st 509

Band 27 Edgar Allan Poe, Der Fall des Hauses Ascher. Aus dem Amerikanischen von Arno Schmidt und Hans Wollschläger. st 517

Band 28 Algernon Blackwood, Der Griff aus dem Dunkel. Gespenstergeschichten. Deutsch von Friedrich Polakovics. st 518

Band 29 Stanisław Lem, Der futurologische Kongreß. Aus dem Polnischen von I. Zimmermann-Göllheim. st 534

Band 30 Herbert W. Franke, Sirius Transit. Roman. st 535

Band 31 Darko Suvin, Poetik der Science-fiction. Zur Theorie und Geschichte einer literarischen Gattung. Deutsch von Franz Rottensteiner. st 539

Band 32 M. R. James, Der Schatz des Abtes Thomas. Zehn Geistergeschichten. Aus dem Englischen von Friedrich Polakovics. st 540

Band 33 Stanisław Lem, Der Schnupfen. Kriminalroman. Autorisierte Übersetzung aus dem Polnischen von Klaus Staemmler. st 570

Band 34 Franz Rottensteiner (Hrsg.), ›Quarber Merkur‹. Aufsätze zur Science-fiction und Phantastischen Literatur. st 571

Band 35 Herbert W. Franke, Zone Null. Science-fiction-Roman. st 585

Band 36 Über Stanisław Lem. Herausgegeben von Werner Berthel. st 586

Band 37 Wie der Teufel den Professor holte. Science-fiction-Erzählungen aus Polaris 1. st 629

Band 38 Das Mädchen am Abhang. Science-fiction-Erzählungen aus Polaris 2. st 630

Band 39 Der Weltraumfriseur. Science-fiction-Erzählungen aus Polaris 3. st 631

Band 40 Die Büßerinnen aus dem Gnadenkloster. Phantastische Erzählungen aus Phaïcon 2. Herausgegeben und mit einem Vorwort von Rein A. Zondergeld. st 632

Band 41 Herbert W. Franke, Einsteins Erben. Science-fiction-Geschichten. st 603
Band 42 Edward Bulwer Lytton, Das kommende Geschlecht. Aus dem Englischen übersetzt von Michael Walter. st 609
Band 43 H. P. Lovecraft, Die Katzen von Ulthar und andere Erzählungen. Deutsch von Michael Walter. st 625
Band 44 Phaïcon 4. Almanach der phantastischen Literatur. Herausgegeben von Rein A. Zondergeld. st 636
Band 45 Johanna Braun, Günter Braun, Unheimliche Erscheinungsformen auf Omega XI. Utopischer Roman. st 646
Band 46 Bernd Ulbrich, Der unsichtbare Kreis. Utopische Erzählungen. st. 652
Band 47 Stanisław Lem, Imaginäre Größe. Aus dem Polnischen von Caesar Rymarowicz. st 658
Band 48 H. W. Franke, Paradies 3000. Science-fiction-Erzählungen. st 664
Band 49 Arkadi und Boris Strugatzki, Picknick am Wegesrand. Utopische Erzählung. Aus dem Russischen übersetzt von Aljonna Möckel. Mit einem Nachwort von Stanisław Lem. st 670
Band 50 Louis-Sébastien Mercier, Das Jahr 2440. Deutsch von Christian Felix Weiße (1772). Herausgegeben, mit Erläuterungen und einem Nachwort versehen von Herbert Jaumann. st 676
Band 51 Johanna Braun, Günter Braun, Der Fehlfaktor. Utopisch-phantastische Erzählungen. st 687
Band 52 H. P. Lovecraft, Stadt ohne Namen. Gespenstergeschichten. Aus dem Amerikanischen von Charlotte Gräfin von Klinckowstroem. Mit einem Nachwort von Dirk W. Mosig. st 694
Band 53 Leo Szilard, Die Stimme der Delphine. Utopische Science-fiction-Erzählungen. Mit einem Vorwort von Carl Friedrich von Weizsäcker. st 703
Band 54 Polaris 5. Ein Science-fiction-Almanach. Herausgegeben von Franz Rottensteiner. st 713
Band 55 Arthur Machen, Die leuchtende Pyramide und andere Geschichten des Schreckens. Aus dem Englischen von Herbert Preissler. st 720
Band 56 J. G. Ballard, Der ewige Tag und andere Erzählungen. Deutsch von Michael Walter. st 727
Band 57 Stanisław Lem, Mondnacht. Hör- und Fernsehspiele. Aus dem Polnischen übersetzt von Klaus Staemmler, Charlotte Eckert, Jutta Janke und I. Zimmermann-Göllheim. st 729
Band 58 Herbert W. Franke. Schule für Übermenschen. st 730
Band 59 Joseph Sheridan Le Fanu, Der besessene Baronet und andere Geistergeschichten. Deutsch von Friedrich Polakovics. Mit einem Nachwort von Jörg Krichbaum. st 731

Band 60 Philip K. Dick, LSD-Astronauten. Deutsch von Anneliese Strauß. st 732

Band 61 Stanisław Lem, Terminus und andere Geschichten des Piloten Pirx. Aus dem Polnischen von Caesar Rymarowicz. st 740

Band 62 Herbert W. Franke, Keine Spur von Leben. *Hörspiele.* st 741

Band 63 Johanna Braun, Günter Braun, Conviva Ludibundus. Utopischer Roman. st 748

Band 64 William Hope Hodgson, Stimme in der Nacht. Unheimliche Seegeschichten. Deutsch von Wulf Teichmann. st 749

Band 65 Kōbō Abe, Die vierte Zwischeneiszeit. Aus dem Japanischen von S. Schaarschmidt. st 756

Band 66 Die andere Zukunft. Phantastische Erzählungen aus der DDR. Herausgegeben von Franz Rottensteiner. st 757

Band 67 Michael Weisser, SYN-CODE-7. Science-fiction-Roman. st 764

Band 68 C. A. Smith, Saat aus dem Grabe. Phantastische Geschichten. Aus dem Amerikanischen von Friedrich Polakovics. st 765

Band 69 Herbert W. Franke, Tod eines Unsterblichen. Science-fiction-Roman. st 772

Band 70 Philip K. Dick. Mozart für Marsianer. Science-fiction-Roman. Aus dem Amerikanischen von Renate Laux. st 773

Band 71 H. P. Lovecraft, In der Gruft und andere makabre Geschichten. Deutsch von Michael Walter. st 779

Band 72 A. und B. Strugatzki, Montag beginnt am Samstag. Utopisch-phantastischer Roman. Aus dem Russischen von Hermann Buchner. st 780

Band 73 Stanisław Lem, Die Ratte im Labyrinth. Ausgewählt von Franz Rottensteiner. Aus dem Polnischen von Roswitha Buschmann, Caesar Rymarowicz, Jens Reuter und Klaus Staemmler. st 806

Band 74 Johanna Braun, Günter Braun, Der Irrtum des großen Zauberers. Phantastischer Roman. st 807

Band 75 J. G. Ballard, Kristallwelt. Science-fiction-Roman. Deutsch von Margarete Bormann. st 818

Band 76 Peter Schattschneider, Zeitstopp. Science-fiction-Geschichten. st 819

Band 77 Phantasma. Polnische Geschichten aus dieser und jener Welt. Herausgegeben und übersetzt von Klaus Staemmler. st 826

Band 78 Arkadi und Boris Strugatzki, Die gierigen Dinge des Jahrhunderts. Phantastischer Roman. Aus dem Russischen von Heinz Kübart. st 827

Band 79 J. G. Ballard, Die Tausend Träume von Stellavista und andere Vermilion-Sands-Stories. Aus dem Englischen von Alfred Scholz. st 833

Band 80 Brian W. Aldiss, Der unmögliche Stern. Science-fiction-Geschichten. Aus dem Englischen von Rudolf Hermstein. st 834

Band 81 Herbert W. Franke, Transpluto. Science-fiction-Roman. st 841

Band 82 Polaris 6. Ein Science-fiction-Almanach, Herbert W. Franke gewidmet. Herausgegeben von Franz Rottensteiner. st 842

Band 83 Algernon Blackwood, Der Tanz in den Tod. Unheimliche Geschichten. Herausgegeben von Kalju Kirde. Aus dem Englischen von Friedrich Polakovics. st 848

Band 84 L. Sprague de Camp, H. P. Lovecraft. Eine Biographie. Aus dem Amerikanischen von Jörg Krichbaum. st 849 (erscheint nicht)

Band 85 Stanisław Lem, Robotermärchen. Aus dem Polnischen von I. Zimmermann-Göllheim. st 856

Band 86 Phaïcon 5. Almanach der phantastischen Literatur. Herausgegeben von Rein A. Zondergeld. st 857

Band 87 C. A. Smith, Planet der Toten. Phantastische Erzählungen. Aus dem Amerikanischen von Friedrich Polakovics. st 864

Band 88 Jerzy Żuławski, Auf dem Silbermond. Science-fiction-Roman. Aus dem Polnischen von Edda Werfel. st 865

Band 89 Arkadi und Boris Strugatzki, Fluchtversuch. Science-fiction-Roman. Aus dem Russischen von Dieter Pommerenke. st 872

Band 90 Michael Weisser, DIGIT. Science-fiction-Roman. st 873

Band 91 Rein A. Zondergeld, Lexikon der phantastischen Bibliothek. st 880

Band 92 Johanna Braun, Günter Braun, Der Utofant. In der Zukunft aufgefundene Journale aus dem Jahrtausend III. st 881

Band 93 Cordwainer Smith, Herren im All. Science-fiction-Erzählungen. Aus dem Amerikanischen von Rudolf Hermstein. st 888

Band 94 Tod per Zeitungsannonce und andere phantastische Erzählungen aus Rußland. Herausgegeben von Elisabeth Cheauré. Aus dem Russischen von Edda Werfel und anderen. st 889

Band 95 J. G. Ballard, Hallo Amerika! Science-fiction-Roman. Aus dem Englischen von Rudolf Hermstein. st 895

Band 96 J. G. Ballard, Billennium. Science-fiction-Erzählungen. Aus dem Englischen von Alfred Scholz und Michael Walter. st 896

Band 97 Stanisław Lem, Die Stimme des Herrn. Roman. Aus dem Polnischen von Roswitha Buschmann. st 907

Band 98 Thomas Owen, Wohin am Abend? und andere seltsame Geschichten. Deutsch von Rein A. Zondergeld. Mit einem Nachwort des Übersetzers. st 908

Band 99 Martin Roda Becher, An den Grenzen des Staunens. Aufsätze zur phantastischen Literatur. st 915

Band 100 Phantastische Träume. Herausgegeben von Franz Rottensteiner. st 954

Band 101 Jerzy Żuławski, Der Sieger. Ein klassischer Science-fiction-Roman. Aus dem Polnischen von Edda Werfel. st 916

Band 102 Joseph Sheridan Le Fanu, Maler Schalken und andere Geistergeschichten. Deutsch von Friedrich Polakovics. Mit einem Nachwort von Rein A. Zondergeld. st 923

Band 103 J. G. Ballard, Das Katastrophengebiet. Science-fiction-Erzählungen. Aus dem Englischen von Charlotte Franke und Alfred Scholz. st 924

Band 104 Polaris 7. Ein Science-fiction-Almanach. Herausgegeben von Franz Rottensteiner. st 931

Band 105 Lygia Fagundes Telles, Die Struktur der Seifenblase. Unheimliche Erzählungen. Aus dem portugiesischen Brasilianisch von Alfred Opitz. st 932

Band 106 Adolfo Bioy Casares, Morels Erfindung. Phantastischer Roman. Aus dem Spanischen von Karl August Horst. Mit einem Nachwort von J. L. Borges. st 939

Band 107 J. G. Ballard, Der tote Astronaut. Science-fiction-Erzählungen. Aus dem Englischen von Michael Walter. st 940

Band 108 Villiers de l'Isle-Adam, Die Eva der Zukunft. Deutsch von Annette Kolb. Mit einem Nachwort von Peter Gendolla. st 947

Band 109 Johanna Braun, Günter Braun, Das kugeltranszendentale Vorhaben. Phantastischer Roman. st 948

Band 110 Stanisław Lem, Eine Minute der Menschheit. Aus dem Polnischen von Edda Werfel. st 955

Band 111 Arkadi und Boris Strugatzki, Der ferne Regenbogen. Eine utopische Erzählung. Aus dem Russischen von Aljonna Möckel. st 956

Band 112 Josef Nesvadba, Die absolute Maschine. Science-fiction-Erzählungen. Aus dem Tschechischen von Erich Bertleff. st 961

Band 113 Adolfo Bioy Casares, Die fremde Dienerin. Phantastische Erzählungen. Aus dem Spanischen von Joachim A. Frank. st 962

Band 114 Jerzy Żuławski, Die alte Erde. Science-fiction-Roman. Aus dem Polnischen von Edda Werfel. st 968

Band 115 Robert Plank, George Orwells »1984«. Eine psychologische Studie. Deutsch von Leopold Spira. st 969

Band 116 J. G. Ballard, Die Dürre. Science-fiction-Roman. Aus dem Englischen von Maria Gridling. st 975

Band 117 Mihály Babits, Der Storchkalif. Phantastischer Roman. Einzig berechtigte Übertragung aus dem Ungarischen von Stefan J. Klein. st 976

Band 118 Walter de la Mare, Aus der Tiefe. Seltsame Geschichten. Aus dem Englischen von Traude Dienel. st 982

Band 119 Johanna Braun, Günter Braun, Die unhörbaren Töne. Utopisch-phantastische Erzählungen. st 983

Band 120 Erckmann-Chatrian, Das Eulenohr und andere phantastische Erzählungen. Aus dem Französischen von Hilde Linnert. st 989

Band 121 Herbert W. Franke, Die Kälte des Weltraums. Science-fiction-Roman. st 990

Band 122 Stanisław Lem, Phantastik und Futurologie I. Autorisierte Übersetzung aus dem Polnischen von Beate Sorger und Wiktor Szacki. st 996

Band 123 Marianne Gruber, Die gläserne Kugel. Utopischer Roman. st 997

Band 124 Stanisław Lem, Waffensysteme des 21. Jahrhunderts. Aus dem Polnischen von Edda Werfel. st 998

Band 125 Stanisław Lem, Das Katastrophenprinzip. Die kreative Zerstörung in der Natur. Aus dem Polnischen von Friedrich Griese. st 999

Band 126 Stanisław Lem, Phantastik und Futurologie II. Aus dem Polnischen von Edda Werfel. st 1013

Band 127 J. G. Ballard, Der vierdimensionale Alptraum. Science-fiction-Erzählungen. Aus dem Englischen von Wolfgang Eisermann. st 1014

Band 128 Svend Åge Madsen, Dem Tag entgegen. Utopischer Roman. Aus dem Dänischen von Horst Schröder. st 1020

Band 129 Peter Schattschneider, Singularitäten. Ein Episodenroman im Umfeld Schwarzer Löcher. st 1021

Band 130 Über H. P. Lovecraft. Herausgegeben von Franz Rottensteiner. st 1027

Band 131 Antoni Słonimski, Der Zeittorpedo. Phantastischer Roman. Aus dem Polnischen von Klaus Staemmler. st 1028

Band 132 Jean Ray, Die Gasse der Finsternis. Phantastische Erzählungen. Aus dem Französischen von Willy Thaler. st 1034

Band 133 Gerd Maximovič, Das Spinnenloch und andere Science-fiction-Erzählungen. st 1035

Band 134 Guy de Maupassant, Die Totenhand und andere phantastische Erzählungen. Aus dem Französischen von Walter Widmer und anderen. st 1040

Band 135 H. P. Lovecraft und andere, Das Grauen im Museum und andere Erzählungen. Ausgewählt von Kalju Kirde. Aus dem Amerikanischen von Rudolf Hermstein. st 1067

Band 136 Martin Roda Becher, Hinter dem Rücken. Phantastische Erzählungen. st 1041

Band 137 Phantastische Welten. Herausgegeben von Franz Rottensteiner. st 1068